Siegfried Lenz

Die Ferne ist nah genug

Erzählungen

Herausgegeben von
Helmut Frielinghaus

Deutscher Taschenbuch Verlag

Die in dieser Auswahl enthaltenen Erzählungen
entstammen dem 2006 bei Hoffmann und Campe
erschienenen Band ›Die Erzählungen‹.

Ausführliche Informationen über
unsere Autoren und Bücher
finden Sie auf unserer Website
www.dtv.de

2011
Deutscher Taschenbuch Verlag GmbH & Co. KG,
München
Copyright © 2006 by Hoffmann und Campe Verlag, Hamburg
Umschlagkonzept: Balk & Brumshagen
Umschlagfoto: Till Warwas (VG Bild-Kunst, Bonn 2010)
Gesamtherstellung: Druckerei C. H. Beck, Nördlingen
Gedruckt auf säurefreiem, chlorfrei gebleichtem Papier
Printed in Germany · ISBN 978-3-423-14023-2

Inhalt

Die Ferne ist nah genug 7
Die tödliche Phantasie 35
Die Nacht im Hotel 39
Begegnung zwischen den Stationen 44
Der Läufer 48
Ein Haus aus lauter Liebe 71
Einmal schafft es jeder 80
Der zerbrochene Elefant 89
Lukas, sanftmütiger Knecht 93
Die Festung 117
Der seelische Ratgeber 126
Stimmungen der See 133
Risiko für Weihnachtsmänner 164
Barackenfeier 170
Der Sohn des Diktators 174
Der Verzicht 184
Ein Männerspaß 196
Der sechste Geburtstag 205
Die Augenbinde 216
Die Mannschaft 223
Herr und Frau S. in Erwartung ihrer Gäste 239
Der Mann unseres Vertrauens 260
Die Prüfung 274
Ein Kriegsende 289

Nachwort von Helmut Frielinghaus 325
Quellennachweis und Daten der
   Erstveröffentlichungen 331

Die Ferne ist nah genug

Sie eroberten die Stadt und gaben ihr einen neuen Namen, sie nannten sie Kaliningrad, und von diesem Tage an wurden die Brötchen schwarz und klitschig, und das Brot wurde naß und kostete achtzig bis hundert Rubel je Laib. Das waren die ersten Veränderungen, die sich mit dem neuen Namen der Stadt ergaben, nasses Brot und schwarze Brötchen; die Bevölkerung dachte jeden Tag an den neuen Namen der Stadt, sie mußte an ihn denken, denn wenn ein Laib Brot unters Messer kam, wenn eine Hand von oben auf das Brot drückte, lief an der offenen Seite Wasser heraus – und sie mußten Brot schneiden, jeden Tag. Aber es war nicht leicht, das nasse Brot zu besorgen, mit dem neuen Namen der Stadt war auch das Brot seltener geworden; es war rar und kostbar geworden, es forderte von dem, der es besitzen wollte, jeden Tag neue Überlegungen, neue Listen und neue Wachsamkeit, das Brot forderte plötzlich seine Abenteuer. Es war nicht mehr wie früher, als die Stadt Königsberg hieß und das Brot billig und weiß und gefahrlos zu bekommen war, der neue Name der Stadt hatte das alles geändert. Er hatte auch die Augen der Menschen geändert, die Augen waren groß und gleichgültig geworden, ferne abwesende Blicke, hinter deren Scheu sich aber ein unentwegtes Lauern verbarg.

Auch in den Augen der Kinder lag ein Ausdruck dieses scheuen Lauerns, auch in den Augen der beiden Brüder Kurt und Heinz, die schon morgens zu einer Ausfallstraße hinausgegangen waren, barfuß, nur mit kurzer Manchesterhose und Hemd bekleidet, der eine vierzehn, der andere neun Jahre alt. Sie durften nicht betteln, das war nur den Blinden erlaubt, und Geld besaßen sie auch nicht. Geld besaßen kaum die russischen Zivilisten, und so gingen sie zu einer Ausfallstraße hinaus, wo es die schwarzen Märkte gab. Sie setzten sich in einen Graben und warteten. Sie beobachteten schweigend das nervöse Gedränge und dachten an ihre Mutter, die sie hinausgeschickt hatte, und an ihren Plan, der ihnen zu warten befahl. Sie warteten auf einen sowjetischen Milizsoldaten, bei dessen Erscheinen stets eine panische Flucht einsetzte, die Leute liefen mit ihren Körben und Kästen und Bündeln nach allen Seiten davon, stolpernd und fallend, und manchmal verlor dann ein Flüchtender schwarze, klitschige Roggenbrötchen aus einem Korb oder einige Kartoffeln oder womöglich gar ein Stück Räucherspeck. Ihr Plan befahl ihnen, auf das Erscheinen des Milizsoldaten zu warten, aber ein dünner Schnürregen ging nieder, und diesmal schien der Milizsoldat etwas anderes vorzuhaben. Er kam nicht. Und Kurt stand von dem alten Eimer auf, auf dem er gesessen hatte, und sagte: »Wir können lange warten, Heinzi. Ich glaube, es hat keinen Zweck. Heute kommt er nicht.«

»Wir können es ja bei den Tonnen versuchen«, meinte der Kleine. »Wir können es dort gut noch mal versuchen. Manchmal läßt man etwas liegen, und wenn wir es jetzt finden, ist es gut. Was meinst du, sollen wir zu den Tonnen gehen?«

»Nein«, sagte Kurt, »es hat keinen Zweck. Beide brauchen wir nicht dahin. Du kannst allein zu den Tonnen gehen, Heinzi, und wenn du etwas findest, bringst du es gleich nach Hause.«

»Warum können wir nicht zusammen gehen«, fragte der Kleine, »wo willst du denn hin?«

»Ich geh' zum Bahnhof«, sagte Kurt, »bei den Tonnen sind mir zu viele. Komm, wir wollen jetzt gehen.«

Und sie gingen schweigend die Straße zurück, und der Kleine trug eine verrostete Luftpumpe in der Hand und stieß sie bei jedem Schritt gegen das nasse Pflaster; ein helles, metallisches Klicken begleitete sie unter dem tief hängenden Himmel, und sie gingen durch tote Straßen und kletterten über Bettgestelle und verkohltes Balkenwerk, und an einer Kreuzung verabschiedeten sie sich. Heinzi ging zu den Tonnen hinab, und sein Bruder schlug den Weg zum Bahnhof ein; es regnete, aber der Regen war warm.

Er zog sich am Gras die Böschung des Bahndammes hinauf, er ging langsam und geduckt zwischen den Schienen weiter; er wußte, daß er nur so den Bahnsteig erreichen konnte, denn zur Straße hin war alles von der Miliz abgesperrt. Er sah die Milizsoldaten am Rinnstein der Straße sitzen, große breitschultrige Männer in gefetteten Stiefeln und mit lose baumelnden Maschinenpistolen vor der Brust, und der Junge legte sich zwischen die Schienen, wenn sie herübersahen, und preßte sein Gesicht gegen die nassen Schottersteine. Er gelangte ungesehen bis zum Stellwerk, er hatte die gefährlichste Strecke hinter sich und beobachtete den Bahnsteig. Da spürte er, wie sich eine Hand auf seine Schulter legte und wie jemand hinter ihm lachte. Er kannte das Lachen, er wußte sofort, daß er sich nicht in Gefahr befand, und als er sich langsam umwandte, erkannte er Fips. Fips war etwas älter als er, er trug Schuhe und eine grüne Joppe, und sein Haar war blond und verfilzt und naß vom Regen, und er sagte lachend: »Tag, Kurtchen, so sieht man sich wieder. Was machst du hier?«

»Das siehst du doch«, sagte Kurt. »Ich dachte, hier wäre etwas zu haben.«

»Das ist mein Revier«, sagte Fips. »Hier bin ich zu Hause, hier kenn' ich jeden Winkel, Jungchen. Aber ich sag' dir, hier ist nichts zu machen. Da – paß auf, der Mongole hat uns gesehen. Wenn sie uns jagen sollten, müssen wir nach hinten, zu den alten Lokomotiven. Der Mongole ist gutmütig, ich kenne ihn, aber man kann nie wissen.« Sie sahen aufmerksam zum Bahnsteig hinüber, und als der mongolische Soldat sich umwandte und zurückging, sagte Fips: »Nein, Jungchen, hier ist nichts zu machen. Auf dem Bahnhof wirst du kein Glück haben. Es ist schlecht geworden in der letzten Zeit. Zu viele Aufpasser. Aber ich weiß eine Möglichkeit, Kurtchen. Ich weiß etwas, worüber du nur staunen wirst. So etwas hast du noch nicht erlebt.«

»Was meinst du?«

»Es kommt gleich ein Zug«, sagte Fips.

»Wir können ja vorher verschwinden.«

»Nein«, sagte Fips, »eben nicht. Wir warten auf den Zug. Ich warte auf ihn, und du auch. Du sollst doch etwas zu essen besorgen, Jungchen, nicht? Deine Alte hat dich doch bestimmt weggeschickt, damit du was zu essen besorgst. Und ich weiß eine Möglichkeit.«

»Ich breche nirgendwo ein«, sagte Kurt, »wenn du auf den Zug wartest, um in den Verpflegungswagen einzubrechen – ich mache das nicht mit, Fips. Wir kommen nicht weit.«

»Davon hat niemand etwas gesagt. Von Einbrechen ist überhaupt nicht die Rede gewesen. Die Züge haben keine Verpflegungswagen mehr, und außerdem wär' das gefährlich.«

»Was meinst du denn?«

»Etwas anderes.«

»Was denn?«

»Ich weiß, Jungchen, wo es Eier gibt, wo es Brot gibt und Butter und Schinken und alles, was du haben willst. Aber dazu müssen wir ein Stück mit dem Zug fahren.«

»Aber wir haben doch keine Fahrkarte.«

»Nein«, sagte Fips, »wir haben keine Fahrkarte. Aber ich sage dir, von den Russen, die mit diesem Zug fahren, hat auch nicht jeder eine Fahrkarte. Und wir machen's genau so. Und wenn wir ein Stück gefahren sind, haben wir alles, was wir brauchen, und du kannst es deiner Alten nach Hause bringen.«

»Warst du denn schon da, wo es all das gibt?«

»Nein«, sagte Fips. »Nein. Ich war noch nicht da. Aber ein Freund von mir war da, und er ist mit vollem Rucksack nach Hause gekommen.«

»Ohne Geld?«

»Ohne Geld. Mit Geld kann's jeder.«

»Wie hat er denn all das Zeug bekommen?«

»Gebettelt, Jungchen, langsam und anständig zusammengebettelt.«

»Das ist doch verboten«, sagte Kurt.

»Natürlich«, sagte Fips, »ist es verboten. Aber nur hier, Jungchen. Hier darf man sich nicht dabei fassen lassen. Dort, wo wir hinwollen, ist das Betteln erlaubt. In Litauen darf man betteln.«

»Litauen?« fragte Kurt.

»Ja«, sagte Fips, »Litauen. Du hast richtig gehört.«

»Aber das ist doch weit. Das ist doch ziemlich weit entfernt von hier, da können wir bis Mittag doch gar nicht zurück sein, Fips.«

»Mit dem Zug ist es nicht so schlimm. Mit dem Zug könnten wir bald zurück sein.«

»Es geht nicht«, sagte Kurt. »Ich kann auf keinen Fall mitfahren. Ich muß hierbleiben, Fips.«

»Warum denn?«

»Wegen meiner Mutter. Sie ist krank. Sie kann allein nichts machen, und Heinzi ist noch zu klein. Deswegen muß ich hierbleiben, Fips.«

»Nein«, sagte Fips. »Gerade darum mußt du mitkommen, Jungchen. Gerade weil deine Alte krank ist, mußt du mitkommen. Was meinst du, wie schnell sie wieder gesund wird, wenn du ihr die richtigen Sachen nach Hause bringst.«

»Aber sie weiß dann nicht, daß ich weg bin. Ich müßte erst einmal nach Hause. Ich müßte ihr vorher Bescheid sagen.«

»Das geht nicht mehr«, sagte Fips, »dazu haben wir keine Zeit, der Zug fährt gleich ab, und der nächste ist erst morgen abend. Und morgen abend können wir längst zurück sein. Paß auf, da kommt der Zug!«

Sie liefen um das Stellwerk herum und sahen dem Zug entgegen, sie standen sprungbereit da, auch Kurtchen, den der plötzliche Sog der Verheißung erfaßt hatte; sie sahen abschätzend den Zug heranrollen, ein gleichgültiges, schweres Tier, das sie nach Litauen bringen sollte, in ein Land, das sie nie gesehen, von dem sie keine Vorstellung hatten. Und als die schwarze Lokomotive vorbei war, drückten sie sich fast gleichzeitig ab, erreichten das Trittbrett, balancierten über die Puffer und kletterten auf das Dach eines Waggons. Es war ein gewölbtes, mit Teerpappe überzogenes Dach, und sie setzten sich in die Mitte; sie waren nicht die einzigen, die sich auf dem Dach befanden, außer ihnen hockte noch ein altes Ehepaar da, das auf unerklärliche Weise hinaufgelangt war, und hinter ihnen lag ein sowjetischer Major, der seinen Körper flach an die Teerpappe preßte, um von der Miliz nicht entdeckt zu werden. Der Regen traf ihre Gesichter, und sie setzten sich mit dem Rücken zur Fahrtrichtung, schlugen den Kragen hoch und verwahrten die Hände in den Taschen. Die beiden Alten saßen starr und schweigend wie Vögel nebeneinander, reglos, als ob eine geheime Erwartung, ein unausgesprochenes Einverständnis sie zusammenhielte und ihre Wünsche lenkte. Auf den Dächern anderer Waggons saßen ebenfalls Menschen, meistens Kinder; sie winkten hinüber und herüber, wenn sie sich wiedererkannten, und riefen sich etwas zu, das im Fahrtwind unterging.

Und dann hielt der Zug in Wehlau, und als sie vom Dach herabsahen, erkannten sie einen Postenring, mit dem der Zug sorgfältig umgeben war, und einige Milizsoldaten kletterten auf die Wagendächer und stießen die Leute hinab.

Fips wartete, bis auf dem Bahnsteig ein Gedränge unter den Verhafteten entstand, dann gab er Kurt ein Zeichen, und beide sprangen auf ein Nebengleis und liefen zu einem Zaun und warfen sich auf die Erde. Sie blieben nicht lange liegen, ihre Sinne waren geschärft für das Abenteuer, und nach einer Weile gaben sie ihr Versteck auf und schoben sich durch Brennesseln und Löwenzahn am Zaun entlang, sie krochen vorsichtig weiter, bis sie in Höhe einer hölzernen Behelfsbrücke waren, die der Zug passieren und auf der er seine Geschwindigkeit bremsen mußte, und sie kauerten sich vor einem Bretterstapel nieder und beobachteten ruhig den Zug. Sie sahen, daß die Miliz einige Leute mit Gewalt von den Dächern herunterholte, und daß man sie zusammentrieb und abführte, aber sie sahen auch, daß es nur sehr wenige waren, die die Miliz bekommen hatte; viele, die sie bei der Abfahrt auf den Dächern entdeckt hatten, waren auf geheimnisvolle Weise verschwunden. Sie hatten sich verborgen wie sie, und als es weiterging, als sie dem Zug entgegensprangen und über die Puffer auf das Wagendach kletterten, sahen sie viele wieder; einige fehlten, aber viele sahen sie wieder. Auch die beiden Alten saßen schon oben, sie hockten still nebeneinander, als wäre nichts geschehen. Der Zug fuhr nach Osten; er hielt nur auf wenigen Stationen, aber wo er hielt, dauerte der Aufenthalt längere Zeit; überall wo er hielt, wurde er von einer Anzahl Milizsoldaten erwartet, die auf die Dächer kletterten und die Wagen oben und unten absuchten, und jedesmal blieben einige auf der Strecke, sie blieben hängen in dem immer enger werdenden Netz der Kontrollen.

Aber die Jungen kamen durch, und die Alten und der sowjetische Major auf ihrem Dach kamen auch durch, sie saßen auf der Teerpappe, und dem Zug folgte von Westen die Dunkelheit. Als es dunkel wurde, froren sie auf dem Dach, der Hunger marterte sie, denn sie hatten den ganzen

Tag nichts gegessen, aber niemand war da, der etwas mit ihnen geteilt hätte. Sie kniffen sich in den Arm, um wach zu bleiben, der Rhythmus, der Hunger und die Erschöpfung hatten sie müde gemacht, aber niemand konnte es sich leisten, einzuschlafen. Wer einschlief, war gerichtet. Das sahen sie an dem russischen Offizier; sie sahen, wie er gegen die Müdigkeit ankämpfte, wie er sich fortwährend drehte und einen Halt zu finden versuchte, und dann wurde die Silhouette seines schlaffen Körpers kleiner und kleiner, unmerklich, so daß sie nicht ahnten, was sich vollziehen würde. Und plötzlich neigte sich der Mann zur Seite, und als sie aufspringen wollten, um ihm beizustehen, war es schon zu spät: er kippte über das Wagendach, jäh, mit erschreckender Lautlosigkeit, und die Zurückgebliebenen hörten nicht einmal einen Schrei. Fips zog seine grüne Joppe aus; sie war schwer geworden vom Regen, aber sie hielt gut den Wind ab, und sie rückten nah aneinander heran und bedeckten mit der Joppe ihre Beine. Sie dachten beide an Litauen, und Fips sagte: »Wart' nur, Jungchen, wenn wir da ankommen, wird es anders aussehen. Wenn wir erst in Litauen sind, wird die Sonne scheinen, und es wird warm sein, und wir werden alles haben, was wir zu unserem Glück brauchen. Morgen schon, Jungchen, morgen, wenn wir in Litauen ankommen ...«

Litauen: Ein träger, geduldiger, schwerer Strom: der Njemen, Wiesen und alte Wälder, endlose Äcker. Litauen: Breite, erhitzte Gesichter, lachend, Heumähen, Schnaps und Schinken, bärenhafte Gutmütigkeit; der Großvater am Ofen, Fleiß und Geiz, Export von Eiern, Butter und Geflügel ... Litauen: Niemand weiß, woher seine Einwohner gekommen sind, niemand, wann sie sich an den Unterläufen des Njemen und der Dwina niedergelassen haben; ihre Sprache ist den Gelehrten ein Rätsel ... Litauen: Tragödie eines Randstaates ...

... Bei Sonnenaufgang hielt der Zug in Kowno, und die Jungen glitten vom Teerdach herab und schlichen an der Rückseite des Zuges zum Ausgang; sie erreichten ihn ungefährdet und gingen hinaus auf den Bahnhofsplatz. Es war ein großer, schlecht gepflasterter Bahnhofsplatz, aber er hatte seine Grünflächen, und vor ihnen standen niedrige getünchte Bänke, auf denen sowjetische Soldaten saßen und rauchten oder schliefen. Alles war still und friedlich, die Sonne schien und leckte sie trocken und wärmte sie. Langsam schlenderten sie über den Platz, und dann wurden sie auf eine Gruppe von Menschen aufmerksam, die sich um etwas, das am Boden liegen mußte, versammelt hatte, und sie gingen näher heran und sahen die alte Frau auf der Erde, die mit ihnen auf einem Dach gesessen hatte; der Hunger und die Erschöpfung hatten sie besiegt, sie war zusammengebrochen, kurz vor dem Ziel hatte sie es aufgeben müssen, vielleicht wenige Meter vor dem ersten Stückchen Brot. Ihr Mann kniete verzweifelt neben ihr und sprach fortwährend auf sie ein, aber die Frau rührte sich nicht, und nach einer Weile kam eine Milizstreife und fragte den Mann nach seinen Dokumenten, und als er die Fragen der Miliz unbeachtet ließ, rissen sie ihn empor und nahmen ihn mit. Dann erschienen zwei Zivilisten mit einer Tragbahre; sie legten die alte Frau auf die Tragbahre und schaukelten davon, aber die Zuschauer blieben schweigend stehen, als ob die Alte immer noch zu ihren Füßen läge.

Die Jungen wollten sich langsam aus der Gruppe lösen, sie nahmen sich bei der Hand und wollten aus dem Zentrum der Gruppe hinaus, da stieß Fips mit einem Milizsoldaten zusammen; es war ein alter, freundlicher Soldat, der die Mütze schief trug und kleine, lustige Augen hatte, und er hielt Fips mit seinen breiten Fingern am Hals fest und sagte: »Chalt! Chalt. Wohin ihr wollt hüpfen, junge Heuschrekken, hm?«

»Wir sind nur kurz hier«, sagte Fips.

»Was ist?« sagte der Soldat. »Wo ihr hab' Dokumente, Papier, hm? Wo ist?«

»Verloren«, sagte Fips. »Wir haben Dokumente verloren.«

»Ah«, sagte der Soldat mit gespielter Traurigkeit, »ah, alles verloren. Großmutter verloren, Papiere verloren, alles fftt –, alles verloren. Ihr seid gekommen mit Zug? Richtig?«

»Wir sind schon gestern mit dem Zug gekommen. Wir wollten –«

»Gestern?« sagte der Soldat, »warum du mußt schwindeln, hä? Warum gestern? Hab' ich Augen. Hab' ich gesehn mit Augen, wie ihr seid gesprungen von Zug. Cheute! Cheute! Nicht gestern. Dawai! Nach Kommandantur!«

Er ließ die Jungen vorangehen, und sie gingen über den schlecht gepflasterten Bahnhofsplatz und schlugen den Weg zu einer Brücke ein. Der Soldat forderte sie auf, langsam zu gehen, es war ein freundlicher, redseliger Mann, und er sagte: »Ihr seid gekommen aus Deutschland, richtig? War ich gewesen in Breslau, in Frankfurt. Prima. Du warst gewesen in Breslau? Viel fftt! Alles fftt«, und dazu machte er eine wegwerfende Geste.

»Ich war in Breslau«, sagte Fips.

»Du warst gewesen«, sagte der Soldat, glücklich überrascht.

»Ja«, sagte Fips, »aber jetzt kommen wir aus Königsberg.«

»Königsberg? Was du nicht sagst. War ich auch gewesen in Königsberg. Viel fftt! Ah, nicht gut. Fschistko bombarduiä. Alles fftt. Was ihr hier wollt?«

»Hunger«, sagte Fips.

»Chunger«, wiederholte der Soldat, »alles Chunger. Alle kommen chier. Was ich soll machen? Zurrick, alles zurrick.«

Sie gingen über die Brücke, und Fips tat, als ob er auf das Wasser hinabsah, und er beugte sein Gesicht an Kurtchen heran und zischte ihm zu: »Paß auf, hinter der Brücke sausen wir los. Immer mir nach.«

Der Soldat hatte die Worte gehört, aber er hatte sie nicht verstanden, und darum fragte er mißtrauisch: »Was du chast gesagt zu ihm? Hä? Was du chast gesagt, schnell.«

»Ich habe ihn gefragt, ob er auch Hunger hat«, sagte Fips.

»Ah«, sagte der Soldat, »arme kleine Mann, alles Chunger.«

Sie überquerten die Brücke, und am Ende der Brücke begannen sie unwillkürlich schneller zu gehen, so daß sich der Abstand zwischen ihnen plötzlich vergrößerte. »Hei«, rief der Soldat, »warum ihr mißt so rennen? Chaben wir Zeit, werden wir schon kommen zur Kommandantur. Chalt! Stoi!«

Er sah, daß die Jungen sich nicht nach seinem Befehl richteten, sie hörten nicht auf ihn und gingen immer schneller, und dann stieß Fips den Kleinen in die Seite, und beide begannen zu laufen, sie rasten, während der Soldat hinter ihnen herrief, über den Damm, sie hörten ihn einmal schießen, aber sie wußten, daß er nur in die Luft geschossen hatte und daß für sie selbst keine Gefahr bestand, denn sie konnten, wenn sie sich umwandten, den Soldaten nicht mehr erkennen, und als sie an die Lagerschuppen kamen, fühlten sie sich endgültig sicher und gingen ans Wasser hinab. Das Laufen hatte sie ausgepumpt, und sie setzten sich auf eine Kiste und ruhten sich schweigend aus, und dann sagte Kurt: »Was sollen wir jetzt machen, Fips, ich kann bald nicht mehr.«

»Mach' dir keine Sorgen, Jungchen. Wir müssen nur aus der Stadt raus. Wenn wir aus der Stadt raus sind, ist alles gut. Dann sind alle Sorgen ffft, das kannst du mir glauben.«

»Aber wie kommen wir jetzt nach Hause?«

»Nach Hause?« sagte Fips. »Du bist kaum hier und willst schon wieder nach Hause. Jetzt geht's doch erst richtig los. Wir wollen doch etwas haben von unserer Reise.«

»Aber wie kommen wir hier raus«, fragte Kurtchen ängstlich.

»Da«, sagte Fips.

Er streckte die Hand aus, und seine Finger zeigten auf einen alten schwarzen Flußdampfer, einen Raddampfer, der an der Pier lag. Der Dampfer lag noch an der Leine, aber die Jungen sahen, daß alle Vorbereitungen zur Abfahrt getroffen wurden, Kisten wurden festgezurrt und große Fässer über den Laufsteg gerollt, und auf einem Poller saß ein Mann, der die Leinen loswerfen wollte.

»Da«, sagte Fips, »der wird uns aus der Stadt rausbringen. Das wird sogar ganz gemütlich. Eine Dampferfahrt habe ich lange nicht mehr gemacht.«

»Hast du denn Geld?«

»Geld«, sagte Fips verächtlich, »ich habe genau soviel Geld wie du. Wir bezahlen unsichtbar, Jungchen. Wir schleichen uns von hinten ran und verschwinden hinter den Säcken und Kisten. Da brauchen wir kein Geld.«

»Und wenn sie uns sehen?«

»Dann müssen wir bezahlen. Aber komm jetzt.«

Sie gingen dreist an den Dampfer heran, mit absichtsloser Neugierde, wie es schien, aber als die Vorleine losgeworfen und das Heck des Dampfers gegen die Pier gedrückt wurde, sprangen sie rasch nacheinander hinauf, warfen sich hinter die Säcke, damit sie von der Brücke nicht gesehen werden konnten und beobachteten, wie die Schaufelräder das Wasser walkten und der Dampfer langsam zur Mitte des Stromes drehte.

Der Dampfer fuhr mit der Strömung, er fuhr an ertrunkenen Wiesen vorbei, an weiten, flachen Feldern, vorbei an strohgedeckten einsamen Gehöften und an dichten Wäldern; auf manchen Feldern waren Menschen bei der Arbeit, angestrengt gebückt, und als der Dampfer vorbeikam, richteten sie sich auf und sahen stumm herüber, ohne zu winken.

Fips untersuchte die Säcke auf ihren Inhalt, er schlitzte sie unten mit dem Taschenmesser auf, hielt die Hand unter den Schlitz und sah zu, wie eine braune, funkelnde Splittermasse herauslief. Es war Zucker und sie leckten gierig die süßen Splitter aus ihrer Hand auf, kauten knirschend und füllten, nachdem sie sich einigermaßen gesättigt hatten, ihre Taschen. Fips wischte sich die klebrigen Hände an den Hosen ab und verschränkte die Beine zum Schneidersitz, und dann legte er einen Arm um Kurtchen, und beide sahen zum Ufer hinüber, das lautlos vorüberglitt.

»So, Jungchen«, sagte Fips, »jetzt fühl' ich mich schon besser. Das war erst der Anfang, Jungchen. Du wirst sehen, Litauen wird uns nicht enttäuschen. Wart nur ab. Ich glaube, wir werden bald eine Eierschlacht machen können. Wir fahren noch ein Stück weiter, Jungchen, je weiter, desto besser. Wir müssen aufs Land, denn da läßt sich am meisten holen.«

»Und wenn der Dampfer nicht mehr anhält?«

»Nicht anhält?« sagte Fips.

»Ja«, sagte Kurtchen, »ich kann nicht schwimmen.«

»Dann fahren wir einfach, soweit der Zuckervorrat reicht«, sagte Fips.

»Aber eines Tages müssen alle Dampfer anlegen. Einmal müssen sie alle an die Pier, Jungchen. Auch dieser Kasten hier, das laß dir gesagt sein. Und dann kommen wir auch nach Hause, und deine Mutter wird bestimmt gesund, wenn du ihr eine Speckseite aufs Bett wirfst. Wart nur ab. Du wirst ...« Er sprach nicht weiter, denn er spürte plötzlich einen harten Schlag auf der Schulter. Und bevor er sich umdrehen konnte, erhielt er einen neuen Schlag ins Genick und gegen die Rippen, und er hörte auch Kurtchen aufschreien und wußte, daß sie entdeckt worden waren. Sie legten sich zwischen den Säcken flach hin und verbargen den Kopf unter den Händen, um ihn gegen die Schläge zu schützen, aber der Matrose riß sie am Hemd hoch und zog sie aus ihrem Versteck heraus. Es war ein junger, mürrischer Matrose mit schwarzen Augen und zähem schwarzem Haar, er sagte kein einziges Wort zu ihnen, er stieß sie den Aufgang zur Brücke hinauf und übergab sie dem Kapitän. »Sie saßen hinter den Säcken«, sagte er zum Kapitän.

Der Kapitän des Flußdampfers sah sie grinsend an; er war klein für einen Kapitän, er trug eine blaue Ballonmütze und warmes blaues Wollzeug.

»Kann ich gehen?« fragte der Matrose.

»Ja«, sagte der Kapitän, »du kannst gehen, Jonas.«

Er wartete, bis der Matrose verschwunden war, dann sah er wieder auf die Jungen und lachte.

»Herr Kapitän«, sagte Fips, »auf der nächsten Station steigen wir schon aus. Wir steigen bestimmt aus und kommen auch nicht wieder an Bord. Wir sind aus Königsberg, Herr Kapitän. Wir wollen aufs Land zu den Bauern.«

»Das merke ich.«

»Der Kleine kann nicht schwimmen, Herr Kapitän, werfen Sie uns nicht rein.«

»Hört zu«, sagte der Kapitän, und seine Stimme klang verändert und das Lachen verschwand aus seinem Gesicht. »Hört zu, Jungens, ihr dürft nicht bis zur nächsten Station mitkommen. Die nächste Station heißt Vilki, und da kommt die Miliz an Bord, und ihr wißt, was euch blüht, wenn die Miliz euch findet. Man wird euch einsperren und zurückschicken, und ihr habt eure Reise umsonst gemacht. Ich will euch helfen. Aber ihr dürft keinem erzählen, daß ich euch mitnahm.«

»Nein«, sagte Fips, »nein, Herr Kapitän, ich werde keinem davon etwas erzählen. Auch der Kleine nicht, Ehrenwort.«

»Paßt auf«, sagte der Kapitän, »kurz vor Vilki passieren wir eine Sandbank, sie ist dicht an der Fahrrinne, gar nicht tief, höchstens bis zu den Knien; ich werde euch sagen, wenn es soweit ist. Dann müßt ihr springen. Ihr stellt euch am besten am Heck hin und springt dann mit aller Kraft außenbords. Hab keine Angst, Kleiner, das geht schon klar, das haben schon viele vor dir gemacht, noch jüngere sogar. Und sagt keinem ein Wort davon, sagt auch nichts dem Matrosen, der euch hierherbrachte. Habt ihr mich verstanden?«

»Ja«, sagten Fips und Kurtchen wie aus einem Mund.

»Gut«, sagte der Kapitän, »dann bleibt hier auf der Brücke und wartet, bis ich euch ein Zeichen gebe; ihr werdet die Sandbank auch selber erkennen, wenn das Wasser hell und gelb wird; und geht überhaupt nicht nach Vilki, Jungens, da liegt viel Miliz, und ihr werdet schnell auffallen, und man wird euch schnappen. So, und jetzt setzt euch dahin und seid ruhig.«

Vor der Sandbank gab ihnen der Kapitän ein schnelles Zeichen, er hob nur einmal seine Hand, und sie verstanden ihn und gingen vorsichtig zum Heck des Dampfers. Es war eine lange Sandbank, sie sahen selbst, daß es nicht allzu tief sein konnte, denn das Wasser war gelb und nicht bleifarben wie über der Fahrrinne. Als erster sprang Fips; er drückte sich vom Bordrand ab, flog mit ausgebreiteten Armen durch die Luft und klatschte ins Wasser, während Kurtchen ihn stumm beobachtete. Als er sah, daß Fips sich gleich wieder aufrichtete und das Wasser kaum seine Knie erreichte, sprang auch er und landete ebenfalls glatt.

Der Matrose, der sie zwischen den Säcken entdeckt hatte, hörte den Aufschlag der Körper auf dem Wasser und kam zur Reling, und er sah, daß die Jungen lachten und langsam zum Ufer wateten – er konnte ihnen nichts mehr anhaben.

Sie setzten sich glücklich und erschöpft ins Gras, und nachdem sie sich ausgeruht hatten, standen sie auf und sahen sich um. Sie befanden sich auf einer Wiese; am Rande der Wiese erhob sich ein einzelnes Gehöft, und dahinter begann der Wald, und Fips deutete auf das Gehöft und sagte: »Da, Jungchen, jetzt kann's losgehen! Wir werden abwechselnd fragen. Bei diesem Haus frage ich, beim nächsten du. Einverstanden?«

Kurtchen nickte, und sie gingen über die tauschwere Wiese, und als sie sich vor dem Gehöft befanden, schlug ein Hund an.

Der Hund lag an der Pumpe, und sie gingen zögernd in großem Bogen um die Pumpe herum, und blieben vor der Tür stehen und klopften. Es dauerte lange, bis sie Schritte hörten; eine Frau öffnete ihnen und schüttelte, ohne daß ein Wort gefallen wäre, den Kopf. Es hat keinen Zweck, sollte es heißen, spart euch alle Fragen. Aber Fips sagte: »Ich wollte mal fragen...«

»Du brauchst nicht zu fragen«, sagte die Frau auf deutsch. »Ich habe nichts. Versucht es woanders. Ich hab' nichts, das ich euch geben kann.«

»Ein winziges Stück nur«, sagte Fips.

»Jetzt nicht«, sagte die Frau. »Geht fort. Aber geht nicht für immer fort. Kommt zurück, wenn es dunkel ist. Klopft dann ans hintere Fenster. Und jetzt geht, ich hab' nichts.«

»Nachts?« fragte Kurtchen.

»Wenn es dunkel ist, Kleiner, ja.«

Die Frau schloß die Tür, und die Jungen schlugen einen Weg in den Wald ein. Es war ein feuchter, weicher Weg, den sie gingen, er führte sie von dem Gehöft fort und parallel zum Fluß in eine Richtung, in der sie vom Dampfer aus mehrere Gehöfte gesehen hatten. Sie versuchten es auch bei den Einwohnern dieser Gehöfte, aber überall sagte man ihnen: Geht fort. Aber geht nicht für immer fort. Kommt zurück, wenn es dunkel ist. Jetzt können wir euch nichts geben.

Die Jungen merkten sich die Lage der Gehöfte und gingen wieder zum Fluß hinab. Sie gingen wieder zu der Stelle, an der sie gelandet waren, und sie tranken Wasser aus dem Fluß und aßen ein wenig von dem Zucker, den sie in den Taschen hatten, und dann legten sie sich dicht nebeneinander ins Gras und schliefen ein. Sie schliefen bis zur Abenddämmerung. Sie schliefen so lange, bis der Strom den Nebel entließ, bis der Nachtfrost kam und sie in die nackten Beine kniff; da erhoben sich alle beide, rieben die Hände warm, reckten ihre Körper und sahen nach dem Licht des Gehöfts. Starr, gelb und klein leuchtete es ihnen entgegen, und sie machten sich auf den Weg.

Sie brauchten diesmal nicht zu warten. Als sie auf dem Hof standen, wurde die Tür geöffnet, und sie sahen die dunklen Umrisse der Frau und daß sie ihnen winkte. Sie wurden erwartet, und es wurde ihnen zu verstehen gegeben, daß es nicht nötig sei, viel zu sprechen; die Frau brachte sie in eine Kammer und sagte: »Redet nicht viel, Kinderchen, setzt euch hin und eßt. Da ist Suppe.«

Und die Jungen setzten sich hin und aßen von der Suppe, und als die Schüssel leer war, brachte die Frau Brot und mageren Speck; sie sah zu, wie die Jungen aßen, sie wachte argwöhnisch darüber, daß keiner von ihnen etwas in die Taschen schob. Sie durften essen, soviel sie wollten, aber nichts mitnehmen. »Ihr müßt alles hier aufessen«, sagte die Frau. »Ihr dürft nichts mitnehmen. Nachher fangen sie euch unterwegs, und wenn sie rauskriegen, wer euch den Speck gegeben hat, dann ist es für euch nicht gut und für mich auch nicht.«

Und die Jungen aßen und aßen, und als nichts mehr auf

den Tellern lag, erhoben sie sich stöhnend und wackelten zur Tür; ein Gefühl der Gleichgültigkeit überkam sie. Sie wollten sich gleich neben den Brunnen legen und schlafen, aber die Frau schob sie auf den Weg und sagte: »Hier dürft ihr nicht schlafen, Jungens, so nah am Haus dürft ihr nicht bleiben. Geht in den Wald, da ist es wärmer und weicher. Geht dorthin und legt euch unter einen Strauch, und laßt euch nicht bei Tage hier sehen.«

Sie drangen, nachdem sie sich bedankt hatten, in den Wald ein, suchten eine günstige Stelle und fielen um; sie schliefen bald ein, und der Kleine kaute noch im Schlaf ...

... Die Jungen schliefen bis in den späten Morgen; das Geräusch eines vorbeifahrenden Autos weckte sie, und sie gingen in die Richtung, aus der das Geräusch zu ihnen gedrungen war, und entdeckten eine Chaussee. Sie setzten sich in den Chausseegraben, und Kurtchen sagte:

»Wir können hier warten, Fips. Wir können hier sitzenbleiben, bis ein Auto kommt. Wir werden es anhalten und uns ein Stück mitnehmen lassen. Vielleicht bis zum nächsten Dorf.«

»Nein«, sagte Fips, »nein, Jungchen, ein Auto dürfen wir nicht anhalten. In den Autos sitzt die Miliz. Ich will lieber langsamer vorwärtskommen, aber sicherer. Außerdem wird die Miliz uns auch nicht mitnehmen.«

»Was meinst du, Fips, wenn wir heute etwas bekommen, im nächsten Dorf oder so, dann könnten wir doch abends nach Hause fahren. Wir behalten heimlich etwas von dem Brot und fahren abends zurück.«

»Auf keinen Fall«, sagte Fips. »Wenn du willst, Jungchen, kannst du allein nach Hause fahren. Ich bleibe noch einige Tage hier. Ich bin doch nicht hergekommen, um mich nur einmal vollzufressen. Du mußt die Gelegenheiten besser ausnutzen, Jungchen, sonst kommst du nie zu was. Deine Mutter wird schon warten.«

Sie hoben beide den Kopf und sahen die Chaussee hinab; sie hörten das Geräusch eines Wagens und bemerkten zwischen den Bäumen einen großen Heuwagen, der langsam näher kam.

»Das ist das Richtige«, sagte Fips hastig. »Von dem lassen wir uns mitnehmen. Langsam, aber sicher, Jungchen, und dazu noch gepolstert. In den Autos sitzt die Miliz.«

»Soll ich ihn anhalten?« fragte Kurtchen.

»Nein«, sagte Fips, »wir halten ihn überhaupt nicht an. Wir klettern einfach hinten am Balken rauf; das merkt niemand. Laß ihn nur vorbeifahren.«

Sie ließen den Wagen vorbeifahren; dann sprangen sie auf, liefen wenige Schritte hinterher und zogen sich am Balken auf das Fuder empor. Es schwankte hier oben mächtig, und sie ließen sich ins warme Heu fallen und lachten sich lautlos zu. Aber plötzlich geschah etwas Unerwartetes: Sie sahen fast gleichzeitig, wie aus einer Heumulde der Lauf einer Maschinenpistole hervorstach; sie sahen die kleine dunkle Öffnung auf sich gerichtet und hoben die Hände hoch. Und dann tauchte der Kopf eines Milizsoldaten auf, und sie erschraken bei der Feststellung, daß es derselbe Soldat war, dem sie an der Brücke in Kowno davongelaufen waren. Der Soldat lachte und befreite sich vom Heu, das auf seiner Mütze und seiner Schulter hing, und er sagte: »Oi, oi, oi, was ist Welt klein, oi, oi, Vögelchen nicht haben Nester zum Verstecken. Alles fftt, alle Verstecke fftt!«

Diesmal paßte der Soldat besser auf, und er brachte die Jungen nach Veliouna, zu einer kleinen Kommandantur. Sie wurden für mehrere Tage eingesperrt, aber sie wurden gut behandelt, bekamen regelmäßig zu essen, und nachts erhielten sie eine Decke zum Schlafen. Sie blieben sechs Tage in Veliouna, und der Kleine weinte anfangs viel, und Fips gab ihm jeden Morgen etwas von seiner Brotration ab, da man ihnen den Zucker bei einer Leibesvisitation weggenommen hatte. Und am siebten Tag wurden sie verhört und dann von demselben Soldaten, der sie geschnappt hatte, zur Grenze gebracht. Es war ein sonniger, biederer Vormittag, an dem sie zu dritt zur Grenze gingen. Die Schwalben kurvten hoch im Blau, und die Straße war lang und gleichgültig und bot keine Abwechslung. Soweit das Auge reichte, war Straße, grausam monoton, nicht auszuhalten; nirgendwo ein Knick, eine willkommene Täuschung: zu Ende. Sie liefen vier Stunden, und als der Soldat es nicht mehr aushielt, rief er: »Stoi! Chalt! Alles chalt! So. Zuhören. Ich jetzt zurrick. Ich nach Haus. Ihr: Grenze. Ihr immer mißt laufen dieser Straße. Grenze zwei Stunden, kann auch sein finf Stunden. Was weiß ich. Ihr nicht zurrickkommen! Sonst fftt! Du und du. Alle beide fftt! Verstanden?«

»Und wie kommen wir nach Königsberg?« fragte Fips.

»Geradeaus«, sagte der Milizsoldat, »immer weiter, bald Grenze, bald Königsberg.« Und er faßte in die Tasche und holte einen großen Kanten Brot heraus; er reichte Kurtchen das Brot und sagte: »Chier, kleine Mann, chast Brot. Fier Chunger. Lauf, schnell! Dawai!«

Und die Jungen gingen ohne den Soldaten weiter, sie gingen gemächlich, und wenn sie sich von Zeit zu Zeit umdrehten, sahen sie den Soldaten immer kleiner werden auf der hitzeflimmernden Straße.

»Der hatte keine Lust mehr«, sagte Fips. »Na, hinter den Birken setzen wir uns hin und warten. Dann kann er uns kaum noch erkennen.«

»Sollen wir denn nicht zur Grenze?«

»Zur Grenze? Erstens, Jungchen, werden sie uns nicht 'rüberlassen über die Grenze, und zweitens könnten sie uns in ein Lager stecken. Hast du Lust dazu?«

»Ich bestimmt nicht«, sagte Kurt. »Ich brauch' nur unbedingt ein Paar Schuhe, Fips. Ich muß Schuhe haben, das piekt so verdammt auf den Steinen. Bei dir nicht?«

»Bei mir nicht«, sagte Fips. »Ich hab' jetzt schon 'ne Hornhaut, seitdem mir der Matrose die Schuhe weggenommen hat, hab' ich mir schon 'ne Hornhaut gelaufen, dick wie ein Kamm, Jungchen. So was mußt du dir auch anschaffen. Da geht nichts durch.«

Er verstummte plötzlich und drängte Kurt in den Graben; sie hörten mehrere Feuerstöße aus einer Maschinenpistole und auch einige Schreie, und als sie den Kopf über die Böschung hoben, sahen sie den Milizsoldaten auf der Straße liegen, und neben ihm standen einige bewaffnete Zivilisten. Sie beugten sich über ihn und nahmen ihm die Maschinenpistole fort, und dann verschwanden sie im Wald, und zwei von ihnen schleiften den toten Milizsoldaten in ein Gebüsch. Es waren Partisanen ...

... Im Wald von Passelautskinne, in dem seit mehr als zweihundert Jahren kein Holz geschlagen wurde, stießen die Jungen auf eine Gruppe von Partisanen; die Partisanen waren gut bewaffnet, sie hatten alle eine russische Maschinenpistole, denn sie mußten sich, wie sie sagten, auf russische Waffen verlegen, da sie für die deutschen keine Munition mehr bekamen. Die Partisanen sprachen fast alle deutsch, und die Jungen erhielten Essen und Trinken von ihnen, und man gab ihnen auch Ratschläge, in welche Dörfer sie gehen und welche sie nicht betreten sollten, und sie wären gern noch eine Weile bei den Partisanen geblieben. Aber im Morgengrauen kam ein nervöser junger Bursche zu ihnen und sagte: »Ihr müßt jetzt verschwinden, Jungens, wir sind umzingelt.«

»Der ganze Wald?« fragte Fips.

»Frag nicht soviel. Und gnade euch Gott, wenn ihr etwas erzählt. Ihr habt gesehen, was wir mit Spitzeln machen. Ihr habt sie an der Birke gesehen. Verschwindet jetzt. Es ist egal, wohin ihr geht. Sie sind an allen Ecken. Wenn es zu schießen anfängt, dann werft euch sofort hin.«

»Oder wir klettern auf einen Baum«, sagte Fips.

»Wenn sie Bluthunde haben, holen sie euch runter wie Krähen. Aber ihr könnt's ja versuchen. Los. Verschwindet jetzt.«

Die Jungen schlichen zögernd davon, und plötzlich rief Kurtchen leise: »Da, Fips!«

»Wo?«

»Unter der Fichte.«

»Das ist eine Kuh«, sagte Fips. »Die ist da angebunden, Jungchen. Wahrscheinlich hat die ein Bauer hier versteckt. Der ist schlau, was? Melkt die Kuh im Wald. Hat immer Milch und braucht nichts abzuliefern. Komm, auf diese Fichte klettern wir rauf.«

»Aber wenn sie kommen, Fips, werden sie die Kuh finden, und dann –«

»Dann«, sagte Fips, »werden sie für nichts mehr Augen haben als für die Kuh. Sei nur ruhig. Du bist kein guter Menschenkenner, Jungchen. Ist doch klar. Die werden mit der Kuh so beschäftigt sein, daß sie die Bäume in der Nähe gar nicht absuchen werden.«

»Aber ...«

»Nichts aber, Kurtchen, mach zu. Du kletterst als erster rauf.«

Sie kletterten auf die Fichte und lauschten atemlos auf alle Geräusche, und nach einer Weile sahen sie zwei Milizsoldaten auf die Lichtung treten; die Soldaten hatten keine Bluthunde bei sich, aber sie trugen die Maschinenpistole lose im Arm, und die Jungen saßen reglos im Wipfel der Fichte. Die Soldaten fanden die Kuh, und sie entdeckten auch die Leiche des Spitzels an der Birke, aber sie entdeckten die Jungen nicht und auch nicht die Partisanen. Die »Grünen« waren auf geheimnisvolle Art verschwunden, es kam zu keiner Schießerei, sie wurden nicht aufgestöbert, obwohl die Milizsoldaten das Waldstück mehrmals durchkämmten, bevor sie auf Lastwagen davonfuhren.

Die Jungen stiegen erst am Abend von der Fichte herab; sie wußten nicht, daß alle Soldaten weggefahren waren, und darum blieben sie ruhig sitzen und warteten. Sie konnten warten, sie hatten es gelernt in den Tagen, die sie hier schon verbracht hatten; unmerklich hatten sie ein anderes Zeitgefühl erhalten, das Zeitgefühl des Ostens.

An einem Abend kamen sie in ein Dorf. Es war ein kleines Dorf, das nur aus wenigen strohgedeckten Hütten bestand, und es machte einen friedlichen Eindruck. Es sah nach Feierabend und Ruhe aus, und die Jungen beobachteten das Dorf, bevor sie zwischen die Häuser traten, aber sie bekamen keinen Menschen zu Gesicht; die Hütten lagen wie ausgestorben da, niedrige, graue Hütten, die sich an den Boden duckten.

Kurtchen sagte: »Die schlafen wohl schon alle, Fips. Die sind aber früh ins Bett gegangen.«

»Das glaub ich nicht, Jungchen.«

»Meinst du, daß sie alle tot sind?«

»Nein.«

»Was denn? Vielleicht haben sie sich versteckt.«

Sie gingen an eine Hütte heran, und Kurtchen warf einen Blick durch das vordere Fenster, und im gleichen Augenblick sagte er: »Da, Fips, es ist nichts drin in dem Haus. Kein Stuhl, kein Bett, nichts. Sieh nur! Hier wohnt niemand. Die Leute sind alle weggezogen. Vielleicht ging es ihnen zu schlecht hier.«

»Oder zu gut«, sagte Fips. »Wahrscheinlich hat man sie alle mit dem Lastwagen irgendwohin gebracht. Das glaube ich wohl.«

Sie betraten die Hütte und untersuchten die Küche und den Boden und den Rauchfang, aber sie konnten nichts finden, das sich gelohnt hätte, mitgenommen zu werden; nur ein Stück Schnur fanden sie und einen Räucherhaken. Sie betraten mehrere Hütten, aber alle waren leer und verlassen, und Fips sagte:

»Es hat keinen Zweck, Jungchen, hier ist nichts zu holen. Wir gehn jetzt noch mal zu dem größeren Haus, und wenn das auch leer ist, müssen wir weiter zum nächsten Dorf.«

Aber als sie an das Fenster des größeren Hauses pochten, wurde die Tür geöffnet, und ein alter, freundlicher Mann erschien auf der Schwelle; er forderte sie auf, hereinzukommen, und führte sie in ein Zimmer, in dem nur in einer Ecke Deckenreste und Laub lagen, offenbar als Schlafstelle.

»Ich wollte nur fragen, ob Sie ein Stück Brot haben«, sagte Fips. »Aber nicht für mich, ich halte es schon noch aus. Ich frage nur wegen des Kleinen hier.«

Der alte Mann lachte hilflos und sagte: »Was soll ich euch denn geben, Kinderchen? Ich hab' nichts. Aber meine Frau ist fortgegangen. Vielleicht bringt sie ein paar Pilze mit oder Blaubeeren. Wenn ihr wollt, dann setzt euch ruhig hin und wartet.«

»Du bist doch nicht von hier, Opa?« sagte Fips.

»Nein«, sagte der alte Mann. »Ich bin nicht von hier.«

»Du kommst aus Ostpreußen, nicht?«

»Ja«, sagte der Alte, »aus Palmnicken. Ihr auch?«

»Nein, wir sind aus Königsberg.«

»Aus Königsberg«, sagte der Alte beglückt, »was ihr nicht sagt, Kinderchen. Ich hab' gedient in Königsberg. 1900. Ja, ich kenn' Königsberg gut. – Daher kommt ihr also.«

»Wir sind aber schon einige Wochen hier, Opa. Sag mal: wo sind denn die Leute im Dorf? Sind die alle weggezogen?«

»Weggezogen?« fragte der Alte. »Wenn ihr wüßtet, wie die weggezogen sind. Ein Grüner hat es uns erzählt, einer von den Partisanen.«

»Wurden sie erschossen?«

»Nein«, sagte der Alte, »Gott bewahre. So gnädig war man nicht zu ihnen. Das war ganz anders: Eines Abends, da wurde hier im Dorf ein kleines Fest gefeiert, es wurde getanzt und getrunken, und alles war sehr lustig. Und plötzlich kamen die Grünen aus dem Wald, es waren wohl vierzig Männer. Und alle brachten ihre Gewehre mit, und sie reinigten ihre Gewehre vor dem Gasthaus und begannen dann auch zu tanzen und zu feiern. Sie hatten natürlich einige Posten aufgestellt, die melden sollten, wenn die Russen kämen, aber die Posten merkten nicht, daß sich der Bruder des Partisanenführers wegschlich und alle an die Russen verriet. Es gab eine furchtbare Schießerei hier, und es wurden zweiunddreißig Russen getötet, aber auch mehr als zwanzig Grüne.

Und nachdem die Partisanen wieder im Wald waren, kam die Miliz, und alle Leute im Dorf wurden auf Lastwagen getrieben und fortgebracht. Ich weiß nicht, wohin sie gebracht wurden, aber wiederkommen werden sie wohl nicht. Na, und jetzt sitzen wir hier, meine Frau und ich; hier wird man zumindest in Ruhe gelassen. Ab und zu kommt nur mal ein Grüner und sieht bei uns 'rein, der Mann, dem das Haus gehört. Er hat nichts dagegen, daß wir hier sind, er sagt immer: bleibt ruhig hier, solange ihr hierbleibt, habe ich die Hoffnung, zurückzukommen. Aber wenn erst das ganze Dorf leer ist ...« Ein kurzes Klopfen an der Tür unterbrach den Alten; seine Frau kam herein mit einer Konservendose voll Blaubeeren, und nachdem sie den Besuch kennengelernt hatte, stellte sie die Dose vor die Jungen hin und sagte: »Eßt nur, Kinderchen. Ich werde uns neue pflücken. Komm, Kleiner, fang du an.«

Aber Fips sagte: »Nein, nein. Der Kleine will nichts mehr. Das hab' ich vorhin nur so gesagt. So, Kurtchen, jetzt wollen wir mal auspacken. Jetzt wollen wir uns alle mal richtig satt essen. Gib den Speck her, Jungchen, und das Brot. Und die Eier können wir auch gleich hierlassen.«

Und sie holen beide aus geheimen Taschen und unter der Kleidung versteckten Beuteln alles heraus, was sie hatten, und dann forderten sie die beiden Alten auf, Platz zu nehmen und zuzugreifen, und sie aßen vergnügt und andächtig, soviel sie konnten. Die Alten hatten lange keinen Speck mehr gesehen und kein Ei, und die Jungen baten sie, alles aufzuessen.

»Na«, sagte der Alte, »was sagst jetzt, Mutter? Hättest du gedacht, daß wir in unserm verlassenen Dorf noch mal so was zu sehen bekommen? Ein reines Wunder, wahrhaftig. Ein reines Wunder in diesem Dorf.«

Nach dem Essen blieben sie auf der Erde sitzen und tauschten Neuigkeiten aus, oder das, was sie Neuigkeiten nannten. Sie erzählten sich, daß das nicht das einzige verlassene Dorf in Litauen war und daß immer mehr Deutsche in dieses Land kamen. Sie zogen bettelnd von Haus zu Haus, und wo die Einheimischen helfen konnten, da wurde geholfen; und wenn Wandernde ein leerstehendes Haus ausfindig machten, dann blieben sie manchmal und richteten sich ein, und wenn sich das herumsprach, folgten ihnen andere, und so entstanden an vielen Orten kleine deutsche Gemeinschaften. Sie wurden zwar ständig kontrolliert, aber die NKWD-Offiziere waren vielerorts ausnehmend freundlich zu den Deutschen. Und die Litauer halfen ihnen, halfen, wo sie konnten, auch wenn sie sich dabei selbst in Gefahr begaben.

An Markttagen fuhren die Deutschen viele Meilen weit, um einander zu sehen und gute Ratschläge zu geben, und das neue Land veränderte sie, ohne daß sie dessen gewahr wurden; sie hatten einen anderen Blick und andere Gedanken, und sie alle unterlagen einem neuen Gefühl der Zeit ... Zeit, was ist im Osten die Zeit? Still sein und warten. Die

Fußnägel wachsen, der Großvater stirbt, und der Sommer sinkt um, und dann tritt sich der Herbst die Füße ab, und hinterm Wald liegt schon der Winter auf der Lauer.

Eines Tages trennten sich die Jungens, sie gingen ohne großen Abschied auseinander. Fips arbeitete bei einem Bauern, und der Kleine ging in den Wald und half beim Holzfahren. Beide wurden registriert, beide trugen neue Dokumente bei sich und sprachen litauisch und russisch. Sie verdienten sich ihr Brot; sie bekamen Rubel ausgezahlt, und in jedem Monat trafen sie sich während des Marktes und brachten einander Zigarettenpapier und Tabak mit, und sie umarmten und freuten sich.

Aber dann erschien Fips auf einmal nicht mehr, und obwohl Kurtchen bis zum Abend wartete, bekam er den Freund nicht zu Gesicht, und da fragte er einige Leute, ob sie wüßten, wo Fips sei, und ein Mann erzählte ihm, daß Fips im Wald gefunden worden sei, tot. Niemand habe eine Verletzung an ihm entdecken können, er habe tot auf einer Lichtung gelegen, vielleicht, meinte der Mann, sei er erdrosselt worden.

Da fuhr Kurtchen allein mit seinem Pferdewagen nach Hause und dachte an Fips; und plötzlich, da er allein war, begann er sich zurückzusehren; die Erinnerung brannte in ihm, und er dachte an seine Mutter und an Heinzi, seinen jüngeren Bruder. Er erschrak über die Feststellung, daß er mittlerweile fast achtzehn Jahre alt geworden war, und er sann und sann, wie er nach Hause kommen könnte.

Als dann im Winter Vorbereitungen zum Abtransport aller Deutschen aus Litauen getroffen wurden, ließ der Kleine sich registrieren, und seine litauischen Freunde brachten ihn zur Bahn, und es war ein großer und rührender Abschied, und eines Tages kam er nach dem Westen, und hier traf er seinen Bruder wieder und erfuhr von ihm, daß die Mutter die Zeit nicht überlebt hatte. Und er fand auch Aufnahme und Arbeit in einem Lehrlingsheim.

Bei der Arbeit findet er wenig Zeit, an Litauen zu denken. Doch wenn er manchmal nachts erwacht, dann tauchen plötzlich vor seinen Augen Wiesen und dichte, verfilzte Wälder auf, und er sieht den alten, gleichmütigen Strom zu seinen Füßen und hört eine ferne Musik. Und dann verspürt er so etwas wie Sehnsucht.

1954

Die tödliche Phantasie

Der Wärter blieb stehen, öffnete gelassen die Tür, ließ den hageren alten Mann, der neben ihm stand, eintreten, und folgte ihm dann in einen grüntapezierten Raum.

»So«, sagte er, und »da wären wir also«.

Der Hagere blickte sich um, nickte, als ob der Raum ihm gefiele, prüfte das Fenster auf seine Dichte und den braunen Sessel auf seine Bequemlichkeit und sagte dann zu dem Wärter: »Mir scheint, dieses Sanatorium hält etwas auf sich. Hier dürften mir die wenigen Tage, in denen sich mein Fall hoffentlich klären wird, nicht zu Jahren werden. Ich fühle mich wohl hier und möchte mich nur noch bei Ihnen für die Begleitung bedanken.«

Der Wärter stand da, in großen Schuhen, das Schlüsselbund in der Hand und schüttelte grinsend seinen Kopf.

»Nein, nein«, sagte er und kam etwas näher, »nein, nein. Das geht doch nicht. Das darf ich nicht. Ich muß Ihnen erst noch etwas wegnehmen. Die Schnürsenkel muß ich Ihnen wegnehmen, und das Taschenmesser muß ich Ihnen wegnehmen, und wenn Sie Schnur in der Tasche tragen, muß ich Ihnen die Schnur wegnehmen. Auch die Hosenträger muß ich Ihnen wegnehmen. Sie müssen nicht traurig sein darüber. Das sind meine Vorschriften. Wenn Sie die Dinge behielten, könnte Ihnen vielleicht etwas zustoßen. So ein Messerchen, das hat eine schlechte Erziehung. Sie bekommen ja später alles wieder.«

Der hagere Mann, der, im Sessel sitzend, dem Wärter zugehört hatte, erhob sich langsam.

»Hier sind die Schnürsenkel«, sagte er, »und hier ist mein Taschentuch. Ein Messer habe ich nicht bei mir, desgleichen keine Schnur. Was meine Hosenträger anbetrifft, so möchte ich Ihnen immerhin einiges zu bedenken geben, bevor Sie

sie mir fortnehmen. Ich bin Professor der Geschichte, und die Würde eines Menschen, eines Zivilisten –«

Der Wärter bewegte die Zehen in den Schuhen und lachte.

»Ich war Soldat, Professorchen, vor dreißig Jahren, und eines Morgens nannte uns der Korporal Hirten, und als ihn einer fragte, was er damit meinte, sagte er: ›Ihr seid Hirten, weil die Zivilisten Schafe sind, ihr müßt sie treiben, treiben ...‹«

Der Professor sah ihn an und strich sich über das Haar.

»Ich werde hier nicht lange bleiben in diesem Sanatorium, nicht nur, weil ich völlig normal bin, sondern auch deswegen, weil Sie recht sonderbare Vorschriften auf die Gäste anwenden. Wissen Sie denn, warum man mich hierher brachte?« Der Wärter lachte, schüttelte seinen Kopf, bewegte die Zehen in den großen Schuhen und trat näher an den Professor heran, der sich in den braunen Sessel gesetzt hatte.

»Sehen Sie«, sagte der hagere Mann und blickte auf die grüne Wand, während ihm der Wärter mit hochgezogenen Brauen lauschte, »vielleicht werden Sie das nicht so verstehen können. Aber meine Frau hat es miterlebt, die kann Ihnen alles, falls Sie einen Zweifel in meine Worte setzen, bestätigen. Ich habe mich 40 Jahre lang mit Geschichte beschäftigt und es ist wohl kein sträfliches Eigenlob, wenn ich sage, daß meine kritische Unruhe mich dahin brachte, Ungesetzlichkeiten im großen Ablauf der Zeit zu entdekken. Das alles spielt jedoch hier keine Rolle. Ich wollte Ihnen sagen, daß ich eines Tages auf den Namen Pietro Aretino stieß, einen Italiener, der im 16. Jahrhundert in Venedig lebte und der als Spötter wohl die furchtbarste Feder führte, die überhaupt von einem Menschen geführt worden ist.«

Der Wärter bewegte die Zehen in den großen Schuhen

und sah aus zusammengekniffenen Augen auf den Professor.

»Ich habe viel verstehen gelernt in meinem Leben, aber bisher blieb es mir ein magisches Geheimnis, wie ein einzelner Mann, im Besitze feinster Bosheit und bewundernswertesten Hohnes, Fürsten und Könige erzittern lassen konnte durch einen einzigen Satz, und wie ein literarisches Talent den Spott und die üble Nachrede zum Kunstwerk werden ließ. Ich weiß, man ist geteilter Meinung über Aretino. Er hat einen Brief an Michelangelo geschrieben, einen Brief, sage ich Ihnen –

Könige schickten ihm Goldhaufen, damit er gegen ihre Widersacher Schmähschriften verfasse. Ich las alle Aufzeichnungen und Briefe von und über ihn und mußte schließlich fühlen, wie ich diesem Manne immer mehr verfiel. Ich haßte und bewunderte ihn zugleich und war betrübt, ihn nie gekannt zu haben.

Da – eines Abends, ich saß in meinem Arbeitszimmer und vor mir lagen mehrere Aretino-Bände, eines Abends, da öffnete sich ein Buchrücken und ich schaute hinein und erkannte Venedig, die Rialtobrücke und den Markusdom; im Vordergrund stand jemand, der mich heranwinkte. Ich blickte mich um und bemerkte, daß meine Frau mir auffordernd zunickte. So stieg ich in den geöffneten Buchrücken hinein und fragte einen Vorübergehenden nach der Wohnung Aretinos. Er wandte sich scheu um und, nachdem er sich versichert hatte, daß niemand in der Nähe war, sagte er: ›Aretino ist dem jüngeren Strozzi in die Arme gelaufen und hat entsetzliche Prügel und einige Dolchstiche empfangen. Er wird nicht zu sprechen sein. Sie müssen ihn wohl später aufsuchen.‹

Ich stieg also in mein Arbeitszimmer zurück, verschloß sorgsam die Aretino-Bände und sprach über diesen Vorfall, der mich hoch beglückte, nur mit meiner Frau und einem guten Bekannten. Ja, das war vor einer Woche, und heute oder morgen wollte ich eigentlich Aretino aufsuchen, aber leider – Sie sehen ja – hat man mich in das Sanatorium gebracht, sicherlich auf Veranlassung meines guten Bekannten. Aber mein Aufenthalt hier wird wohl nicht ewig währen.«

Der Wärter bewegte die Zehen in den großen Schuhen, schüttelte grinsend seinen Kopf, murmelte etwas wie »Fische und Schlafengehen« und ging dann, die Schnürsenkel und das Taschentuch in einer Hand, zur Tür. Der hagere Mann blieb im Sessel sitzen und schaute ihm nicht nach.

Anderntags, als der Wärter wieder in das grüntapezierte Zimmer trat, fand er den Professor am Boden liegend und sah, daß sich die Hosenträger würgend um den Hals legten. Er lief auf den Gang hinaus, rief: »Herkommen! Hier, hier ... der Zivilist ... der Aretino hat den Zivilisten umgebracht«, und klingelte dazu mit seinen Schlüsseln.

1949

Die Nacht im Hotel

Der Nachtportier strich mit seinen abgebissenen Fingerkuppen über eine Kladde, hob bedauernd die Schultern und drehte seinen Körper zur linken Seite, wobei sich der Stoff seiner Uniform gefährlich unter dem Arm spannte.

»Das ist die einzige Möglichkeit«, sagte er. »Zu so später Stunde werden Sie nirgendwo ein Einzelzimmer bekommen. Es steht Ihnen natürlich frei, in anderen Hotels nachzufragen. Aber ich kann Ihnen schon jetzt sagen, daß wir, wenn Sie ergebnislos zurückkommen, nicht mehr in der Lage sein werden, Ihnen zu dienen. Denn das freie Bett in dem Doppelzimmer, das Sie – ich weiß nicht, aus welchen Gründen – nicht nehmen wollen, wird dann auch einen Müden gefunden haben.«

»Gut«, sagte Schwamm, »ich werde das Bett nehmen. Nur, wie Sie vielleicht verstehen werden, möchte ich wissen, mit wem ich das Zimmer zu teilen habe; nicht aus Vorsicht, gewiß nicht, denn ich habe nichts zu fürchten. Ist mein Partner – Leute, mit denen man eine Nacht verbringt, könnte man doch fast Partner nennen – schon da?«

»Ja, er ist da und schläft.«

»Er schläft«, wiederholte Schwamm, ließ sich die Anmeldeformulare geben, füllte sie aus und reichte sie dem Nachtportier zurück; dann ging er hinauf.

Unwillkürlich verlangsamte Schwamm, als er die Zimmertür mit der ihm genannten Zahl erblickte, seine Schritte, hielt den Atem an, in der Hoffnung, Geräusche, die der Fremde verursachen könnte, zu hören, und beugte sich dann zum Schlüsselloch hinab. Das Zimmer war dunkel. In diesem Augenblick hörte er jemanden die Treppe heraufkommen, und jetzt mußte er handeln. Er konnte fortgehen, selbstverständlich, und so tun, als ob er sich im Korridor geirrt habe. Eine andere Möglichkeit bestand darin, in das Zimmer zu treten, in welches er rechtmäßig eingewiesen worden war und in dessen einem Bett bereits ein Mann schlief.

Schwamm drückte die Klinke herab. Er schloß die Tür wieder und tastete mit flacher Hand nach dem Lichtschalter. Da hielt er plötzlich inne: neben ihm – und er schloß sofort, daß da die Betten stehen müßten – sagte jemand mit einer dunklen, aber auch energischen Stimme:

»Halt! Bitte machen Sie kein Licht. Sie würden mir einen Gefallen tun, wenn Sie das Zimmer dunkel ließen.«

»Haben Sie auf mich gewartet?« fragte Schwamm erschrocken; doch er erhielt keine Antwort. Statt dessen sagte der Fremde:

»Stolpern Sie nicht über meine Krücken, und seien Sie vorsichtig, daß Sie nicht über meinen Koffer fallen, der ungefähr in der Mitte des Zimmers steht. Ich werde Sie sicher zu Ihrem Bett dirigieren. Gehen Sie drei Schritte an der Wand entlang, und dann wenden Sie sich nach links, und wenn Sie wiederum drei Schritte getan haben, werden Sie den Bettpfosten berühren können.«

Schwamm gehorchte: er erreichte sein Bett, entkleidete sich und schlüpfte unter die Decke. Er hörte die Atemzüge des anderen und spürte, daß er vorerst nicht würde einschlafen können.

»Übrigens«, sagte er zögernd nach einer Weile, »mein Name ist Schwamm.«

»So«, sagte der andere.

»Ja.«

»Sind Sie zu einem Kongreß hierhergekommen?«

»Nein. Und Sie?«

»Nein.«

»Geschäftlich?«

»Nein, das kann man nicht sagen.«

»Wahrscheinlich habe ich den merkwürdigsten Grund, den je ein Mensch hatte, um in die Stadt zu fahren«, sagte Schwamm. Auf dem nahen Bahnhof rangierte ein Zug. Die Erde zitterte, und die Betten, in denen die Männer lagen, vibrierten.

»Wollen Sie in der Stadt Selbstmord begehen?« fragte der andere.

»Nein«, sagte Schwamm, »sehe ich so aus?«

»Ich weiß nicht, wie Sie aussehen«, sagte der andere, »es ist dunkel.«

Schwamm erklärte mit banger Fröhlichkeit in der Stimme:

»Gott bewahre, nein. Ich habe einen Sohn, Herr ... (der andere nannte nicht seinen Namen), einen kleinen Lausejungen, und seinetwegen bin ich hierhergefahren.«

»Ist er im Krankenhaus?«

»Wieso denn? Er ist gesund, ein wenig bleich zwar, das mag sein, aber sonst sehr gesund. Ich wollte Ihnen sagen, warum ich hier bin, hier bei Ihnen, in diesem Zimmer. Wie ich schon sagte, hängt das mit meinem Jungen zusammen. Er ist äußerst sensibel, mimosenhaft, er reagiert bereits, wenn ein Schatten auf ihn fällt.«

»Also ist er doch im Krankenhaus.«

»Nein«, rief Schwamm, »ich sagte schon, daß er gesund ist, in jeder Hinsicht. Aber er ist gefährdet, dieser kleine Bengel hat eine Glasseele, und darum ist er bedroht.«

»Warum begeht er nicht Selbstmord?« fragte der andere.

»Aber hören Sie, ein Kind wie er, ungereift, in solch einem Alter! Warum sagen Sie das? Nein, mein Junge ist aus folgendem Grunde gefährdet: Jeden Morgen, wenn er zur Schule geht – er geht übrigens immer allein dorthin –, jeden Morgen muß er vor einer Schranke stehenbleiben und warten, bis der Frühzug vorbei ist. Er steht dann da, der kleine Kerl, und winkt, winkt heftig und freundlich und verzweifelt.«

»Ja und?«

»Dann«, sagte Schwamm, »dann geht er in die Schule, und wenn er nach Hause kommt, ist er verstört und benommen, und manchmal heult er auch. Er ist nicht imstande, seine Schularbeiten zu machen, er mag nicht spielen und nicht sprechen: das geht nun schon seit Monaten so, jeden lieben Tag. Der Junge geht mir kaputt dabei!«

»Was veranlaßt ihn denn zu solchem Verhalten?«

»Sehen Sie«, sagte Schwamm, »das ist merkwürdig. Der Junge winkt, und – wie er traurig sieht – es winkt ihm keiner der Reisenden zurück. Und das nimmt er sich so zu Herzen, daß wir – meine Frau und ich – die größten Befürchtungen haben. Er winkt, und keiner winkt zurück; man kann die Reisenden natürlich nicht dazu zwingen, und es wäre absurd und lächerlich, eine diesbezügliche Vorschrift zu erlassen, aber ...«

»Und Sie, Herr Schwamm, wollen nun das Elend Ihres Jungen aufsaugen, indem Sie morgen den Frühzug nehmen, um dem Kleinen zu winken?«

»Ja«, sagte Schwamm, »ja.«

»Mich«, sagte der Fremde, »gehen Kinder nichts an. Ich hasse sie und weiche ihnen aus, denn ihretwegen habe ich – wenn man's genau nimmt – meine Frau verloren. Sie starb bei der ersten Geburt.«

»Das tut mir leid«, sagte Schwamm und stützte sich im Bett auf. Eine angenehme Wärme floß durch seinen Körper; er spürte, daß er jetzt würde einschlafen können.

Der andere fragte: »Sie fahren nach Kurzbach, nicht wahr?«

»Ja.«

»Und Ihnen kommen keine Bedenken bei Ihrem Vorhaben? Offener gesagt: Sie schämen sich nicht, Ihren Jungen zu betrügen? Denn, was Sie vorhaben, Sie müssen es zugeben, ist doch ein glatter Betrug, eine Hintergehung.«

Schwamm sagte aufgebracht: »Was erlauben Sie sich, ich bitte Sie, wie kommen Sie dazu!« Er ließ sich fallen, zog die Decke über den Kopf, lag eine Weile überlegend da und schlief dann ein.

Als er am nächsten Morgen erwachte, stellte er fest, daß er allein im Zimmer war. Er blickte auf die Uhr und erschrak: bis zum Morgenzug blieben ihm noch fünf Minuten, es war ausgeschlossen, daß er ihn noch erreichte.

Am Nachmittag – er konnte es sich nicht leisten, noch eine Nacht in der Stadt zu bleiben – kam er niedergeschlagen und enttäuscht zu Hause an. Sein Junge öffnete ihm die Tür, glücklich, außer sich vor Freude. Er warf sich ihm entgegen und hämmerte mit den Fäusten gegen seinen Schenkel und rief: »Einer hat gewinkt, einer hat ganz lange gewinkt.«

»Mit einer Krücke?« fragte Schwamm.

»Ja, mit einem Stock. Und zuletzt hat er sein Taschentuch an den Stock gebunden und es so lange aus dem Fenster gehalten, bis ich es nicht mehr sehen konnte.«

1949

Begegnung zwischen den Stationen

Rechts war der Lichtschalter, ein harmloses, nichtssagendes Dingchen, ein Bakelittierchen, dem ein Arbeiter in Mailand oder in Oslo oder in Oberhausen zum Leben verholfen hatte. Zwei Finger drehten daran, es machte »knack« – gerade so, als ob dem armen Ding die Wirbelsäule gebrochen würde –, und plötzlich war ein Abteil im Skandinavien-Rom-Expreß unerbittlich erleuchtet.

»Guten Abend«, sagte ich.

Ich erhielt keine Antwort. Zur Linken erhob sich murrend ein US-Flieger, den das Licht aus den schönen Niederungen der Träume gejagt hatte; zur Rechten bemühte sich ein französischer Marine-Soldat, seine Stiefel vom Polster zu ziehen.

»Entschuldigen Sie, meine Herren, es lag mir fern, Ihren Schlaf zu unterbrechen. Wenn ich nicht sehr weit fahren müßte, wäre ich im Gang geblieben. Hm.«

Dem Franzosen springt ein fränkisches Lächeln in die Mundwinkel. Er kratzt sich am Oberschenkel, hustet und sieht zu, wie der Amerikaner eine Zigarette anzündet. Der Pilot hat ein breites, gutmütiges Gesicht, schwarze Augen und eine schmale Stirn.

»Sie können sich wieder hinlegen; soll ich das Licht ausmachen?«

»Nein, nein«, sagt der Franzose und kramt aus seiner Tasche einen Bleistift hervor und ein Kreuzworträtsel – ein deutsches Kreuzworträtsel.

Ein Elsässer, denke ich und schaue ihm zu, wie er den sechskantigen Bleistift auf die Oberlippe drückt und nachdenkt. Bleistifte sind schlechte Blitzableiter der Gedanken. Der Mann sucht einen Körperteil mit vier Buchstaben.

»Hand«, sage ich. Er nickt freundlich und schreibt: Hand. Nach einer Weile sagt er: »Falsch. Der dritte Buchstabe muß ein S sein. Der US-Flieger streicht sich über den Nasenrücken. Ich sage: »Nase«. – »Gut, gut – das ist richtig.«

Das Kreuzworträtsel liegt auf dem Fußboden; zerrissen und zerknüllt: die Asche des Nachdenkens. Der Amerikaner hat einen Berg Zigaretten auf das Fenstertischchen gelegt und sagt: »Smoke, as much as you want.« Er sieht auf den Franzosen, und ich sehe auf den Franzosen, und dieser erzählt in deutscher Sprache:

»... Es wurden 500 Mann ausgesucht. Ich war auch dabei. Mechaniker gelten auf einem Flugzeugträger als Mädchen für alles und sind immer entbehrlich. – Wir haben ein Sumpfgelände durchsucht. Schulterhohes Schilf, drei Meter Abstand von Mann zu Mann. In Indochina gibt es viele Sümpfe. Die stinken grün, verstehen Sie, gräßlich grün. Wir durchsuchten alles und fanden keinen Menschen, aber als wir auf eine freie Wiese kamen, knallte und zirpte und pfiff es.«

»What?« fragte der US-Flieger.

»Viele von uns fielen um.«

»Aber da war doch niemand?«

»Nein. Das dachten wir auch. Wir kämpften gegen Sumpfhühner, Sumpfhühner, verstehen Sie? Diese Burschen nehmen ein Schilf- oder ein Bambusrohr, legen sich in einen Wassergraben und warten, bis sie hinter unserem Rücken sind. Dann werden Sie munter.«

»Bomb them out.«

»Ja. Später haben wir auf jeden verdächtigen Schilfhalm geschossen, auf ihre Luftröhren, mit MPs. Manchmal kam eine braune Schulter hoch oder es gurgelte und gluckste. Ihre Köpfe kommen nicht nach oben.«

»Tanks?« fragte der Amerikaner.

Der Franzose lächelte. »Die kann man auf Straßen gebrauchen. Aber in Indochina sind die Straßen langweilig. Auf ihnen läßt sich niemand blicken.«

»Kanonenboote?«

»Haben wir auch. Altersschwache. Wenn die Kanone schießen soll, heißt es: Alle Mann an Steuerbord.«

»What for?«

»Damit das Boot nicht kentert.«

»Und Flugzeuge?«

»Piloten haben es gut. Die können über den Baumwipfeln spazierenfahren, aber kein Auge kann erkennen, was unter den Blättern lebt. Oben stinkt es nicht.«

»Shoot them all«, sagte der US-Flieger. Er lächelte zum erstenmal.

»Das geht nicht. Alle dort sind unsere Feinde. Das wissen wir. Man kann sie nur nicht erwischen. Sie schauen arm, harmlos und bieder aus. Sie sitzen mit uns im Kino zusammen und trinken in derselben Kneipe. Das ist der Toleranz-Fimmel der Demokratie.«

»Yes, yes.«

»Aber«, sagte der Franzose, »sie werfen uns Giftschlangen und Handgranaten durch das Fenster. Es macht ihnen nichts aus, wenn zehn eigene Leute mitsterben. Die duzen sich mit dem Tod, verstehn Sie?«

Der Amerikaner sieht durch das Fenster. An der Glasscheibe schießt das Morgengrauen vorüber. Der Zug kann es nicht überholen. Er setzt seine Geschwindigkeit herab. Für einen Augenblick sieht man die heile Lende eines zerbombten Bahnhofsrestaurants. An ihr klebt ein Emailleschild: Sind's die Augen, geh zu ... Der Name ist abgesplittert. Der Franzose schläft. Seine Lippen sind halbgeöffnet. Ein dünner Speichelfaden steht zwischen ihnen. Der Mann atmet sehr regelmäßig.

Plötzlich sagt der US-Pilot: »Deutschland ist schön. Ich

werde jetzt schlafen. Es ist nicht anzunehmen, daß der Zug auf eine Mine läuft. Oder?«

»Ausgeschlossen ist es nicht«, sage ich lächelnd. Er schlägt den Kragen seiner Jacke hoch und murmelt:

»Es gibt kein Land auf der Welt, das sich besser zum Schlafen eignet als das Ihrige.«

»Dann schlafen Sie wohl.«

1950

Der Läufer

Eine klare, saubere Stimme bat im Lautsprecher um Ruhe für den Start, und es wurde schnell still im Stadion. Es war eine grausame Stille, zitternd und peinigend, und selbst die Verkäuferinnen in den gestärkten Kitteln blieben zwischen den Reihen stehen. Alle sahen hinüber zum Start des 5000-Meter-Laufes; auch die Stabhochspringer unterbrachen ihren Wettkampf und legten die Bambusstangen auf den Rasen und blickten zum Start. Es war nicht üblich, daß man bei einem 5000-Meter-Lauf um Ruhe für den Start bat, man tat das sonst nur bei den Sprintstrecken, aber diesmal durchbrachen sie ihre Gewohnheit, und alle wußten, daß ein besonderer Lauf bevorstand.

Sechs Läufer standen am Start, standen gespannt und bewegungslos und dicht nebeneinander, und es war so still im Stadion, daß das harte Knattern des Fahnentuchs im Wind zu hören war. Der Wind strich knapp über die Tribüne und fiel heftig in das Stadion ein, und die Läufer standen mit gesenkten Gesichtern und spürten, wie der Wind ihren Körpern die Wärme nahm, die die Trainingsanzüge ihnen gegeben hatten.

Die Zuschauer, die in der Nähe saßen, erhoben sich; sie standen von ihren Plätzen auf, obwohl der Start völlig bedeutungslos war bei einem Lauf über diese Distanz; aber es zog sie empor von den feuchten Zementbänken, denn sie wollten ihn jetzt wiedersehen, sie wollten ihn im Augenblick des Schusses antreten sehen, sie wollten erfahren, wie er loskam. Er hatte die Innenbahn gezogen, und er stand mit leicht gebeugtem Oberkörper da, das rechte Bein etwas nach vorn gestellt und eine Hand über dem Schenkel. Er war der älteste von den angetretenen Läufern, das sahen sie alle von ihren Plätzen, er war älter als alle seine Gegner, und er hatte ein ruhiges, gleichgültiges Gesicht und eine kranzförmige Narbe im Nacken: er sah aus, als ob er keine Chance hätte. Neben ihm stand der Marokkaner, der für Frankreich lief, ein magerer, nußbrauner Athlet mit stark gewölbter Stirn und hochliegenden Hüften, neben dem Marokkaner standen Aimo und Pörhöla, die beiden Finnen, und dann kam Boritsch, sein Landsmann, und schließlich, ganz außen, Drouineau, der mit dem Marokkaner für Frankreich lief. Sie standen dicht nebeneinander in Erwartung des Schusses, und er sah neben dem Marokkaner schon jetzt müde und besiegt aus; noch bevor der Lauf begonnen hatte, schien er ihn verloren zu haben.

Manche auf den Bänken wußten, daß er schon über dreißig war, sie wußten, daß er in einem Alter lief, in dem andere Athleten längst abgetreten waren, aber bei seinem Namen waren sie gewohnt, an Sieg zu denken. Sie hatten geklatscht und geklatscht, als sie durch den Lautsprecher erfahren hatten, daß er in letzter Minute aufgestellt worden war; man hatte seinetwegen einen jüngeren Läufer vom Start zurückgezogen, denn der Gewinn des Länderkampfes hing jetzt nur noch vom Ausgang des 5000-Meter-Laufes ab, und man hatte ihn, den Ersatzmann, geholt, weil er erfahrener war und taktisch besser lief, und weil man sich daran gewöhnt hatte, bei seinem Namen an Sieg zu denken.

Der Obmann der Zeitnehmer schwenkte am Ziel eine kleine weiße Fahne, der Starter hob die Hand und zeigte, daß auch er bereit sei, und dann sagte er mit ruhiger Stimme »Fertig« und hob die Pistole. Er stand einige Meter hinter den Läufern, ein kleiner, feister Mann in hellblauem Jakkett; er trug saubere Segeltuchschuhe, und er hob sich, während er die Pistole schräg nach oben richtete, auf die Zehenspitzen; sein rosiges Gesicht wurde ernst und entschlossen, ein Zug finsterer Feierlichkeit glitt über dieses Gesicht, und es sah aus, als wolle er in dieser gespannten

Stille der ganzen Welt das Kommando zum Start geben. Er sah auf die Läufer, sah auf ihre gebeugten Nacken, er sah sie zitternd unter den Stößen des Windes dastehen, und er dachte für einen Augenblick an die Zeit, als er selber im Startloch gekauert hatte, einer der besten Sprinter des Kontinents. Er spürte, wie in der furchtbaren Sekunde bis zum Schuß die alte Nervosität ihn ergriff, die würgende Übelkeit vor dem Start, von der er sich nie hatte befreien können, und er dachte an die Erlösung, die immer erfolgt war, wenn er sich in den Schuß hatte fallen lassen. Er schoß, und der Wind trieb die kleine, bläuliche Rauchwolke auseinander, die über der Pistole sichtbar wurde.

Die Läufer kamen gut ab, sie gingen schon in die Kurve, und an erster Stelle lief er, lief mit kurzen, kraftvollen Schritten, um sich gleich vom Feld zu lösen. Hinter ihm lag der Marokkaner, dann kamen Boritsch und Drouineau, und die Finnen bildeten den Schluß. Seine rechte Hand war geschlossen, die linke offen, er lief schwer und energisch, mit leicht auf die Seite gelegtem Kopf, er ließ den Schritt noch nicht aus der Hüfte pendeln, sondern versuchte erst, durch einen Spurt freizukommen, und er hörte das Brausen der Stimmen, hörte die murmelnde Bewunderung und die Sprechchöre, die gleich nach dem Schuß eingesetzt hatten und jetzt wie ein skandiertes Echo durch das Stadion klangen. Über sich hörte er ein tiefes, stoßartiges Brummen, und er wußte, daß es der alte Doppeldecker war, und während er lief, fühlte er den Schatten des niedrig fliegenden Doppeldeckers an sich vorbeiflitzen, und dann den Schatten des Reklamebandes, mit dem der Doppeldecker seit einigen Stunden über dem Stadion kreiste. Und in das Brummen hinein riefen die Sprechchöre seinen Namen, die Sprechchöre sprangen wie Fontänen auf, hinter ihm und vor ihm, und Fred Holten, der älteste unter den Läufern, lief die Zielgerade hinunter und lag nach der ersten halben

Runde acht Meter vor dem Marokkaner. Der Marokkaner lief schon jetzt mit langem, ausgependeltem Schritt, er lief mit Hohlkreuz und ganz aus der Hüfte heraus, und sein Gesicht glänzte, während er ruhig seine Bahn zog.

Vom Ziel ab waren noch zwölf Runden zu laufen; zwölfmal mußten die Läufer noch um die schwere, regennasse Bahn. Die Zuschauer setzten sich wieder auf die Bänke, und die Verkäuferinnen mit den Bauchläden gingen durch die Reihen und boten Würstchen an und Limonade und Stangeneis. Aber die Stimmen, mit denen sie ihr Zeug anboten, klangen dünn und verloren, sie riefen hoffnungslos in diese Einöde der Gesichter hinein, und wenn sich gelegentlich einer der Zuschauer an sie wandte, dann nur mit der Aufforderung, zur Seite zu treten.

Im Innenraum der zweiten Kurve nahmen die Stabhochspringer wieder ihren Wettkampf auf, aber er wurde wenig beachtet; niemand interessierte sich mehr für sie, denn die deutschen Teilnehmer waren bereits ausgeschieden, und es erfolgte nur noch ein einsames Stechen zwischen einem schmächtigen, lederhäutigen Finnen und einem Franzosen, die beide im ersten Versuch dieselbe Höhe geschafft hatten und nun den Sieger ermittelten. Sie ließen sich Zeit dabei und zogen nach jedem Sprung ihre Trainingsanzüge an, machten Rollen auf dem feuchten Rasen und liefen sich warm.

Fred ging mit sicherem Vorsprung in die zweite Kurve, er brauchte den Vorsprung, denn er wußte, daß er nicht stark genug war auf den letzten Metern; er konnte sich nicht auf seinen Endspurt verlassen, und darum lief er von Anfang an auf Sieg. Er ging hart an der Innenkante in die Kurve hinein, und sein Schritt war energisch und schwer. Er lief nicht mit der Gelassenheit des Marokkaners, nicht mit der federnden Geschmeidigkeit der Finnen, die immer noch den Schluß bildeten, er lief angestrengter als sie, kraftvoller und mit kurzen, hämmernden Schritten, und er durchlief auch die zweite Kurve fast im Spurt und lag auf der Gegengeraden fünfzehn Meter vor dem Marokkaner.

Als er am Start vorbeiging, hörte er eine Stimme, und er wußte, daß es die Stimme von Ahlborn war; er sah ihn an der Innenkante auftauchen, sah das unruhige Frettchengesicht seines Trainers und seinen blauen Rollkragenpullover, und jetzt beendete er den ersten Spurt und pendelte sich ein.

»Es ist gutgegangen«, dachte Fred, »bis jetzt ist alles gutgegangen. Nach zwei Runden kommt der erste Zwischenspurt, und bis dahin muß ich den Vorsprung halten. El Mamin wird jetzt nicht aufschließen; der Marokkaner wird laufen wie damals in Mailand, er wird alles in den Endspurt legen.«

Auch Fred lief jetzt aus der Hüfte heraus, sein Schritt wurde ein wenig leichter und länger, und sein Oberkörper richtete sich auf. Er kam sich frei vor und stark, als er unter dem Rufen der Sprechchöre und dem rhythmischen Beifall in die Kurve ging, und er hatte das Gefühl, daß der Beifall ihn trug und nach vorn stieß – der prasselnde Beifall ihrer Hände, der Beifall der organisierten Summen in den Chören, die seinen Namen riefen und ihn skandiert in den Wind und in das Brausen des Stadions schrien, und dann der Beifall der einzelnen, die sich über die Brüstung legten und ihm winkten und ihm ihre einzelnen Schreie hinterherschickten. Sein Herz war leicht und drückte nicht, es machte noch keine Schwierigkeiten, und er lief für ihren Beifall, lief und empfand ein heißes, klopfendes Gefühl von Glück. Er kannte dieses Gefühl und dieses Glück, er hatte es in hundert Läufen gefunden, und dieses Glück hatte ihn verpflichtet und auf die Folter genommen, es hatte ihn stets bis zum Zusammenbruch laufen lassen, auch dann, wenn seine Gegner überrundet und geschlagen waren; er war mit einer siedenden Übelkeit im Magen weitergelaufen, weil er wußte, daß er auch gegen alle abwesenden Gegner und gegen die Zeit lief, und jeder seiner Läufe hatte in den letzten Runden wie ein Lauf ums Leben ausgesehen.

Fred sah sich blitzschnell um, er wußte, daß es ihn eine Zehntelsekunde an Zeit kostete, aber er wandte den Kopf und sah zu dem Feld zurück. Es hatte sich nichts verändert an der Reihenfolge, der Marokkaner lief lauernd und mit langem Schritt, hinter ihm lagen Boritsch und dann der zweite Franzose und zum Schluß die beiden Finnen. Auch die Finnen waren schon ältere Läufer, aber keiner von ihnen war so alt wie Holten, und Fred Holten wußte, daß das sein letzter Lauf war, der letzte große Lauf seines Lebens, zu dem sie ihn, den Ersatzmann, nur aufgestellt hatten, weil der Gewinn des Länderkampfes vom Ausgang des 5000-Meter-Laufes abhing: sie hätten ihn nicht aufgestellt, wenn die Entscheidung des Dreiländerkampfes bereits gefallen wäre.

Er verspürte ein kurzes, heftiges Zucken unter dem linken Auge, es kam so plötzlich, daß er das Auge für eine Sekunde schloß, und er dachte: »Jesus, nur keine Zahnschmerzen. Wenn der Zahn wieder zu schmerzen beginnt, kann ich aufgeben, dann ist alles aus. Ich muß den Mund schließen, ich muß die Zunge gegen den Zahn und gegen das Zahnfleisch drücken, einen Augenblick, wenn nur der Zahn ruhig bleibt.« Und er lief mit zusammengepreßtem Mund durch die Kurve und wieder auf die Zielgerade unter der Tribüne, und der Zahnschmerz wurde nicht schlimmer.

An der Kurve hinter dem Ziel hing ein großes, weißes Stoffplakat, unter dem mächtig der Wind saß; es war ein Werbeplakat, und die Buchstaben waren schwarz und dickbäuchig und versprachen: Mit Hermes-Reifen geht es leichter. Fred sah das riesige Stoffplakat wie eine Landschaft vor sich auftauchen, es bauschte sich ihm entgegen, und als er einmal schnell den Blick hob und auf den oberen Rand des Plakates sah, erkannte er das lange strohige Haar von Fanny. Und neben ihrem Haar erkannte er den grünlichen Glanz eines Ledermantels, und er wußte, daß es der Mantel von Nobbe war, und während er hart die Kurve anging, fühlte er sich unwiderstehlich hinausgetragen aus dem Stadion; er lief jetzt ganz automatisch, lief mit schwingenden Schultern und überließ die Kontrolle des Laufs seinen Beinen, und dabei trug es ihn hinaus aus dem Stadion. Er sah, obwohl er längst in der Kurve war, immer noch das Gesicht von Fanny vor sich, ein spöttisches, wachsames Gesicht unter dem strohigen Haar, und neben diesem Gesicht den Korpsstudentenschädel von Nobbe, sein kurzes, mit Wasser gekämmtes Haar, sein gespaltenes Kinn und den fast lippenlosen Mund. Und während er ganz automatisch lief, pendelnd jetzt und mit langem Schritt, sah er die Gesichter immer mehr auf sich zukommen, sie wurden groß und genau und bis auf den Grund erkennbar, und es war ihm, als liefen die Gesichter mit ... er sah das mit Mörtel beworfene Haus und dachte an die Schienen hinter dem Haus und an den Hafen, der damals still und verlassen war und voll von Wracks. Dahin ging er, als er aus der Gefangenschaft kam. Er ging den Kai entlang auf das Haus zu und sah hinab auf das Wasser, das an den Duckdalben hochschwappte und schwarz war, und im Wasser schwammen verfaulte Kohlstrünke, Dosen und Kistenholz. Es war niemand auf dem Kai außer ihm, und es roch stark nach Öl und Fäulnis und nach Urin. Hier auf dem Kai drehte er sich aus Kippen die letzte Zigarette, er rauchte sie zur Hälfte, schnippte sie ins Wasser, und dann sah er zu dem Haus hinüber und verließ den Kai. Er ging unter verrosteten Kränen hindurch, die von den Laufschienen heruntergerissen waren; sie lagen verbogen und langhalsig auf der Erde, und ihre Sockel waren unten weggespreizt wie die

Beine einer trinkenden Giraffe. Dann ging er zu dem Haus. Es stand für sich da auf einem Hügel, und man konnte von ihm über den ganzen Hafen sehen und über den Strom. Hinter dem Haus liefen Schienen; vor dem Haus wuchs ein einzelner Birnbaum, der Birnbaum war klein und alt und blühte.

Fred ging den Hügel hinauf und betrat das Haus, es hatte keine Außentür, und er stand gleich im Flur. Er wollte sich umsehen, da entdeckte er über sich, auf der Treppe, das Gesicht des Jungen. Der Junge hatte ihn vom Fenster aus beobachtet, und jetzt lehnte er sich über das Geländer der Treppe zu ihm hinab und zeigte mit der Hand auf ihn und sagte: »Ich weiß, wer du bist«, und dann lachte er.

»So«, sagte Fred, »wenn du mich kennst, dann weiß ich auch, wer du bist.«

»Rat mal, wie ich heiß«, sagte der Junge.

»Timm«, sagte Fred. »Wenn du mich kennst, kannst du nur Timm sein.« Und er lachte zu dem barfüßigen Jungen hinauf und nahm den Rucksack in die Hand und stieg die Treppen empor. Der Junge erwartete ihn und nahm ihm den Rucksack ab. Fred legte dem Jungen die Hand auf das blonde, verfilzte Haar, und beide gingen zu einer Tür. »Hier ist es«, sagte der Junge, »hier kannst du reingehen.«

Fred klopfte und drückte die Tür nach innen auf, und ein Geruch von feuchten Fußabtretern strömte an ihm vorbei. Er blieb auf dem kleinen Korridor stehen, nahm dem Jungen den Rucksack aus der Hand und setzte ihn auf den Boden.

»Wir sind da«, flüsterte der Junge, »ich werde sie holen.« Er verschwand hinter einer Tür, und Fred hörte ihn einen Augenblick flüstern. Dann kam er zurück, und hinter ihm tauchte eine Frau in einem großgeblümten Kittel auf, es war eine ältere Frau, schwer und untersetzt, mit einem mächtigen, gewölbten Nacken und geröteten Kapitänshänden. Sie hatte ein breites Gesicht, und ihr Kopf nickte bei jedem Schritt wie der Kopf einer Taube. Sie begrüßte Fred, indem sie ihm wortlos die Kapitänshand reichte, aber plötzlich wandte sie das Gesicht ab und ging nickend wieder in die Küche zurück, und Fred sah, daß die Alte weinte.

»Los«, sagte der Junge, »geh auch in die Küche. Sie wird dir Kaffee kochen.« Und als Fred zögerte, schob ihn der Junge über den Korridor und in die Küche hinein. Er schob ihn bis zu einem der beiden Hocker, dann ging er um ihn herum und stieß ihm beide Hände in den Bauch, so daß Fred einknickte und auf den Hocker fiel. »Gut«, sagte der Junge, »jetzt hol' ich noch deinen Rucksack.«

Die Alte saß auf einem Hocker vor dem Herd, still und in sich versunken, sie saß bewegungslos da, und ihr Blick ruhte auf dem alten Birnbaum.

Fred sah sich schnell und vorsichtig in der Küche um, sah die Reihe der Näpfe entlang, die auf einem Bord standen, auf die Herdringe, die an einem Haken hingen, und schließlich blieb sein Blick an einem weinroten Sofa hängen, das in einer Ecke der Küche stand. Das Sofa war schäbig und durchgelegen, an einigen Stellen quoll das Seegras hervor, es war breit und hatte sanfte Rundungen, und Fred spürte, daß es ihn zu diesem Sofa zog.

»Da«, sagte der Junge, »da hast du deinen Rucksack«, und er schleifte den Rucksack vor Freds Füße.

Dann ging er zu der Alten hinüber, tippte ihr auf den gewölbten Nacken und sagte: »Koch ihm Kaffee, Mutter, koch ihm eine Menge Kaffee. Er hat Durst. Erst einmal soll er trinken.« Der Junge stieg auf das Sofa und holte eine Tasse vom Bord herab und stellte sie auf den Tisch. Dann setzte er sich neben dem Rucksack auf die Erde und sagte: »Wann wirst du den Rucksack auspacken?«

»Bald«, sagte Fred.

»Darf ich dann zusehen?«

»Ja.«

»Gut«, sagte der Junge, »das ist ein Wort.« Er begann den Stoff des Rucksackes zu betasten, und dabei blickte er fragend zu Fred auf. Plötzlich stand die Frau auf und zog einen Napf vom Bord herab, sie öffnete ihn und nahm eine Karte heraus, und mit der Karte ging sie auf Fred zu und sagte: »Da hab ich sie noch. Es ist die letzte, die ankam. Da haben Sie noch mit unterschrieben.«

»Ja«, sagte Fred, »ja, ich weiß.«

»Wie lange wird es dauern«, fragte die Frau, »sie werden ihn doch nicht ewig behalten. Er muß doch mal nach Hause kommen.«

»Sicher«, sagte Fred. »Wir waren bis zuletzt zusammen.« Und er dachte an das schmächtige Bündel unten am Donez, an den vergnügten, kleinen Mann, dem wenige Tage vor der Entlassung herabstürzende Kohle das Rückgrat zerschmettert hatte. Er dachte an Emmo Kalisch und an den Augenblick, als sie ihn mit zerschmettertem Rückgrat auf die Pritsche hoben, und er sah wieder das vergnügte, pfiffige Gesicht, in dem noch ein Ausdruck von List lag, als der Arzt zweifelnd die Schultern hob.

»Er wird es schon machen«, sagte Fred, »ich bin sicher, er wird bald nachkommen.«

»Ja«, sagte die Frau. »Er hat geschrieben, daß Sie bei uns wohnen werden. Sie können hier wohnen, Sie können auf dem Sofa schlafen.«

»Koch ihm Kaffee«, sagte der Junge. »Er soll erst trinken, dann wollen wir den Rucksack auspacken.«

»Du hast recht, Junge«, sagte die Alte, »ich werde ihm Kaffee kochen.«

Fred spürte nichts als eine große Müdigkeit, und er blickte sehnsüchtig zum Sofa hinüber, während die Frau den Napf wegsetzte und mit ruhiger Kapitänshand den Kessel auf das Feuer schob. »Er hat oft von Ihnen geschrieben«, sagte sie, ohne sich zu Fred umzudrehen. »Fast in jedem Brief hat er von Ihnen erzählt. Und er hat auch Bilder geschickt von Ihnen.«

»Ja«, sagte Fred und prüfte die Länge des Sofas und überlegte, ob er die Beine überhängen lassen oder sie anziehen sollte.

Die Müdigkeit wurde schmerzhaft, und nachdem er Kaffee getrunken hatte, schob er dem Jungen den Rucksack zu und sagte: »Du kannst ihn allein auspacken, Timm. Schütt ihn einfach aus. Und was du nicht brauchen kannst, gib deiner Mutter oder leg es auf die Fensterbank.«

Und dann rollte er sich auf dem weinroten Sofa zusammen und drehte sich zur Wand und schlief. Er schlief den ganzen Nachmittag und die Nacht und auch den späten Vormittag, und als er die Augen öffnete, sah er das große nikkende Gesicht der Frau und die ruhigen Kapitänshände, die ihm Brot und Kaffee auf den Tisch stellten. »Wir haben nicht viel«, sagte sie, »aber im September sind die Birnen soweit.«

Fred blieb auf dem Sofa liegen. Er bröckelte sinnierend das Brot in sich hinein und trank bitteren Kaffee, dann drehte er sich zur Wand, zog die Beine an und schlief der nächsten Mahlzeit entgegen. Der Dampf aus den Töpfen zog sanft über ihn hinweg, und wenn er nicht schlief und dösend die Wand anstarrte, hörte er das Klappern von Geschirr hinter sich und das Rattern der Deckel, wenn das Wasser unter ihnen kochte.

Fred blieb auf dem schäbigen Sofa liegen, er blieb Tag um Tag da, und es sah aus, als werde er es nie mehr freigeben. Nur an den Sonntagen konnte Fred nicht schlafen, an den Sonntagen wehten ferne Schreie zu ihm in die Küche, und ein dumpfes Brausen von Stimmen, und er drehte sich weg von der Wand, starrte auf die Decke und lauschte. Jeden Sonntag lauschte er, und als der Junge einmal hereinkam, zog er ihn an das Sofa und sagte:

»Was ist das, Timm? Woher kommen die Stimmen?«
Und der Junge sagte: »Vom Sportplatz.«
»Bist du auch da?«
»Ja«, sagte der Junge, »ich bin immer da.«
Dann ließ Fred das Handgelenk des Jungen los und starrte wieder auf die Decke. Er lag dösend da, kaute das Essen in sich hinein und schien sich nicht mehr lösen zu können von dem weinroten Sofa. Aber eines Tages, an einem Sonntag, lange bevor das Brausen der Stimmen zu ihm hereinwehte, stand er auf und begann, sich über dem Ausguß zu rasieren. Er tat es mit so viel Sorgfalt, daß die Frau und der Junge erschraken und annahmen, er wolle sie verlassen. Er aß auch nichts an diesem Morgen, er trank nur eine Tasse Kaffee und stand auf, nachdem er sie getrunken hatte, und dann ging er ans Fenster und sagte:
»Wann gehst du, Timm?«
»Wir können gleich gehen«, sagte der Junge. Er war überrascht, und aus seiner Antwort klang Freude.
Sie gingen zusammen zum Sportplatz, es war ein kleiner, von jungen Pappeln umstandener Sportplatz, ohne Tribüne und abgestufte Plätze, die Aschenbahn war an der Außenkante weich und aus billiger Schlacke aufgeschüttet, und eine Menge glitzernder Brocken lagen auf ihr herum. Eine Walze lag in der Nähe, dicht vor der Umkleidekabine, aber sie war tief eingesunken in den Boden und zeugte davon, daß sie kaum gebraucht wurde. Der Rasen war dünn und schmutzig und vor den Toren von einer Anzahl brauner Flecken unterbrochen, die Fred an das durchgescheuerte Sofa in der Küche erinnerten. Er stützte sich auf das Geländer, das die Aschenbahn von den Zuschauern trennte, und sagte: »Na, alle Welt ist es nicht mit euerm Sportplatz.«
Dann kletterten sie unter dem Geländer hindurch und betraten die Aschenbahn, sie standen einen Augenblick nebeneinander und blickten über das genaue Oval des Platzes,

und die Sonne brachte die billige Schlacke zum Funkeln. Sie waren noch allein auf der Aschenbahn, und obwohl der Platz klein und schäbig war und ohne Tribüne, hatte er etwas Anziehendes, er hatte etwas von einem Veteranen mit seinen Narben und braunen Flecken und all den Wunden vergangener Kämpfe; überall waren Spuren, Kratzer und Löcher, und an der Innenkante der Aschenbahn war die Schlacke festgetreten und hart von den Sohlen der Langstreckler. Er war nicht gepflegt und frisiert wie die großen Stadien, auf denen nach jedem Wettkampf die Spuren emsig entfernt wurden. Mit diesem schäbigen Vorstadtplatz trieben sie keine Kosmetik; er sah narbenbedeckt und ramponiert aus und zeigte für die Dauer einer Trockenzeit all die Spuren der Siege und Niederlagen, die auf ihm erkämpft oder erlitten wurden. Das war der Platz zwischen den jungen, staubgepuderten Pappeln draußen am Hafen, schorfig und mitgenommen, ein Platz letzter Güte, und dazu stieß er mit einer Seite noch an eine Fischfabrik, von der auch am Sonntag ein scharfer Gestank herüberwehte.

Sie machten ein paar Schritte auf der Aschenbahn, und plötzlich hob der Junge den Kopf und sagte: »Du hast lange geschlafen, warst du so müde, daß du so lange geschlafen hast?«

»Ja«, sagte Fred, »ja, Junge. Ich war verdammt müde. Wenn man so müde ist, braucht man lange, bis man zu sich kommt.«

»Bist du immer noch müde?«

»Nein, jetzt nicht mehr. Jetzt bin ich wieder da.«

»Kannst du gut laufen?« fragte der Junge und kauerte sich hin.

»Ich weiß nicht«, sagte Fred. »Ich habe keine Ahnung, ob ich gut laufen kann. Ich hab das noch nicht ausprobiert.«

»Bist du noch nie gelaufen?«

»Doch, Junge«, sagte Fred, »ich bin eine Menge gelaufen. Durch die Täler des Kaukasus bin ich gelaufen und durch die Sonnenblumenfelder von Stawropol, ich bin, als sie mit ihren Panzern kamen, immer vor ihnen hergelaufen, über die Krim und durch die ganze Ukraine. Nur kurz vor dem Ziel, da schnappten sie mich. In den Sümpfen an der Weichsel, Junge, da holten sie mich ein, weil sie die bessere Lunge hatten. Ich war fertig damals, das war der Grund.«

Der Junge hörte ihm nicht zu, er stand, während Fred sprach, geduckt und in Laufrichtung, und als Fred jetzt zu ihm hinübersah, wandte er ihm blitzschnell das Gesicht zu und rief:

»Komm, hol mich ein!«

Und dann flitzte er barfuß an der Innenkante der Aschenbahn in die Kurve. Fred blickte den nackten Beinen nach, die über die Aschenbahn fegten und kleine Brocken der Schlacke hochschleuderten, er sah das hingebungsvolle, verkrampfte Gesicht des Jungen, seine Verbissenheit, die heftig rudernden Arme, und er wußte, daß er den Jungen enttäuschen würde, wenn er nicht mitliefe. Timm war schon in der Mitte der Kurve, gleich würde er auf der Gegengeraden sein und herübersehen und dabei bemerken, daß ihm niemand folgte, und Fred lächelte und lief los. Er zuckelte gemächlich an der Innenkante entlang, immerfort zu dem Jungen hinübersehend, er lief lässig und mit langem Schritt und lachte über die verkrampfte Anstrengung seines Herausforderers, der immer weiter lief auf der Gegengeraden und den Lauf auf eine ganze Runde angelegt zu haben schien. Fred ließ ihm den Vorsprung bis zur zweiten Kurve, aber unvermutet, ohne daß er seinen Beinen einen Befehl gegeben hätte, begann er schneller zu laufen, das Lächeln verschwand aus seinem Gesicht, sein Schritt wurde energisch, und er hatte nur noch das Gefühl, daß er den Jungen einholen müßte. Mit jedem Meter, um den er den

Vorsprung des Jungen verringerte, fühlte er sich glücklicher; es war ein unerwartetes Glück, das er verspürte, und er hatte jetzt nur noch den Wunsch, diesen Lauf zu gewinnen. Aus dem Jungen war plötzlich ein Gegner geworden, und Fred sah nicht mehr die wirbelnden Beine und die Verbissenheit des kleinen, sonnenverbrannten Gesichts, das ihn zum Lächeln gebracht hatte, er bemerkte nur noch, wie der Vorsprung zusammenschrumpfte, wie der Junge langsamer wurde und sich mit einem Ausdruck höchster Angst umsah, und die Angst im Gesicht des Jungen erhöhte Freds Geschwindigkeit. Dieser schnelle, ängstliche Blick zeigte ihm, daß der Junge ausgepumpt war und nur noch fürchtete, auf den letzten Metern überholt zu werden, und Fred sprintete durch die Kurve und fing den Jungen auf der Zielgeraden ab, wenige Schritte vor der Stelle, von der sie losgelaufen waren. Der Junge setzte sich auf den Rasen und atmete heftig.

Er sah ausgepumpt und fertig aus, und keiner sprach ein Wort, während er sich langsam erholte. Fred setzte sich auf das Geländer, er saß mit baumelnden Beinen da und beobachtete den Jungen. Er fühlte, daß etwas in ihm vorgegangen war, und er spürte noch immer das Glück dieses kleinen Sieges. Und nach einer Weile sprang er auf die Erde und ging zu dem Jungen hinüber. Er legte ihm eine Hand auf das blonde, verfilzte Haar und sagte: »Du warst gut, Junge, auf den ersten Metern warst du unerhört stark. Du hast mir allerhand zu schaffen gemacht. Wirklich, Junge, ich hatte eine Menge zu tun, bevor ich dich hatte. Du wirst noch mal ein guter Läufer.«

Der Junge hob den Kopf und blickte in Freds Gesicht. Fred lächelte nicht, und der Junge stand auf und gab ihm die Hand. »Macht nichts«, sagte er, »dafür bist du älter.«

Fred umarmte ihn, zog ihn an sich und fühlte den warmen Atem des Jungen durch das Hemd an seine Haut dringen. Dann gingen sie wieder hinter das Geländer, und jetzt sahen sie, daß sie nicht mehr allein waren auf dem Platz. Zwei Männer und ein Mädchen kamen die Aschenbahn herab, das blonde Mädchen ging zwischen ihnen, es hatte einen der Männer eingehakt. Der Mann, den das Mädchen eingehakt hatte, war blaß und schmalschultrig, er hatte einen Trainingsanzug an und trug ein Paar Nagelschuhe in der Hand, und sein Gesicht war verschlossen und zu Boden gesenkt. Der andere der Männer trug Zivil. Er war untersetzt und gut genährt und hatte einen Schädel wie ein Würfel. Als sie auf gleicher Höhe waren, rief Timm einen Gruß hinüber, und der Mann im Trainingsanzug sah erstaunt auf und rief einen Gruß zurück. Auch die anderen beantworteten den Gruß, aber sie nickten nur gleichgültig. Sie gingen hinüber zur Umkleidekabine, der Mann in Zivil schloß sie auf, und alle verschwanden darin.

»Das war Bert«, sagte der Junge. »Der im Trainingsanzug heißt Bert Steinberg. Er ist unser bester Läufer und gewinnt jedesmal. Ich hab noch nie gesehn, daß er verloren hat. Er ist der Beste im ganzen Verein.« »Er sah gut aus«, sagte Fred, »er hat eine gute Läuferfigur.«

Fred sah hinüber zur Umkleidekabine, und plötzlich stand er auf und ging, ohne auf den Jungen zu achten, auf die braune Baracke mit dem Teerdach zu, und hier lernte er sie kennen. Er lernte Nobbe kennen, den gutgenährten Mann mit dem Korpsstudentenschädel, und kurz darauf Bert und auch Fanny, seine Verlobte. Nobbe war Vorsitzender des Hafensportvereins, kein übler Mann, wie sich herausstellte; er war freundlich zu Fred und erklärte ihm, daß dieser Verein eine große Tradition habe, eine Läufertradition: Schmalz sei aus diesem Verein hervorgegangen, der große Schmalz, der Zweiter wurde bei den Deutschen Meisterschaften. Er selbst, Nobbe, habe früher in der Staffel gelaufen, viermal vierhundert, und sie hätten einen Preis geholt bei den Norddeutschen Meisterschaften. Dieser Verein pflege vor allem die Läufertradition, denn der Lauf, ob man nun wolle oder nicht, sei die älteste Sportart, das Urbild des Sports, und man könne wohl sagen, daß gerade wir Deutschen den abendländischen Sinn des Laufens verstanden hätten. Nobbe war Zahnarzt. Er freue sich, daß er Bert entdeckt habe, er sei »gutes Material«, und aus ihm ließe sich etwas machen. Aber er freue sich auch über jeden andern, der im Verein mitarbeiten wolle, und Fred sei, wenn er Lust habe, eingeladen.

»Wir geben eine Menge auf Läufertradition«, sagte er, »wir sind nicht viele, aber wir halten gut zusammen.« Nobbe gab ihm die Hand, und dann kam auch Bert über den Gang und gab ihm die Hand, und Fred sah, daß auch Fanny ihm zunickte. Sie wollten einen verschärften Trainingslauf machen an diesem Morgen, und nach einer Weile kamen auch noch ein paar andere Läufer in die Baracke, alle begrüßten sich und gingen dann in ihre Kabinen und machten sich fertig. Fred stand draußen auf dem Gang und hörte, wie sie sich unterhielten. Er hörte auch, daß sie von ihm sprachen, Nobbe erzählte ihnen, daß er mitmachen wolle, und als sie einzeln aus ihren Kabinen heraustraten, kamen sie zu ihm und gaben ihm die Hand. Es waren gesunde, aufgeräumte Jungen, nur Bert war scheu und blaß und ruhiger als sie. Zuletzt, als alle draußen waren, kam Nobbe zu Fred. Er legte ihm die Hand auf die Schulter und sagte: »Haben Sie Freunde?«

»Nein«, sagte Fred, »ich habe keine Freunde.«

»Ein Mensch muß doch Freunde haben.«

»Ich hatte einen«, sagte Fred, »er ist weg.«

»Sie werden bald Freunde haben«, sagte Nobbe. »Die Jungen sind gut, Sie werden Augen machen. Wir tun alles für sie.« »Glaub' ich«, sagte Fred.

»Sie sind alle eine Klasse für sich, diese Jungen. Das Laufen verbindet. Wenn Männer zusammen laufen, dann verbindet sie das.«
»An welchen Tagen trainieren Sie?« fragte Fred.
»Zweimal in der Woche, wir trainieren am Dienstag und am Freitag. Und am Sonntag machen wir ein Extra-Training. Am Sonntag verschärftes Training, lange Strecke.«
»Ich weiß nicht«, sagte Fred, »wahrscheinlich gehe ich auf lange Strecke. Ich habe es noch nicht ausprobiert. Ich müßte es versuchen.«
»Noch nie gelaufen?«
»Nur auf dem Rückzug.«
»Das beste Training«, sagte Nobbe, »für einen Langstreckenläufer das beste Training.« Er lachte und schob Fred in die Kabine, und dann gab er ihm eine Turnhose und warf ihm die Hallenschuhe von Bert zu und sagte: »Das erste Mal wird es auch mit Hallenschuhen gehen. Machen Sie schnell, die Jungen sind schon warm draußen. Bert hat seine Spikes. Er braucht die Hallenschuhe nicht.«

Fred zögerte, aber nach einer Weile zog er sich um und ging hinaus. Er spürte einen grausamen Druck in der Magengegend, als er ins Freie trat, und er sah, daß sie ihre Warmlaufübungen unterbrachen und ihn musterten. Sie hatten alle noch ihre Trainingsanzüge an, er war der einzige, der schon in der Turnhose dastand. Er hatte das Gefühl, daß seine Eingeweide gegen die Wirbelsäule gepreßt wurden, er hätte alles dafür gegeben, wenn er jetzt noch hätte aussteigen können, aber Nobbe rief sie nun alle an die Plätze, und es war zu spät.

Die famosen Jungen stellten sich an der Startlinie auf. Es waren auch ein paar Zuschauer da, die unruhig über dem morschen Holzgeländer hingen und ab und zu etwas herüberriefen, und plötzlich hörte Fred auch seinen Namen, und als er den Kopf zur Seite wandte, entdeckte er Timm.

Er saß auf dem Geländer und lachte, und sein Lachen war hell und ermunternd.

Dann gab Nobbe das Zeichen zum Start, und sie liefen los. Der Lauf war auf dreitausend Meter angesetzt, eine Distanz, die bei Wettkämpfen nicht gelaufen wird, aber für einen Steigerungslauf, dafür war diese Strecke gut. Fred ging sofort an die Spitze, und schon nach vier Runden hatte er die famosen Jungen abgehängt, nur Bert ließ sich noch von ihm ziehen, aber ihn schüttelte er nach der fünften Runde ab, und dann wurde sein erster Lauf ein einsames Rennen für ihn, er lief leicht und regelmäßig, in einem Takt, den er nicht zu bestimmen brauchte, er spürte nicht seine Beine, nicht sein Herz, er spürte nichts auf der Welt als das Glück des Laufens, seine Schultern, die Arme, die Hüften: alles ordnete sich ein, diente dem Lauf, unterstützte ihn, und er gab keinen Meter an die Jungen ab, und als er durch das Ziel lief, blieb er stehen, als wäre nichts geschehen. Die zwei Dutzend Zuschauer krochen unter dem Geländer durch und starrten ihn ungläubig an, es waren Veteranen des Vereins, fördernde Mitglieder, und sie umkreisten und beobachteten ihn und taxierten seine Figur. Zwischen ihnen bahnte sich Timm mühevoll einen Weg, und als er Fred vor sich hatte, lief er auf ihn zu und schlang seine Hände um Freds Leib und hielt ihn fest.

Nobbe blickte auf die Stoppuhr, ging mit dem Zeigefinger über die Zahlenskala, zählte, und nachdem er die Zeit ausgerechnet hatte, kam er zu Fred und sagte:

»Gut. Das war eine saubere Zeit. Das war die beste Zeit, die bei uns gelaufen wurde. Ich habe nicht genau gestoppt. Aber die Zeit ist unverschämt gut. Um acht fünfzig.«

»Das ist nicht wichtig«, sagte Fred, »für mich ist das nicht entscheidend.«

Er entdeckte das blasse Gesicht von Bert und ging zu ihm, und Bert drückte ihm die Hand.

»Ich bin mit Ihren Schuhen gelaufen«, sagte Fred.
»Macht nichts«, sagte Bert.
»Vielleicht ging's darum so gut.«
»Ich hoffe, Sie bleiben bei uns.«
»Er wohnt bei uns«, rief Timm, »er ist ein Freund von meinem Bruder, und er schläft jetzt bei uns in der Küche.«
»Um so besser«, sagte Bert, »dann bleiben Sie wirklich bei uns. Ich würde mich freuen.« Und Fanny nickte ... An dies und an seine Anfänge damals im Hafensportverein dachte er, und jetzt waren noch genau vier Runden zu laufen, und Fred wußte, daß dies sein letzter Lauf war. Der Gewinn des Ländervergleichskampfs hing nur noch vom 5000-Meter-Lauf ab. Wer diesen Kampf gewann, hatte den Vergleichskampf gewonnen, daran konnte auch das Ergebnis bei den Stabhochspringern nichts mehr ändern.

Sie liefen immer noch in derselben Reihenfolge, der Marokkaner hinter ihm, und dann, dicht aufgeschlossen, Boritsch, Drouineau und die beiden Finnen. Das Stadion war gut zur Hälfte gefüllt, es waren mehr als zwanzigtausend Zuschauer da, und diese mehr als zwanzigtausend wußten, worum es ging, und sie schrien und klatschten und feuerten Fred an. In das Brausen ihrer Sprechchöre mischte sich das Brummen des alten Doppeldeckers, der in großen Schleifen Reklame flog, er kreiste hoffnungslos da oben, denn niemand sah ihn jetzt. Alle Blicke waren auf die Läufer gerichtet, mehr als vierzigtausend Augen verfolgten jeden ihrer Schritte, hängten sich an, liefen mit: es gab keinen mehr, der sich ausnahm, sie waren alle dabei; auch die, die auf den Zementbänken saßen, fühlten sich plötzlich zum Lauf verurteilt, auch sie kreisten um die Aschenbahn, hörten die keuchende Anstrengung des Gegners, spürten den mitleidlosen Widerstand des Windes und die Anspannung der Muskeln, es gab keine Entfernung, keinen Unterschied mehr zwischen denen, die auf den Zementbänken saßen, sie waren jetzt angewiesen aufeinander, sie brauchten sich gegenseitig. Dreieinhalb Runden waren noch zu laufen; die Bahn war schwer, aufgeweicht, eine tiefhängende Wolke verdeckte die Sonne, schräg jagte ein Regenschauer über das Stadion. Der Regen klatschte auf das Tribünendach und sprühte über die Aschenbahn, und die Zuschauer auf der Gegenseite spannten ihre Schirme auf. Die Gegenseite sah wie ein mit Schirmen bewaldeter Abhang aus, und über diesem Abhang hing der Qualm von Zigaretten, von Beruhigungszigaretten. Sie mußten sich beruhigen auf der Gegenseite, sie hielten es nicht mehr aus. Fred lief auf das riesige weiße Stoffplakat zu, er hörte die Stimme seines Trainers, der ihm die Zwischenzeit zurief, aber er achtete nicht auf die Zwischenzeit, er dachte nur daran, daß dies sein letzter Lauf war. Auch wenn er siegte, das wußte er, würden sie ihn nicht mehr aufstellen, denn dies war der letzte Start der Saison, und im nächsten Jahr würde es endgültig vorbei sein mit ihm. Im nächsten Jahr würde er fünfunddreißig sein, und dann würde man ihn um keinen Preis der Welt mehr aufstellen, auch sein Ruhm würde ihm nicht mehr helfen.

Er ging mit schwerem, hämmerndem Schritt in die Kurve, jeder Schritt dröhnte in seinem Kopf, schob ihn weiter – zwei letzte Runden, und er führte immer noch das Feld an. Aber dann hörte er es, hörte den keuchenden Atem hinter sich, spürte ein brennendes Gefühl in seinem Nacken, und er wußte, daß El Mamin jetzt kam. El Mamin, der Marokkaner, war groß auf den letzten Metern, er hatte es in Mailand erfahren, als der nußbraune Athlet im Endspurt davonzog, hochhüftig und mit offenem Mund. Und jetzt war er wieder da, schob sich in herrlichem Schritt heran und ließ sich ziehen, und beide lagen weit und sicher vor dem Feld: niemand konnte sie mehr gefährden. Hinter ihnen hatten sich die Finnen vorgearbeitet, Boritsch und

Drouineau waren hoffnungslos abgeschlagen – hinter ihnen war der Lauf um die Plätze entschieden. Fred trat kürzer und schneller, er suchte sich frei zu machen von seinem Verfolger, aber der Atem, der ihn jagte, verstummte nicht, er blieb hörbar in seinem Nacken. Woher nimmt er die Kraft, dachte Fred, woher nimmt El Mamin diese furchtbare Kraft, ich muß jetzt loskommen von ihm, sonst hat er mich; wenn ich zehn Meter gewinne, dann kommt er nicht mehr ran.

Und Fred zog durch die Kurve, zusammengesackt und mit schweren Armen, und stampfte die Gegengerade hinab. Er hörte, wie sie die letzte Runde einläuteten, und er trat noch einmal scharf an, um sich zu befreien, aber der Befehl, der im Kopf entstand, erreichte die Beine nicht, sie wurden um nichts schneller. Sie hämmerten schwer und hart über die Aschenbahn, in gnadenloser Gleichförmigkeit, sie ließen sich nicht befehlen. El Mamin kam immer noch nicht. Auch er kann nicht mehr, dachte Fred, auch El Mamin ist fertig, sonst wäre er schon vorbei, er hätte den Endspurt früher angesetzt, wenn er die Kraft gehabt hätte, aber er ist fertig und läßt sich nur ziehen. Aber plötzlich glaubte er den Atem des Marokkaners deutlich zu spüren. Jetzt ist er neben mir, dachte Fred, jetzt will er vorbei. Er sah die nußbraune Schulter neben sich auftauchen, den riesigen Schritt in den seinen fallen: der Marokkaner kam unwiderstehlich auf. Sie liefen Schulter an Schulter, in keuchender Anstrengung, und dann erhielt Fred den Schlag. Es war ein schneller, unbeweisbarer Schlag, der ihn in die Hüfte traf, er hatte den Arm des Marokkaners genau gespürt, und er taumelte gegen die Begrenzung der Aschenbahn, kam aus dem Schritt, fing sich sofort: und jetzt lag El Mamin vor ihm. Einen Meter vor sich erblickte Fred den Körper des nußbraunen Athleten, und er lief leicht und herrlich, als wäre nichts geschehen. Niemand hatte die Rempelei gesehen, nicht einmal Ahlborns Frettchengesicht, und der Marokkaner bog in die Zielgerade ein.

Hundert Meter, dachte Fred, er kann nicht mehr, er kann den Abstand nicht vergrößern, ich muß ihn abfangen. Und er schloß die Augen und trat noch einmal an; seine Halsmuskeln sprangen hervor, die Arme ruderten kurz und verkrampft, und sein Schritt wurde schneller. Ich habe ihn, dachte er, ich gehe rechts an ihm vorbei. Und als er das dachte, stürzte der Marokkaner mit einem wilden Schrei zusammen, er fiel der Länge nach auf das Gesicht und rutschte über die nasse Schlacke der Aschenbahn.

Fred wußte nicht, was passiert war, er hatte nichts gespürt; er hatte nicht gemerkt, daß sein Nagelschuh auf die Ferse El Mamins geraten war, daß die Dornen seines Schuhs den Gegner umgeworfen hatten, er wußte nichts davon. Er lief durch das Zielband und fiel in die Decke, die Ahlborn bereithielt. Er hörte nicht die klare, saubere Stimme im Lautsprecher, die ihn disqualifizierte, er hörte nicht den brausenden Lärm auf den Tribünen; er ließ sich widerstandslos auf den Rasen führen, eingerollt in die graue Decke, und er ließ sich auf die nasse Erde nieder und lag reglos da, ein graues, vergessenes Bündel.

1951

Ein Haus aus lauter Liebe

Sie hatten einen Auftrag für mich und schickten mich raus in die sehr feine Vorstadt am Strom. Ich war zu früh da, und ich ging um das Haus herum, ging die Sandstraße neben dem hüfthohen Zaun entlang. Es war sehr still, nicht einmal vom Strom her waren die tiefen, tröstlichen Geräusche der Dampfersirenen zu hören, und ich ging langsam und sah auf das Haus. Es war ein neues, strohgedecktes Haus, die kleinen Fenster zur Straßenseite hin waren vergittert, sie sahen feindselig aus wie Schießscharten, und keins der Fenster war erleuchtet. Ich ging einmal um das Haus herum, streifte am Zaun entlang, erschrak über das Geräusch und lauschte, und jetzt flammte ein Licht über der großen Terrasse auf, die ganze Südseite des Hauses wurde hell, auch im Gras blitzten zwei Scheinwerfer auf, leuchteten scharf und schräg in das Laub der Buchen hinauf, und das Haus lag nun da unter dem milden, rötlichen Licht, das aus den Buchen zurückfiel, still und friedlich.

Es war so still, daß ich den Summer hörte, als ich den Knopf drückte, und dann das Knacken in der Sprechanlage und plötzlich und erschreckend neben mir die Stimme, eine ruhige, gütige Stimme. »Kommen Sie«, sagte die gütige Stimme, »kommen Sie, wir warten schon«, und ich ging durch das Tor und hinauf zum Haus. Ich wollte noch einmal an der Tür klingeln, aber jetzt wurde sie mir geöffnet, tat sich leise auf, und ich hörte die gütige Stimme flüstern, flüsternde Begrüßung, dann trat ich ein, und wir gingen leise ins Kaminzimmer.

»Bitte setzen Sie sich«, sagte der Mann mit der gütigen Stimme, »nur zu, bitte, Sie sind jetzt hier zu Hause.«

Es war ein untersetzter, fleischiger Mann; sein Gesicht war leicht gedunsen, und er lächelte freundlich und nahm mir den Mantel ab und die Mappe mit den Kollegheften. Dann kam er zurück, spreizte die kurzen, fleischigen Finger, nickte mir zu, nickte sehr sanft und sagte: »Es fällt uns schwer. Es fällt uns so schwer, daß ich schon absagen wollte. Wir bringen es nicht übers Herz, die Kinder abends allein zu lassen, aber ich konnte diesmal auch nicht absagen.«

»Ich werde schon achtgeben auf sie«, sagte ich.

»Sicher werden Sie achtgeben«, sagte er, »ich habe volles Vertrauen zu Ihnen.«

»Ich mache es nicht zum ersten Mal«, sagte ich.

»Ich weiß«, sagte der Mann, »ich weiß es wohl; das Studentenwerk hat Sie besonders empfohlen. Man hat Sie sehr gelobt.« Er goß uns zwei Martini ein, und wir tranken, und während ich das Glas absetzte, spürte ich, wie ich erschauerte, aber ich wußte nicht wovor; sein Gesicht war freundlich, und er lächelte und sagte: »Vielleicht komme ich früher zurück; es ist ein Jubiläum, zu dem wir fahren müssen, ich will sehen, daß ich früher zurückkomme. Die Unruhe wird mich nicht bleiben lassen.«

»Es sind nur ein paar Stunden«, sagte ich.

»Das ist lange genug«, sagte er. »Ich kann von den Kindern einfach nicht getrennt sein, ich denke immer an sie, auch in der Fabrik denke ich an sie. Wir leben nur für unsere Kinder, wir kennen nichts anderes, meiner Frau geht es genauso. Aber Sie werden gut achtgeben auf sie, ich habe volles Vertrauen zu Ihnen, und vielleicht komme ich früher zurück.«

»Ich habe mich eingerichtet«, sagte ich, »ich habe meine Kolleghefte mitgebracht, und von mir aus können Sie länger bleiben.«

Er erhob sich, kippte den Rest des Martini sehr schnell hinunter, schaute zur Uhr und wischte sich mit dem Handrücken über den Mund. Sein Handrücken war breit und behaart, ich sah es, als er mir die Hand auf den Arm legte, als er mich freundlich anblickte und mit gütiger Stimme sagte: »Sie schlafen schon in ihrem kleinen, weißen Bett. Maria ist zuerst eingeschlafen, es ist ein Wunder, daß sie zuerst eingeschlafen ist; aber ich darf jetzt nicht hinaufgehen an ihr kleines Bett, jetzt nicht, denn ich könnte mich nicht mehr trennen. Sie sollen wissen, was wir Ihnen anvertrauen, was wir in Ihre Hände legen – Sie sollen wissen, daß Sie achtgeben auf unsere ganze Liebe.«

Er gab mir seine Hand, eine warme, fleischige Hand, und ich glaubte auch im sanften Druck dieser Hand seine Trauer über die Trennung zu verspüren, den inständigen Schmerz, der ihn jetzt schon ergriffen hatte. In seinem Gesicht zuckte es bis hinauf zu den Augen, zuckte durch sein trauriges Lächeln hindurch, durch die Gedunsenheit und Güte. Und dann erklang ein kleiner Schritt hinter uns, hart und schlurfend, kam eine Treppe herab, kam näher und setzte aus, und das Gesicht des Mannes entspannte sich, als der Schritt aussetzte, wurde weich und ruhig: »Ich habe volles Vertrauen zu Ihnen.«

Wir wandten uns zur gleichen Zeit um, und als ich sie erblickte, wußte ich sofort, daß ich sie bereits gesehen hatte, oder doch jemanden, der so aussah wie sie: blond und schmalstirnig und sehr jung; auch den breiten, übergeschminkten Mund hatte ich in Erinnerung und das schmale, schwarze Kreuz, das sie am Hals trug. Sie nickte flüchtig zu mir herüber, flüchtigen Dank für mein Erscheinen; sie stand reglos und ungeduldig da, ein Cape in der Hand, darunter baumelnd eine Tasche, und der untersetzte Mann mit der gütigen Stimme nahm seinen bereitgelegten Mantel auf, winkte mir zu, winkte mit der Hand seinen Kummer und sein Vertrauen zu mir herüber und ging. Die sehr junge Frau drehte ihm den kräftigen Rücken zu, stumme Aufforderung, er nahm das Cape, legte es um ihre Schultern, und jetzt erklang der harte, schlurfende Schritt, entfernte sich, wurde noch einmal klar, als sie über die Steinplatten der Terrasse gingen, und verlor sich auf dem Sandweg.

Ich sah durch das Fenster, erkannte, wie zwei Autoscheinwerfer aufflammten, deren Licht drüben in den Zaun fiel, ich hörte den Motor anspringen, sah die Scheinwerfer wandern, kreisend am Zaun entlang nach der Ausfahrt suchen, und nun blieben sie stehen. Der Mann stieg aus und kam zurück, entschuldigte seine Rückkehr durch gütiges Lächeln, mit seiner Trauer über die Trennung, und er schrieb eine Telephonnummer auf einen Kalenderblock, riß das Blatt ab, legte es vor mich hin und beschwerte es mit einem Zinnkrug. »Falls doch etwas passiert«, sagte er, »falls. Sie schlafen zwar fest in ihrem kleinen, weißen Bett, es besteht kein Grund, daß sie aufwachen, alles nur für den Fall ... Sie brauchen nur diese Nummer zu wählen. Sie sollen wissen, was wir Ihnen anvertrauen.« Er entschuldigte sich abermals, lauschte zur Treppe hinauf und ging.

Ich wartete, ich saß da und wartete, daß sie noch einmal zurückkämen, aber die Scheinwerfer tauchten nicht mehr auf; vor mir lag die Telephonnummer, unterstrichen und eingekastelt auf dem Blatt, mit dem fleckigen Zinnkrug beschwert. Ich starrte auf die Telephonnummer – »falls doch etwas passiert, falls« –, ich zog das Blatt hervor, legte es auf die äußerste Tischkante, dann kramte ich die Hefte aus der Mappe hervor, schichtete sie auf – »Sie wissen, was wir Ihnen anvertrauen« – und versuchte zu lesen. Ich blätterte in den Kollegnotizen: Stichworte, in Eile abgenommene Jahreszahlen, zusammenhanglose Wendungen, und immer wieder Ausrufungszeichen, immer wieder – welchen Sinn hatten sie noch? Nichts wurde deutlich, kein Zusammenhang entstand; ich empfand zum ersten Mal die Sinnlosigkeit des Mitschreibens in der Vorlesung, all die verlorene, fleißige Gläubigkeit, mit der ich die Hefte vollgeschrieben hatte.

Drüben am Fenster ging das Telephon. Ich erschrak und sprang auf und nahm den Hörer ab; ich führte ihn langsam zum Ohr, wartete, unterdrückte den Atem, und jetzt hörte ich eine Männerstimme, keine gütige Stimme, sondern knapp, vorwurfsvoll: »Milly, wo warst du, Milly? Warum hast du nicht angerufen, Milly? Hörst du, Milly?« Und nun schwieg die Stimme, und ich war dran. Ich sagte nur »Verzeihung«, ich konnte nicht mehr sagen als dies eine Wort, aber es genügte: ein schmerzhaftes Knacken erfolgte, die Leitung war tot, und ich ließ den Hörer sinken. Doch nun, da ich ihren Namen kannte, wußte ich auch, wo ich sie gesehen hatte: ich hatte sie beim Friseur gesehen, in einem der fettigen, zerlesenen Magazine, unter dem Schnappen der Schere und dem einschläfernden Wohlgeruch, Milly: kräftig, blond und schmalstirnig, und ein neues Versprechen für den Film.

Die Buchenscheite im Kamin knisterten, und der zukkende Schein des Feuers lief über den Fries auf dem Kaminsims, lief über den grob geschnitzten Leidensmann und seine grob geschnitzten Jünger, die ausdrucksvoll in die Zeit lauschten mit herabhängenden, resignierten Händen. Ich steckte mir eine Zigarette an und ging zu meinen Heften zurück; ich schloß die Hefte und legte sie auf einen Stapel und beobachtete das Telephon; gleich, dachte ich, würde er anrufen, der Mann mit der gütigen Stimme, gleich würde er in freundlicher Besorgnis fragen, ob die Kinder noch schliefen, seine einzige Liebe; wenn er am Ort des Jubiläums ist, dachte ich, wird er anrufen. Und während ich das dachte, erklang ein Kratzen an der Tür oben, hinter der Balustrade, und dann hörte das Kratzen auf, der Drücker bewegte sich, ging heftig auf und nieder, so, als versuchte jemand, die Tür gewaltsam zu öffnen; aber anscheinend mußte sie verschlossen sein, denn so heftig auch am Drücker gerüttelt wurde, die Tür öffnete sich nicht.

Ich drückte die Zigarette aus, stand da und sah zur Tür hinauf, und auf einmal drang ein Klageton zu mir herab, ein flehender, unverständlicher Ruf, und wieder war es still – als ob der, der sich hinter der Tür bemerkbar zu machen versuchte, seiner Klage nachlauschte, darauf hoffte, daß sie ein Ziel traf. Ich rührte mich nicht und wartete; die Klage hatte mich nicht zu betreffen, ich war da, um die Kinder zu hüten; aber jetzt begann ein Trommeln gegen die Tür, verzweifelt und unregelmäßig, ein Körper warf sich mit dumpfem Aufprall gegen das Holz, stemmte, keuchte, Versuch auf Versuch, in panischer Auflehnung. Ich stieg langsam die geschwungene Treppe hinauf bis zur Tür, ich blieb vor der Tür stehen und entdeckte den Schlüssel, der aufsteckte, und ich horchte auf die furchtbare Anstrengung auf der andern Seite. Nun mußte er sich abgefunden haben drüben, ich vernahm seine klagende Kapitulation, den schnellen Atem seiner Erschöpfung, er war fertig, er gab auf.

In diesem Augenblick drehte ich den Schlüssel herum. Ich schloß auf, ohne die Tür zu öffnen; ich beobachtete den Drücker, aber es dauerte lange, bis er sich bewegte, und als er niedergedrückt wurde, geschah es behutsam, prüfend, fast mißtrauisch. Ich wich zurück bis zur Balustrade, die Tür öffnete sich, und ein alter Mann steckte seinen Kopf heraus. Er hatte ein unrasiertes Gesicht, dünnes Haar, gerötete Augen, und er lächelte ein verworrenes, ungezieltes Lächeln, das Lächeln der Säufer. Überraschung lag auf seinem Gesicht, ungläubige Freude darüber, daß die Tür offen war; er drückte sich ganz heraus, lachte stoßweise und kam mit ausgestreckten Händen auf mich zu.

»Danke«, sagte er, »vielen Dank.«

Er steckte sich sein grobes Leinenhemd in die Hose,

horchte den Gang hinab, wo die Kinder schliefen, und machte eine Geste der Selbstberuhigung. »Sie schlafen«, sagte er, »sie sind nicht aufgewacht.« Dann stieg er vor mir die Treppe hinab, Schritt für Schritt, hielt seine Hände über das Kaminfeuer, streckte sie ganz aus, so daß ich das tätowierte Bild eines Segelschiffes über dem Gelenk erkennen konnte, und während er nun seine Hände zu reiben begann, sagte er: »Sie sind von Bord, sie sind beide weggefahren, ich habe es vom Fenster gesehen.«

Er richtete sich wieder auf, sah sich prüfend um, als wollte er feststellen, was sich verändert habe, seit er zum letzten Mal hier unten war, prüfte die Gardinen; das Kaminbesteck und die Lampen, bis er auf einem kleinen Tisch die Martiniflasche entdeckte und die beiden Gläser. Ohne den Inhalt zu prüfen, entkorkte er die Flasche, stieß den Flaschenhals nacheinander in die Gläser und schenkte ein.

»Soll ich ein neues Glas holen?« sagte ich.

»Laß man«, sagte er, »das Glas hier ist gut. Daraus hat nur mein Sohn getrunken. Ich brauche kein neues Glas.«

Er forderte mich auf, mit ihm zu trinken, kippte den Martini in einem Zug runter und füllte gleich wieder nach.

»Jetzt mach' ich Landurlaub«, sagte er, »jetzt sind sie beide weg, und da kann ich Urlaub machen. Wenn sie da sind, darf ich mich nicht zeigen an Deck. Trink aus, Junge, trink.« Er stürzte das zweite Glas runter, füllte gleich wieder nach und kam auf mich zu und lächelte.

»Dank für den Urlaub, Junge«, sagte er. »Sie lassen mich sonst nicht von Bord, mein Sohn nicht, seine Frau nicht, keiner läßt mich raus. Ich habe einen tüchtigen Sohn, er ist mehr geworden als ich, er hat eine eigene Fabrik, und ich bin nur Vollmatrose gewesen. Darum lassen sie mich nicht raus, Junge, darum haben sie mir Landverbot gegeben. Sie haben Angst, sie haben eine verfluchte Angst, daß mich jemand sehen könnte, und wenn sie Besuch haben, schieben sie mir eine Flasche rein. Und ich kann nicht mehr viel vertragen.«

»Darf ich Ihnen eine Zigarette geben?« sagte ich.

»Laß man«, sagte er und winkte ab.

Der Alte setzte sich hin, hielt das Glas zitternd mit beiden Händen vor der Brust, zog es in kleinen Kreisen unter seinem gesenkten Gesicht vorbei, und dabei brummelte und summte er in sanfter Blödheit vor sich hin. Nach einer Weile hob er den Kopf, blickte mich versonnen über den Glasrand an und trank mir zu. »Trink aus, Junge, trink«, und er legte seinen Kopf so weit nach hinten, daß ich fürchtete, er werde umkippen; aber gegen alle Schwerkraft pendelte sein Oberkörper wieder nach vorn, fing sich, balancierte sich aus.

Das Telephon schreckte uns auf; wir sprangen hoch, der Alte an mir vorbei zum Treppenabsatz, zutiefst erschrocken, mit seinen Armen in der Luft rudernd, bis er auf das Geländer schlug und sich festklammern konnte.

Ich nahm den Hörer ab, ich glaubte zu wissen, wer diesmal anrief, doch ich täuschte mich: es war Milly, die sich meldete, die mit sehr ruhiger Stimme und nebenhin fragte: »Ist mein Mann schon da?«

»Nein«, sagte ich, »nein, er ist noch nicht da.«

»Er wird gleich da sein, er ist schon unterwegs. Wurde angerufen?«

»Ja«, sagte ich.

»Danke.«

Ich wollte etwas sagen, aber sie hatte aufgelegt, und während ich auf den Hörer in meiner Hand blickte, schwenkten zwei Scheinwerfer in jähem Bogen auf die Einfahrt zu, schwenkten über die Zimmerdecke und kreisend an der Wand entlang: das Auto kam den Sandweg herauf. Auch der Alte hatte das Auto gesehen, er mußte auch begriffen haben, was am Telephon gesagt worden war, denn als ich den Kopf nach ihm wandte, stand er bereits oben vor seinem Zimmer und machte mir eilige Zeichen. Ich lief die Treppe hinauf und wußte, daß ich es seinetwegen tat. »Zuschließen«, sagte er hastig, »sperr mich ein, Junge, schließ zu.« Und er ergriff meine Hand und drückte sie fest, und dieser Dank war aufrichtig. Ich drehte den Schlüssel um, ging hinab und setzte mich an den Tisch, auf dem meine Hefte lagen. Ich schlug ein Heft auf und versuchte zu lesen, als ich schon die Schritte auf den Steinplatten der Terrasse hörte.

Er kam zurück, vorzeitig; von Ungeduld und Liebe gedrängt, kam er viel früher zurück, als ich angenommen hatte, und bevor er noch bei mir war, hörte ich die gütige Stimme fragen: »Waren sie alle brav?« Und ohne meine Antwort abzuwarten, schlich er, mit Schal und Mantel, nach oben. Ich hörte ein Schloß klicken, hörte es nach einer Weile wieder, und jetzt kam er den Gang herab, überwältigt von Glück, kam am Zimmer des Alten vorbei und über die Treppe zu mir. Er legte die kurze, fleischige Hand auf meinen Arm, seufzte inständig vor Freude und sagte: »Sie schlafen in ihrem kleinen Bett«, und als Höflichkeit mir gegenüber: »Sie waren doch alle brav, meine Lieben?«

»Ja«, sagte ich, »sie waren alle brav.«

1952

Einmal schafft es jeder

Der Alte lag wohlig in einem Friseurstuhl und lauschte auf das metallene Schnappen der Schere hinter seinem Ohr. Der Geruch von Seifenschaum und von allerlei Haarwassersorten hatte ihn ein bißchen schläfrig gemacht, und diese Schläfrigkeit war so angenehm, daß er nach kurzem Widerstand die großen Hände auf die Knie legte und die Augen nicht mehr öffnete. Er hielt sie auch während des Rasierens geschlossen, und er wäre unweigerlich eingeschlafen, wenn der kleine Junge nicht wieder einen Hustenanfall bekommen hätte. Der Alte sah im Spiegel, wie sich der Junge krümmte und wie sich sein Gesicht rötete und Tränen in seine Augen traten. Und der Alte musterte ihn mit heimlicher Besorgnis und versuchte ihm zuzulächeln. Dann rieb der Friseur mit einem Tuch die Ohren ab, zwängte eine Bürste in den Kragen und reichte dem Alten einen Rucksack, der neben dem Kleiderständer gelegen hatte. Der Mann warf sich den Rucksack über die Schulter, zahlte, nickte dem Jungen zu, und beide verließen den Friseurladen.

Der Junge hatte ein ernstes, gleichgültiges Gesicht; er war mager und längst aus seinen Kleidern herausgewachsen. Er trug halblange Hosen, und seine strumpflosen Füße steckten in braunen Segeltuchschuhen. Er lief dem Alten um einen halben Schritt voraus, mit gesenktem Kopf, in einer Hand ein kurzes, zerfetztes Fliederstöckchen. Manchmal wandte er leicht den Kopf zurück und sah schräg von unten zum Alten empor und lächelte gleichgültig. Der Alte nahm dieses Lächeln auf und blinzelte zurück. Er war ein großer, hagerer und ein wenig gebeugter Mann, und er hatte die Hände in den Taschen seiner dunkelgrünen Joppe vergraben und atmete angestrengt und regelmäßig. So durchquerten sie wortlos die kleine, ruhige Stadt, und nach Sonnenuntergang erreichten sie das Autowrack. Von hier aus war es nicht mehr weit bis zur Grenze.

Der Alte ging einmal um das Wrack herum, und dann setzte er sich auf einen verbeulten Kotflügel, lehnte sich weit nach hinten und hakte die Träger des Rucksacks aus. Er stellte den Rucksack zwischen die Beine, löste langsam die oberste Schnalle und kramte ein Messer heraus und Speck und ein Stück schwarzen Brotes. Der Junge hatte sich auf die Erde gesetzt und sah dem Alten zu, und er beobachtete ihn, als ob er Mitleid mit ihm hätte. Er bemerkte, daß der Alte ein zweites Stück Brot und ein zweites Würfelchen Speck abschneiden wollte, und da er dachte, es sei für ihn bestimmt, zeigte er mit dem Fliederstöckchen darauf und sagte:

Nichts für mich. Ich habe schon gegessen.

In dem Alter kann man immer essen, sagte der Alte, und er redete weiter und versuchte, dem Jungen zumindest den Speck aufzudrängen. Aber er hatte keinen Erfolg.

Na, sagte er, ich jedenfalls muß mich stärken, und er biß einmal vom Speck ab und einmal vom Brot und kaute langsam vor sich hin. Der Junge erhob sich, schlug mit dem Stöckchen gegen seine Hosen und blickte mißtrauisch auf den Himmel. Und der Alte machte es ihm nach und fragte:

Meinst du, daß es regnen wird, Junge? Und der Junge sagte: Es wird bestimmt regnen. Spätestens in einer Stunde.

Vielleicht ist das ganz gut, sagte der Alte. Der Regen macht seinen eigenen Lärm, und vielleicht passen sie dann nicht so gut auf.

Die passen immer gut auf, sagte der Junge. Und im Regen noch mehr. Sie wissen ganz genau, was wir denken.

Aber wir müssen heute rüber, sagte der Alte. Ich habe es schon in drei Nächten versucht, und dreimal bin ich nicht rübergekommen, Junge.

Wenn du dir gleich einen Führer genommen hättest, dann wärst du schon in der ersten Nacht rübergekommen, sagte der Junge gleichgültig. Alle Jungens bei uns in der Stadt kennen sich hier aus, und jeder von ihnen hätte dich für etwas Geld über die Grenze gebracht.

Der Junge sah den Alten abschätzend an, und dann sagte er: Du könntest mir eigentlich jetzt die Hälfte geben.

Der Alte schob das Brot und den Speck und das Messer in den Rucksack und kramte dann aus einer Joppentasche eine Geldbörse hervor. Er öffnete die Geldbörse, und der Junge schob seinen Kopf nah heran und prüfte mit schnellem Blick den Inhalt. Dann zeigte er mit seinem Fliederstöckchen auf einen Geldschein und sagte:

Den da. Das ist genau die Hälfte. Und der Alte faltete den Schein auseinander, rieb ihn zwischen Daumen und Zeigefinger und hielt ihn dem Jungen hin.

So, sagte der Junge, nun geht es leichter. Er schob das Geld in eine geheime Tasche unter dem Gürtel und nickte zufrieden.

Werden wir es bis morgen früh schaffen? fragte der Alte. Wenn wir nicht vor sieben da sind, Junge, dann hat es keinen Zweck. Dann wird mein Bruder aus dem Haus gehen und versuchen, hier herüberzukommen. Das hat er mir geschrieben. Er hat morgen seinen siebzigsten Geburtstag. Ich hab mich extra dafür rasieren lassen. Was meinst du, Junge, werden wir es schaffen? Er wohnt nicht weit hinter der Grenze.

Wenn es dich beruhigt, sagte der Junge, ich bin schon oft drüben gewesen. Und einmal wirst du es auch schaffen. Einmal schafft es jeder.

Sie saßen noch eine Weile stumm nebeneinander und warteten auf die Dunkelheit, und als die Dunkelheit kam, begann es zu regnen, und der Alte beugte sich weit nach hinten über den Kotflügel und hakte ächzend die Träger seines Rucksacks ein. Der Junge ließ sein Stöckchen durch die Luft pfeifen, drehte sich wortlos um und winkte dem Alten, ihm zu folgen.

Sie schritten an einem Knick entlang, an einer Buschreihe, mit der zwei Felder voneinander getrennt waren, und der Regen trommelte auf die trockenen Blätter in den Büschen und machte ihre Schritte unhörbar. Sie sanken bis zu den Knöcheln in den Boden ein, denn das Feld war aufgeweicht, und schleuderten den Fuß bei jedem Schritt heftig nach vorn, damit die Lehmklumpen sich von den Schuhsohlen lösten. Dann und wann blieb der Junge stehen und hustete, und der Alte stand besorgt hinter ihm und dachte ängstlich: du bist krank, Junge, du gehörst ins Bett. Aber du bist ja freiwillig mit mir gegangen. Huste dich jetzt nur aus, später, wenn wir an die Grenze kommen, darfst du es nicht mehr, dann wird es gefährlich.

Am Ende des Feldes zwängten sie sich durch den Knick und standen auf einem schmalen, abschüssigen Weg. Der Alte wollte weitergehen, aber plötzlich hob der Junge sein Stöckchen und machte dem Alten ein Zeichen, sich nicht zu bewegen. Der schmale Weg führte in eine Schlucht, und unmittelbar hinter der Schlucht mußte die Grenze sein. Wenn ich die Brille aufhätte, dachte der Alte, wenn ich jetzt nur sehen könnte, was da vorn los ist. Ich muß mich ganz auf ihn verlassen.

Der Junge schlich fort, und als dem Alten Zweifel kamen, daß sein Führer nicht mehr zurückkehren werde, tauchte der Junge unerwartet neben ihm auf. Der Alte erschrak und fragte: Was ist denn, Junge? Sind wir schon so weit?

Da vorn sitzt eine Frau, sagte der Junge. Wahrscheinlich hat sie Angst, allein rüberzugehen. Sie will sich uns anschließen. Wir dürfen nicht auf dem Weg bleiben. Komm hier nach links. Wir müssen um sie herum. Und sie drangen in eine hüfthohe Schonung ein und gingen geduckt weiter. Die Luft zwischen den jungen Bäumen war warm. Zurückschlagende Zweige klatschten gegen ihre Oberschenkel, und in kurzer Zeit waren die Hosen durchnäßt. Der Junge blieb keinen Augenblick stehen, und der Alte dachte: er ist so leichtsinnig. Vielleicht will er schnell nach Hause. Warum ist er nicht vorsichtiger. Wenn ich nur die Brille aufhätte, aber sie würde gleich beschlagen, und ich könnte weniger sehen als jetzt.

Am Grunde der Schlucht floß ein Bach, und der Junge watete sofort mit Schuhen hinein und machte dem Alten ein Zeichen, ihm zu folgen. Der Alte glitt vorsichtig in das eiskalte Wasser, die jähe Kälte lähmte ihn fast, aber er wagte nicht, aus dem Bach herauszutreten. Doch die Kälte quälte ihn schließlich so sehr, daß er zwei lange Schritte machte und dicht hinter dem Jungen war.

Müssen wir hier weitergehen?

Der Junge nickte gleichgültig und setzte seinen Weg fort.

An der Stelle, wo sie wieder aufs Trockene traten, schob sich eine steile, kaum bewachsene Böschung an den Bach heran. Der Alte ließ sich mit dem Rücken gegen sie fallen, atmete angestrengt und schloß die Augen; doch der Junge berührte ihn mit seinem Fliederstöckchen am Hals, und als der Alte verwirrt und ärgerlich aufsah, zeigte das Fliederstöckchen auf den oberen Rand der Böschung. Der Junge ging voran, krallte seine Finger in das kurze, nasse Gras und zog sich langsam empor. Er hörte den Alten hinter sich keuchen, und sobald das Keuchen leiser wurde, kroch er langsamer, so daß der Abstand zwischen ihnen sich nicht veränderte. Einmal schafft es jeder, dachte der Alte. Das hat der Junge gesagt, und er ist oft drüben gewesen. Einmal kommt jeder über die Grenze. Und er zog und stemmte sich verzweifelt die Böschung hinauf.

Als sie dicht nebeneinander am oberen Rand der Böschung lagen, entdeckten sie den ersten Posten. Der Junge sah ihn zuerst, und wenn er dem Alten nicht gezeigt hätte, wo der Posten stand, so hätte ihn dieser nie bemerkt. Es war ungewiß, ob er ihn überhaupt auch jetzt bemerkte; vielleicht sagte er es nur, damit der Junge nicht erfuhr, wie schlecht er ohne Brille sah und wie unsicher er war und wie hilflos. Der Wind trieb den Regen in ihre Gesichter, und sie blieben zitternd und bewegungslos liegen. Tiefliegende Wolken flohen über den Himmel, und sie hörten den Wind durch den Drahtzaun pfeifen, und der alte, verrostete Draht quietschte, als ob unablässig jemand über ihn hinwegstiege.

Plötzlich begann der Junge zu husten, und der Alte sah ihn zuerst böse und dann mitleidig an. Der Junge preßte sein Gesicht an den Boden und hustete in die Erde hinein, und sein magerer Körper bebte. Vorsichtig streckte der Alte eine Hand aus und legte sie dem Jungen auf den Rücken. Und dann schob sich die Hand zum Hinterkopf hinauf und fuhr einmal liebkosend durch das Haar.

Der Junge hob schnell den Kopf und starrte in die Richtung, in der er vorher den Posten entdeckt hatte.

Wenn ich nur die Brille aufhätte, sagte der Alte leise.

Jetzt wird es Zeit, sagte der Junge.

Er wies mit dem Stöckchen nach vorn, nickte dem Alten zu und kroch durch den Drahtzaun. Hinter dem Drahtzaun erhoben sie sich und schritten geduckt weiter, dicht hintereinander. Die Augen des Jungen irrten hin und her, während der Alte nur ängstlich auf die Bewegungen seines Vordermannes achtete. Das kann doch nicht sein, Junge, dachte er verzweifelt, die Grenze kann doch nicht so breit sein. Hast du dich nicht getäuscht?

Dann kamen sie an eine Wiese, und hier entdeckte der Junge den zweiten Posten. Sie glitten auf den Boden herab und konnten den Posten gegen den Nachthimmel erkennen. Er war nah. Und der Alte dachte: wenn du jetzt hustest, Junge, dann ist alles vorbei, dann war der Weg umsonst und die Mühe und all die Angst. Du darfst jetzt nicht husten. Und der Junge hustete nicht. Er starrte aufmerksam zum Posten hinüber, und nach einer Weile flüsterte er: Wir müssen warten. Wir sind schon hinter der Grenze. Von hier hast du es nicht mehr weit. Kannst du mir jetzt das Geld geben?

Aber wie komme ich weiter, fragte der Alte.

Wenn es hell wird, sagte der Junge, geht der Posten weg. Dann hält dich keiner an.

Willst du nicht lieber warten, Junge? Ich gebe dir auch etwas mehr.

Nein, sagte der Junge gleichgültig, ich will nicht mehr. Ich will nur mein Geld. Und ich kann hier auch nicht warten, denn wenn ich noch länger liege, kommt bestimmt der Husten, und dann war alles umsonst.

Der Alte rollte sich vorsichtig auf die Seite und zog aus der Joppentasche die Geldbörse hervor; und dann hielt er sich die Geldbörse dicht vor die Nase und nahm einen Geldschein heraus, den er schon am Autowrack für sich gelegt hatte. Wortlos reichte er dem Jungen das Geld hinüber, schloß die Börse und schob sie in die Joppe zurück. Es ist vielleicht ganz gut so, dachte er, der Junge darf nicht länger auf der feuchten Erde liegen. Wenn er zu husten beginnt, ist alles aus.

Wenn es hell wird, verschwindet der Posten, sagte der Junge nochmals, dann kannst du ruhig weitergehen. Also mach's gut.

Er berührte den Alten leicht mit dem Fliederstöckchen, nickte ihm zu und schob sich langsam zurück, und als der Alte sich nach einigen Sekunden umwandte, konnte er den Jungen nicht mehr entdecken. Er blieb still liegen und beobachtete den Posten, und manchmal zweifelte er, ob der

Junge recht habe und der Posten sich entfernen werde. Er glaubte sogar, daß der Junge ihn in einer Falle sitzen gelassen hatte, und er wunderte sich, daß er den unerwarteten Abschied so selbstverständlich hingenommen hatte. Aber dann begann es hell zu werden, und er sah, daß der Posten davonging, wie der Junge es vorhergesagt hatte, und der Alte blickte hastig auf seine Taschenuhr und stellte fest, daß er noch zwei Stunden Zeit hatte, um zu seinem Bruder zu kommen. Und er richtete sich auf und ging steif über die Wiese. Niemand hielt ihn an, niemand begegnete ihm, und als er eine Landstraße erreichte und in der Ferne das Haus seines Bruders sah, war er vergnügt und dachte: Ich danke dir, Junge, du hast wirklich alles gewußt.

Der Alte war schon um sechs am Haus seines Bruders, und er lief erst einmal um das Haus herum, als ob er keine Tür finden könnte. Alles war still. Er klopfte gegen ein Fenster, aber niemand kam, um ihm zu öffnen. Dann hieb er gegen die Tür, und nach einer Weile hörte er Schritte auf dem Zementfußboden, und ein Mann, den er nicht kannte, schloß die Tür auf.

Ihr Bruder ist nicht mehr da, sagte der Mann. Er ist vor einer Stunde fortgegangen, weil er glaubte, Sie kämen nicht mehr. Er wollte zu Ihnen, über die Grenze.

Er hob bedauernd die Schultern, und der Alte stand einen Augenblick wie versteinert da und überlegte, was er tun solle.

Wollen Sie hereinkommen und bis zum Abend warten, fragte der Mann. Der Alte schüttelte langsam den Kopf.

Nein, sagte er, das nützt nichts. Mein Bruder hat heute Geburtstag. Ich werde gleich zurückgehen, jetzt ist es günstig.

Und er drehte sich um und ging den Weg zurück, den er gekommen war. Ich habe selbst gesehen, wie der Posten fortging, dachte er, ich werde gut zurückkommen. Warum ist der Bruder nur so nervös? Warum konnte er nicht bis zur verabredeten Zeit warten?

Es hörte auf zu regnen, und am Horizont kündigte sich die Sonne an. Der Alte überlegte, ob er nicht erst etwas essen sollte, aber er tat es nicht, denn er durfte keine Zeit verlieren. Bevor er auf die Wiese trat, zog er die Brille aus dem Futteral und setzte sie sich auf die Nase. Die Brille ersetzt den halben Jungen, dachte er. Er sah zu der Stelle hinüber, an der nachts der Posten gestanden hatte; es war nichts zu sehen. Aber plötzlich erschrak er: in einem Graben kauerte eine Frau; sie lächelte den Alten hilflos an und fragte: Gehn Sie rüber, Herr? Darf ich mich Ihnen anschließen?

Der Alte erinnerte sich, wie der Junge sich in der letzten Nacht verhalten hatte, aber er hatte nun seine Brille auf, und die Brille machte ihn zuversichtlich.

Schnell, sagte er, aber bleiben Sie etwas hinter mir.

Sie kamen glücklich über die Wiese, krochen durch den Draht und rutschten den Abhang hinab. Es geht auch ohne ihn, dachte der Alte, es geht auch ohne den Jungen. Wer es einmal geschafft hat, schafft es auch ein zweites Mal. Und er deutete wichtigtuerisch in die Schlucht hinab und schickte sich an, voranzugehen.

In derselben Sekunde wurden sie angerufen; sie warfen sich auf den Boden, als könnten sie dadurch unsichtbar werden, und als der Alte die Augen öffnete, sah er wenige Zentimeter vor seinem Gesicht den taufeuchten Stiefel des Postens.

1953

Der zerbrochene Elefant

Zu seinem neunten Geburtstag wünschte er sich einen gläsernen Elefanten, so groß wie eine Zigarrenkiste, mit aufwärts gekrümmtem Rüssel und sichtbaren Stoßzähnen. Er sagte, daß er dafür auch nichts anderes haben wolle, nicht einmal eine Wasserpistole, und falls sie ihm doch etwas anderes schenken sollten, würde er nicht damit spielen. Wenn ein gläserner Elefant nicht zu kaufen wäre, sollten sie das Geld aufheben, denn eines Tages, vielleicht zum nächsten Geburtstag, würde das schon möglich sein.

Aber es war schon diesmal möglich, und sie schenkten ihm einen Elefanten aus grünblauem Glas, in dem kleine Luftblasen drinsteckten, schön und nutzlos, und er war so groß wie eine Zigarrenkiste, und sein Rüssel schien in wildem Schwunge erstarrt. Mit wortlosem Entzücken nahm der Junge das gläserne Tier auf den Arm und ging in sein Zimmer, und er stellte den Elefanten auf die Fensterbank, kniete sich vor ihm hin und betrachtete ihn lange gegen das Licht. Und er schien darauf zu warten, daß sich die erstarrte Bewegung wieder löse, daß der Elefant mit Hilfe der vielen kleinen Luftblasen seinen Weg fortsetze, zornig trompetend und den Rüssel hin und her werfend. Da hörte der Junge ein heftiges Kratzen am Schrank, er erschrak und fuhr hoch, und während er sich umwandte, streifte er den Elefanten mit dem Ärmel und warf ihn herab. Er sah im gleichen Augenblick die Katze, die sich am Schrank die Krallen schärfte, er hörte neben seinen Schuhen ein winziges Klirren, und er ging, ohne nach dem Elefanten zu sehen, auf die Katze zu, bückte sich und schlug zweimal zu. Die Katze flüchtete sofort unter den Schrank. Dann ging er zur Fensterbank und hob den Elefanten auf; ein Bein und die Spitze des Rüssels waren abgebrochen; er nahm die Teile in eine Hand und überlegte, was er tun sollte. Er hätte vor Wut weinen können, aber ein würgendes Gefühl im Hals und die Furcht, sein Vater könnte heraufkommen und das Unglück entdecken, hinderten ihn daran. Er überlegte lange, und schließlich holte er aus dem Schrank den Klebetopf und leimte die Teile vorsichtig an. Sie hielten notdürftig, aber gegen das Licht waren die Bruchstellen deutlich zu erkennen, und darum trug er den Elefanten in das Zimmer und stellte ihn auf eine Fußbank, so daß man ihn nur von oben sehen konnte. Der Junge wußte, daß der Vater sich nicht gern bückte, und um das Unglück noch auf besondere Weise zu verbergen, blies er einen Luftballon mit einer großen Nase auf und band ihn um den Leib des Elefanten. Der Luftballon stand senkrecht über ihm, lenkte den Blick ab und verheimlichte, was geschehen war.

Später kamen sie beide herauf, der Vater und die Mutter, und sie wunderten sich, warum der Luftballon um den Elefanten gebunden war. »Du hast ja einen fliegenden Elefanten aus ihm gemacht«, sagte der Vater.

»Nimm doch diesen albernen Ballon ab.« Aber der Junge stellte sich vor die Fußbank und stemmte die Fäuste gegen den Leib seines Vaters, um ihn zurückzuhalten.

»Du darfst ihn nicht berühren«, rief er, »wenn du ihn anfaßt, geht er gleich kaputt. Ich mag ihn so am liebsten.« Und er rief seiner Mutter zu, dem Luftballon nicht zu nahe zu kommen; er stieß sie zur Seite, wenn sie sich zu bücken versuchte, und da er mit wütendem Eifer darüber wachte und keinen an den Elefant heranließ, blieb das Mißgeschick unentdeckt.

Als er eines Tages aus der Schule kam, ging er sofort in sein Zimmer hinauf, band den Luftballon ab und stellte den Elefanten behutsam auf das Fensterbrett. Das gläserne Tier war schön und durchsichtig und leuchtete blaugrün. Der Junge versuchte, die Bruchstellen ausfindig zu machen, aber es war nichts zu erkennen, die häßlichen dunklen Ringe am Rüssel und an einem Hinterbein waren weg. Er erschrak vor Glück und versuchte mit Zeigefinger und Daumen, das abgebrochene Stück des Rüssels leise zu bewegen, er hatte es sonst immer tun können. Aber jetzt ging es nicht mehr, der Rüssel war hart und gesund und keine Leimspur hinderte das Licht, in ihm zu funkeln. Hastig versuchte er, den schadhaften Hinterfuß des Elefanten zu bewegen; aber auch der saß fest, ließ sich nicht einen Millimeter zur Seite biegen. Der gläserne Elefant war auf geheimnisvolle Weise geheilt.

Klopfenden Herzens lief der Junge hinab, ging zu seinem Vater und sagte: »Wenn du willst, kannst du jetzt mal meinen Elefanten sehen, Vati. Er war noch nie so schön. Er steht auf der Fensterbank und ist ganz voll Sonne.«

»Ich möchte deinen Elefanten nicht sehen«, sagte der Vater. »Ich habe jetzt keine Zeit und keine Lust dazu. Was soll das auch alles: zuerst dürfen wir ihn nicht ansehen, und jetzt lädst du uns sogar dazu ein.« »Früher war er auch nicht so schön«, sagte der Junge. »Solch ein Elefant ist immer schön«, antwortete der Vater. »Ich möchte ihn jetzt nicht sehen.« Und er verließ das Zimmer.

Der Junge fragte nun seine Mutter, und er bettelte, sie möchte mit ihm hinaufgehen, der Elefant sei nie schöner gewesen als jetzt, und als sie ihm sagte, sie habe keine Lust, den Elefanten zu sehen, erfaßte er, dem Weinen nahe, ihre Hand und versuchte, sie hinaufzuziehen. Und er hatte sie schon bis zur Tür gezogen, als der Vater wieder eintrat.

»Hör zu«, sagte er, »wir wollen also beide den Elefanten sehen. Aber bring ihn herunter. Auf dieser Fensterbank ist auch Sonne, und er wird hier genauso schön sein wie bei dir.«

Der Junge stieß einen Freudenruf aus und sauste nach oben, aber es dauerte lange, bis er wieder herabkam.

Er hatte ein völlig verstörtes Gesicht, sah hilflos auf seinen Vater und beeilte sich nicht, zum Fensterbrett zu gehen.

»Was ist denn los«, fragte der Vater.

»Er ist kaputt«, gab der Junge zur Antwort, »jetzt ist der Elefant wieder kaputt. Aber als ich vorhin oben war, war er heil, ganz bestimmt. Ich konnte den Rüssel nicht zur Seite biegen.«

»Ist er von allein entzweigegangen«, fragte der Vater. »Das ist ja merkwürdig. Ich habe so etwas noch nie von einem gläsernen Elefanten gehört.«

Der Junge blickte auf den Elefanten in seinem Arm und sagte: »Ich habe ihn kaputtgemacht, Vati, schon am ersten Tage, aber ich wollte es dir nicht sagen. Inzwischen ist er wieder ausgeheilt, ich habe es selbst gesehen.«

»Vielleicht«, sagte der Vater, »wäre er schon früher gesund geworden, wenn du es gleich gesagt hättest. Das ist wirklich sehr merkwürdig. Aber jetzt stell den kaputten hier auf die Fensterbank und geh nach oben. Hier ist auch Sonne, und hier kann er auch heilen. Geh jetzt.«

Und der Junge stellte den geleimten Elefanten auf die Fensterbank und ging langsam nach oben.

»Stell wieder den neuen hin«, sagte die Frau, »und den zerbrochenen, glaube ich, können wir jetzt wegwerfen.«

1953

Lukas, sanftmütiger Knecht

Im Süden brannte das Gras. Es brannte schnell und fast rauchlos, es brannte gegen die Berge hin, gegen die Kenia-Berge; das Feuer war unterwegs im Elefantengras, es hatte seinen eigenen Wind, und der Wind schmeckte nach Rauch und Asche. Einmal im Jahr warfen sie Feuer in das Gras, das Feuer lief seinen alten Weg gegen die Berge hin, gegen die Kenia-Berge, und vor den Bergen legte es sich hin, und mit dem Feuer legte sich der Wind hin, und dann kamen die Antilopen zurück und die Schakale, aber das Gras war fort. Einmal im Jahr brannte das Gras, und wenn es verbrannt war, wurde gepflügt, es wurde gegraben und gepflügt, die neue Asche kam zu der alten Asche, und in das Land aus Asche und Stein warfen sie ihren Mais, und der Mais wurde groß und hatte gute Kolben.

Ich bog dem Feuer aus und fuhr in weitem Bogen zum Fluß hinunter, zum Bambuswald, ich fuhr langsam zwischen Dornen und Elefantengras um das Feuer herum, und ich spürte den heißen, böigen Wind auf der Haut und schmeckte den Rauch. Ich wollte am Fluß entlangfahren, am Bambuswald, ich konnte das Feuer überholen, ich konnte, wenn ich es überholt hatte, auf die Grasfläche zurückfahren, es war kein großer Umweg: ich hatte nur noch fünfzehn Meilen zu fahren, ich würde noch vor der Dunkelheit zu Hause sein, ich mußte vorher zu Hause sein.

Aber dann traf ich sie, oder sie trafen mich; ich weiß nicht, ob sie auf mich gewartet hatten; sie lagen am Rande des Flusses, am Rande des Bambuswaldes, mehr als zwanzig Männer, sie flossen aus dem Bambus hervor, lautlos und ernst, zwanzig hagere Männer, und sie trugen kleine Narben auf der Stirn und am Körper, rötliche Stigmen des Hasses, und in den Händen trugen sie ihre Panga-Messer, kurze, schwere Hackmesser, mit denen sie unsere Frauen töten und die Kinder, ihre eigenen Leute und das Vieh. Sie umringten das Auto, sie sahen mich an, sie warteten. Einige standen im Elefantengras, einige vor den Dornen, sie kamen nicht näher heran, obwohl sie sahen, daß ich allein war, sie hielten das Panga-Messer dicht am Oberschenkel und schwiegen, zwanzig hagere Kikujus, und sie blickten mich sanft und ruhig an, mit herablassendem Mitleid. Ich schaltete den Motor aus und blieb sitzen; in einem Fach lag der Revolver, ich konnte ihn sehen, aber ich wagte nicht, die Hände vom Steuer zu nehmen, sie beobachteten meine Hände, ruhig und scheinbar gleichgültig wachten sie über meine Bewegungen, und ich ließ den Revolver im Fach liegen und hörte, wie in der Ferne das Feuer durch das Elefantengras lief. Dann hob einer sein Messer, hob es und winkte mir schnell, und ich stieg aus; ich stieg langsam aus und ließ den Revolver liegen, und dann sah ich den, der mir gewinkt hatte, und es war Lukas, mein Knecht. Es war Lukas, ein alter, hagerer Kikuju, er trug eine Leinenhose von mir, sauber, aber von den Dornen zerrissen, Lukas, ein stiller, sanftmütiger Mann, Lukas, seit vierzehn Jahren mein Knecht. Ich ging auf ihn zu, ich sagte »Lukas« zu ihm, aber er schwieg und sah über mich hinweg, sah zu den Kenia-Bergen hinüber, zu dem brennenden Gras, er sah über die Rücken der fliehenden Antilopen, er kannte mich nicht. Ich schaute mich um, sah jedem der Männer ins Gesicht, prüfte, erinnerte mich verzweifelt, ob ich nicht einem von ihnen begegnet wäre, einem, der mir zunicken und bestätigen könnte, daß Lukas vor mir stand, Lukas, mein sanftmütiger Knecht seit vierzehn Jahren; aber alle Gesichter waren fremd und wiesen meine Blicke ab, fremde, ferne Gesichter, glänzend von der Schwüle des Bambus.

Sie öffneten den Kreis, zwei Männer traten zur Seite, und ich ging an ihnen vorbei, ging in die Dornen hinein; die

Dornen rissen mein Hemd auf, sie rissen die faltige, gelbliche Haut auf, es waren harte, trockene Dornen, sie griffen nach mir, hakten sich fest, brachen, über der Brust hing das Hemd in Fetzen. Wir haben eine Bezeichnung für Dornen, wir nennen sie »Wart ein bißchen«. Ich hörte, wie sie das Auto umwarfen, sie ließen es liegen und folgten mir, sie zündeten das Auto nicht an; sie ließen es liegen, und das genügte, es genügte in diesem Land des schweren Schlafes und des Verfalls, niemand würde das Auto je wieder auf die Räder setzen, vielleicht würde es jemand in den Fluß stürzen, vielleicht, ich würde es nie mehr benutzen. Sie folgten mir alle, mehr als zwanzig Männer gingen hinter mir her; wir gingen durch die Dornen, als ob wir ein gemeinsames Ziel hätten, sie und ich.

Lukas ging hinter mir her, ich hörte, wie sein Messer gegen die Dornen fiel, es waren Dornen, die von meinem Körper nach vorn gebogen wurden und dann zurückschnellten. Manchmal blieb ich stehen, um Lukas auflaufen zu lassen, ich hatte es noch nicht aufgegeben, mit ihm zu sprechen, aber er merkte jedesmal meine Absicht und verzögerte seine Schritte, und wenn ich mich umschaute, sah er nach hinten oder über mich hinweg. Ich folgte ihnen bis zum Fluß, ich folgte ihnen, obwohl ich vorausging, und vor dem Fluß blieb ich stehen, vor dem flachen, trägen Fluß, den ich zweimal durchwatet hatte, zweimal bis zur Hüfte im Schlamm, im Krieg einmal, und einmal, als der Missionar verunglückte; es war schon lange her, aber ich hatte das Gefühl nicht vergessen. Ich blieb vor dem Fluß stehen, und sie kamen heran und umstellten mich, mehr als zwanzig Männer mit schweren Panga-Messern, fremde, starre Gesichter, gezeichnet von den kleinen Narben des Hasses. Schwarze Flußenten ruderten hastig ans andere Ufer, ruderten fort und sahen herüber, und ich stand im Kreis, den der Fluß vollendete, stand im Zentrum ihres stummen Hasses. Sie setzten sich auf die Erde, sie hielten das Messer im Schoß, sie schwiegen, und ihr Schweigen war alt wie das Schweigen dieses Landes, ich kannte es, ich hatte es seit sechsundvierzig Jahren ausgehalten: als wir aus England gekommen waren, hatte uns dieses Land mit Schweigen empfangen, es hatte geschwiegen, als wir Häuser bauten und den Boden absteckten, es hatte geschwiegen, als wir säten und als wir ernteten, es hatte zu allem geschwiegen. Wir hätten wissen müssen, daß es einmal sprechen würde.

Eine Schlange schwamm über den Fluß, sie kam aus dem Bambus, sie hielt den Kopf starr aus dem Wasser, es war eine kleine Schlange mit abgeplattetem Kopf; sie verschwand in der Uferböschung, und ich merkte mir die Stelle, wo sie verschwunden war. Ich wandte den Kopf und sah in die Gesichter der Männer, ich wollte herausfinden, ob sie auch die Schlange beobachtet hatten, ich wollte mich anbiedern, denn ich fürchtete mich vor dem Augenblick, da sie zu reden begännen, ich war an ihr Schweigen gewöhnt, darum hatte ich Angst vor ihrer Sprache. Aber sie schwiegen und sahen vor sich hin, sie taten, als sei ich ihr Wächter, als hätten sie sich mir schweigend unterworfen; sie schwiegen, als hinge ihr Leben von meinem ab, und sie ließen mich in ihrer Mitte, bis es dunkel wurde. Ich hatte auch versucht, mich auf die Erde zu setzen, das Hemd klebte an meinem Rücken, die Knie zitterten, die Schwüle, die aus dem Bambus herüberkam, hatte mich schlapp gemacht, aber kaum hatte ich mich gesetzt, da machte Lukas eine kurze, gleichgültige Bewegung mit seinem Messer, er hob die Spitze nur ein wenig hoch, und ich wußte, daß ich zu stehen hätte. Ich war überzeugt, daß sie mich töten würden, und ich sah sie einzeln an, lange und gründlich, auch Lukas, meinen sanftmütigen Knecht seit vierzehn Jahren, ich sah sie an und versuchte, meinen Mörder herauszufinden.

Als es dunkel geworden war, erhoben sich einige Männer

und verschwanden, aber sie kamen bald zurück und waren mit trockenem Dornengestrüpp beladen. Sie warfen das Gestrüpp auf einen Haufen und zündeten in der Mitte des Kreises ein kleines Feuer an, und einer von ihnen blieb am Feuer sitzen und bediente es.

Ich erinnerte mich der Zeit, die ich mit Lukas verlebt hatte, er war erst vor zwei Tagen verschwunden; ich dachte an seinen schweigenden Stolz und an seine Neigung, das Leben zu komplizieren. Ich blickte auf die Männer und dachte an ihre rituellen Hinrichtungen, und mir fiel ein, daß sie einst ihre Diebe mit trockenen Blättern umwickelt und angezündet hatten. Ich hatte viel gehört in diesen sechsundvierzig Jahren, von ihrer Phantasie, von Opferzeremonien und ihrer arglosen Grausamkeit: ein Kikuju hat mehr Phantasie als alle Weißen in Kenia, aber seine Phantasie ist grausam. Wir haben versucht, sie von ihrer natürlichen Grausamkeit abzubringen, aber dadurch haben wir sie ärmer gemacht. Wir haben versucht, ihre geheimen Stammeseide, Orgien und Beschwörungsformeln zu entwerten, dadurch ist ihr Leben langweilig und leer geworden. Sie wollen nicht nur das Land zurückhaben, sie wollen ihre Magie zurückhaben, ihre Kulte, ihre natürliche Grausamkeit. Ich brauchte nur in ihre Gesichter zu sehen, um das zu verstehen; in ihren Gesichtern lag der Durst nach ihrem Land und das Heimweh nach ihrer alten Seele, in allen Gesichtern, über die der schwarze Schein des Feuers lief. Ich überlegte, ob ich fliehen sollte; ich hatte an dieser Stelle des Flusses keine Krokodile gesehen; vielleicht hatten sie aber auch nur im Ufergras gelegen, auf der anderen Seite, im Bambus, und vielleicht waren sie mit der Dunkelheit ins Wasser geglitten. Ich könnte unter Wasser schwimmen, ich war ein guter Schwimmer, trotz meines Alters, und so schnell entschließen sich die Krokodile nicht zum Angriff, vielleicht könnte ich es schaffen.

Aber die Männer, die einen Kreis um mich geschlagen hatten, würden nicht zusehen, würden nicht mehr schweigend am Boden hocken und zusehen, wie ich floh. Ich prüfte erschrocken ihre Gesichter, ich fürchtete, daß sie meine Gedanken erraten hatten, aber ihre Gesichter waren fremd und reglos, auch das von Lukas, meinem sanftmütigen Knecht. Vielleicht hofften sie, daß ich floh, vielleicht warteten sie nur darauf, daß ich mich in den Fluß warf – ihre Gesichter schienen darauf zu warten.

Lukas stand auf und ging ans Feuer; er hockte sich hin, er sah in die Glut, seine Arme ruhten auf den Knien, ein alter, hagerer Kikuju, versunken in Erinnerung. Ich hätte mich auf ihn stürzen können, er hockte dicht vor meinen Füßen, versunken und unbekümmert. Ich hätte nichts erreicht, wenn ich mich auf ihn geworfen hätte, sein Messer lag vor ihm, mit der Spitze im Feuer, wenige Zentimeter unter den großen, hageren Händen. Es sah aus, als ob Lukas träumte. Dann kamen aus den Dornen zwei Männer, die ich noch nicht gesehen hatte, sie wurden in den Kreis gelassen, zwei barfüßige Männer in Baumwollhemden, sie schienen in der Stadt gelebt zu haben, in Nairobi oder Nyeri. Sie hockten sich hinter Lukas auf die Erde, und alle Augen waren auf sie gerichtet; sie hatten eingerollte Bananenblätter mitgebracht, jeder zwei große Blätter, und sie schoben die Blätter nahe an Lukas heran und warteten. Es waren kräftige, gutgenährte Männer, sie hatten Fleisch auf den Rippen, sie sahen nicht aus wie Lukas und seinesgleichen, die hager waren, schmalbrüstig, mit dünnen, baumelnden Armen; sie hatten auch andere Gesichter, sie hatten nicht den fremden, gleichgültigen Blick, den Blick unaufhebbarer Ferne, ihre Gesichter waren gutmütig, der Blick war schnell und prüfend, er verriet, daß sie in der Stadt gelebt hatten. Während sie in den Kreis traten, hatte ich das gesehen. Ich hatte auch gesehen, wie sie sich änderten, als sie Lukas vor dem Feuer erblickten: ihre Gesichter verwandelten sich, sie schienen an ein fernes Leid erinnert zu werden, und die Ferne machte sie fremd und abwesend.

Lukas nahm das Messer aus dem Feuer, er konnte nicht gesehen haben, daß die beiden Männer gekommen waren, aber er mußte gewußt haben, daß sie hinter ihm hockten, er drehte sich auf den Fußballen zu ihnen um, ich hörte bei der Drehung das Gras unter seinen Füßen knirschen, es war der einzige Laut, den er bisher verursacht hatte. Lukas nickte einem der Männer zu, und der Mann, dem das Nikken gegolten hatte, zog sein Baumwollhemd aus und warf es hinter sich, und dann ging er nahe an Lukas heran und hockte sich vor ihm hin, schnell, fast lüstern. Und Lukas hob das Messer und drückte es in sein Schulterblatt, es zischte, als das heiße Eisen das Fleisch berührte, und der Oberkörper des Mannes bäumte sich einmal auf, der Kopf flog nach hinten. Ich sah die zusammengepreßten Zähne, das verzerrte Gesicht; die Augen waren geschlossen, die Lippen herabgezogen. Er stöhnte nicht, und Lukas, sanftmütiger Knecht seit vierzehn Jahren, setzte das Messer an eine andere Stelle, siebenmal, er setzte das Messer gegen die Schulter, gegen die Brust und gegen die Stirn. Als er den zweiten Schnitt empfing, zitterte der Mann, dann hatte er den Schmerz überwunden. Nach der zweiten Wunde sah er dem Messer ruhig entgegen, er bog dem Messer die Schulter heran, er dehnte ihm seine Brust entgegen, es konnte ihm nicht schnell genug gehen, die kleinen Schnitte zu empfangen, unwiderrufliche Zeichen der Verschwörung, Stigmen des Hasses. Dann hatte er die Male erhalten, und Lukas wies ihn zurück, er kroch auf seinen Platz und hockte sich hin, und Lukas legte das Messer ins Feuer und nickte nach einer Weile dem zweiten Mann zu; der zweite Mann zog sein Baumwollhemd aus, das Messer senkte sich in seine Schulter, es zischte, es roch nach verbranntem Fleisch, und auch er wurde nach dem zweiten Mal stumpf und ruhig, auch er empfing sieben Schnitte und kroch zurück. Ich hörte fernen Donner und sah zum Horizont, sah auf, als ob im Donner Rettung für mich läge, der Donner wiederholte sich nicht, ich sah nur das Feuer im Gras, das gegen die Berge lief. Der Mond kam hervor, sein Bild zerlief auf dem trägen Wasser des Flusses, der Fluß gluckste am anderen Ufer, es drang bis zu uns herüber. Im Bambus war es still.

Ich sah, wie Lukas die Bananenblätter zu sich heranzog, er rollte sie vorsichtig auseinander, und ich bemerkte in einem eine Blechdose. Er stellte die Blechdose ans Feuer, sie war gefüllt, sie enthielt eine Flüssigkeit, dunkel und sämig, Lukas goß etwas von der Flüssigkeit ab und griff in das andere Blatt, ich erkannte, daß es Eingeweide waren, Eingeweide eines Tieres, eines Schafes vielleicht, er nahm sie in die Hand und zerkleinerte sie und warf einzelne Stücke in die Blechdose, und dann schüttete er Körner und Mehl in die Blechdose und begann leise zu singen. Während Lukas sang – ich hatte ihn nie singen hören in vierzehn Jahren –, rührte er einen Teig an, ich beobachtete, wie er den Teig klopfte und knetete, er bearbeitete ihn unter leisem Gesang, einen griesigen Teig, den Lukas schließlich in beide Hände nahm und zu einer großen Kugel formte. Dann kniff er aus der Kugel ein kleines Stück heraus, begann es zwischen den Handflächen zu rollen, er rollte eine kleine Kugel daraus; der Teig war feucht, und ich hörte, wie er zwischen seinen Händen quatschte. Lukas rollte vierzehn kleine Kugeln, zweimal sieben feuchte Teigbälle, er legte sie in zwei Reihen vor sich hin, eine neben die andere, und als er fertig war, nickte Lukas einem der Männer zu, die vor ihm hockten, und der Gerufene kam zu ihm, kniete sich hin, schloß die Augen und schob seinen Kopf weit nach vorn. Der Gerufene öffnete den Mund, und Lukas nahm eine der feuchten Teigkugeln und schob sie ihm zwischen die Zähne; das Gesicht des Gefütterten glänzte, er schluckte, ich sah, wie die Kugel den Hals hinabfuhr, er schluckte mehrmals, sein Kopf bewegte sich vor und zurück, vor und zurück, dann hielt er still, die Lippen sprangen auf, schoben sich in sanfter Gier dem nächsten Teigbatzen entgegen, und Lukas schob ihm die neue Kugel in den Mund. Lukas, Zauberer und sanftmütiger Knecht, fütterte ihn mit dem Teig des Hasses, fütterte ihn siebenmal und wies ihn zurück, als er die Zahl erfüllt hatte, und nach einer Weile nickte Lukas dem zweiten Mann zu, und der zweite Mann kam und öffnete den Mund, würgte die Kugeln hinunter, würgte mit den Kugeln einen Schwur hinunter, und sein Gesicht glänzte. Auch er aß siebenmal den Teig des Hasses und wurde zurückgeschickt, er ging aufrecht zurück, nahm sein Baumwollhemd, streifte es über und fügte sich in den Kreis ein, den sie um mich geschlagen hatten. Ich erinnere mich, daß Sieben ihre Zahl ist, heilige Zahl der Kikujus, ich hatte es oft gehört in sechsundvierzig Jahren, jetzt hatte ich es gesehen – warum hatten sie es mich sehen lassen, warum duldeten sie, daß ich dabeistand, meine Zahl war eine andere, ich war der, dem die Wunden galten, die frischen Male auf den Körpern der Männer, ich war das Ziel ihres Hasses, warum töteten sie mich nicht? Warum zögerten sie, warum zögerte Lukas, das schwere Panga-Messer gegen mich zu heben, warum ließen sie mich nicht den Tod sterben, den sie so viele hatten sterben lassen: hatten sie einen besonderen Tod für mich, hatte Lukas, der Sanftmütige, sich einen besonderen Tod für mich ausgedacht in den vierzehn Jahren, da er mein Knecht war?

Wir hatten wenig gesprochen in diesen vierzehn Jahren, Lukas hatte allezeit schweigend und gut gearbeitet, ich hatte ihn sogar eingeladen, mit uns zu essen; manchmal, wenn ich ihn aus der Ferne beobachtet hatte bei der Arbeit, ging ich zu ihm und lud ihn ein, aber er kam nie, er fand immer einfache Entschuldigungen, mit höflicher Trauer lehnte er meine Angebote ab, niemand hat besser für mich gearbeitet als Lukas, mein wunderbarer Knecht. Welchen Tod hatte er sich für mich ausgedacht?

Lukas erhob sich und ging an mir vorbei zum Fluß, er ging langsam am Ufer auf und ab, beobachtete, lauschte, er legte sich flach auf den Boden und sah über das Wasser, er nahm einen Stein, warf ihn in die Mitte des trägen Flusses und beobachtete die Stelle des Einschlags und wartete. Dann kam er zurück, und jetzt kam er zu mir. Er blieb vor mir stehen, aber sein Blick ging an mir vorbei, erreichte mich nicht, obwohl er auf mich gerichtet war; er stand vor mir, das Messer in der Hand, und begann zu sprechen. Ich erkannte sofort seine Stimme wieder, seine leise, milde Stimme, er forderte mich auf zu gehen, er sprach zu mir, als ob er mich um etwas bäte; ich solle gehen, bat er, nun sei es Zeit. Er wies mit der Hand über den Fluß und über den Bambus in die Richtung, in der meine Farm lag, dorthin solle ich gehen, bat er, wo Fanny wohne, das war meine Frau, und Sheila, das war meine Tochter. Lukas bat mich, zu ihnen zu gehen, sie würden mich brauchen, sagte er, morgen, bei Sonnenuntergang, würden sie mich nötig haben, ich solle nicht mehr warten. Ich solle Fanny und Sheila vorbereiten, denn morgen, sagte er, würde die Farm brennen, das große Feuer würde kommen, und ich dürfte dann nicht weit sein. Er wollte sich umwenden, er hatte genug gesagt, aber ich ließ ihn noch nicht gehen, ich zeigte mit ausgestreckter Hand auf den schwarzen Fluß, und er las aus diesem Zeichen meine Frage und gab mir zu verstehen, daß keine Krokodile in der Nähe seien, er habe das Wasser beobachtet, ich könne nun gehen, der Weg sei frei.

Ich blickte den Kreis der Gesichter entlang, fremde, steinerne Gesichter, über die der schwache Schein des Feuers lief. Lukas ging zurück und fügte sich ebenfalls dem

Kreis ein, er hockte sich hin, und ich stand allein in der Mitte und schaute zum Bambuswald hinüber, spürte die Schwüle, die heranwehte, spürte Verfall und Geheimnis, und ich setzte einen Fuß in das Wasser und ging. Ich ging langsam zur Mitte des Flusses, meine Füße sanken in den weichen Schlamm ein, das Wasser staute sich an meinem Körper, an der Hüfte, an der Brust, schwarzes, lauwarmes Wasser; es führte totes Bambusrohr heran und Äste, und wenn mich ein Ast berührte, erschrak ich und blieb stehen. Ich sah nicht ein einziges Mal zurück. Ich überlegte, warum sie mich hatten gehen lassen, es mußte etwas auf sich haben, daß sie mich nicht getötet hatten.

Welch ein Urteil verbarg sich dahinter, daß sie mich nach Hause schickten? Ich wußte es nicht, ich kam nicht darauf, obwohl ich viele ihrer Listen kannte, ihre sanfte, grausame Schlauheit – warum hatten sie mich gehen lassen? Mein Fuß berührte einen harten Gegenstand, der auf dem Grund lag, ich zuckte zurück, ich hätte geschrien, wenn sie nicht am Ufer gewesen wären, ich warf mich sofort auf das Wasser, schwimmend kam ich schneller vorwärts als watend, und ich schwamm mit verzweifelten Stößen zur Mitte. Es mußte ein versunkener Baumstamm gewesen sein, den ich berührt hatte, das Wasser blieb ruhig, keine Bewegung entstand im Fluß, ich watete langsam weiter, mit beiden Händen rudernd – lange, tastende Schritte durch den weichen Schlamm: zum drittenmal durchquerte ich den Fluß.

Welch eine List lag in meinem Freispruch, warum hatten sie mich gehen lassen, warum hatte Lukas mich nach Hause geschickt? Lukas hatte mir den kürzesten Weg gezeigt, und der Weg führte durch den Fluß und durch den Bambuswald. Ich wußte, daß hinter dem Bambuswald die Grasfläche begann, Grasfläche der Mühsal, ich erinnerte mich, daß ich dann an Maisfeldern vorbeizugehen hätte und an einer Farm, ich würde es schaffen, dachte ich, ich würde die fünfzehn Meilen bis zum nächsten Abend hinter mich bringen, vielleicht würde mich McCormick das letzte Stück in seinem Wagen mitnehmen, ihm gehörte die Farm.

Der Bambus stand dicht, ich konnte kaum vorwärtskommen, ich mußte mich zwischen den einzelnen Rohren hindurchzwängen, es war hoffnungslos. Auch der Boden war gefährlich, Laub und Astwerk bedeckten ihn bis zu den Bambusstauden, ich konnte nicht erkennen, wohin ich trat. Immer wieder sackte ich ein, sackte bis zur Hüfte ein und stürzte vornüber, es ging nicht. Ich blieb stehen und sah zurück; die Männer waren verschwunden, das Feuer brannte nicht mehr, ich war allein. Ich war allein in der Schwüle des Bambus. Ich fühlte die nasse Kleidung auf der Haut, meine Knie zitterten. Ich fühlte mich beobachtet, von allen Seiten fühlte ich Augen auf mich gerichtet, gleichgültige, abwartende, bewegungslose Blicke. Ich hatte keine Waffen bei mir, ich durfte nicht weiter.

Es war still, nur zuweilen wurde die Stille unterbrochen, ein Vogel rief in die Finsternis, ein Tier klagte über den gestörten Schlaf; ich durfte nicht weiter, ich wußte, daß ich nachts, nachts und ohne Waffen, nicht durch den Bambuswald kommen würde, der Leopard würde es verhindern, der Leopard oder ein anderer, ich mußte zum Fluß zurück und entweder auf den nächsten Morgen warten oder mich dicht am Wasser bewegen. Ohne Waffen und ohne Feuer war die Nacht gefährlich, ich spürte es, die Nacht war ein wenig zu still, ein wenig zu sanft, das war nicht gut, und ich kämpfte mich durch Bambusstauden und Schlingpflanzen wieder zum Fluß zurück. Ich wollte die Nacht ausnutzen und den Fluß hinaufgehen, dabei konnte ich bestenfalls zwei Meilen gewinnen, zwei mühselige Meilen bis zum Morgen, aber ich beschloß, diesen Weg zu nehmen. Ich wollte zu Hause sein, bevor Lukas das große Feuer zur Farm trug, ich mußte das Mädchen warnen und Fanny, meine Frau.

Ich ging abermals in den Fluß, das Wasser reichte mir bis zu den Waden, dann watete ich, jedes Geräusch vermeidend, flußaufwärts; ich kam wider Erwarten gut voran. Der Mond lag auf dem Wasser, wenn der Mond nicht gewesen wäre, wäre ich nicht gegangen. Der Schlamm wurde fester; je weiter ich den Fluß hinaufging, desto härter und sicherer wurde der Grund, ich stieß gegen kleine Steine, die im Wasser lagen, die Büsche hingen nicht mehr so weit über den Fluß, alles schien gutzugehen. Manchmal sah ich ein Augenpaar zwischen den Büschen, grün und starr, und unwillkürlich strebte ich der Mitte des Flusses zu, ich hatte Angst, aber ich mußte diese Angst unterdrücken, wenn ich die Farm zeitig erreichen wollte. Manchmal folgten mir auch die Augen am Ufer, kalt und ruhig begleiteten sie mich flußaufwärts, ich erkannte keinen Kopf, keinen Körper, aber die Augen schienen über dem Bambus zu schweben, schwebten durch Bambus und Schlinggewächs, und ich wußte, daß diese Nacht auf der Lauer lag, daß sie den Fremden verfolgte und daß sie ihm seinen Argwohn nehmen wollte durch ihr Schweigen, durch ihren Duft. Ich sah leuchtende Blumen am Ufer, ihre Schönheit brannte sich zu Tode, ich sah sie mitunter mannshoch in der Dunkelheit brennen, auf einem Baum oder mitten in einem Strauch, flammende Todesblumen, unter denen der Leopard wartete.

Welche List lag in meinem Freispruch, warum hatten sie mich gehen lassen, mich, dessentwegen sie sich die Zeichen des Zorns eingebrannt hatten? Waren sie ihrer Sache so sicher?

Ich kam gut voran, ich konnte, wenn es so weiterging, sogar drei Meilen schaffen in dieser Nacht, ich würde früher bei Fanny und dem Mädchen sein, als sie gedacht hatten. Ich dachte an Fanny, sah sie auf der Holzveranda sitzen und in die Dunkelheit horchen, den alten Armeerevolver auf der Brüstung; zu dieser Zeit hätte ich schon lange bei ihnen sein müssen, vielleicht hatte sie über die Entfernung gespürt, daß mir etwas zugestoßen war. Sie hatte einen guten Instinkt, ihr Instinkt hatte sich geschärft, je mehr wir beide zu Einzelgängern geworden waren; dieses Land des Schlafes und des Verfalls hatte uns gezeigt, daß der Mensch von Natur aus ein Einzelgänger ist, ein verlorener, einsamer Jäger auf der Fährte zu sich selbst, und wir sind bald unsere eigenen Wege gegangen, bald, nachdem wir Sheila hatten. Wir glaubten manchmal beide, daß wir ohne den anderen auskommen könnten, wir arbeiteten schweigend und allein, jeder an seinem Teil, wir gingen uns aus dem Weg, sobald das Leben uns einem gemeinsamen Punkt zuführen wollte. Fanny und ich, wir gingen zwar in eine Richtung, unser Ziel und unser Leid war dasselbe, aber wir gingen in weitem Abstand auf dieses Ziel zu. Wir hatten uns alles gesagt, wir hatten uns ohne Rest einander anvertraut, und so kam die Zeit, da wir uns schweigend verstanden, da wir oft ganze Tage nicht miteinander sprachen und die Dinge trotzdem einen guten Verlauf nahmen. Ich hatte sie oft heimlich beobachtet, wenn sie durch den Mais ging oder die Schlucht hinunterkletterte zum Fluß, ich hatte sie beobachtet und bemerkt, daß ihre Bewegungen anders geworden waren, anders als in der ersten Zeit. Sie bewegte sich weicher und tierhafter, ihre Bewegungen flossen ganz aus, sie fühlte sich sicher.

Der Fluß wurde flacher, einige Steine ragten über die Oberfläche hinaus, und ich sprang, wenn es möglich war, von Stein zu Stein und brauchte kaum noch ins Wasser. Das Wasser war kälter geworden, die Luft war kälter geworden, ich begann zu frieren. Ich blieb auf einem Stein stehen und massierte meinen Leib und die Beine, das Hemd war über der Brust zerrissen, die Fetzen hingen mir, wenn ich mich bückte, ins Gesicht, sie rochen süßlich und dumpf. Ich bedeckte mit den Fetzen sorgsam meine Haut, ich versuchte, das Hemd in die Länge zu ziehen und unter den Gürtel zu schieben, denn ich begann immer stärker zu frieren, und ich sehnte mich zurück nach dem warmen Schlamm, nach der Flußstelle, wo sie mich aus ihrem Kreis entlassen hatten. Ich trank etwas von dem bitteren Wasser und wollte weitergehen, da sah ich ihn: er stand dicht am Ufer, an einer kleinen Bucht des Flusses, nur wenige Meter von mir entfernt. Um ihn herum waren die Bambussträucher niedergetreten, so daß ich ihn in seiner vollen Größe sehen konnte, er hatte mich offenbar auch gerade entdeckt. Er hatte den Rüssel eingerollt und stand regungslos vor mir, ich sah den matten Glanz seiner Stoßzähne, die kleinen blanken Augen und seine langsam fächelnden Ohren, es war ein großer Elefant. Er stand und blickte zu mir herüber, und ich war so betroffen von seinem Anblick, daß ich an keine Flucht dachte, ich rührte mich nicht und betrachtete das große, einsame Tier, und ich empfand plötzlich die wunderbare Nähe der Wildnis. Nach einer Weile wandte er den Kopf, entrollte den Rüssel und trank, ich hörte ein saugendes Geräusch, hörte, wie der Rüssel ein paar kleine Steine zur Seite schob, sie klirrten gegeneinander, und dann drehte er sich unerwartet um und verschwand im Bambus. Ich hörte ihn durch das Holz brechen, und plötzlich, als ob er stehengeblieben wäre, war es wieder still.

Langsam setzte ich meinen Weg fort, ich hatte ein Bambusrohr im Wasser gefunden und benutzte es als Stütze, wenn ich von Stein zu Stein sprang, das Rohr war mit einem einzigen schrägen Hieb durchschlagen worden, es besaß eine Spitze, ich konnte es notfalls als Waffe verwenden.

Ich dachte an Lukas, meinen sanftmütigen Knecht seit vierzehn Jahren, ich stellte mir vor, daß er jetzt an einem anderen Feuer saß, daß andere Männer vor ihm hockten und den Teig des Hasses hinunterwürgten, den er, zu Kugeln gerollt, in ihren Mund schob; ich glaubte zu sehen, wie ihre Schultern sich verlangend seinem schweren Panga-Messer entgegenreckten, wie ihre Gesichter glänzten vor Schwüle und Begierde, die Male zu empfangen. Ich stellte mir vor, daß Lukas durch das ganze Land ging, und ich sah, daß überall, wo sein Fuß das Gras niedertrat, Feuer aufsprang, das Feuer folgte ihm unaufhörlich, änderte mit ihm die Richtung, legte sich hin, wenn er es befahl – Lukas, Herr über das Feuer. Ich dachte an den Tag, als ich ihn zum ersten Male sah: er war, wie die anderen seines Stammes, nach Norden geflohen, die Rinderpest hatte ihre Herden fast völlig vernichtet, und sie hatten mit ihrem letzten Vieh im Norden Schutz gesucht. Und während sie im Norden waren, kamen wir und nahmen ihr Land, wir wußten nicht, wann sie zurückkehren würden, ob sie überhaupt jemals zurückkehren würden, wir nahmen uns das brachliegende Land und begannen zu säen.

Aber nachdem wir gesät und auch schon geerntet hatten, kamen sie aus dem Norden zurück, ich sah ihren schweigenden Zug das lange Tal heraufkommen, vorn ihre Frauen, dann das Vieh, und hinter dem Vieh die Männer. Wir sagten ihnen, daß sie das Land durch ihre Abwesenheit verloren hätten, und sie schwiegen; wir boten ihnen Geld, sie nahmen das Geld, verbargen es gleichmütig in ihrer Kleidung und schwiegen, sie schwiegen, weil sie sich als Besitzer dieses Landes fühlten, denn für einen Kikuju wird der Verkauf eines Landes erst dann rechtmäßig, wenn er unter religiösen Weihen vollzogen worden ist. Es hatte keine Bedeutung, daß wir ihnen Geld gaben, wir hatten den Boden ohne religiöse Weihen abgesteckt, darum konnte er uns niemals gehören. Ich erinnerte mich, wie mit einem dieser Züge auch Lukas das lange Tal heraufkam, er ging am Ende des Zuges, er fiel mir gleich auf. Sein altes, sanftes Gesicht fiel mir auf, ein Gesicht, das nie eine Jugend gehabt zu haben schien, und dieses Gesicht blieb ruhig, als ich sagte, daß ich dieses Land nicht mehr aufgeben würde. Es war Lukas' Land, das ich mir genommen hatte.

Er schwieg, als er das erfuhr, und als sich der Zug in Bewegung setzte, weiterging auf seiner stummen Suche nach dem verlorenen Land, da ging auch Lukas mit, und ich sah ihn sanftmütig über die Grasebene schreiten und brachte es nicht übers Herz, ihn gehen zu lassen. Ich rief Lukas zurück und fragte ihn, ob er bei mir bleiben wolle, ich fragte ihn, ob er bereit sei, mit mir zusammen das Land zu bearbeiten, und er nickte schweigend und ging auf so natürliche Weise seiner Arbeit nach, daß es den Anschein hatte, er habe sie nur kurzfristig liegenlassen und sei nun zurückgekommen, um sie zu vollenden.

Er arbeitete wortlos und geduldig, ich hatte ihm nie viel zu sagen. Ich versuchte, ihm mancherlei beizubringen, ich gab mir Mühe, ihm die Arbeit zu erleichtern, er hörte höflich zu, wartete, bis ich ihn entließ, und hatte wenig später meinen Rat vergessen. Welch eine List lag in meinem Freispruch, was hatte sich Lukas, der wunderbare, sanftmütige Knecht, in den vierzehn Jahren überlegt?

Ich ging bis zum Morgen flußaufwärts, die Nächte sind lang in diesem Land, und ich hatte wohl vier Meilen gewonnen, mehr, als ich gehofft hatte. Ich prüfte den Himmel, den länglichen Ausschnitt des Himmels über dem Fluß, es sah aus, als ob es ein Gewitter geben würde. Der Himmel war mit einer einzigen grauen Wolke bedeckt, sie stand über mir und dem Fluß, ihre Ränder waren dunkel; mitten durch das Grau lief eine zinnoberrote Spur, eine Feuerspur, und ich dachte, daß das die Spur von Lukas sein könnte. Ich überlegte, ob es Zweck hätte, unter solchen Umständen den Bambuswald zu durchqueren, aber ich dachte an Fanny, an das Mädchen und an die Frist, und ich beschloß, unter allen Umständen durch den Bambus zu gehen. Ich spürte zum ersten Male Hunger, ich trank von dem bitteren Wasser des Flusses und schwang mich mit Hilfe der Bambusstange ans Ufer. Als ich das Ufer betrat, merkte ich, wie erschöpft ich war, der Weg über die Steine hatte meine ganze Kraft verlangt, hatte meine Aufmerksamkeit und meine Geschicklichkeit bis zuletzt so sehr beansprucht, daß ich keine Gelegenheit gefunden hatte, den Grad meiner Erschöpfung zu bemerken. Nun, da ich die Möglichkeit hatte, mich zu entspannen, merkte ich es; ich fühlte, wie unsicher ich auf den Beinen war, ich sah, wie meine Hände zitterten, und ich spürte den Schleier vor meinen Augen, ein untrügliches Zeichen meiner Erschöpfung. Ich durfte nicht stehenbleiben, ich mußte weiter, mußte mich gleichsam im Sog der einmal begonnenen Anstrengung bis zur Farm tragen lassen; ich kannte mich zur Genüge, ich wußte, daß ich es schaffen würde.

Ich stieg, weit nach vorn gebückt, eine Anhöhe hinauf, ich griff nach jedem Schritt in die Bambusstauden und Wurzeln und zog mich an ihnen vorwärts, ich mußte mich vorsichtig voranziehen, denn manchmal griff ich in die Wurzeln eines toten Baumes, der gestorben und stehengeblieben war, weil es keinen Platz gab, wohin er hätte stürzen können, und wenn ich mich an dem aufrechten, toten Stamm hochziehen wollte, gab er nach, die Wurzeln rissen, und der Bambusstamm stürzte mir entgegen. Mitunter traf er im Sturz andere Stämme, und ich hörte, wie die Wurzeln rissen, und warf mich zur Erde und bedeckte den Kopf mit den Händen. Von Zeit zu Zeit sank ich bis zu den Knien in den weichen Boden ein, aber es geschah nicht so oft wie in der Nacht, als ich den Bambuswald das erste Mal zu durchqueren versucht hatte; jetzt konnte ich die tieferen Löcher im Boden erkennen, konnte ihnen ausweichen.

Die Kälte, unter der ich am Morgen gelitten hatte, machte mir nicht mehr zu schaffen, die Anstrengung brachte mich in Schweiß, das Hemd klebte auf meinem Rücken, und wenn ich mit dem Gesicht am Boden lag, prallte mein Atem vom Laub zurück und traf mein heißes Gesicht. Ich spürte den Schweiß über die Wange laufen und spürte ihn, dünn und säuerlich, wenn ich mit der Zunge über die Lippen fuhr. Ich beschloß, mich im Mais eine Weile auszuruhen, ich wollte mich weder hinlegen noch hinsetzen, das Risiko wäre zu groß gewesen, ich wollte, damit die Erschöpfung mich nicht besiegte, stehend ausruhen, ich wollte einen Augenblick stehen und einen Kolben abbrechen, ich war schon nahe daran, ich hatte schon den süßlichmehligen Geschmack der Körner auf der Zunge – es war gut, daran zu denken.

Ich zog mich an eine schwarze Zeder heran, ich griff in ein Büschel von Schlinggewächsen, sie fühlten sich glatt und lederhäutig an wie Schlangen, ich griff in sie hinein und zog mich an den Baum heran, und als ich auf einer Wurzel stand, sah ich eine Lichtung. Ich sah sie durch den Schleier meiner Erschöpfung, und als ich näher heranging, erkannte ich auf der Lichtung eine Anzahl großer, schwerer Vögel, die um einen Gegenstand versammelt waren. Sie hüpften lautlos umher, träge und mit schlappem Flügelschlag umkreisten sie den Gegenstand, einige saßen auf ihm und drängten die neu Hinzugekommenen ab, es waren schwarze Vögel. Sie ließen sich durch mich nicht vertreiben, ich konnte so nah herangehen, daß ich sie mit meiner Bambusstange erreicht hätte, ich versuchte es auch, aber sie hüpften nur schwerfällig zur Seite und blieben. Der Gegenstand, um den sie sich drängten, war ein Baumstumpf, sie wollten offenbar nur darauf sitzen, und da sie zu viele waren, entstand dieser lautlose Kampf.

Ich trat an den Baumstumpf heran, lehnte mich gegen ihn und erlag schließlich der Versuchung, mich zu setzen. Ich setzte mich in die Mitte und vertrieb mit meiner Bambusstange die Vögel, ich konnte sie nicht endgültig vertreiben, sie sprangen auf die Erde, träge und widerwillig, sie hüpften schwerfällig um meine Beine herum und sahen mit schräggelegtem Kopf zu mir auf. Und nach einer Weile versuchte der erste Vogel, auf den Baumstumpf zu fliegen, ich duckte mich, weil ich glaubte, er flöge mich an, aber als ich sah, daß er nur neben mir sitzen wollte, ließ ich ihn sitzen und kümmerte mich nicht um ihn. Ich lehnte mich weit zurück und beobachtete den Himmel, und ich sah, daß die Wolke mit der zinnoberroten Spur weiter im Westen stand: es würde kein Gewitter geben, ich war zuversichtlich für meinen Weg. Langsam stand ich auf und ging zwischen den großen Vögeln über die Lichtung, sie bewegten sich nicht, sie hockten am Boden und sahen mir nach.

Ich dachte an Lukas' Augen, an seinen Blick voll sanfter Trauer, ich dachte daran, während ich mit dem Bambus kämpfte, und ich begann, Lukas zu begreifen, Lukas und all die andern, die die Stigmen des Hasses trugen. Ich glaubte zu verstehen, warum sie sich danach drängten, die Male zu empfangen. Wir haben ihnen zuviel genommen, wir haben ihnen aber auch zuviel gebracht.

Welch eine List hatte Lukas ersonnen, warum hatte er mich gehen lassen, der auch daran schuld war, daß ihm alles genommen wurde? Ich mußte vor Sonnenuntergang auf der Farm sein, ich dachte an Fanny und an das Mädchen, ich sah sie immer noch auf der Holzveranda sitzen, den alten Armeerevolver in der Nähe, ich wußte, daß sie in dieser Nacht nicht geschlafen hatten.

Als ich den Bambuswald hinter mir hatte, war ich so erschöpft, daß ich nicht weitergehen zu können glaubte, mein Körper verlangte nach Ruhe, es zog mich zur Erde. Ich blieb mitten im Elefantengras stehen und schloß die Augen, ich wäre eingeknickt und niedergesunken, wenn ich mich nicht auf den Bambusstock gestützt hätte, ich war so entkräftet, daß mich eine tiefe Gleichgültigkeit erfaßte;

Fannys Schicksal war mir gleichgültig, und ich beschwichtigte mich selbst, indem ich mir sagte, daß sie gut schießen und das Haus nicht schlechter verteidigen könnte als ich selbst. Und ich hätte mich hingelegt, wenn nicht der Hunger gewesen wäre; der Hunger zwang mich, die Augen zu öffnen, und ich hob den Bambusstab, stieß ihn in den Boden und ging. Ich ging durch das hüfthohe Elefantengras, meine Lippen brannten, in den Fingern summte das Blut. Ich blickte nicht ein einziges Mal über die große Ebene, mein Blick scheute sich vor dem Horizont, ich hatte nicht die Kraft, die Augen zu heben.

Gegen Mittag stand ich vor dem Maisfeld. Ich warf den Bambusstab fort, nun hatte er ausgedient, ich warf ihn in weitem Bogen in das Gras und riß mehrere Maiskolben ab. Ich setzte mich auf die Erde. Ich legte die Kolben in meinen Schoß. Ich riß von einem Kolben die gelbweißen, trockenen Hüllen ab und biß hinein. Ich ließ mir keine Zeit, die Körner mit dem Daumen herauszubrechen. Ich fuhr mit den Zähnen den Kolben entlang. Die Körner schmeckten nach süßem Mehl.

Nachdem ich gegessen hatte, kroch ich zwischen die Maisstauden, ich spürte Kühle und Schatten, spürte eine seltsame Geborgenheit; hier, im Mais, glaubte ich mich sicher. Ich kroch durch das ganze Feld, ich bildete mir ein, während ich kroch, neue Kräfte zu sammeln, ich fühlte mich auch zu Kräften kommen, und ich hob die Augen und sah nach vorn. Und ich sah durch die Maisstauden die Farm, sie lag auf einem Hügel, das große Wohnhaus mit der Veranda und die Wellblechschuppen, die im rechten Winkel zu ihm standen. Die Farm lag verlassen da; McCormick hatte vier Hunde, einen hatte ich immer gesehen, wenn ich vorbeigekommen war, einer hatte immer vor der Veranda im Staub gelegen, jetzt konnte ich keinen entdecken. Ich wollte das Maisfeld verlassen und hinübergehen, ich hatte mich schon aufgerichtet, da kamen sie aus der Farm. Es waren sechs Männer, hagere Kikujus mit Panga-Messern, sie gingen die Verandatreppe hinab, langsam, mit ruhigen Schritten, sie schienen keine Eile zu haben. Einen Augenblick verschwanden sie hinter den Wellblechschuppen, dann sah ich sie wieder, sechs hagere Männer, sie schritten über den Hof und an einer Baumgruppe vorbei, sie schritten aufrecht über die Grasfläche, in die Richtung, aus der ich gekommen war, ihr Weg führte sie zum Bambuswald, zum Fluß. Ich konnte nicht erkennen, ob Lukas bei ihnen war, sie waren zu weit entfernt, ich konnte nur fühlen, ob er bei ihnen war – mein Gefühl bestätigte es. Ich blickte ihnen nach, bis sie hinter der Grasfläche verschwunden waren, ich wußte, daß es jetzt nutzlos war, in die Farm zu gehen und McCormick um das Auto zu bitten, ich würde ihn nie mehr um etwas bitten können; er tat mir leid, denn er war erst sechs Jahre hier. Gleich nach dem Krieg war er hergekommen, ein freundlicher, rothaariger Mann, der gern sprach und in jedem Jahr für einen Monat verschwand, nach Nairobi, erzählte man, wo er einen Monat lang auf geheimnisvolle Art untertauchte.

Es zeigte sich niemand auf seiner Farm, und ich schob mich wieder in das Maisfeld und nahm mir vor, zurückzukehren, wenn ich zu Hause alles geregelt hatte; wenn ich das Schnellfeuergewehr bei mir gehabt hätte oder nur den alten Armeerevolver, dann wäre ich schon jetzt zur Farm hinübergegangen, aber unbewaffnet und erschöpft, wie ich war, wäre es leichtfertig gewesen. Sie konnten einen zurückgelassen haben, sie konnten alle sechs zurückkehren, es hatte keinen Zweck.

Ich kroch in die Richtung, in die auch der schmale Weg lief, der das Maisfeld an einer Seite begrenzte, der Weg führte zu meiner Farm. Ich hatte den schwierigsten Teil der Strecke hinter mir, ich hatte mich ausgeruht und gegessen, ich hatte die Gleichgültigkeit und den Durst überwunden: ich zweifelte nicht daran, daß ich rechtzeitig auf meiner Farm sein würde. Je näher ich kam, desto größer wurde meine Angst vor ihrer List und das Mißtrauen gegenüber meinem Freispruch. Warum hatte Lukas mich gehen lassen, Lukas, sanftmütiger Knecht und Zauberer, welch eine List hatte er für mich ersonnen? Die Angst ließ mich zwischen den Maisstauden aufstehen, ich schob die Hände vor und begann, so gut es ging, zu laufen. Ich lief durch das Feld, blieb stehen, lauschte, hörte mein Herz schlagen und lief weiter. Ich spürte, wie meine Oberschenkel sich verkrampften, starr und gefühllos wurden, auf der Brust entdeckte ich die Spuren der Dornen, kleine, blutverkrustete Kratzer, meine Arme zitterten. Mein Mund war geöffnet, der Oberkörper lag weit vornüber: so lief ich durch den Mais, und als ich das Ende des Feldes erreicht hatte, gönnte ich mir keine Ruhe; ich lief zur Straße, ich glaubte, daß ich immer noch liefe, ich hörte meinen Schritt gegen die Erde klopfen, und ich glaubte, daß ich liefe – aber wenn ich gelaufen wäre, hätte ich mein Ziel früher erreichen müssen, ich taumelte vorwärts, von der Angst und der Hitze geschlagen, ich konnte meinen Schritt kaum noch kontrollieren.

Dann kam ich wieder an ein Maisfeld, lange vor Sonnenuntergang, und das war mein eigener Mais. Hinter ihm lag die Farm, eine letzte Anstrengung, dann hätte ich sie erreicht, ich sah sie schon vor mir liegen, obwohl der Mais sie meinem Blick entzog, meine Farm, Lukas' Farm. Ich bog vom Weg ab und lief durch den Mais, die Stauden schienen kräftiger und höher, die Kolben größer zu sein als die in McCormicks Feld – ich lief bis zu einer Furche, hatte Lukas sie in den Boden gerissen, hatte ich es getan? Ich hatte mich unterschätzt, ich hatte meine Kräfte zu gering angesehen, jetzt spürte ich, worüber ich noch verfügte.

Ich sah die Stauden lichter werden, das war das Ende des Feldes. Ich trat aus dem Maisfeld. Ich preßte die Hände gegen die Brust. Ich hob den Kopf und blickte zu den Brotbäumen hinüber. Die Farm stand nicht mehr, und es war lange vor Sonnenuntergang. Ich ging zu den Brotbäumen und sah in die Asche. Ich kniete mich hin und faßte mit beiden Händen hinein. Die Asche war kalt.

1953

Die Festung

Das war im Juni, vor einem der vielen Gewitter. Mein Alter stand unten am Fluß und mähte die Uferböschung, mähte, während eins der heftigen Gewitter heraufzog und der Fluß schwarz wurde und die Krähen von den Pappeln aufflogen. Er sah sich nicht um, er schaute nicht auf den Fluß und auf den Himmel; er stand barfuß im Wasser und mähte mit scharfem Zug die Böschung hinauf, riß mit der Spitze der Sense nach, arbeitete sich weiter vor gegen das Schilf, Schritt für Schritt. Wenn mein Alter arbeitete, dann arbeitete er, und es gab nichts in der Welt, das ihn abhalten oder unterbrechen konnte.

Er war schon alt, und er war nicht besonders groß und imponierend: sein Gang war schleppend, der Kopf immer schräg gelegt, ein runder, kurzgeschorener Kopf, und sein Rücken war schon ein wenig gekrümmt. Er arbeitete ohne das Fauchen und Zischen, das bei Noah Tisch unablässig zu hören war, bei seinem großen, schwachsinnigen Knecht, der jedesmal noch stöhnte und ächzte, als ob er unter Dampf stünde. Wenn mein Alter arbeitete, dann bemerkte er nichts anderes auf der Welt. Er bemerkte auch den Mann nicht, der in jenem Juni vor dem Gewitter den kleinen Weg heraufkam, den weichen Weg, der von selbst neben dem Fluß entstanden war, erlaufen von Füßen, die geduldig nach einem Übergang gesucht, jede Biegung sorgfältig ausgeschritten hatten, lange bevor die Holzbrücke gebaut worden war. Diesen Weg kam der Mann herauf; er war klein und mager und steckte in einem schwarzen Tuchanzug, ich hatte ihn nie vorher gesehen. Er sah sich einmal nach dem Gewitter um, aber er beschleunigte nicht seine Schritte, er ging weiter auf dem schwarzen Torfweg entlang bis zur Uferböschung, wo mein Alter mähte. Genau über ihm blieb er stehen, und es sah aus, als warte er darauf, daß mein Alter seine Arbeit unterbräche, aber mein Alter stammte aus Sunowo, und die Leute in Sunowo unterbrachen ihre Arbeit nur, wenn sie essen mußten oder schlafen oder überhaupt Schluß machen.

Und mein Alter mähte weiter, während der Mann über ihm stand, er unterbrach seine Arbeit nicht, schaute nicht einmal auf; und da bückte sich der Mann überraschend und glitt die Böschung hinab zu meinem Alten; jetzt konnte ich sie nicht mehr sehen.

Ich saß auf dem Sandhaufen am Schuppen, den Noah Tisch ständig vergrößerte, er karrte schon den ganzen Tag, und ich saß oben und grub eine Festung in den kühlen, frischen Sand, und Noah nahm jedesmal Anlauf mit der Karre, raste über das wippende Brett und lachte sein sanftes, irres Lachen, wenn er die Karre vor meiner Festung umstürzte. Vom Sandhaufen konnte ich weit über das Feld sehen und über den Fluß bis zur alten Windmühle, ich konnte auch meinen Alten sehen bei der Arbeit, zumindest seinen Rücken und den runden, kurzgeschorenen Kopf. Aber jetzt war nichts mehr von ihm zu erkennen. Ich hörte auf zu graben und stemmte mich gegen den Schuppen und sah zur Uferböschung, und dann kam Noah über das wippende Brett gerast, und als er mich in dieser Stellung bemerkte, stellte er sich ebenfalls hin und blickte hinunter.

Noah war so groß, daß er bis zum Teerdach des Schuppens reichte, er war immer gutmütig und freundlich, er lachte ständig sein sanftes, irres Lachen, doch er besaß eine so fürchterliche Kraft, daß es einen schaudern konnte. Noah hatte schon als Kind für meinen Alten gearbeitet, drüben auf den trockenen Feldern von Sunowo, sie hatten gesät zusammen und gerodet und geerntet, und Noah liebte meinen Alten mehr als alles auf der Welt und war bei ihm geblieben, als sie das Haus verlassen mußten und die trockenen Felder von Sunowo, am Ende des großen Krieges. So stand er neben mir: aufgerichtet und schnell atmend und mit kleinen, geröteten Augen; ich spürte, daß auch er gespannt war, ich sah das Mißtrauen in seinem Blick, sah, wie sein Lachen breiter wurde und starrer, und ich fürchtete mich vor ihm. Ich ängstigte mich vor ihm, wie ich mich seit je geängstigt hatte vor diesem Mann, wenn sein Lachen breiter und starrer wurde, wenn der Ausdruck seines milden Irrsinns verschwand und sein Kopf zu nicken begann, dieser mächtige, schwere, tragische Kopf. Niemand wußte, was dies breite Lachen und das Nicken des Kopfes ankündigte: eine tumultuarische Wut oder eine ebenso tumultuarische Zärtlichkeit.

Ich beobachtete mit Noah die Uferböschung, wir starrten hinüber zu der Stelle, wo am schwarzen Wasser, unter dem schnell und heftig heraufziehenden Gewitter, die beiden Männer sich befinden mußten, und Noah war so gebannt, daß er das Rad der Schubkarre, das sich immer noch langsam drehte, mit dem Fuß anhielt.

Aber da kam der schwarze, magere Mann schon wieder herauf, blickte nach dem Gewitter und ging, von einem Windstoß getroffen, den Weg zur Holzbrücke, eilig jetzt und sich vom Wind treiben lassend. Wir standen und blickten ihm nach, und bald darauf erschien auch mein Alter über der Uferböschung, er wuchs langsam hervor gegen den Gewitterhimmel, mit schräg gelegtem Kopf, die Sense über dem Rücken, am Gürtel den Wetzstein; er kam herauf mit seinen langen, schleppenden Bewegungen, schleifte durch das Gras, um den Schlamm von den Füßen loszuwerden, und dann blickte er auf und kam ruhigen Schritts heran.

Wir gingen ihm nicht entgegen. Wir blieben am Schuppen und warteten, und als er bei uns war, legte er die Sense hin und trat zu uns, und er sah Noah an und mich und dann die Festung, die ich in den frischen, kühlen Sand gegraben hatte, eine Festung, die ihre Mauer hatte und ihren Graben und den nötigen, schmalen Zugang. Er sah lange auf meine Festung hinab, und plötzlich bewegte sich sein rechter Fuß, glitt über den Sand und bohrte sich tief und kraftvoll in eine Mauer, und unversehens hob er den Fuß, langsam zunächst, so daß ein breiter Riß entstand, dann hob er ihn weiter, und ein Teil der Sandmauer blieb auf seinem Spann liegen, rieselte an den Seiten herab, bis auf einen Rest, den er mit einer kurzen Bewegung fortschleuderte. Noah lachte leise, und mein Alter holte mehrmals sorgfältig aus, und während er zuschlug und zerstörte, was ich gegraben hatte, suchte ich seinen Blick. Er wich mir nicht aus, ich sah in seine hellen, tiefliegenden Augen, ich tat es schweigend und fassungslos, und ich bemerkte, daß er von Schmerz erfaßt war, während er die Festung zerstörte. Und nachdem er alles zertreten hatte: die Mauern, den Zugang und die flachen Ecktürme, an denen noch Spuren meiner Hände zu erkennen waren, nachdem alles verschwunden und versunken war, gab er mir die Hand. Ich schaute ihn erschrocken an, denn mein Alter hatte mir nie die Hand gegeben, oder er hatte sie mir doch nie so gegeben wie jetzt, mit solchem Ernst, mit solcher Plötzlichkeit und solchem Ausdruck von Schmerz; ich sah seine große braune Hand vor meinen Augen, sie war geöffnet, sie zitterte ein wenig, sie war so nah, daß ich die kleinen Brandnarben auf den Fingerkuppen erkennen konnte, und da ergriff ich sie mit beiden Händen.

»Jungchen«, sagte mein Alter langsam, »Jungchen.«

Ich blickte auf, blickte in sein unrasiertes Gesicht, und er nickte und sagte in seinem breiten, bedächtigen und rollenden Tonfall: »Die Festung war man zu leicht, Jungchen. Da hätten wir nich lange können bleiben in so 'ner Festung. Aber is man gut, daß du gelernt hast, wie so'n Ding sein muß und was dazu gehört. Und für Noah is vielleicht auch nich schlecht, daß er zugesehen hat bei alledem, dann wird er jetzt Bescheid wissen.«

Er wandte sich ab und ging zum Haus hinüber, und Noah und ich folgten ihm, während ein Schwarm Krähen unmittelbar über uns in den Wind hineinstieß, von einer Bö erfaßt und weit und unbarmherzig über die Felder geworfen wurde, plötzlich pfeilschnell niederfuhr zur Erde und verschwand. Wir gingen nacheinander ins Haus, mein Alter zuerst, dann Noah und ich zum Schluß. Wir betraten schweigend die niedrige Stube, und ich nahm Holz aus dem Kasten und machte Feuer im eisernen Herd. Der Wind jagte durch den Herd und den Abzug, das Feuer zog gut durch, und ich setzte die Pfanne auf und schnitt eine Menge Speck hinein und beobachtete meinen Alten: er hockte brütend am Fenster und sah hinaus, er sah über das flache, traurige Land unter dem Gewitter, und er war zusammengesunken dabei und rührte sich nicht. Sein sinnierender Blick ruhte auf dem Land, das sie ihm gegeben hatten; sie hatten es ihm übertragen, als er am Ende des großen Krieges die Felder von Sunowo verlassen mußte und mit seinem Wagen quer durch das ganze Land gefahren war und dann hinauf in den Norden. Hier, unter dem weiten Himmel, in all der Weglosigkeit und Verlorenheit, bekam er das neue Land, auf dem einst Pioniere ausgebildet worden waren, Übungsland, Versuchsland, Todesland; doch gleich nach dem Kriege hatten sie keine Verwendung mehr für Pioniere und teilten das Land unter Neubauern. Mein Alter nahm das Land, das sie ihm gegeben hatten, er nahm es unter den Pflug und arbeitete, als habe er nur Mittagspause gemacht, und als setze er nur fort, was er in Masuren, auf den sandigen Feldern von Sunowo, hatte liegenlassen. Er arbeitete mit der Dringlichkeit eines Anrufs, eines Anrufs, der ihn aus der Jahreszeit erreichte: das Frühjahr gab ihm zu verstehen, was zu tun sei – die milden, salzigen Winde von der Küste, das schießende Schilf und der schwarze, scharf unter der Sonne funkelnde Torfboden, und mein Alter und Noah nahmen den Anruf auf und fingen an. Es war eine Verzweiflungsarbeit, und wenn sie nach Hause kamen, still und erledigt, dann glaubte ich manchmal, mein Alter werde es nicht durchhalten, er werde das Land wieder aufgeben, das so lange keinen Pflug gesehen hatte und verwachsen war und verwuchert und ungelockert. Aber sie hatten es ihm für neunundneunzig Jahre angeboten, und er hatte das Land für neunundneunzig Jahre übernommen: daran hielt er sich, mein Alter, der Neusiedler.

Ich dachte daran, während ich den Speck in die Pfanne schnitt, und ich dachte an die Stiefel der Pioniere, die dieses Land vernarbt hatten, an ihre Rufe und Kommandos, unter denen sie immer wieder und immer schneller ihre Pontons an den Fluß geschleppt hatten und Brücken zur Übung geschlagen und zur Übung wieder abgerissen hatten. Ich dachte an die Flügelminen, die sie zur Übung abgeschossen hatten, und die der Pflug jetzt manchmal hochbrachte, und vor allem dachte ich an meinen Alten, der über dieses Land gegangen war und alle Spuren und Erinnerungen weggepflügt hatte, Tag für Tag unter dem tiefen Horizont hier im Norden.

Zu diesem Horizont sah er jetzt, während er versunken und bewegungslos am Fenster saß, er blickte teilnahmslos in das Gewitter, das sich schnell entlud und weiterzog in einem Bogen zur Küste.

Der Speck, lange, glatte Streifen, war ausgelassen, Noah brachte den Korb mit den Eiern, ich zerschlug die Eier am Rand der Pfanne und briet sie; dann machte ich Kaffee und schnitt von dem großen Brot ab und brachte alles auf den Tisch. Und nachdem ich die Eier aufgeteilt hatte, begannen wir zu essen. Noah nahm die Mütze ab und kaute und schluckte und brach sich vom Brot ab, und es war ein Leuchten in seinem Gesicht, als er aß. Auch das Gesicht meines Alten war offener und freier, auch in seinem Gesicht lag ein kleines, leichtes Glück, als er Brocken von dem schweren Brot abbrach und sie mit Speck und Eiern in den Mund schob und dazu den heißen Kaffee trank. Ich hörte Noah seufzen und stöhnen unter der unendlichen und belebenden Wohltat des Essens, ich sah ihm zu, wie seine große Hand einen Brotbrocken in den Teller drückte und alle Spuren von Fett auftunkte, sorgfältig und genußvoll, und mein Alter tat es ihm nach. Ich spürte ihre wunderbare Gier, ich spürte die Wärme des Essens und die weiche, wohlige Müdigkeit, die es hervorrief, und ich empfand zum ersten Male die räuberische Schönheit des Essens: die geöffneten Lippen, das Brechen, das Mahlen.

Wir tranken den Kaffee aus großen Tassen und schwiegen, wir schwiegen, weil wir wußten, daß etwas gesagt werden mußte und daß das, was zu sagen war, nur von meinem Alten kommen konnte. Aber mein Alter sagte nie etwas, das halb und unbedacht war und das er nicht zu Ende gekaut hatte – was immer er in seinem runden, kurzgeschorenen Schädel bewegte, das wurde langsam und mit ungeheurer Ausdauer bewegt; mein Alter war ein großer Grübler, der tagelang darüber brüten konnte, ob er ein paar Nägel kaufen sollte oder eine Rolle Draht; das füllte ihn aus, wie es schon seinen Großvater ausgefüllt hatte und überhaupt alle Leute von Sunowo. Und während wir den Kaffee tranken, blickten wir ihn erwartungsvoll an.

Aber wir mußten warten, bis das Gewitter vorbei war, dann erst begann er zu reden, und er sagte, ohne uns anzusehen: »Jetzt wer'n sie zurückkommen, Jungchen. Die Pioniere wer'n wiederkommen auf das Land. Sie woll'n den Vertrag kündigen und uns runtersetzen, weil sich die Pioniere hier so wohl gefühlt haben und jetzt wieder gebraucht wer'n. Aber wir wer'n nich gehn, Jungchen. Jetzt haben wir gepflügt, und wir bleiben neunundneunzig Jahre hier. Da wird uns keiner nich runterkriegen.«

Noah lachte sein mildes, irres Lachen, und mein Alter stand auf und ging auf den Hof hinaus. Er ging gebückt gegen den Wind, der böig in den Hof einfiel, verschwand hinter dem Schuppen, und ich stellte die Pfanne weg und die Teller und das Brot. Als ich aus dem Keller raufkam, war auch Noah verschwunden, er war nicht in seiner Kammer, saß nicht am Feuer, wo er immer saß, auch die Scheune war geschlossen.

Ich ging hinaus auf den Hof, und in diesem Augenblick kamen die Männer hinter dem Schuppen hervor. Noah schleppte eine Rolle Stacheldraht, und mein Alter trug einen Pfahl, an dem er den Draht entrollte und zur Scheune hinüberzog und dort festklopfte. Dann zogen sie eine zweite Drahtlinie, stürzten das Wrack eines Fuhrwerks um und bauten aus ungeschnittenem Kiefernholz eine Deckung, und während sie das alles taten, hörte ich sie murmeln und leise lachen, und mein Alter lachte wie Noah Tisch.

Jetzt entdeckte Noah mich, er gab mir ein Zeichen mit der Hand, hinter den Schuppen zu gehen; es war ein schneller, geheimnisvoller Wink, den er mir gab, und ich folgte ihm und ging langsam herum. Die Kuppe des Sandhaufens war eine einzige große Festung, die Wälle eilig emporgezogen, ohne Zugang diesmal, und die Gräben in dem feuchten Sand waren breit und tief. Die Türme der Sandfestung nur angedeutet – wie eine Aufforderung, sie zu vollenden –, der Innenplatz schief und uneben: die ganze Festung hatte etwas Gewaltsames, schnell Entworfenes, und ich kniete mich hin und begann mit beiden Händen zu graben. Ich ließ den Entwurf bestehen, ich vollendete nur, was Andeutung geblieben war, und plötzlich stand mein Alter vor mir, sah auf mich herab und lächelte wie Noah.

»Jungchen«, sagte er, »siehst, Jungchen, in so 'ner Festung können wir bleiben. Jetzt können wir ruhig warten auf die Pioniere. Jetzt ist deine Festung man so gut wie unsere, die Noah und ich gebaut haben. Noah hat sich schon eingenistet mit dem Kaninchengewehr. Jetzt, Jungchen, können wir warten.«

1954

Der seelische Ratgeber

Sie lobten mich zu Wenzel Wittko hinüber, dem seelischen Ratgeber unserer Zeitschrift, und sie machten mich zu seinem Gehilfen. Nie habe ich für einen Menschen gearbeitet wie für Wenzel Wittko. Er hatte kurzes schwarzes Haar, versonnene Augen, gütig war sein Mund, gütig das Lächeln, das er zeigte, über seinem ganzen teigigen Gesicht lag ein Ausdruck rätselhafter Güte. Mit dieser Güte arbeitete er; mit Geduld, Gin und Güte las er die tausend Briefe, die der Bote seufzend zu uns hereintrug: Briefe der Beladenen, der Einsamen und Ratsuchenden. Oh, niemand kann das Gewicht der Briefe schätzen, das traurige Gewicht der Fragen, mit denen sich die Leser an Wenzel Wittko wandten. Sie schrieben ihm all ihre Sorgen, ihre Verzweiflungen, ihre Wünsche – er wußte immer Rat. Er wußte, was einer Dame zu antworten war, die keine Freunde besaß; er tröstete eine Hausfrau, deren Mann nachts aus dem Eisschrank aß; souverän entschied er, ob man seine Jugendliebe heiraten dürfe – keiner, der eine Frage an ihn stellte, ging leer aus. Die Sekretärin, die unsicher war, ob ihr Chef sie nach Hause fahren dürfe; der junge Mann, dessen Schwiegereltern ihn mit »Sie« anredeten; die Witwe, die von ihrer ehrgeizigen Tochter ein Schlagsahneverbot erhalten hatte – alle, alle erhielten persönlichen Trost und Ratschlag. Es gab nichts, was Wenzel Wittko umgangen, wovor er gekniffen hätte; alles unter der Sonne konnte er entscheiden, aufrichten und beschwichtigen: was sich entglitten war, wurde zusammengeführt; was bedrückte, wurde ausgesondert; wo es an Frohsinn mangelte, wurde er hinverfügt. Wo kein Mensch mehr raten konnte – Wenzel Wittko, unser seelischer Ratgeber, brachte es mit Geduld, Gin und Güte zustande.

Ich durfte ihm dabei helfen, ich und Elsa Kossoleit, unsere Sekretärin: bewundernd sahen wir zu, wie er den Korb mit den straff geschnürten Briefpacken in sein Zimmer zog, wie er sich hinkniete, die Schnüre löste und sein gütiges Gesicht tief und träumerisch über den Inhalt senkte. Bewunderung war das wenigste, was wir für ihn aufbrachten; wenn er grüßte, empfanden wir ein warmes Glück, wenn er uns rief, eine heiße Freude.

Mich rief er schon am ersten Tag zu sich; höflich lud er mich ein, Platz zu nehmen, bot mir Gin in der Teetasse an, musterte mich lange mit rätselhafter Güte.

»Kleiner«, sagte er plötzlich, »hör mal zu, Kleiner.«

»Ja«, sagte ich.

»Du wirst einen Weg für mich machen, Kleiner. Du kannst zu Fuß hingehen, es ist nicht weit. Du brauchst nur einen Brief für mich abzugeben, in meiner alten Wohnung.«

»Gern«, sagte ich, »sehr gern.«

Er gab mir den Brief, und ich machte mich auf – schwer sind die frühen Jahre der Lehre. Ohne mich aufzuhalten, forschte ich nach der Straße, forschte nach dem Haus; es war eine stille, melancholische Villa, in der sich die alte Wohnung von Wenzel Wittko befand. Ich klingelte, wartete und klingelte noch einmal, dann erklang ein zögernder, leichter Schritt, eine Sicherheitskette wurde entfernt und die Tür mißtrauisch geöffnet. Im Spalt stand eine schmale alte Frau; unwillig, die Mühsal der Treppe im kleinen Vogelgesicht, fragte sie mich nach dem Grund der Störung.

»Ein Brief«, sagte ich.

Sie sah mich erstaunt an.

»Ein Brief von Herrn Wittko.«

Sie streckte die Hand aus, nahm mir hastig den Brief ab, riß ihn auf und las, und obschon ihr Gesicht gesenkt war, sah ich, daß ein Ausdruck von feiner Geringschätzung auf ihm erschien, von würdevoller Verachtung und noblem Haß; sie las nicht zu Ende. Sie hob den Kopf, knüllte mir den Brief in die Hand und sagte:

»Nehmen Sie. Diese Kündigung hätte der Vagabund sich sparen können. Wir haben ihn schon vorher rausgesetzt.«

Ich sah sie betroffen an, mit hilfloser Erschrockenheit, und ich sagte: »Das ist aber ein Brief von Wenzel Wittko.«

»Das habe ich gesehen«, sagte sie. »Wir sind glücklich, daß er aus dem Haus verschwunden ist.«

Sie schloß die Tür; ich hörte den zögernden, leichten Schritt, hörte im Haus eine Tür schlagen, und ich wandte mich ratlos um und ging zur Redaktion zurück. Ich gab Wenzel Wittko den Brief, er lächelte, als er ihn in der Hand hielt, lächelte in all seiner rätselhaften Güte; schließlich glättete er ihn sorgfältig mit dem Lineal und schob ihn in seine Brusttasche: die Briefe der Beladenen waren wichtiger, sie durften nicht warten. Er hatte bereits einige zusammengestellt, und er rief Elsa Kossoleit und diktierte ihr die Antwortspalte: wie man sich bei Treulosigkeit des Mannes zu verhalten habe, wie ein junges Mädchen sich trösten könne, das mit zu großen Füßen geboren war, was gegen eine abergläubische Großmutter auszurichten sei. Wir lauschten seinem sanften Diktat, sannen der Art nach, wie er die Welt einrenkte, wesentliche Wünsche erfüllte; mit halbgeschlossenen Augen, an der Teetasse mit dem Gin nippend, so gab er Ratschlag um Ratschlag ab zum Wohl der Zeit.

Nachdem er sich verströmt hatte in Trost und Aufrichtung, rief er mich wieder zu sich.

»Kleiner«, sagte er. »Du könntest etwas für mich tun. Hier sind zwei Päckchen für meinen Sohn, es sind Spielsachen drin, kleine Dinge, die Freude machen; du könntest sie abgeben für ihn.«

»Gern«, sagte ich, »sehr gern.«

»Der Junge ist draußen im Internat«, sagte er. »Du kannst mit der Bahn hinfahren; das Geld gebe ich dir zurück.«

»Ich fahr wirklich gern hin«, sagte ich.

Er faßte mich ins Auge, schaute mich mit versonnener Liebe an und gab mir die Päckchen und entließ mich. Frohgemut fuhr ich hinaus, wo das Internat lag; es lag in bewaldeter Vorstadt, am Strom, hoch an teurem Hang; weiß sah ich es vor mir aufschimmern, mauerumgeben. Über knirschendem Kiesweg näherte ich mich, passierte den Pförtner, passierte eine Ruheterrasse, auf der zarte Zöglinge ihren Körper der Sonne aussetzten; dann landete ich im Geschäftszimmer. Ich übergab die Päckchen einem gutgekleideten, hinkenden Herrn; er würde sie sofort weiterleiten, sagte er, direkt an den Sohn von Wenzel Wittko. Beruhigt zog ich davon. Doch ich hatte das glasverkleidete Pförtnerhaus noch nicht erreicht, als mich ein verstörter Junge einholte, in schnellem Lauf kam er heran, die Päckchen unterm Arm; blond, mit fuchtelnden Armen verstellte er mir den Weg, schob mir die Päckchen zu und sagte:

»Hier, nehmen Sie das. Bringen Sie alles zurück.«

»Es ist für dich«, sagte ich vorwurfsvoll, »es ist von deinem Vater.«

»Deswegen«, sagte er. »Schmeißen Sie es ihm hin, ich will nichts von ihm haben. Er soll auch nicht mehr rauskommen hierher.«

»Heißt du denn überhaupt Wittko?« fragte ich.

»Ja«, sagte er, »leider heiße ich so. Nehmen Sie das Zeug wieder mit.«

Unschlüssig nahm ich die Päckchen wieder an mich, blieb stehen, sah dem Jungen nach, der eilig verschwand, zu eilig, ohne sich noch einmal nach mir umzublicken.

Diesmal jedoch wollte ich meinen Auftrag erfüllen, wollte Wenzel Wittko nicht enttäuschen, und darum übergab ich beide Päckchen dem Pförtner, der mir versprach, sie weiterzuleiten.

So konnte ich Wenzel Wittko den Schmerz der Zurückweisung ersparen; er brauchte sich nicht damit abzugeben, konnte frei sein für die Briefe der Beladenen, denen allen er etwas zu raten und zu sagen hatte. Und mit Geduld, Gin und rätselhafter Güte schöpfte er nützliche Weisheit aus dem Brunnen seiner Seele; der Brunnen versiegte nicht, für alles, was Wenzel Wittko erreichte, hielt er lindernden Ratschlag bereit. Ob Eheleute getrennt verreisen sollen, ob man sich einen zu groß geratenen Mund kleiner schminken darf, ob man als Frau nachgiebig oder schon als Bräutigam tonangebend sein soll: alle wesentlichen Fragen der Zeit wurden von Wenzel Wittko, unserem seelischen Ratgeber, gelöst; jeder, der sich an ihn wandte, durfte hoffen, selbstlos verströmte er sich für die andern.

Ich hatte nur die Gelegenheit, mich für ihn zu verströmen; freudig trug ich neue Briefe zu ihm hinein, gern kaufte ich Gin für ihn, spülte die gebrauchten Tassen aus, und ehrgeizig erledigte ich Botengänge, um die er mich bat. Wie er sich für andere opferte, so opferte ich mich für ihn.

Darum bedrückte es mich auch nicht, als er mich eines Tages nach Feierabend bat, einen Brief für ihn in einer Kneipe abzugeben; glücklich machte ich mich auf den Weg. Es war eine Kellerkneipe, die ich ausmachte, leer und zugig, Zementfußboden, die Tische mit Sand geschrubbt, niemand war außer mir da. Ich trat an die polierte Theke, wartete, räusperte mich, und als immer noch keiner kam, schlug ich zwei Gläser gegeneinander. Jetzt erschien hinter einem braunen Vorhang eine Frau; sie war hübsch und müde, scharfe Schatten unter den Augen. Leise, im weißen Kittel, ging sie hinter die Theke, ihre Hand hob sich zum Bierhahn hinauf, doch ich winkte ab.

Ich gab ihr den Brief.

»Für Sie«, sagte ich.

Sie nahm den Brief, hielt ihn unter das Licht und las den Absender, und plötzlich wurde ihr Gesicht starr, eine alte Erbitterung zeigte sich, und die Frau zerriß den Brief, ohne ihn gelesen zu haben, steckte die Schnipsel in die Kitteltasche.

»Es tut mir leid«, sagte ich unwillkürlich.

»Das macht nichts«, sagte sie, »es geht schon vorbei, es ist schon vorbei.« In ihren müden Augen standen Tränen.

»Kann ich etwas tun?« fragte ich.

Sie schüttelte den Kopf.

»Nein«, sagte sie. »Es ist nichts mehr zu tun, es ist alles zu Ende. Sagen Sie meinem Mann, daß ich die Scheidung beantragt habe. Mehr brauchen Sie ihm nicht zu sagen.«

»Ich arbeite für ihn«, sagte ich.

»Das tut mir leid«, sagte sie, und sie wandte sich langsam um, eine Hand in der Kitteltasche, ging auf den braunen Vorhang zu und schlug ihn zur Seite. Ich sah, daß ihre Schultern zuckten.

Still verließ ich die Kneipe, ging die sauberen Zementstufen hinauf; es war windig draußen, und ich begann zu frieren. Ich schlug den Weg zur Redaktion ein; es brannte noch Licht oben, Wenzel Wittko wartete auf mich, heute abend noch wollte er eine Antwort haben. Als ich zu ihm kam, saß er vor einem Stapel von Briefen und einer Tasse Gin, und der erste Blick, der mich beim Eintreten traf, war scharf und grausam, so grausam, daß ich erschrak, doch dann löste sich sein Ausdruck, Güte lag wieder in seinem Gesicht, die rätselhafte Güte, mit der er allen Beladenen draußen in der Welt riet und half.

»Was ist, Kleiner«, fragte er, »was ist los mit dir?«

»Ich glaube nichts«, sagte ich.

»Hast du den Brief abgegeben?«

»Ja«, sagte ich.

»Und hast du mir etwas mitgebracht?«

»Die Scheidung«, sagte ich. »Ihre Frau hat die Scheidung beantragt.«

Ein Schimmer von schneller Genugtuung trat in seine Augen, eine seufzende Zufriedenheit, aber er fing sich sofort, zeigte auf die gestapelten Briefe, die vor ihm lagen, und sagte milde:

»Sie warten noch auf mich, Kleiner. Sie warten alle darauf, daß ich ihnen etwas sage. Es gibt so viele Leute, die Hilfe brauchen, ich kann sie nicht im Stich lassen.«

Und er versenkte sich tief und träumerisch in das Studium der Briefe; ich aber ging. Ich ging langsam die Treppe hinab und dachte an den nächsten Tag, und ich hatte das Gefühl, mit meinem Gesicht in einen Haufen Asche gefallen zu sein ...

1956

Stimmungen der See

Zuerst war Lorenz am Treffpunkt. Er streifte den Rucksack ab und legte sich hin. Er legte sich hinter eine Strandkiefer, schob den Kopf nach vorn und blickte den zerrissenen Hang der Steilküste hinab. Der kreidige Hang mit den ausgewaschenen Rinnen war grau, die See ruhig; über dem Wasser lag ein langsam ziehender Frühnebel, und auf dem steinigen Strand unten war das Boot. Es begann hell zu werden.

Lorenz schob sich zurück, wandte den Kopf und blickte den Pfad entlang, der neben der Steilküste hinlief, in einer Bodensenke verschwand und wieder zum Vorschein kam, dort, wo er in die lichte Schonung der Strandkiefern hineinführte. Er sah aus der Schonung die massige Gestalt eines Mannes mit Rucksack treten, sah den Mann stehenbleiben und zurücklauschen und wieder weitergehen, bis sein Körper in der Bodensenke verschwand und nur noch der Kopf sichtbar war. Der Mann trug einen schwarzen Schlapphut und einen schwarzen Umhang. Er näherte sich sehr langsam. Als er die Bodensenke hinter sich hatte, konnte Lorenz seinen Schritt hören: es war der Professor. Sie gaben sich die Hand, Lorenz klinkte den Karabinerhaken des Rucksacks aus, der Professor legte sich hin, und sie schoben sich wortlos bis zum Steilhang vor und sahen auf das Boot hinab und auf das schiefergraue Wasser, über dem in kurzer Entfernung vom Strand die Nebelwand lag.

»Ich dachte, ich komme zu spät«, sagte der Professor leise, »aber Tadeusz fehlt noch.«

Der Professor hatte ein schwammiges Gesicht, entzündete Augen, sein Haar und der drahtige Walroßbart waren grau wie der kreidige Hang der Steilküste, und sein Kinn und der schlaffe Hals unrasiert.

»Wann kommt Tadeusz?« fragte er leise.

»Er müßte schon hier sein«, sagte Lorenz.

Der Professor legte sich auf die Seite, schlug den Umhang zurück und zog aus der Tasche eine zerknitterte Zigarette heraus, beleckte sie und zündete sie an. Er verbarg die Glut der Zigarette in der hohlen Hand. Das Pochen eines Fischkutter-Motors drang von der See herauf, sie blickten sich erschrocken an, doch das Geräusch des Motors setzte nicht aus, zog gleichmäßig im Nebel die Küste hinauf und entschwand.

»War er das?« fragte der Professor.

»Er fährt erst los, wenn Tadeusz das Haus verläßt«, sagte Lorenz. »Es war ein anderer Kutter.«

Sie warteten schweigend; der Nebel über der See hob sich nicht, es kam kein Wind auf, und im Dorf hinter dem Vorsprung der Steilküste blieb es still.

»In zwei Tagen sind wir in Schweden«, sagte der Professor. Lorenz nickte.

»Die Ostsee ist ein kleines Meer, sie ist verträglich im September.«

»Wir sind noch nicht drüben«, sagte Lorenz.

Unten am Strand schlugen klickend Steine zusammen, die Männer legten sich flach auf den Boden und lauschten, hoben nach einer Weile den Kopf und sahen den Steilhang hinunter: hinter dem Boot kauerte Tadeusz. Er blickte zu ihnen empor, er winkte, und sie standen auf, nahmen die Rucksäcke und gingen zu einer ausgewaschenen Rinne im Hang, in der ein Seil hing. Sie legten die Rucksäcke um und ließen sich am Seil auf den steinigen Strand hinab. Als sie unten standen, warf Lorenz eine Bucht, die Bucht lief das Seil hinauf wie eine gegen den Himmel laufende Welle, bis sie das Ende erreichte und es aus der Schlaufe riß, so daß das Seil zu ihnen hinabfiel. Dann liefen sie geduckt über den Strand zum Boot, warfen die Rucksäcke und das Seil hinein und schoben das Boot ins Wasser.

»Schnell«, sagte Tadeusz, »weg von Land.«

Tadeusz war ein stämmiger Mann; er trug eine Joppe mit Fischgrätenmuster, eine Ballonmütze mit versteiftem Pappschild, sein Gesicht war breitwangig, und seine Bewegungen waren ruckartig und abrupt wie die Bewegungen eines Eichhörnchens. Er ergriff einen Riemen und begann zu staken. Wenn der Riemen zwischen den Steinen auf Grund stieß, knirschte es, und der Mann ließ seinen Blick über den Strand unter der Steilküste wandern und hinauf zu den flach explodierenden Strandkiefern. Er stakte das Boot in tiefes Wasser. Lorenz und der Professor saßen auf ihren Rucksäcken und hielten sich mit beiden Händen am Dollbord fest; auch sie blickten zur Küste zurück, die sich erweiterte und ausdehnte, während Tadeusz zu rudern anfing. Entschieden tauchten die Riemen ein, zogen lang durch und brachen geräuschlos aus dem Wasser. Das Boot glitt stoßweise vorwärts. Es war ein breitbordiges Beiboot, wie Küstenschiffe und Fischkutter es an kurzer Leine hinter sich herschleppen, flach gebaut, mit verstärkten Spanten und nur einer Ducht in der Mitte für den Ruderer. Das Boot lag leicht auf der See, es konnte nur mit den Riemen gesteuert werden.

Als sie in den Nebel hinausfuhren, verloren sie das Gefühl, auf dem Wasser zu sein; sie empfanden nur das stoßweise Vorwärtsgleiten des Bootes und hörten das leichte Rauschen, mit dem der Bug durch die ruhige See schnitt. Tadeusz ruderte, Lorenz und der Professor setzten sich auf die Bodenbretter und lauschten in den Nebel, der quellend an der Bordwand hochstieg, fließend über sie hinzog und sich in lautlosem Wallen hinter ihnen schloß gleich einer flüssigen Wand. Lorenz senkte sein Gesicht, er preßte die Hand auf den Mund, sein Rücken krümmte sich, und er begann zu husten. Sein Gesicht schwoll an, Tränen traten in seine Augen. Der Professor klopfte mit der flachen Hand auf seinen Rücken. Ein Riemen hob beim Ausbrechen treibenden Tang hoch, warf ihn voraus, und der Tang klatschte ins Wasser. Die Küste war nicht mehr zu sehen. »Wie weit noch?« fragte der Professor.

Tadeusz antwortete nicht, er ruderte schärfer jetzt, legte sich weit zurück, wenn er durchzog, ohne auf die knarrenden Geräusche zu achten, auf das Knacken der Dollen. Ein saugender Luftzug, wie das scharfe Gleiten eines riesigen Vogels, ging über sie hinweg, so daß sie die Gesichter hoben und aufsahen, aber es war nichts über ihnen als der fließende Nebel, der alles verdeckte. »Wo wartet der Kutter?« fragte Lorenz, der Jüngste im Boot.

»Eine Meile is abgemacht«, sagte Tadeusz. »Wir wern haben die Hälfte. Wenn der Kutter kommt, wern wir ihn hören, und er wird man runtergehen mit der Fahrt und auf uns warten. Is alles abgesprochen mit meinem Schwager.«

»Und der Nebel«, sagte der Professor.

»Is nicht abgesprochen, aber macht nix«, sagte Tadeusz. »Im Nebel wir könn' uns Zeit lassen beim Umsteigen.«

»Die Hauptsache, wir kommen nach Schweden«, sagte der Professor.

»Erst müssen wir auf dem Kutter sein«, sagte Lorenz. Er hatte ein schmales Gesicht, einen fast lippenlosen Mund, und sein Haar war von bläulicher Schwärze. Lorenz sah krank aus.

Ein Stoß traf das Boot, eine dumpfe Erschütterung: sie waren auf einen treibenden Balken aufgefahren, der sich unter dem Boot drehte und schwappend neben der Bordwand zum Vorschein kam, an ihr entlangtrudelte und achteraus blieb. Vom Kutter war nichts zu hören, obwohl er jetzt ablegen mußte im Dorf. Lorenz fror; er kauerte sich im Heck des Bootes zusammen und starrte vor sich hin. Der Professor rauchte, blickte über den Bug voraus in den Nebel. Das Boot hatte keine Fußleisten, und wenn Tadeusz sich beim Rudern zurücklegte, stemmte er sich gegen die Rucksäcke.

»Wir müßten doch den Kutter hören«, sagte Lorenz.

»Der Kutter wird kommen«, sagte Tadeusz. Er machte noch einige kräftige Schläge, zog dann die Riemen ein, und das Boot schoß jetzt lautlos dahin und glitt langsam aus. Die Männer lauschten in die Richtung, wo sie hinter dem Nebel das Dorf vermuteten, aber das Pochen des Fischkutter-Motors war nicht zu hören. Der Professor erhob sich, das Boot schwankte nach beiden Seiten und lag erst wieder ruhig, als er sich auf den Rucksack setzte und angestrengt mit offenem Mund lauschte. Sein schwarzer Schlapphut saß tief in der Stirn, das graue Haar stand strähnig über den Kragen des Umhangs hinaus. Der Walroßbart hatte nikotingelbe Flecken.

»Is alles abgemacht mit meinem Schwager«, sagte Tadeusz. »Er wird kommen mit dem Kutter und uns aufnehmen und rüberbringen nach Schweden. Die Anzahlung hat er schon bekommen. Er weiß, daß wir warten.«

»In zwei Tagen sind wir drüben«, sagte der Professor.

»Was ist mit den Posten?« sagte Lorenz.

»Mit den Posten is nix«, sagte Tadeusz. »Hab' ich gesehn zwei Posten am Strand, waren sehr müde, gingen andere Richtung an der Küste entlang.«

Im Nebel entstand eine Bewegung, als ob eine unsichtbare Faust hineingeschlagen hätte: wolkig quoll es empor, wälzte sich rollend zur Seite wie nach einer lautlosen Explosion. Vielleicht frischt es auf und es kommt ein Wind, dachte Lorenz. Die Bewegung verlor sich, langsam fließend bewegte sich der Nebel wieder über der See. Das Boot drehte lautlos in der Strömung.

»In Schweden muß ich neues Rasierzeug besorgen«, sagte der Professor.

»Hoffentlich bleibt der Nebel, bis der Kutter kommt«,

sagte Lorenz. »Jetzt ist es hell, und wenn der Nebel abzieht, können sie uns von der Küste im Fernglas sehen.«

»Wenn der Nebel abzieht, is auch nicht schlimm«, sagte Tadeusz. »Dann müssen wir uns lang ausstrecken im Boot und Kopf runter.«

Von der See her und aus der entgegengesetzten Richtung des Dorfes ertönte jetzt das gleichmäßige, dumpfe Tuckern des Fischkutters. Tadeusz ergriff die Riemen und führte sie ins Wasser. Der Professor schnippte die Zigarettenkippe fort. Lorenz erfaßte die beiden Tragegurte des Rucksackes. Das Tuckern des Motors kam näher, hallte echolos über das Wasser, doch es setzte nicht aus, und der Rhythmus änderte sich nicht.

»Fertigmachen zum Umsteigen«, sagte der Professor.

Lorenz ließ die Tragegurte wieder los, ging in die Hocke und drehte sich auf den Fußspitzen so weit herum, bis er in die Richtung blicken konnte, aus der das Tuckern kam. Die Ruderblätter fächelten leicht im Wasser wie die Brustflossen eines lauernden Fischs. Das Tuckern war nun in unmittelbarer Nähe, sie hörten das Rauschen der Bugwelle, glaubten das Klatschen des Netzes zu hören, das auf dem Deck trockengeschlagen wird, und dann sahen sie – oder glaubten, daß sie es sahen –, wie ein grauer Körper sich durch den Nebel schob, der die Schwaden aufriß, gefährlich vor ihnen aufwuchs und vorbeiglitt, ohne entschiedenen Umriß anzunehmen. Jetzt war das Tuckern achteraus und entfernte sich unaufhörlich; zuletzt hörten sie es schwach in gleichbleibender Entfernung, und sie wußten, daß der Kutter am Landungssteg unterhalb des Dorfes lag.

»Er hat uns nicht gefunden«, sagte Lorenz.

»Das war er nich«, sagte Tadeusz, »das war er bestimmt nich.«

Lorenz beugte sich über die Bordwand und blickte in das Wasser, in dem einzelne Seegrashalme schwammen; die

Halme wanderten voraus, und er erkannte an ihnen, daß das Boot trieb. Manchmal spürte er, wie sich das Boot hob, mit weichem Zwang, so als würde es von einem kraftvollen und ruhigen Atem angehoben: es war die aufkommende Dünung.

Vorsichtig begann Tadeusz zu rudern; er machte kurze Schläge, ließ das Boot nach dem Schlag ausgleiten und lauschte mit erhobenem Kopf und geschlossenen Augen.

»Wie lange würde man brauchen, um nach Schweden zu rudern?« fragte der Professor.

»Bis zum Jüngsten Tag«, sagte Lorenz gereizt.

»Die Ostsee ist doch aber ein kleines Meer.«

»Das kommt auf den Vergleich an.«

»Jedenfalls muß ich in Schweden gleich Rasierzeug kaufen«, sagte der Professor. »An alles hab' ich gedacht, nur das Rasierzeug mußte ich vergessen.«

»Besser wäre noch ein Friseur im Rucksack«, sagte Lorenz. »Man sollte nie auf die Flucht gehen, ohne seinen Friseur mitzunehmen. Dann ist man die größte Sorge los.« Der Professor musterte ihn mit einem verlegenen Blick, strich über seinen fleckigen Walroßbart und kramte eine krumme Zigarette hervor. Er rauchte schweigend, während Tadeusz abwechselnd ruderte und lauschte. Lorenz löste seinen Schal, band ihn über den Kopf, und so, daß er die Wangen wärmte. Er dachte: ›Nie wird der Kutter kommen, nie; es war unvorsichtig, diesem Kerl die Anzahlung zu geben, er war betrunken, und vielleicht war er darum der einzige, der uns rüberbringen wollte. Wir hätten ihm das ganze Geld erst vor der schwedischen Küste geben sollen.‹ Und er sagte: »Dein feiner Schwager, Tadeusz, hat ein ziemlich großzügiges Gedächtnis. Ich glaube, er hat uns vergessen, denn er müßte längst hier sein.«

Tadeusz zuckte die Achseln.

»Vorhin«, sagte der Professor, »vorhin, als wir noch oben

waren, da hörten wir einen Kutter; vielleicht war er es. Kann sein, daß er in der Nähe liegt und auf uns wartet.«

»Er weint sich die Augen nach uns aus«, sagte Lorenz.

»Wir müssen nix wie raus aus dem Nebel«, sagte Tadeusz. »Wenn der Nebel aufhört, können wir sehen. Auf einem Kutter, der nich zu finden is, kann keiner nach Schweden rüber.«

»Soll ich rudern?« fragte Lorenz.

»Is mein Schwager«, sagte Tadeusz, »darum werd' ich rudern. Geht noch.«

Er ruderte regelmäßig und mit langem Schlag, die Riemen bogen sich durch, hart brachen die Blätter aus, und das leichte Boot schoß durch das schiefergraue Wasser. Die lange Dünung wurde stärker, sie klatschte gegen den Rumpf des Bootes, wenn der Bug frei in der Luft stand. Das Tuckern des Kutters war nicht mehr zu hören. Tadeusz ruderte parallel zur Küste, zumindest vermutete er die Küste auf der Backbordseite, doch er konnte sie nicht sehen. Nach einer Weile zog er die Joppe mit dem Fischgrätenmuster aus, stopfte sie unter die Ducht und saß nun und ruderte im Pullover, der unter den Achseln verfilzt war und sich jedesmal, wenn er den Körper nach vorn legte, auf dem Rücken hochschob. Lorenz kauerte reglos im Heck und blickte in die auseinanderlaufende Strudelspur des Bootes. Seine erdbraunen Uniformhosen waren an den Aufschlägen durchnäßt; er hatte einen Ellenbogen auf das Knie gestemmt und das Kinn in die Hand gestützt. Der Professor lag auf den Knien im Bug des Bootes, den Oberkörper nach vorn geschoben, vorausblickend. Er trug jetzt seinen Zwicker.

»Es wird heller«, sagte Tadeusz, »wir kommen raus aus der Küche, war man nix wie eine Nebelbank.«

»Dann ist es geschafft«, sagte der Professor.

»Sicher«, sagte Lorenz, »dann sind wir da und können

Rasierzeug kaufen. Wir sollten uns schon überlegen, wie Pinsel auf schwedisch heißt.«

Dann stieß das Boot aus der Nebelbank heraus und glitt, während Tadeusz die Riemen einzog, in die freie Dünung der See. Sie sahen auf den schleierigen Wulst des Nebels zurück und dann hinaus in die vom Horizont begrenzte Leere, auf der das Glitzern einer stechenden Sonne lag: der Kutter war nicht zu sehen.

»Die Ostsee ist ein kleines Meer«, sagte Lorenz unbeweglich, »besonders, wenn man sie vor sich hat.«

»Wir sind in 'ner Strömung drin«, sagte Tadeusz. Er zog den Pullover aus und stopfte ihn unter die Ducht. Lorenz band den Schal ab. Das Boot dümpelte in der langen Dünung, die Strömung trug es hinaus.

»Der Kutter wird kommen und uns suchen«, sagte Tadeusz. »Macht nix, wenn wir in 'ner Strömung drin sind. Zu nah an der Küste is nich gut. Mein Schwager wird uns schon finden.«

»Er muß uns finden«, sagte der Professor. »Ich kann nicht zurück. Jetzt hat sich alles entschieden, jetzt wissen sie schon, daß ich fort bin. Nein, zurück geht es nicht mehr.«

Der Professor setzte den Zwicker ab, schloß die Augen und kniff mit Daumen und Zeigefinger seine Nasenwurzel, an der der Zwicker zwei gerötete Druckstellen hinterlassen hatte. Er seufzte. Eine grünliche Glaskugel, die sich von einem Netz gelöst hatte, trieb funkelnd vorbei in der Strömung. Scharf blitzte sie auf, wenn sie einen dünenden Wasserhügel hinaufrollte. Am Horizont standen weißgeränderte graue Wolken; es sah aus, als hinderte ihr Gewicht sie daran, über den Himmel heraufzuziehen. Lorenz entdeckte als erster, daß sich weit draußen das Wasser zu krausen begann, es riffelte sich wie unter einem Schauer, und dann spürten sie den Ausläufer des Winds. Die Sonne brannte auf sie nieder. Der Kutter stieß nicht durch den Nebel, nicht einmal sein Tuckern war zu hören.

»Vielleicht können wir segeln«, sagte der Professor. »Wenn der Kutter nicht kommt, versuchen wir es so, und dann schaffen wir es auch.«

»Sicher«, sagte Lorenz, »wir können eine Briefmarke ans Ruder kleben und damit segeln.«

»Das Boot is tüchtig«, sagte Tadeusz, »ich hab' eingepackt meine Wolldecke, und wenn nix is mit dem Kutter, dann wir können versuchen zu segeln. Hab' ich gehört, daß einer is gesegelt sogar mit dem Faltboot über die Ostsee.«

»Der hat's zum Vergnügen gemacht«, sagte Lorenz.

»Was sollen wir denn tun?« sagte der Professor.

»Segeln«, sagte Lorenz, »was sonst. Und wenn wir rudern müßten, würden wir rudern, und wenn wir zu schwimmen hätten, würden wir schwimmen.«

Tadeusz richtete einen Riemen auf, band ihn an der Ducht fest, und sie nahmen den schwarzen Umhang des Professors und benutzten ihn als Segel, nachdem sie festgestellt hatten, daß die Wolldecke zu groß war und flatterte und sich aus der Befestigung losriß. Das Boot war jetzt schneller als die Strömung, die sie hinausführte: treibender Tang, der sie begleitet hatte, blieb zurück, das Boot zitterte unter den kleinen Stößen des Winds, parierte sie, fing sie auf, indem es leicht krängte und sich schnell wieder zurücklegte. Der Professor schnallte seinen Rucksack auf, zögerte, beobachtete einen Augenblick die beiden Männer, dann packte er Brot aus und zwei gekochte Eier und begann zu essen, ohne Lorenz und Tadeusz aus den Augen zu lassen. Lorenz wandte sich ab, und der Professor sagte:

»Haben Sie etwas gesagt?«

»Nein«, sagte Lorenz gereizt.

»Ich dachte, Sie hätten etwas gesagt.«

»Ich habe nichts gesagt.«

»Es hörte sich aber an, als ob Sie etwas gesagt hätten.«
»Kein Wort.«
»Dann muß ich mich geirrt haben«, sagte der Professor kauend. Der schwarze Umhang begann zu flattern, Lorenz zog ihn auseinander, so daß der Wind sich in ihm fing, und Tadeusz zwang das Boot auf den alten Kurs, indem er mit dem Riemen, der als Steuer diente, zu wriggen begann. Der Professor glättete das Papier, in dem sein Brot eingewickelt war, warf die Eierschalen über Bord und schnallte seinen Rucksack wieder zu und zündete sich eine Zigarette an. Während er rauchte, sprachen sie nicht. Das Boot machte stetige Fahrt, klatschend brach der Bug ein, wenn die Dünung ihn emporgetragen hatte, und die Küste duckte sich an die See und lag nun flach und grau und unbestimmbar unter dem Horizont, weit genug, und nun begann Tadeusz zu essen, und Lorenz trank aus einer emaillierten Kruke mit Bierflaschenverschluß warmen Kaffee. Der Kutter war nicht zu sehen.

Als die Küste außer Sicht war, sprang der Wind um. Sie segelten jetzt vor dem Wind, die Sonne im Rücken, und das Boot war schneller als die Strömung. Eine leere Holzkiste trieb vorbei, die Bretter leuchteten in der Sonne, dümpelten leuchtend vorüber. Eine breite Schaumspur zog sich bis zum Horizont, sie kreuzten die Schaumspur und segelten mit der Sonne im Rücken. »Was zu rauchen?« fragte der Professor und hielt Lorenz eine zerknitterte Zigarette hin. Lorenz nickte und zündete sich die Zigarette an. Er lächelte, während er den Rauch scharf inhalierte, und sagte: »Wer von uns kann eigentlich segeln? Wer? Hast du schon mal gesegelt, Tadeusz?«

»Der Kutter wird kommen und uns suchen«, sagte Tadeusz, »mein Schwager wird uns helfen das letzte Stück.«

»Wir schaffen es auch so«, sagte der Professor. »Wenn wir nach Norden fahren, müssen wir ankommen, wo wir hinwollen. Das glaube ich. Wenn nur das Wetter nicht umschlägt.«

»Was glaubst du, Tadeusz?« fragte Lorenz.

»Glaub ich auch«, sagte Tadeusz nickend, »nu glaub' ich dasselbe wie Professor.«

»Dann muß ich es wohl auch glauben«, sagte Lorenz, »jedenfalls fühle ich mich schon besser als im Nebel vor der Küste. Wie lange könnte es dauern – äußerstenfalls? Was meinst du, Tadeusz, wie lange wir brauchen werden?«

»Kann sein drei Tage, kann sein fünf Tage.«

»Die Ostsee ist ein kleines Meer«, sagte der Professor.

»Das ist es«, sagte Lorenz, »genau das. Man muß es nur oft genug wiederholen.«

Ein Flugzeug zog sehr hoch über sie hinweg, sie beobachteten es, sahen es im Nordosten heraufkommen und größer werden und einmal schnell aufblitzen, als die Sonne die Kanzel traf; es verschwand mit stoßweisem Brummen in südwestlicher Richtung. Tadeusz machte eine Schlaufe aus Sisal-Leine und nagelte sie am Heck fest, die Schlaufe lag lose um den Riemen, den Tadeusz nun mit einer Hand wie eine Ruderpinne umfaßte und das leichte Boot auf Kurs hielt. Sie banden Schnüre um die Ärmel des schwarzen Umhangs, der als Segel diente, zogen die Schnüre zur Seite herunter und zurrten sie an den Dollen fest, so daß der Wind den Umhang blähte und sich voll fing, ohne daß sie ihn halten mußten. Lorenz und der Professor blickten zur gleichen Zeit auf das volle schwarze Segel über ihnen, es sah aus wie eine pralle Vogelscheuche, die ihre halb erhobenen Arme schützend oder sogar in einer Art plumper Segnung über den Insassen hielt, und während sie beide hinaufblickten, trafen sich ihre Blicke, ruhten ineinander, als tauschten sie die gleiche Empfindung oder das gleiche Wort aus, das sie beim Anblick ihres Segels sagen wollten, und sie lächelten sich abermals zu.

»Ah«, sagte Lorenz, »jetzt sollte ich es Ihnen sagen, Professor, das ist ein guter Augenblick zur Beichte. Ich war es damals, ich allein. Die andern haben mir dabei geholfen, aber ich fand Ihren Umhang auf dem Haken im Korridor, und ich nahm ihn im Vorbeigehen ab und trug ihn in die Klasse. Wissen Sie noch? Wir stellten den Kleiderständer in den Papierkorb, stopften Ihren Umhang aus und stellten alles hinters Katheder; wir schnitzten aus einer Rübe ein Gesicht, ich stülpte einen Schlapphut drauf, und das ganze Ding, wie es hinter dem Katheder stand, hatte eine enorme Ähnlichkeit mit Ihnen, Professor. Und als Sie dann in die Klasse kamen, ohne Zwicker, wissen Sie noch, ja? Und das grunzende Erstaunen, als Sie aufsahen und das Katheder besetzt fanden? Wissen Sie noch, was dann passierte, Professor? Sie verbeugten sich erstaunt vor Ihrem Umhang und sagten ›Entschuldigung‹, und rückwärts, ja, rückwärts gingen Sie wieder raus und schlossen die Tür. – Es war doch dieser Umhang?«

»Ja«, sagte der Professor, »es war dieser Umhang, er hat seine Geschichte.«

»Rauch«, sagte Tadeusz plötzlich.

Sie wandten sich zur Seite, über dem Horizont stand eine langgezogene Rauchfahne wie ein Versprechen; aus der See schien der Rauch aufzusteigen, lag an der Stelle seines Ursprungs unmittelbar auf dem Wasser, hob sich weiter in unregelmäßiger Spirale und löste sich unter den Wolken auf. Ein Schiff kam nicht in Sicht. Sie warteten darauf, und Lorenz kletterte auf die mittlere Ducht, wo er breitbeinig balancierend dastand und eine Weile die Rauchfahne beobachtete, doch auch er sah das Schiff nicht. Er setzte sich wieder auf die Bodenbretter. Solange die Rauchfahne über der See lag – sie waren nicht erstaunt, daß sie eine Stunde oder vielleicht auch anderthalb oder sogar zwei Stunden sichtbar blieb –, rechneten sie mit dem Aufkommen eines

Schiffes, vielmehr Tadeusz hoffte es, während Lorenz und der Professor es befürchteten.

Der Wind wurde stärker, die Luft kühl, als die Sonne von den weißgeränderten, schwer aufziehenden Wolken erreicht und verdeckt wurde; das Wasser bekam die Farbe eines düsteren Grüns, und die ersten Spritzer fegten über sie hin, wenn das Boot einbrach. Sie saßen geduckt und mit angezogenen Beinen im Boot. Lorenz und Tadeusz begannen zu essen, sie aßen Brot und jeder eine Scheibe harter Dauerwurst. Sie tranken nicht. Der Professor zündete sich an der Kippe eine neue Zigarette an, schnippte die Kippe über Bord, sah, wie sie neben der Bordwand mit scharfem Aufzischen ins Wasser flog und achteraus blieb und in die kleinen Strudel des Kielwassers hineingeriet, wo sie unter die Oberfläche gewirbelt wurde. Er dachte: Jetzt hat Lorenz sich beruhigt, er ist sogar freundlich geworden, demnach scheint er auch zuversichtlich zu sein für die ganze Angelegenheit. Ausgerechnet er, der Schüler, den ich zu hassen nie aufgehört habe, ist mein Führer auf der Flucht. Der argwöhnische Ausdruck seines Gesichts, schon damals sah er so aus, und an dem Abend, als wir uns unvermutet trafen – er trug die Uniform –, was war es nur, was ging in uns vor, daß wir uns flüsternd einander anvertrauten und flüsternd Pläne entwarfen? Es war, als ob er mich mit seinen Plänen bedrohte; ich hatte sie auch, aber sie wären Pläne geblieben, verborgen und unauffindbar für jeden andern, nur er, Lorenz, erzwang sich die Kenntnis dieser Pläne, flüsternd an den dunklen Abenden im Arbeitszimmer, und er verband sie mit seinen Plänen und bereitete alles vor, so daß ich, obwohl er nie ein entschiedenes Ja zu hören bekam, nicht mehr zurückkonnte, als er kam und sagte, daß der Termin feststehe. Er sah mich erschrecken, ich haßte ihn, weil er mich zwang, etwas zu tun, was ich zwar selbst zu tun wünschte, aber allein nicht getan hätte aus verschiedenen Gründen, ja, er zwang mich, anzunehmen und zu glauben, daß der Plan zur Flucht von mir stamme und daß ich ihn dazu überredet habe, woraufhin er es auch mir überließ, zu bestimmen, wieviel Gepäck jeder mitnehmen könne und welche Motive wir für die Flucht nach der Landung in Schweden angeben sollten. Dabei ist er der Führer auf der Flucht geblieben, und jetzt verbirgt er nicht einmal, daß alles davon abhängt, was er tut und was er glaubt. Ich werde mich trennen von ihm, ja, bald nach der Landung werde ich sehen, daß wir auseinanderkommen.

»Ein Stück Wurst?« fragte Lorenz freundlich. Er legte eine Scheibe rötlicher Dauerwurst auf die Ducht, aber der Professor schüttelte den Kopf.

»Nicht jetzt«, sagte er, »nicht jetzt.«

Tadeusz blickte während ihrer Unterhaltung zurück, reglos, mit halboffenem Mund, und jetzt schnellte er hoch, daß das Boot schwankte, seine Hand flog empor:

»Da«, rief er, »da is er wieder. Er verfolgt uns.«

»Wer?« fragte Lorenz.

»Jetzt is er weg«, sagte Tadeusz.

»Wer, zum Teufel?«

»Muß gewesen sein ein Hai, großer Hai.«

»Hier gibt es keine Haie«, sagte Lorenz. »Du hast geträumt.«

»In der Ostsee gibt es nur Heringshaie«, sagte der Professor. »Sie leben in tieferem Wasser und kommen nicht an die Oberfläche. Außerdem werden sie nicht sehr groß und sind ungefährlich, Heringshaie greifen den Menschen nicht an.«

»Aber hab' ich gesehn, wie er is geschwommen«, sagte Tadeusz. »So groß«, und er machte eine Bewegung, die über das ganze Boot hinging.

»Die Ostsee ist zu klein«, sagte der Professor. »Haie, die den Menschen angreifen, leben hier nicht.«

»Richte dich gefälligst danach, Tadeusz«, sagte Lorenz. Sie beobachteten gemeinsam die See hinter dem Boot, doch sie sahen nirgendwo den Körper oder den Rücken oder die Schwanzflosse des Fisches; sie sahen nur die zerrissenen Schaumkronen auf dem düsteren Grün der Wellen, die sie weit ausholend von hinten anliefen, das Boot hoben und nach vorn hinabdrückten, wobei der Riemen, mit dem sie steuerten, sich knarrend in der Schlaufe rieb und für einen Augenblick frei in der Luft stand. Spritzer fegten ins Boot, ihre Gesichter waren naß vom Seewasser. Lorenz spürte, wie der Kragen seines Hemdes zu kleben begann. Er band seinen Schal wieder um, und sie segelten schweigend mit achterem Wind und merkten am treibenden Tang, daß sie in einer querlaufenden Strömung waren. Sie segelten und trieben den zweiten Teil des Nachmittags, und am Abend sprang der Wind um. Sie hätten es nicht gemerkt, wenn sie nicht noch einmal, für kurze Zeit, die untergehende Sonne gesehen hätten. Der Wind wurde stärker und schüttelte mit kräftigen Stößen das Boot. Sie mußten das Notsegel einholen, denn der Riemen, der als Mast diente, war bei dem Wind für das Boot zu schwer. »Und jetzt?« fragte der Professor.

»Jetzt wird gerudert«, sagte Lorenz, »ich fange an.«

»Ich werde rudern«, sagte Tadeusz. »Is mein Schwager, wo uns hat sitzenlassen, darum werde ich rudern. Nachher können wir uns ablösen.«

»Streng dich nicht sehr an, Tadeusz. Wer weiß, wozu wir unsere Kraft noch brauchen werden. Es genügt, wenn wir das Boot halten und nicht allzuweit abgetrieben werden.«

»Schweden hat eine lange Küste«, sagte der Professor.

»Hoffentlich ist der Wind derselben Ansicht«, sagte Lorenz.

Tadeusz ruderte bis zur Dämmerung, dann wurde die

See unruhiger, und er mußte in den Wind drehen und konnte das Boot nur noch mit kurzen Schlägen auf der Stelle halten. Das Boot tauchte tief mit dem Bug ein, wenn eine Welle unter ihm hindurchgelaufen war, nahm Wasser über, schüttelte sich und glitt wie ein Schlitten den Wellenhügel hinab, bis die nächste Welle es abfing und emportrug. Der Professor kramte aus seinem Rucksack eine Konservendose heraus, entleerte sie und fing an, Wasser zu schöpfen, das schwappend, in trägem Rhythmus über die Bodenbretter hinwegspülte. Das Wasser funkelte, wo der Bug es zerspellte. Weiter entfernt leuchteten die zerrissenen Schaumkronen in der Dunkelheit.

Obwohl er ruderte, trug Tadeusz seine Joppe mit dem Fischgrätenmuster, Lorenz hatte seinen Pullover angezogen, und der Professor hatte sich den Umhang übergelegt, während er Wasser schöpfte. Die Konservendose fuhr kratzend, mit blechernem Geräusch über die Bodenbretter, plumpsend fiel das Wasser zurück in die See, mit einem dunklen, gurgelnden Laut. »Es regnet«, sagte der Professor plötzlich. »Ich habe die ersten Tropfen bekommen.«

»Dann werde ich rudern«, sagte Lorenz. »Komm, Tadeusz, laß mich vorbei.«

Er erhob sich, der Wind traf sie mit einem Stoß wie ein Faustschlag, und Lorenz und Tadeusz griffen nacheinander und preßten ihre Körper zusammen, um das Schwanken des Bootes aufzufangen; zitternd standen sie nebeneinander, duckten sich, schoben sich gespannt und langsam und ohne den Griff in der Kleidung des andern zu lösen aneinander vorbei, und erst als sie beide saßen, Tadeusz im Heck und Lorenz auf der Ducht, lösten sie sich aus der Umklammerung. Lorenz legte sich in die Riemen, sein Körper hob sich so weit, daß sein Gesäß nicht mehr die Ducht berührte: stemmend, in schräger Haltung, als sei er an keine Schwerkraft gebunden, so machte er einige wilde

Schläge, um das Boot, das querzuschlagen drohte, wieder mit dem Bug gegen die See zu bringen. Es war dunkel.

»Eh, Professor«, rief Lorenz.

»Ja? Ja, was ist?«

»Sie sollten versuchen, zu schlafen.«

»Jetzt?«

»Sie müssen es versuchen. Einer von uns muß frisch bleiben, für alle Fälle.«

»Gut«, sagte der Professor, »ich werde es versuchen.«

Er zog den Umhang über seinen Kopf, streckte die Beine aus und legte die Wange gegen seinen Rucksack. Er spürte, wie sich das Schwanken des Bootes in seinem Körper fortsetzte; sanft rieb die Wange über den durchnäßten Stoff des Rucksacks. Der Professor schloß die Augen, er fror. Durch seine Vermummung hörte er den Wind über die Bordkanten pfeifen. Er wußte, daß er nicht schlafen würde. Tadeusz schöpfte mit der Konservendose Wasser, sobald die Bodenbretter überspült wurden; Lorenz ruderte. Er keuchte; obwohl er jetzt saß und nur noch versuchte, den Bug des Bootes im Wind zu halten, keuchte er und verzerrte beim Zurücklegen und Ausbrechen der Riemen sein Gesicht.

Plötzlich kroch Tadeusz bis zur mittleren Ducht vor, richtete sich zwischen Lorenz' gespreizten Beinen halb auf und hob sein breitwangiges Gesicht und flüsterte: »Laß treiben, Lorenz, hat keinen Zweck nich. Vielleicht wir kriegen Sturm diese Nacht.«

»Verschwinde«, sagte Lorenz.

»Aber es wird kommen Sturm vielleicht.«

»Es kommt kein Sturm.«

»Und wenn?«

»Wir können nicht zurück, Tadeusz. Wir müssen versuchen, rüberzukommen. Wenn wir es alle versuchen, schaffen wir es. Wir können jetzt nicht aufgeben.«

»Wir können zurück und es morgen versuchen mit Kutter.«

»Ich scheiß' auf deinen Kutter«, sagte Lorenz. »Deinen Schwager mit seinem Kutter soll die Pest holen. Jetzt können wir nicht zurück.«

»Und wenn viel Wasser kommt ins Boot?«

»Dann wirst du schöpfen.«

»Gut«, sagte Tadeusz.

Er kroch wieder zurück ins Heck, kauerte sich hin, und die Konservendose fuhr kratzend über die Bodenbretter, hob sich über die Bordwand: in glimmendem Strahl plumpste das Wasser zurück in die See.

Der Regen wurde schärfer, prasselte auf sie herab, trommelte gegen die Bordwand, ihre Gesichter waren naß, die Nässe durchdrang ihre Kleidung; das Geräusch des Regens war stärker als das Geräusch der See. Es war nur ein Schauer, denn nach einer Weile hörten sie wieder das Schnalzen der See, das Klatschen des einbrechenden Bugs im Wasser, und sie hatten wieder das Gefühl, von der Küste weit entfernt zu sein. Während der Regen auf sie niederging, hatten sowohl Tadeusz als auch Lorenz die unwillkürliche Empfindung, daß hinter der Wand des Regens ein Ufer sein müßte, sie glaubten sich für einen Augenblick nicht auf freier See, sondern – eingeengt, von der Regenwand umschlossen – inmitten eines Teiches oder eines kleinen schilfgesäumten Gewässers, dessen Ufer zu erreichen sie nur einige lange Schläge kosten würde – nun, nachdem der Regen zu Ende war, kehrte das alte Gefühl zurück. Gischt sprühte über das Boot, das jetzt in einigen unregelmäßigen Seen trudelte und sich schüttelte, durchsackte und dann mit sonderbarer Ruhe einen Wellenhügel hinabglitt, als nähme es Anlauf, um den gefährlich vor ihm aufwachsenden Kamm zu erklimmen. Lorenz hielt den Bug gegen die See.

»Da«, schrie Tadeusz auf einmal, »da, da!« Er schrie es so

laut, daß der Professor hochschrak und seinen durchnäßten Umhang vom Kopf riß, so laut und befehlend, daß Lorenz die Riemen hob und nicht mehr weiterruderte, und sie brauchten nicht einmal Tadeusz' ausgestreckter Hand zu folgen, um zu erkennen, was er meinte und worauf er sie aufmerksam machen wollte. Ja, sie sahen es so zwangsläufig und automatisch, wie man sofort zwei glühende Augen in einem dunklen Raum sieht, den man betritt, oder doch so zwangsläufig, wie man in die einzige Richtung blickt, aus der man Rettung erwartet: sobald sie den Kopf hoben, mußten sie es sehen. Und sie sahen es alle. Das Schiff kam fast auf sie zu, ein erleuchtetes Schiff, ein Passagierschiff mit zwei Reihen von erleuchteten Bulleyes; sogar die Positionslampen im Topp konnten sie erkennen. Das Schiff machte schnelle Fahrt und kam schnell näher, sie konnten nicht sagen, wie weit es von ihnen entfernt war, sie vermuteten, daß das Schiff sehr nahe sein mußte, denn hinter einigen Bulleyes waren Schatten zu sehen. »Wir müssen geben ein Zeichen«, sagte Tadeusz und sprang ruckartig auf, so daß das Boot heftig schwankte und an der Seite Wasser übernahm.

»Was für ein Zeichen?« fragte Lorenz ruhig. Er ruderte wieder.

»Ein Zeichen, daß sie uns rausholen.«

»Und dann?«

»Dann wir kriegen trockenes Bett und warmes Essen, und alles schmeckt. Hab' ich Taschenlampe mitgebracht, ich kann geben Zeichen mit Taschenlampe.«

Tadeusz zog aus seiner Joppentasche eine schwarze, flache Taschenlampe heraus, hielt sie mit ausgestrecktem Arm Lorenz hin und sagte: »Hier, damit wir uns verschaffen trockenes Bett und warmes Essen.«

Lorenz nahm wortlos die Taschenlampe und ließ sie in seinem Rucksack verschwinden. Er ruderte schweigend, blickte aufmerksam zum Schiff hinüber, das jetzt querab von ihnen vorbeifuhr.

»Was ist«, fragte Tadeusz, »warum gibst du kein Zeichen?«

»Sei still. Oder laß dir vom Professor erklären, warum wir kein Zeichen geben können. Der Professor ist zuständig für Erklärungen.«

»Sie würden uns schön rausholen«, sagte Tadeusz.

»Ja«, sagte Lorenz, »sie würden uns schön rausholen. Aber weißt du, welch ein Schiff das ist? Weißt du, wohin es fährt und in welchem Hafen wir landen würden? Vielleicht würde es uns dahin zurückbringen, woher wir gekommen sind.«

»Wir können kein Zeichen geben«, sagte der Professor. »Wir sind so weit, daß wir uns unsere Retter aussuchen müssen. Aber warum sollten wir es? Morgen flaut der Wind wieder ab, und wir können segeln. Bisher ist alles gutgegangen, und es wird auch weiter alles gutgehen. Wir haben schon eine Menge geschafft.«

»Merk dir das, Tadeusz«, sagte Lorenz.

Die Bulleyes des Schiffes liefen zu einer leuchtenden Linie zusammen, die kürzer wurde, je mehr sich das Schiff entfernte, und schließlich selbst nur noch ein Punkt war, der lange über dem Horizont stand wie ein starres gelbes Auge in der Dunkelheit. Der Professor zog den nassen Umhang über den Kopf, legte die Wange an seinen Rucksack und schloß die Augen. Lorenz ruderte, und Tadeusz zog von Zeit zu Zeit die Konservenbüchse über die Bodenbretter und schöpfte Wasser. Einmal öffnete sich die Wolkendecke, ein Ausschnitt des Himmels wurde sichtbar, ein einziger Stern, dann schoben sich tiefziehende Wolken davor. Lorenz glaubte einen treibenden Gegenstand auf dem Wasser zu entdecken, doch er täuschte sich. Glimmend zogen sich Schaumspuren die Rücken der Wellen hinauf. Der Wind nahm nicht zu.

Später, als Lorenz nur noch das Gefühl hatte, daß seine Arme die Riemen wären, daß seine Handflächen ins Wasser tauchten und das Boot gegen die See hielten, erhielt er einen kleinen Stoß in den Rücken, und er sah den Professor hinter sich kauern und ihm etwas entgegenhalten.

»Was ist das?« fragte Lorenz.

»Schnaps«, sagte der Professor. »Nehmen Sie einen Schluck, und dann werde ich rudern.«

»Später«, sagte Lorenz. »Zuerst wollen wir die Plätze tauschen. Ich bin fertig.«

Sie schoben sich behutsam aneinander vorbei, ohne sich aufzurichten, das Boot schwankte, aber bevor der Wind es querschlug, saß der Professor auf der Ruderducht und zog die Riemen durchs Wasser. Einen Augenblick lag das Boot wieder in der See, doch nun drückten das Wasser und der Wind den linken Riemen gegen die Bordwand, und der Professor arbeitete, um den Riemen freizubekommen; er schaffte es nicht, gegen den Druck des Wassers konnte er den verklemmten Riemen nicht ausbrechen. Er ließ den rechten Riemen los, faßte den linken mit beiden Händen und zog und stöhnte, doch nun schlug das Boot quer, und eine Welle brach sich an der Bordkante und schleuderte so viel Wasser hinein, daß die Bodenbretter schwammen. Tadeusz riß den Professor von der Ruderducht – sie wären gekentert, wenn Lorenz nicht die heftige Bewegung ausgeglichen hätte, indem er sich instinktiv auf eine Seite warf –, ergriff die Riemen, brach sie aus ihrer Verklemmung und ruderte peitschend und mit kurzen Schlägen, bis er den Bug herumzwang.

»Danke«, sagte der Professor leise, »vielen Dank.«

Tadeusz hörte es nicht. Der Professor zog eine Flasche heraus, schraubte den Verschluß ab und reichte die Flasche Tadeusz. »Das wärmt«, sagte er.

Tadeusz trank, und nach ihm trank Lorenz einen

Schluck. Der Professor zündete sich eine Zigarette an; dann begann er mit großer Sorgfalt und ohne Unterbrechung Wasser zu schöpfen; er schöpfte so lange, bis die Bodenbretter wieder fest auflagen und grünlich und matt glänzten. Er hatte es vermieden, Tadeusz oder Lorenz anzusehen, und als er sich aufrichtete, sagte er:

»Ich bitte um Verzeihung. Ich weiß auch nicht, wie es geschah.«

»Der Schnaps wärmt gut«, sagte Tadeusz.

»Ich denke, Sie sollten nicht mehr rudern, Professor«, sagte Lorenz. »Sie können besser schöpfen. Damit ist uns mehr geholfen.«

»Ich kann auf den Schlaf verzichten. Ich werde immer schöpfen«, sagte der Professor leise.

Lorenz kauerte sich im Bug zusammen und versuchte zu schlafen, und er schlief auch ein, doch nach einiger Zeit weckte ihn Tadeusz durch einen Zuruf, und Lorenz löste ihn auf der Ducht ab. Dann lösten sie sich noch einmal ab, und als Lorenz aus seiner Erschöpfung erwachte, lag im Osten über der See ein roter Schimmer, der wuchs und über den Horizont hinaufdrängte. Das Wasser war schmutziggrün, im Osten hatte es eine rötliche Färbung. Die Schaumkronen leuchteten im frühen Licht.

Sie waren alle wach, als die Sonne aufging und sich gleich darauf hinter schmutziggrauen Wolken zurückzog, so als hätte sie sich nur überzeugen wollen, daß das Boot noch trieb und die Männer noch in ihm waren. Sie aßen gemeinsam, sie teilten diesmal, was sie mitgebracht hatten: Brot, Dauerwurst, gekochte Eier und fetten Speck, der Professor schraubte seine Schnapsflasche auf, und nach dem Essen rauchten sie. »Da ist jedenfalls Osten«, sagte Lorenz und machte eine nickende Kopfbewegung gegen den Horizont, wo der rote Schimmer noch stand, aber nicht mehr frei und direkt stand, sondern abnehmend, indirekt, wie eine Erinnerung, die von den langsam ziehenden Wolken festgehalten wurde. Tadeusz versuchte, das Notsegel aufzurichten: der Wind war zu stark, immer wieder kippte der Riemen mit dem flatternden Umhang um – sie mußten rudern.

»Wie schnell treibt eigentlich ein Boot?« fragte Lorenz.

»Es kommt auf die Strömung und auf den Wind an«, sagte der Professor.

»Wieviel? Ungefähr.«

»Eine bis zwei Meilen in der Stunde kann man rechnen. Vielleicht auch weniger.«

»Also sind wir schätzungsweise zwanzig Stunden getrieben. Zumindest können wir das annehmen.«

»Ungefähr«, sagte der Professor. »Aber wir kennen die Strömung nicht. Manchmal ist die Strömung stärker als die See und bringt das Boot vorwärts, obwohl es so aussieht, als werde es zurückgeworfen.«

»Das ist ein sehr guter Gedanke«, sagte Lorenz. »Der hat uns bisher gefehlt. Unter diesen Umständen könnten wir bald in Schweden Rasierzeug kaufen.« Er blickte auf den schlaffen, unrasierten Hals des Professors, an dem ein nasser Hemdkragen klebte.

»Es war gut gemeint«, sagte Lorenz.

Der Professor lächelte.

Der ganze Vormittag blieb sonnenlos, die See wurde nicht ruhiger als in der Nacht; torkelnd, den Bug im Wind, trieb das Boot, während einer der Männer, Tadeusz oder Lorenz, ruderte. Tadeusz schwieg vorwurfsvoll, er kümmerte sich nicht um die kurzen flüsternden Gespräche zwischen Lorenz und dem Professor, achtete nicht auf ihr seltsames und lautloses Lachen – Tadeusz dachte an das erleuchtete Schiff, das ihren Kurs passiert hatte. Der Professor drehte im Schutz seines Umhangs Zigaretten, verteilte sie, reichte Feuer hinter einer gebogenen Handfläche; er reichte dem jeweils Rudernden die aufgeschraubte Schnapsflasche, ermunterte sie und schöpfte Wasser, sobald es schwappend über die Bodenbretter stieg. Der Professor blickte nicht auf die See. Er war sehr ruhig.

»Das nächste Mal steigen wir um«, sagte Lorenz plötzlich. »Wenn wir wieder ein Schiff treffen, geben wir Zeichen und lassen uns an Bord nehmen. Einverstanden, Tadeusz? Das ist fest abgemacht.«

Tadeusz nickte und sagte:

»Vielleicht das Schiff fährt nach Schweden. Wer kann wissen? Dann wir kommen schneller hin als mit Kutter.«

»Das meine ich auch«, sagte Lorenz. »Und nun hör auf, solch ein Gesicht zu machen. Wir sind nicht besser dran als du. Ich schätze, daß wir alle dieselben Möglichkeiten haben. Als wir die Sache anfingen, da haben wir uns eine Chance ausgerechnet, sonst wären wir jetzt nicht in dem Boot. Keiner von uns hat einen Vorteil.«

Tadeusz legte sich in die Riemen und schloß beim Zurücklegen die Augen.

Die schmutziggrauen Wolken zogen über den Horizont herauf, schoben sich auf sie zu und standen nun unmittelbar voraus: Sturmwolken, die sich ineinander wälzten und an den Rändern wallend verschoben; ihr Zentrum schien unbeweglich. Die Männer im Boot sahen die Wolken voraus, sahen sie und spürten, daß es Zeit wurde, sich gefaßt zu machen, sich vorzubereiten auf etwas, worauf sie sich in dem Boot weder vorzubereiten wußten noch vorbereiten konnten, und da sie das ahnten und tun wollten, was zu tun ihnen angesichts der Größe des Bootes nicht möglich war, stopften sie die Rucksäcke unter die mittlere Ducht, schlugen die Kragen hoch und warteten.

»Wenn ich nur wüßte, wo wir sind«, sagte Lorenz.

»Es gibt eine Menge Inseln vor der Küste«, sagte der Professor. »Wenn wir Glück haben, treiben wir irgendwo an. Wir werden schon an Land kommen.«

»Sicher. Die Ostsee ist ein kleines Meer.«

Als der erste Vorläufer des Sturms sie erreichte, war es finster über dem Wasser, eine fahle Dunkelheit herrschte, es war nicht die entschiedene, tröstliche, ruhende Dunkelheit der Nacht, sondern die gewaltsame, drohende Dunkelheit, die der Sturm vorausschickt. Die Männer rückten stillschweigend in die Mitte des Bootes, hoben die Hände, streckten sie zu den Seiten aus und umklammerten das Dollbord. Die Seen schienen kürzer zu werden, obwohl sie an Heftigkeit zunahmen. Auf den Rücken der Wellen kräuselte sich das Wasser, das jetzt dunkel war, von unbestimmbarer Farbe. Tadeusz spuckte seine Kippe ins Boot und stemmte die Absätze gegen die Kante der Bodenbretter, um den besten Widerstand zu finden. Er ruderte mit kurzen Schlägen.

Der Wind war wieder umgesprungen, doch sie konnten nicht bestimmen, aus welcher Richtung er kam und wohin sie abgetrieben wurden. Der Wind war so stark, daß er auf die Ruderblätter drückte, und wenn Tadeusz sie ausbrach und zurückführte, hatte er das Gefühl, daß an der Spitze der Riemen Gewichte hingen – was ihn für eine Sekunde daran erinnerte, daß er als Junge mit dem Boot seines Vaters auf einen verwachsenen See hinausfuhr und schließlich zum Ufer staken mußte, weil die Riemen unter das Kraut gerieten, festsaßen in einer elastischen, aber unzerreißbaren Fessel, so daß er nicht mehr rudern konnte.

Zuerst merkten sie den Sturm kaum oder hätten zumindest nicht sagen können, wann genau er einsetzte – denn während der ganzen Nacht und während des ganzen Vormittags war die See nicht ruhig gewesen. Sie merkten es erst, als das leichte Boot einen Wellenberg hinauflief, einen Berg, der so steil war, daß ihre Rucksäcke plötzlich polternd über die Bodenbretter in das Heck rutschten und die Männer sich in jähem Erstaunen ansahen, da der Wellenberg vor ihnen kein Ende zu nehmen schien und sich noch weiter hinaufreckte, während das Boot, das nicht an ihm klebte, sondern ihn erklomm, so emporgetragen wurde, daß Tadeusz zu rudern aufhörte, weil er glaubte, mit seinen Riemen das Wasser nicht mehr erreichen zu können. Und sie merkten den Sturm, wenn das Boot jedesmal unterhalb des Wellenkammes stillzustehen schien auf dem steilen Hang, wobei sie dachten, daß sie entweder zurückschießen oder aber, was wahrscheinlicher war, von dem sich aufrichtenden und zusammenstürzenden Kamm unter Wasser gedrückt werden müßten.

Der Professor hielt sich mit einer Hand am Dollbord fest und schöpfte mit der anderen Wasser. Lorenz hatte sich im Bug umgedreht und blickte voraus. Tadeusz hielt die Riemen, ohne sie regelmäßig zu benutzen. Es war ihr erster Sturm.

Das Boot torkelte nach beiden Seiten, von beiden Seiten klatschte Wasser herein, über den Bug fegte die Gischt, traf schneidend ihre Gesichter, und die Hände wurden klamm. Lorenz konnte Tadeusz auf der mittleren Ducht nicht ablösen, er konnte sich nicht aufrichten, ohne das leichte Boot in die Gefahr des Kenterns zu bringen. Hockend zerrte er die Rucksäcke in die Mitte des Bootes, löste die Riemen und schnallte sie an der Ducht fest. Die Riemen knarrten und strafften sich, sie verhinderten, daß die Rucksäcke ins Heck rollten. Der Professor versuchte eine Zigarette anzustecken; es gelang ihm nicht, und er warf die Zigarette, die von der hereinfegenden Gischt naß geworden war, über Bord. Er nahm einen Schluck aus der Schnapsflasche und reichte die Flasche dann Lorenz, der ebenfalls einen Schluck nahm. Tadeusz trank nicht. Er konnte die Riemen nicht mit einer Hand halten. Die schmutzige Wolke stand jetzt über ihnen. Sie bewegte sich langsam, sie schien sich nicht schneller zu bewegen als das Boot. Und dann war es wieder Tadeusz: in dem Augenblick, als der Professor seinen wasserbesprühten, blinden Zwicker abnahm und in die Brusttasche schob, in der Sekunde, da Lorenz sich angesichts eines zusammenstürzenden Wellenkammes unwillkürlich duckte, rief Tadeusz ein Wort – wenngleich es ihnen allen vorkam, daß es mehr war als ein Wort.

»Küste!« rief er, und ehe sie noch etwas wahrnahmen oder sich aufrichteten oder umdrehten, fühlten sie sich durch das eine Wort bestätigt, ja, sie hatten sogar das Empfinden, daß der Sturm, nachdem das Wort gefallen war, wie auf Befehl nachließ, und dies Empfinden behauptete sich, selbst als sie sich umwandten und nichts sahen als die dünende Einöde der See.

»Wo?« schrie Lorenz.

»Wo ist die Küste?« rief der Professor.

»Gleich«, sagte Tadeusz.

Als die nächste Welle sie emportrug, sahen sie einen dunklen Strich am Horizont, dünn wie eine Planke oder das Blatt eines Riemens; es war die Küste.

»Da«, schrie Tadeusz, »ich hab' sie gesehn.«

»Die Küste«, murmelte der Professor und legte die Hand auf seinen Rucksack.

»Welche Küste?« fragte Lorenz.

»Wahrscheinlich eine Insel«, sagte der Professor, »es sah so aus.«

»Mit irgendeiner Küste ist uns nicht gedient«, sagte Lorenz. »Wir müssen wissen, welche Küste es ist.«

»Es muß eine schwedische Insel sein«, sagte der Professor.

»Und wenn es keine schwedische Insel ist?«

»Es ist eine.«

»Aber wenn es eine andere ist?«

»Dann bleibt immer noch Zeit.«

»Wofür?«

Der Professor antwortete nicht, schob die Finger in eine Westentasche und kramte vorsichtig und zog eine kleine Glasampulle heraus, die er behutsam zwischen Daumen und Zeigefinger hielt und den Männern zeigte.

»Was ist das?« fragte Lorenz.

»Für den Fall.«

»Für welchen Fall?«

»Es ist Gift«, sagte der Professor.

»Gift?« fragte Tadeusz.

»Es braucht nur eine Minute«, sagte der Professor, »wenn die Ampulle zerbissen ist. Man muß sie in den Mund stecken und draufbeißen. Es ist noch Friedensware.«

Lorenz sah auf die Ampulle, sah in das Gesicht des Professors, und in seinem Blick lag eine nachdenkliche Feindseligkeit. Jetzt glaubte er, daß er diesen Mann schon immer gehaßt habe, weniger als Erwiderung darauf, daß er sich selbst mitunter von ihm gehaßt fühlte, als wegen der gefährlichen Jovialität und der biedermännischen Tücke, die er in seinem Wesen zu spüren glaubte.

»Sie sind übel«, sagte Lorenz, »ah, Sie sind übel.«

»Was ist denn?« sagte der Professor erstaunt.

»Ich wußte es immer, Sie taugen nichts.«

»Was habe ich denn getan?«

»Getan? Sie wissen nicht einmal, was Sie getan haben? Sie haben Tadeusz verraten, den Mann, der für Sie rudert, und Sie haben mich verraten. Sie haben natürlich dafür gesorgt, daß Sie einen heimlichen Vorrat hatten. Sie dachten nicht daran, mit gleichen Chancen ins Boot zu steigen. Sie hatten für den Fall der Fälle vorgesorgt. Sie brauchen nur eine Minute – und wir? Interessiert es Sie nicht, wie viele Minuten wir brauchen? Das ist der dreckigste Verrat, von dem ich gehört habe. Na, los, beißen Sie drauf, schlucken Sie Ihre Friedensware. Warum tun Sie es nicht?«

Der Professor drehte die kleine Ampulle zwischen den

Fingern, betrachtete sie, und dann schob er die Hand über das Dollbord und ließ die Ampulle los, indem er die Zange der Finger öffnete. Die Ampulle fiel ohne Geräusch ins Wasser.

»Ein dreckiger Verrat«, sagte Lorenz leise.

Der Sturm trieb sie auf die Küste zu, die höher hinauswuchs aus der See, eine dunkle, steile Küste, vor der die Brandung schäumte. Die Küste war kahl, nirgendwo ein Haus, ein Baum oder Licht, und Tadeusz sagte: »Bald wir finden trocknes Bett. Bald wir haben warmes Essen.«

Lorenz und der Professor schwiegen; sie hielten die Küste im Auge. Obwohl es spät am Nachmittag war, lag Dunkelheit über der See und über dem Land. Ihre nassen Gesichter glänzten. Die Wellen warfen das Boot auf die Brandung zu, die rumpelnd, wie ein Gewitter, gegen die Küste lief.

»Wenn wir sind durch Brandung, sind wir an Land«, sagte Tadeusz scharfsinnig. Niemand hörte es, oder niemand wollte es hören; den Körper gegen die Bordwand gepreßt, die Hände auf dem Dollbord: so saßen sie im Boot und blickten und horchten auf die Brandung. Und jetzt sahen sie etwas, was niemand auszusprechen wagte, nicht einmal Tadeusz sagte es, obzwar die andern damit rechneten, daß er auch dies sagen würde, was sie selbst sich nicht einzugestehen wagten: dort, wo die Steilküste sich vertiefte und eine Mulde bildete, standen zwei Männer und beobachteten sie, standen, dunkle Erscheinungen gegen den Himmel, bewegungslos da, als ob sie das Boot erwarteten.

Die erste Brandungswelle erfaßte das Boot und trieb es rückwärts und in sehr schneller Fahrt gegen die Küste; die zweite Welle schlug das Boot quer; die dritte hob es in seiner Breite an, obwohl Tadeusz so heftig ruderte, daß die Riemen durchbogen und zu brechen schienen, warf es so kurz und unvermutet um, daß keiner der Männer Zeit fand, zu springen. Einen Augenblick war das Boot völlig unter Wasser verschwunden, und als es kieloben zum Vorschein kam, hatte es die Brandungswelle fünf oder acht oder sogar zehn Meter unter Wasser gegen den Strand geworfen. Mit dem Boot tauchten auch Lorenz und Tadeusz auf, dicht neben der Bordwand kamen sie hervor, klammerten sich fest, während eine neue Brandungswelle sie erfaßte und vorwärtsstieß und über ihren Köpfen zusammenbrach.

Als die Gewalt der Welle nachließ, spürten sie Grund unter den Füßen. Das Wasser reichte ihnen bis zur Brust. Etwas Weiches, Zähes schlang sich um Lorenz' Beine; er bückte sich, zog und brachte den schwarzen Umhang des Professors zur Oberfläche. Er warf ihn über das Boot und blickte zurück. Der Professor war nicht zu sehen.

»Da hinten!« rief eine Stimme, die er zum ersten Mal hörte. Neben ihnen, bis zur Brust im Wasser, stand ein Mann und deutete auf die Brandung hinaus, wo ein treibender Körper auf einer Welle sichtbar wurde und im Zusammenstürzen unter Wasser verschwand. Der Mann neben ihnen trug die Uniform, die sie kannten, und noch bevor sie zu waten begannen, sahen sie, daß auch der Mann, der am Ufer stand, eine Maschinenpistole schräg über dem Rücken, Uniform trug. Er winkte ihnen angestrengt, und sie wateten in flaches Wasser und erkannten die Küste wieder.

1957

Risiko für Weihnachtsmänner

Sie hatten schnellen Nebenverdienst versprochen, und ich ging hin in ihr Büro und stellte mich vor. Das Büro war in einer Kneipe, hinter einer beschlagenen Glasvitrine, in der kalte Frikadellen lagen, Heringsfilets mit grau angelaufenen Zwiebelringen, Drops und sanft leuchtende Gurken in Gläsern. Hier stand der Tisch, an dem Mulka saß, neben ihm eine magere, rauchende Sekretärin: alles war notdürftig eingerichtet in der Ecke, dem schnellen Nebenverdienst angemessen. Mulka hatte einen großen Stadtplan vor sich ausgebreitet, einen breiten Zimmermannsbleistift in der Hand, und ich sah, wie er Kreise in die Stadt hineinmalte, energische Rechtecke, die er nach hastiger Überlegung durchkreuzte: großzügige Generalstabsarbeit.

Mulkas Büro, das in einer Annonce schnellen Nebenverdienst versprochen hatte, vermittelte Weihnachtsmänner; überall in der Stadt, wo der Freudenbringer, der himmlische Onkel im roten Mantel, fehlte, dirigierte er einen hin. Er lieferte den flockigen Bart, die rotgefrorene, mild grinsende Maske; Mantel stellte er, Stiefel und einen Kleinbus, mit dem die himmlischen Onkel in die Häuser gefahren wurden, in die ›Einsatzgebiete‹, wie Mulka sagte: die Freude war straff organisiert.

Die magere Sekretärin blickte mich an, blickte auf meine künstliche Nase, die sie mir nach der Verwundung angenäht hatten, und dann tippte sie meinen Namen, meine Adresse, während sie von einer kalten Frikadelle abbiß und nach jedem Bissen einen Zug von der Zigarette nahm. Müde schob sie den Zettel mit meinen Personalien Mulka hinüber, der brütend über dem Stadtplan saß, seiner ›Einsatzkarte‹, der breite Zimmermannsbleistift hob sich, kreiste über dem Plan und stieß plötzlich nieder. »Hier«, sagte

Mulka, »hier kommst du zum Einsatz, in Hochfeld. Ein gutes Viertel, sehr gut sogar. Du meldest dich bei Köhnke.«
»Und die Sachen?« sagte ich.
»Uniform wirst du im Bus empfangen«, sagte er. »Im Bus kannst du dich auch fertigmachen. Und benimm dich wie ein Weihnachtsmann!«
Ich versprach es. Ich bekam einen Vorschuß, bestellte ein Bier und trank und wartete, bis Mulka mich aufrief; der Chauffeur nahm mich mit hinaus. Wir gingen durch den kalten Regen zum Kleinbus, kletterten in den Laderaum, wo bereits vier frierende Weihnachtsmänner saßen, und ich nahm die Sachen in Empfang, den Mantel, den flockigen Bart, die rotweiße Uniform der Freude. Das Zeug war noch nicht ausgekühlt, wohltuend war die Körperwärme älterer Weihnachtsmänner, meiner Vorgänger, zu spüren, die ihren Freudendienst schon hinter sich hatten; es fiel mir nicht schwer, die Sachen anzuziehen. Alles paßte, die Stiefel paßten, die Mütze, nur die Maske paßte nicht: zu scharf drückten die Pappkanten gegen meine künstliche Nase; schließlich nahmen wir eine offene Maske, die meine Nase nicht verbarg.
Der Chauffeur half mir bei allem, begutachtete mich, taxierte den Grad der Freude, der von mir ausging, und bevor er nach vorn ging ins Führerhaus, steckte er mir eine brennende Zigarette in den Mund: in wilder Fahrt brachte er mich raus nach Hochfeld, zum sehr guten Einsatzort. Unter einer Laterne stoppte der Kleinbus, die Tür wurde geöffnet, und der Chauffeur winkte mich heraus.
»Hier ist es«, sagte er, »Nummer vierzehn, bei Köhnke; mach sie froh. Und wenn du fertig bist damit, warte hier an der Straße; ich bring nur die andern Weihnachtsmänner weg, dann pick' ich dich auf.«
»Gut«, sagte ich, »in einer halben Stunde etwa.«
Er schlug mir ermunternd auf die Schulter, ich zog die

Maske zurecht, strich den roten Mantel glatt und ging durch einen Vorgarten auf das stille Haus zu, in dem schneller Nebenverdienst auf mich wartete. ›Köhnke‹, dachte ich, ›ja, er hieß Köhnke damals in Demjansk.‹

Zögernd drückte ich die Klingel, lauschte; ein kleiner Schritt erklang, eine fröhliche Vorwarnung, dann wurde die Tür geöffnet, und eine schmale Frau mit Haarknoten und weißgemusterter Schürze stand vor mir. Ein glückliches Erschrecken lag für eine Sekunde auf ihrem Gesicht, knappes Leuchten, doch es verschwand sofort; ungeduldig zerrte sie mich am Ärmel hinein und deutete auf einen Sack, der in einer schrägen Kammer unter der Treppe stand.

»Rasch«, sagte sie, »ich darf nicht lange draußen sein. Sie müssen gleich hinter mir kommen. Die Pakete sind alle beschriftet, und Sie werden doch wohl hoffentlich lesen können.«

»Sicher«, sagte ich, »zur Not.«

»Und lassen Sie sich Zeit beim Verteilen der Sachen. Drohen Sie auch zwischendurch mal.«

»Wem«, fragte ich, »wem soll ich drohen?«

»Meinem Mann natürlich, wem sonst!«

»Wird ausgeführt«, sagte ich.

Ich schwang den Sack auf die Schulter, stapfte fest, mit schwerem, freudebringendem Schritt die Treppe hinauf – der Schritt war im Preis einbegriffen. Vor der Tür, hinter der die Frau verschwunden war, hielt ich an, räusperte mich tief, stieß dunklen Waldeslaut aus, Laut der Verheißung, und nach heftigem Klopfen und nach ungestümem »Herein!«, das die Frau mir aus dem Zimmer zurief, trat ich ein.

Es waren keine Kinder da; der Baum brannte, zischend versprühten zwei Wunderkerzen, und vor dem Baum, unter den feuerspritzenden Kerzen, stand ein schwerer Mann in schwarzem Anzug, stand ruhig da mit ineinandergelegten Händen und blickte mich erleichtert und erwartungsvoll an: es war Köhnke, mein Oberst in Demjansk. Ich stellte den Sack auf den Boden, zögerte, sah mich ratlos um zu der schmalen Frau, und als sie näher kam, flüsterte ich: »Die Kinder? Wo sind die Kinder?«

»Wir haben keine Kinder«, antwortete sie leise, und unwillig: »Fangen Sie doch an.«

Immer noch zaudernd, öffnete ich den Sack, ratlos von ihr zu ihm blickend: die Frau nickte, er schaute mich lächelnd an, lächelnd und sonderbar erleichtert. Langsam tasteten meine Finger in den Sack hinein, bis sie die Schnur eines Pakets erwischten; das Paket war für ihn. »Ludwig!« las ich laut. »Hier!« rief er glücklich, und er trug das Paket auf beiden Händen zu einem Tisch und packte einen Pyjama aus. Und nun zog ich nacheinander Pakete heraus, rief laut ihre Namen, rief einmal »Ludwig«, und einmal »Hannah«, und sie nahmen glücklich die Geschenke in Empfang und packten sie aus. Heimlich gab mir die Frau ein Zeichen, ihm mit der Rute zu drohen; ich schwankte, die Frau wiederholte ihr Zeichen. Doch jetzt, als ich ansetzen wollte zur Drohung, jetzt drehte sich der Oberst zu mir um; respektvoll, mit vorgestreckten Händen kam er auf mich zu, mit zitternden Lippen. Wieder winkte mir die Frau, ihm zu drohen – wieder konnte ich es nicht. »Es ist Ihnen gelungen«, sagte der Oberst plötzlich, »Sie haben sich durchgeschlagen. Ich hatte Angst, daß Sie es nicht schaffen würden.«

»Ich habe Ihr Haus gleich gefunden«, sagte ich.

»Sie haben eine gute Nase, mein Sohn.«

»Das ist ein Weihnachtsgeschenk, Herr Oberst. Damals bekam ich die Nase zu Weihnachten.«

»Ich freue mich, daß Sie uns erreicht haben.«

»Es war leicht, Herr Oberst; es ging sehr schnell.«

»Ich habe jedesmal Angst, daß Sie es nicht schaffen würden. Jedesmal ...«

»Dazu besteht kein Grund«, sagte ich, »Weihnachtsmänner kommen immer ans Ziel.«

»Ja«, sagte er, »im allgemeinen kommen sie wohl ans Ziel. Aber jedesmal habe ich diese Angst, seit Demjansk damals.«

»Seit Demjansk«, sagte ich.

»Damals warteten wir im Gefechtsstand auf ihn. Sie hatten schon vom Stab telephoniert, daß er unterwegs war zu uns, doch es dauerte und dauerte. Es dauerte so lange, bis wir unruhig wurden und ich einen Mann losschickte, um den Weihnachtsmann zu uns zu bringen.«

»Der Mann kam nicht zurück«, sagte ich.

»Nein«, sagte er. »Auch der Mann blieb weg, obwohl sie nur Störfeuer schossen, sehr vereinzelt.«

»Wunderkerzen schossen sie, Herr Oberst.«

»Mein Sohn«, sagte er milde, »ach, mein Sohn. Wir gingen raus und suchten sie im Schnee vor dem Wald. Und zuerst fanden wir den Mann. Er lebte noch.«

»Er lebt immer noch, Herr Oberst.«

»Und im Schnee vor dem Wald lag der Weihnachtsmann, mit einem Postsack und der Rute, und rührte sich nicht.«

»Ein toter Weihnachtsmann, Herr Oberst.«

»Er hatte noch seinen Bart um, er trug noch den roten Mantel und die gefütterten Stiefel. Er lag auf dem Gesicht. Nie, nie habe ich etwas gesehen, das so traurig war wie der tote Weihnachtsmann.«

»Es besteht immer ein Risiko«, sagte ich, »auch für den, der Freude verteilt, auch für Weihnachtsmänner besteht ein Risiko.«

»Mein Sohn«, sagte er, »für Weihnachtsmänner sollte es kein Risiko geben, nicht für sie. Weihnachtsmänner sollten außer Gefahr stehen.«

»Eine Gefahr läuft man immer«, sagte ich.

»Ja«, sagte er, »ich weiß es. Und darum denke ich immer,

seit Demjansk damals, als ich den toten Weihnachtsmann vor dem Wald liegen sah – immer denke ich, daß er nicht durchkommen könnte zu mir. Es ist eine große Angst jedesmal, denn vieles habe ich gesehn, aber nichts war so schlimm wie der tote Weihnachtsmann.«

Der Oberst senkte den Kopf, angestrengt machte seine Frau mir Zeichen, ihm mit der Rute zu drohen; ich konnte es nicht. Ich konnte es nicht, obwohl ich fürchten mußte, daß sie sich bei Mulka über mich beschweren und daß Mulka mir etwas von meinem Verdienst abziehen könnte. Die muntere Ermahnung mit der Rute gelang mir nicht.

Leise ging ich zur Tür, den schlaffen Sack hinter mir herziehend; vorsichtig öffnete ich die Tür, als mich ein Blick des Obersten traf, ein glücklicher, besorgter Blick: »Vorsicht«, flüsterte er, »Vorsicht«, und ich nickte und trat hinaus. Ich wußte, daß seine Warnung aufrichtig war.

Unten wartete der Kleinbus auf mich; sechs frierende Weihnachtsmänner saßen im Laderaum, schweigsam und frierend, erschöpft vom Dienst an der Freude; während der Fahrt zum Hauptquartier sprach keiner ein Wort. Ich zog das Zeug aus und meldete mich bei Mulka hinter der beschlagenen Glasvitrine, er blickte nicht auf. Sein Bleistift kreiste über dem Stadtplan, wurde langsamer im Kreisen, schoß herab: »Hier«, sagte er, »hier ist ein neuer Einsatz für dich. Du kannst die Uniform gleich wieder anziehen.«

»Danke«, sagte ich, »vielen Dank.«

»Willst du nicht mehr? Willst du keine Freude mehr bringen?«

»Wem?« sagte ich. »Ich weiß nicht, zu wem ich jetzt komme. Zuerst muß ich einen Schnaps trinken. Das Risiko – das Risiko ist zu groß.«

1958

Barackenfeier

Damals lebten wir in einer Baracke mit Tarnanstrich, sieben Familien in sieben Räumen, und von den alten Jegelkas trennte uns nur eine Wand aus zerknittertem Packpapier. Wie eine Ansammlung von reglosen Schiffen lagen die Baracken in der verschneiten Ebene, leichte, hölzerne, transportable Bauwerke, kühn konzipiert von den Architekten des 20. Jahrhunderts, Gemeinschaftswasserleitung, Gemeinschaftstoilette, dazu von außen ein Tarnanstrich: weiße gezackte Zungen, dunkelgrüne hochschlagende Flammen, rostrote ungleichschenklige Dreiecke – gegen Sicht waren wir sehr gut geschützt. Nachdem die Feuerwerker verschwunden waren, die hier während der letzten Kriegsjahre getarnt an einer Mehrzweck-Mine gefeilt hatten, machten sie die Baracken zu einem Auffanglager, zweigten ein Rinnsal von dem großen Treck ab und ließen die Barakken einfach vollaufen, bis jeder Winkel ausgenutzt war. Auch Mama wurde hier aufgefangen wie all die andern, die das Trapez der Geschichte verfehlt hatten; wir erhielten einen der sieben Räume und dekorierten ihn mit den Sachen, die Mama während der ganzen Flucht mitgeschleppt hatte: mit dem Elchgeweih, dem riesigen Küchenwecker und dem Vogelbauer, in dem sie jetzt Papier aufbewahrte.

Wir hatten so viel zu tun, um satt zu werden, warm zu werden, daß wir uns um kein Datum kümmerten, und wir hätten auch nichts von Weihnachten gemerkt, wenn nicht Fred zurückgekommen wäre aus dem Donezbecken. Nur weil sie ihn zu Weihnachten aus der Gefangenschaft entlassen hatten, wußten wir, daß es uns bevorstand; doch obwohl wir es nun wußten, erwähnten wir es nie, forschten nicht heimlich nach Wünschen, handelten nicht lieb hinterm Rücken. Fred machte sich ein Lager aus Zeitungspapier, deckte sich mit seiner erdgrauen Wattejacke zu und schlief Weihnachten entgegen, vier Tage und vier Nächte, während Mama und ich frierend herumgingen und verhalten mit den alten Jegelkas zankten, um für Fred Ruhe zu schaffen. Als uns der Heilige Abend ereilt hatte, war immer noch kein Wort über Weihnachten gefallen, doch jetzt stand Fred auf, hauchte die Eisblumen vom Fenster, blickte lange über die traurige Landschaft Schleswig-Holsteins und zu dem rötlichen Himmel über der Stadt; dann ging er hinaus, rasierte sich über dem Gemeinschaftsausguß, und als er zurückkam, sagte er: »Ich fahr' mal in die Stadt rüber.«

Gegen Mittag spürte ich, daß Mama mich am liebsten rausgeschickt hätte, doch sie sagte nichts, und da nahm ich mir einen der kratzigen Zuckersäcke, verschwand heimlich, stapfte durch den Schnee zum Bahndamm, stieg den Bahndamm hinauf, dort wo die Steigung beginnt und die Züge langsamer fahren. Hinter einem Baum, einem harzverkrusteten Fichtenstamm, wartete ich. Es begann heftig zu schneien, und die Schienen blinkten matt in der Dämmerung. Ich trampelte, um die Füße warm zu bekommen, denn es war wichtig für den Sprung auf den fahrenden Zug; der Fuß mußte den Sprung kalkulieren, verantworten: mit einem gefühllosen Fuß war man verraten wie der kleine Kakulka, der sich enorm verschätzte und es bezahlen mußte.

Den D-Zug, der wie ein Büffel durch das Schneetreiben donnerte, ließ ich in Ruhe, aber der Güterzug dann: von weitem schon hörte ich ihn rattern, schlingern, und ich kam hinter dem Baum hervor, machte mich fertig zum Sprung. Ich fühlte mich nicht sehr sicher, denn ich hatte kein verläßliches Gefühl im Sprungbein, doch ich war entschlossen, den Güterzug anzugreifen. Und da kam er heran: eine schwarze, drohende Stirn, die durch das Schneegestöber stieß, die Lokomotive, der Tender, auf dem die Kohlen lagen, die uns Wärme bringen sollten an den Weihnachtstagen. Ich streckte die Hände aus, suchte nach dem Gestänge; in diesem Augenblick hörte ich den Ruf des Heizers, sah sein Gesicht oder vielmehr das Weiße seiner Zähne, und ich entdeckte den gewaltigen Kohlebrocken, den er über dem Kopf hielt und jetzt zu mir herabschleuderte. Der Heizer wußte, daß wir manchmal an der Steigung des Bahndammes warteten, wenn die Kohlenzüge kamen: diesmal hatte er auf uns gewartet.

Ich schob den gewaltigen Brocken in den Zuckersack, rutschte den Bahndamm hinab, stapfte durch den Schnee zu den getarnten Baracken und blieb zwischen den Erlen stehen, als ein Schatten den Lehmweg herunterkam. Es war Fred. »Schnell«, sagte er, »ich kann nicht so lange draußen bleiben.« Er zeigte auf eine Zigarrenkiste; der Deckel hatte eine Anzahl von Luftlöchern, und im Kasten kratzte und scharrte und flatterte es. Gemeinsam betraten wir die Baracke, schoben uns zu unserm Appartement. »Woher kommst du?« fragte ich Fred. »Vom Schwarzen Markt«, sagte er, »das ist eine sehr gute Einrichtung.«

In unserem Raum hatte sich etwas verändert. Es war da eine ganz gewisse Verwandlung erfolgt. Auf einer Bierflasche steckte eine Kerze, und das Elchgeweih, das Mama als wesentliches Fluchtgepäck mitgeschleppt hatte, war mit Tannengrün behängt. Auch an den Wänden hing Tannengrün, nur der Küchenwecker war nackt und ungeschmückt – vielleicht, weil man kein Tannengrün an ihm befestigen konnte. Aber es hatte sich noch mehr geändert, und ich brauchte eine Weile, bis ich merkte, daß der Vogelbauer fehlte. »Wo ist denn der Käfig?« fragte Fred. »Hier«, sagte Mama und ließ uns in einen Topf blicken, in dem ein weißliches Stück Speck lag, »ich habe den Käfig eingetauscht gegen den Braten. Das ist mein Geschenk.« – »Und das ist mein Geschenk«, sagte Fred und gab Mama die Zigarrenkiste, in der es kratzte und scharrte und flatterte. Vorsichtig öffnete Mama die Kiste, doch nicht vorsichtig genug; denn als sie den Deckel lüftete, schoß ein Dompfaff heraus, kurvte durch den Raum und ließ sich erschöpft auf dem Küchenwecker nieder.

Jetzt wandten sich beide mir zu, blickten auf den Sack, forschend, räuberisch, und da erlöste ich den Kohlebrocken mit dem Hammer. Wir heizten ein, daß der Kanonenofen glühte und das Packpapier, das uns von den alten Jegelkas trennte, zu knistern begann vor Hitze; und dann brachte Mama den geschmorten, glasigen Speck auf den Tisch: schweigend aßen wir, mit fettigen Mündern; nur unser Seufzen war zu hören, mit dem wir die Wärme in uns aufnahmen, ein tiefes, neiderregendes Seufzen über die unermeßliche Wohltat, die uns geschah, und Fred zog seine erdbraune Wattejacke aus, ich den Marinepullover, so daß wir schließlich nur im Hemd dasitzen konnten – winters in einer Baracke im Hemd! – und auch jetzt noch die Wärme spürten, die unsere Gesichter rötete, das Blut in den Fingern klopfen ließ. Und dies vor allem spüre ich, wenn ich an das Weihnachten von damals denke: die erbeutete Wärme, und ich höre Mama sagen: »Daß sich keiner, ihr Lorbasse, unterstehen mecht', das Fenstersche aufzumachen oder de Tier: den schmeiß' ich eijenhändig raus, daß er Weihnachten haben kann mit de Fixe, pschakref.«

1959

Der Sohn des Diktators

Da mein Vater Gongo Gora – sein offizieller Beiname war ›Vater des Volkes und der Berge‹ – schon sehr früh seine Fähigkeiten auch in mir entdeckte, wurde ich mit fünfzehn Jahren stellvertretender Luftwaffenchef, bald darauf erhielt ich Sitz und Stimme in unserer Akademie der Künste, und zu meinem sechzehnten Geburtstag ernannte er mich zum Chefredakteur des Regierungsblattes ›Przcd Domdom‹, was sich zweckmäßig übersetzen läßt mit ›Frohes Erwachen‹. Obwohl diese Stellungen mir einiges zu tun brachten, bestand mein Vater darauf, daß ich nebenher noch die Schule beenden, einen Abschluß erlangen müßte, und um mir den Schulgang zu erleichtern, versprach er, mich nach bestandenem Examen angemessen zu entschädigen; als angemessen empfand er den Posten eines Ministers für Kraft und Energie.

Doch diese versprochene Entschädigung werde ich nun nie mehr erhalten, nie mehr genießen. All die Fähigkeiten, die mein Vater mir vererbte und die er so früh in mir entdeckte, werden keinem höheren Amt unseres Staates mehr zugute kommen; nicht einmal zum Ersten Sekretär der Gewerkschaften wird man mich berufen, denn laut unseren wissenschaftlichen Enzyklopädien und Nachschlagewerken gehöre ich bereits zu den Toten, zu den teuren Toten unserer Nation. Mit siebzehn Jahren – so steht es in den Nachschlagewerken – verlor ich mein Leben in einem Einsatz gegen die aufrührerischen Banden der Ostralniki, und in einer Neuauflage wurde hinzugefügt, daß dies kurz vor meinem Examen geschah und mit der Erschießung eines Schocks gefangener Ostralniki – »räudiger Ostralniki« schrieb die große Staatsenzyklopädie – gesühnt wurde. Bei meinem Staatsbegräbnis konnte ich nicht dabeisein, doch durch die Mauern der Privatzelle, in die mein Vater Gongo Gora mich eigenhändig sperrte, konnte ich die Trauerreden hören, das gepeinigte Schluchzen meiner Mutter Sinaida und die drohenden Rufe des Volkes, das meinen Tod beklagte und das rasche Ende aller Ostralniki forderte.

Nein, meine Aussichten, das Glück der Nation aus einer entsprechenden Stellung zu lenken, haben sich einstweilen verringert oder sind sogar völlig geschwunden. Und wenn ich mich heute, an meinem achtzehnten Geburtstag, frage, wo die Fehler lagen, die ich offenbar gemacht haben muß – Fehler, die öffentlich zu bereuen mir mein Vater wohlweislich keine Gelegenheit gab –, so stoße ich immer wieder auf den Namen meines Lehrers Alfred Uhl. Er ist sozusagen das erste Glied in der Kette von Fehlern, denen ich meine jetzige Lage zuschreiben muß. Ja, alles nahm seinen Anfang bei Uhl, einem ausgezehrten, langgliedrigen Mann mit gelblicher Haut, der meiner Klasse – meist Söhnen von Regierungsmitgliedern, Generalen und verdienten Künstlern – Geschichtsunterricht gab. Er hatte die offizielle Biographie meines Vaters geschrieben, hatte das Geschichtslesebuch der Nation redigiert und war für seine Verdienste zum Ehrenpräsidenten der Historischen Gesellschaft ernannt worden; außerdem war er beauftragt, unser »Who is who?« herauszugeben, eine Arbeit, die seit zwölf Jahren ohne Erfolg geblieben war, da der Kreis der Personen, den er aufnehmen sollte, sich regelmäßig bei Drucklegung des Werkes änderte.

Alfred Uhl war ein fanatischer Anhänger meines Vaters, und ich erinnere mich noch an den Morgen, als er, erbittert über einen Attentatsversuch der Ostralniki, in unsere Klasse kam, die Faust zum Fenster hinaus schüttelte, hin und her ging in schweigender Erbitterung und in kurzen Abständen »Schakale« murmelte, »Schakale«. Doch unverhofft erschien ein Schimmer von Genugtuung auf seinem gelblichen Gesicht; höflich bat er uns, die Hefte hervorzukramen, die Federhalter, schonungslos machte er uns mit seiner Absicht vertraut, eine Arbeit schreiben zu lassen, und triumphierend begründete er das Thema: als Antwort auf den Attentatsversuch sollten wir sämtliche Beinamen meines Vaters nennen, die vom Volk, von der Presse, in Akademien und Kongressen gebraucht werden. Seine Faust verhaltend gegen das Fenster schüttelnd, sagte er: »In den letzten beiden Monaten erlauben sich die Schakale, was sie sich vorher nie zu erlauben wagten. Wir wissen, daß für die letzten Unternehmungen ihr neuer Anführer verantwortlich ist, eine Söldnerkreatur, die sie zärtlich Ostral-Wdinje nennen, den Glückskäfer. Wir wollen jetzt diesen Insekten die Antwort geben, die sie verdienen.« Aufmunternd nickte er uns zu, und ich sah, wie mein Nebenmann die Beinamen meines Vaters ohne Schwierigkeiten aufzuzählen begann: vom ›Vater des Volkes‹ über die ›Leuchte der Hartfaserchemie‹, den ›Wegweiser der Binnenschiffahrt‹ den ›Hilfreichen Freund aller Nichtschwimmer‹ bis zum belebenden ›Kristall des Fortschritts‹. Mein Nebenmann brachte es auf achtundvierzig Namen.

Als dann die Hefte eingesammelt wurden, Alfred Uhl sie flüchtig durchblätterte, geschah, was ich erwartet hatte: fassungslos rief er mich nach vorn, und behutsam fragte er mich, warum ich als einziger ein leeres Heft abgegeben hatte. Ich schwieg, und während er sanft weiterforschte, dachte ich an die Auseinandersetzung, die ich in der Nacht zuvor mit meinem Vater gehabt und in der er mich zum Schluß mühsam zusammengeschlagen hatte; wegen seines Lieblingsgetränks, ›Butor Glim‹, eines Beute-Kognaks von den Ostralniki, von dem ich die letzte Flasche mit der Primaballerina unserer Staatsoper getrunken hatte. Während ich in kalter Wut daran dachte, befragte mich Uhl mild und eindringlich, und als er keine Antwort von mir erhielt, bat er mich, die Beinamen meines Vaters als Hausaufgabe aufzuzählen. Aus verschiedenen Gründen war ich dagegen, doch weil ich zögerte, Alfred Uhl mit diesen Gründen vertraut zu machen, und weil ich erwartete, daß er mich am nächsten Tag unweigerlich nach der Hausaufgabe befragen werde, hielt ich es für vorteilhaft, ihm nicht wieder zu begegnen. So schrieb ich in meiner Eigenschaft als Chefredakteur des Regierungsblattes ›Przcd Domdom‹ (›Frohes Erwachen‹) noch am selben Nachmittag einen Artikel gegen gewisse rückständige Methoden älterer Lehrer. Der Artikel schlug ein, und es vergingen nur wenige Stunden, bis Uhl zum Leiter der Staatlichen Sägewerke ernannt wurde, weit entfernt, in den blauen Wäldern von Pumbal. Einige der freigewordenen Ämter übertrug ich, in Übereinstimmung mit meinem Lieblingsplan, einem Klassenkameraden, Gregor G. Gum, der seit langem zu meinen Vertrauten gehörte.

Da die Ostralniki unter ihrem neuen Anführer Ostral-Wdinje (der Glückskäfer) damals die ganze Nation in Atem hielten, war mein Artikel, waren die Folgen, die er hervorgerufen hatte, rasch vergessen. Wo immer sich etwas ereignete: wo Felder vertrockneten, Bäume vom Borkenkäfer befallen wurden, wo gegenüber der Staatlichen Erfassungsstelle die Zahl der Schweine verschleiert wurde oder ein Auto mit Achsenbruch liegenblieb – überall gab man den Ostralniki die Schuld, und weil das Volk ungeduldig nach Vergeltung rief, beschloß der Generalstab der Luftwaffe, etwas zu unternehmen. Marschall Tibor Tutras, ein gutmütiger Mann mit geschwollenen Füßen und fliehendem Kinn, dem mein Vater den Titel eines ›Wolkenbezwingers erster Klasse‹ verliehen hatte, berief eine Geheimsitzung ein, auf der ich, als sein Vertreter, rechts neben ihm saß. Nachdem er meinen Vater und dessen Beinamen genannt hatte, die er im Hinblick auf die Luftwaffe besaß, machte er den Vorschlag, mehrere Geschwader in das von Ostralniki verseuchte Gebiet zu schicken und dort, über wildem Karst, verbranntem Land, einen Demonstrationsflug zu veranstalten. Unter beifälligem Nicken der anwesenden Offiziere erklärte er: »Seit diese Schakale ihren neuen Anführer Ostral-Wdinje (den Glückskäfer) haben, werden ihre Unternehmungen immer grausamer. Sie operieren mit Sicherheit in Gebieten, die unsere Truppen gerade geräumt haben oder gerade dabei sind zu sichern; als ob sie ihre Agenten in den höchsten Stäben haben, so gehen sie vor. Und darum bin ich für einen abschreckenden Demonstrationsflug mit gelegentlichen Bombardements auf Einzelziele. Um die Gerechtigkeit wiederherzustellen, schlage ich die neuen Napalmbomben vor.« Die Offiziere nickten in vorschriftsmäßiger Begeisterung; nur ich – ich lächelte, wie ich während der ganzen Rede von Tibor Tutras gelächelt hatte. Erschreckt, ängstlich fragte er mich, ob ich nicht seiner Meinung sei – den Vorschlag hatte außerdem mein Vater auf der letzten Kabinetts-Sitzung gemacht –, und ich antwortete ihm, daß der Erfolg solch eines Demonstrationsfluges in keinem Verhältnis zu den Benzinkosten stehen würde, und mit erhobener Stimme fuhr ich fort: »Die Geschwader gehören dem Volk, und das Volk hat es nicht gern, wenn sie ohne greifbaren Erfolg eingesetzt werden.« Die Offiziere nickten, und Tibor Tutras begann ebenfalls in einer Haltung gequälter Nachdenklichkeit zu nicken; und schon war ich bereit, seinen Vorschlag zu vergessen, als er darauf hinwies, daß er meinem Vater zum Wochenende Bericht zu erstatten habe. So war ich gezwungen, schnell zu handeln; ich verbrachte jene Nacht ohne Nadwina Chleb, die Primaballerina unserer Staatsoper, schrieb statt dessen einen Leitartikel für das Regierungsorgan ›Przcd Domdom‹ (›Frohes Erwachen‹), und da ich mir die Vorwürfe gegen die oberste Leitung der Luftwaffe sorgfältig überlegt hatte, kam Tibor Tutras nicht mehr dazu, meinem Vater Bericht zu erstatten; denn zum nächsten Wochenende bereits versetzte ich ihn als Luftwaffenattaché nach Santiago de Chile. Da ich selbst keine unmäßige Liebe zur Fliegerei habe, verzichtete ich darauf, an die Stelle von Marschall Tutras zu treten; doch weil sein Amt unstreitig eine sogenannte Schlüsselposition darstellte, verwendete ich mich dafür, daß sie von einem weiteren Klassenkameraden, Boleslaw Schmidt, besetzt wurde, der in meinen Lieblingsplan eingeweiht war.

Mit Alfred Uhl, meinem Geschichtslehrer, hatte es begonnen, mit Marschall Tibor Tutras war es weitergegangen, und in wenigen Wochen gelang es mir, eine Reihe von Inhabern wichtiger Ämter abzuschießen und ihre Positionen mit eingeweihten Klassenkameraden zu besetzen – zumeist Söhnen von Regierungsmitgliedern, Generalen und verdienten Künstlern. Das ging um so leichter, als mein Vater selbst wiederholt in seinen Reden äußerte, daß die Alte Garde müde geworden sei, gefährlich müde, und so genügte in den meisten Fällen ein Leitartikel, in wenigen nur ein Fortsetzungsbericht im Regierungsblatt, um die Angehörigen der Alten Garde durch mir ergebene Klassenkameraden zu ersetzen. Besonders zäh hielt sich der Minister für Volksaufklärung, bis es uns gelang, ihn geheimer Verbindungen mit den Ostralniki zu überführen; während des Frühlings wurde er erschossen.

Mein Vater zeigte sich meiner Aktivität gegenüber sehr aufgeschlossen, er behandelte mich mit Freundlichkeit, bot mir freiwillig von dem ostralnikischen Beute-Kognak ›Butor Glim‹ an, der den gefallenen Feinden des Staates abgenommen wurde. Als ich sämtliche Schlüsselpositionen des Staates mit Klassenkameraden besetzt hatte, die mir ergeben waren, sagte mein Vater einmal zu mir: »Eine Revolution, die sich selbst als historisch empfindet, taugt nichts.

Revolutionen müssen andauern«; worauf ich ihm heftig zustimmte und darauf hinwies, in welchem Umfang ich eine Erneuerung in den höchsten Stellen vorgenommen hatte. In träumerischer Dankbarkeit strich mir mein Vater dafür übers Haar.

So kam der strahlende Tag, an dem mein Vater nach Luhuk aufbrach, in ein wildes, vegetationsloses Gebiet, in dem das größte Kraftwerk der neueren Geschichte eingeweiht werden sollte. Mein Vater selbst wollte die Einweihungsrede halten, wollte an der Spitze des geladenen Diplomatischen Korps über den Staudamm marschieren – obwohl meine Mutter Sinaida ihn darauf hinwies, daß das Gebiet von Luhuk von einzelnen Ostralniki verseucht war. Ja, er nahm sich vor, so lange in der Mitte des Staudamms zu warten, bis er das Donnern der Turbinen unter seinen Füßen hören konnte. »Die Kraft«, sagte er, »liebt die Kraft.«

Ich zog es vor, zu Hause zu bleiben, denn ich hatte keinen Grund, an der Aufrichtigkeit von Ludi van der Wisse zu zweifeln, dem ich das Amt des Leiters des Ingenieurwesens verschafft und der mir versprochen hatte, daß die Bombe in dem Augenblick explodieren werde, da mein Vater und der größte Teil des Diplomatischen Korps auf das Donnern der Turbinen warten würden. So begnügte ich mich damit, mit Nadwina auf der Couch zu liegen, und während sie meine Mathematik-Aufgaben löste, drehte ich uns Zigaretten aus würzigem ostralnikischem Beute-Tabak, der jede Aussicht hat, einen Vergleich mit dem Gold Virginias zu bestehen. Von Zeit zu Zeit ließ ich mir von Nadwina auch die Stirn massieren, da ich als Grund, von der Einweihung des Kraftwerkes fernzubleiben, hämmernde Kopfschmerzen angegeben hatte. Wir beschäftigten uns miteinander bis zum lautlosen Fall der Dämmerung, als ich von der Straße her die Stimmen der Zeitungsverkäufer hörte, die ein Extra-Blatt ausriefen. In spontaner Freude küßte ich Nadwina, lief hinab und riß einer alten Frau ein Extra-Blatt aus der Hand; sodann schloß ich mich im Arbeitszimmer meines Vaters ein, zog die Vorhänge zu und begann in einem Zustand atemlosen Glücks zu lesen. »Bestialisches Attentat der Ostralniki«, hieß die Überschrift, und ich klatschte vor Freude in die Hände und konnte erst weiterlesen, nachdem ich eine Beruhigungszigarette geraucht hatte. Doch dann erschrak ich; mein Blick fiel auf eine Photographie, ich sah mich auf felsigem Boden liegen, gekrümmt und entstellt, ich sah mein blutbeflecktes Gesicht, die zerrissene Uniform, die verbrannten Hände, und im Hintergrund die gewaltigen Reste des gesprengten Staudamms, über dessen Brocken die angesammelten Wasser hinwegschäumten. Verwirrt las ich die Bildunterschrift; die Bildunterschrift besagte, daß die Schakale bei einem heimtückischen Attentat den Staudamm in die Luft gesprengt hatten, daß es jedoch nur mir zu verdanken sei, wenn niemand dabei sein Leben verloren habe.

»Sein Sohn«, so lautete die Bildunterschrift im Auszug wörtlich, »warnte persönlich alle Anwesenden, nachdem er Kenntnis von der Bombe erhalten hatte, und bei dem Versuch, die Bombe selbst zu beseitigen, verlor er sein Leben. Jürgen Gora ist nicht umsonst gestorben.«

Ich verzichtete darauf, den ausführlichen Text zu lesen, ich starrte immer wieder auf die Photographie, die mich als Leiche zeigte – und zwar so tadellos, daß ich nichts daran auszusetzen fand. Und während ich in Gedanken versunken dasaß, trat durch eine Geheimtür, die ich zu schließen vergessen hatte, mein Vater ein, händereibend, aufgeräumt. Er blickte mich ohne Erstaunen an, goß sich ein Wasserglas voll Beute-Kognak ›Butor Glim‹ ein und sagte mit einer Handbewegung zu mir, der ich an seinem Schreibtisch sitzen geblieben war:

»Dieser Schreibtisch, Jürgen, ist für dich einstweilen zu groß. Noch ist die Schulbank ausreichend.« Ich verstand die Anspielung, doch da mir keine Antwort einfiel, schwieg ich und blickte auf meinen Vater, der einen großen Schluck aus dem Wasserglas nahm, zu mir trat und, als er das Extra-Blatt entdeckte und die Photographie, vergnügt sagte: »Es war gar nicht leicht, in der Eile einen Burschen aufzutreiben, der dir so ähnlich ist, daß deine Mutter euch nicht unterscheiden könnte; außerdem mußten wir ihn unbemerkt als Leiche herrichten. Aber du siehst: es ist gelungen. Nach dem Schabernack, den du mir spieltest, hatte ich keine andere Wahl.«

»Ludi van der Wisse«, sagte ich enttäuscht.

»Ach«, sagte mein Vater, »Ludi ist nicht schlechter als deine anderen Klassenkameraden: sie waren alle zuverlässige Agenten. Ich konnte sie rasch für mich gewinnen, denn ich tat etwas, was du in deinem Ungestüm vergessen hattest. Ich richtete ihnen ein Bankkonto ein, von dem sie in unbegrenzter Höhe Taschengeld abheben durften. Du hattest es nur bei den Posten gelassen – das war zu wenig.«

»Diese Schufte«, sagte ich.

»Ach«, sagte mein Vater mit zufriedenem Seufzen, »in gewissem Sinne bedaure ich, daß die Epoche der Überraschungen vorbei ist, die du mir bereitet hast. Wie nannten dich deine Ostralniki? Ostral-Wdinje, der Glückskäfer. Für mich bist du ein Mistkäfer. Doch ich muß dir zugestehen, daß du der abgefeimteste Anführer warst, den die Ostralniki je besaßen. – Doch nun bist du, wie die Photographie zeigt, tot.«

Diesmal war ich nicht verlegen; flüsternd, mit gesenkten Augen, fragte ich: »Und Mutter?«

»Deine Mutter zieht sich gerade um: schwarz. Sie weiß nichts.« Nach diesen Worten zog mein Vater einen entsicherten Revolver aus der Tasche und bat mich, ihm vorauszugehen. Ich ging ihm voraus, und er sperrte mich in seine Privatzelle, die er sich für besondere Zwecke hatte einrichten lassen. Obwohl meine Fähigkeiten vorerst keinem Amt mehr zugute kommen werden, fehlt es mir nicht an den kleinen Annehmlichkeiten des Lebens. Ich weiß sie einzuschätzen: an ihnen zeigt sich der Stolz eines Vaters auf seinen Sohn – und ist Vaterstolz nicht auch ein Ausdruck von Liebe?

1960

Der Verzicht

Mitten in jenem Winter kam er mit Fahrrad und Auftrag hierher, in einer hartgefrorenen Schlittenspur, die ihm nicht erlaubte, den Kopf zu heben und nach vorn zu blicken, sondern ihn unablässig zwang, die Spur, der er sich anvertraut hatte, zu beobachten, denn sobald er aufsah, schrammte die Felge jedesmal an den vereisten Schneewänden entlang, die Lenkstange schlug zur Seite, und wenn er sie herumriß, setzte sich das Vorderrad quer, festgestemmt in der engen Spur, so daß er – in dem langen Uniformmantel, den alten Karabiner quer überm Rücken – Mühe hatte, rechtzeitig abzuspringen. Mühsam kam er den Dorfweg herauf, der an der Schule vorbeiführt, allein und keineswegs eine überzeugende Drohung, vielmehr machte er in der grauen Februar-Dämmerung, vor den rauchfarbenen Hütten unseres Dorfes, den Eindruck eines verzweifelten und verdrossenen Mannes, dem die Spur, in der er zu fahren gezwungen war, bereits mehr abverlangt hatte, als er an Aufmerksamkeit, an Kraft und Geschicklichkeit aufbringen konnte.

Durch die Fenster der Schulklasse sahen wir ihn näherkommen, glaubten sein Stöhnen zu hören, seine Flüche und die Verwünschungen, mit denen er die kufenbreite Spur bedachte und mehr noch sein Los, in ihr entlangfahren zu müssen. Es war Heinrich Bielek. Wir erkannten ihn sofort, mit dem schnellen und untrüglichen Instinkt, mit dem man einen Mann aus seinem Dorf erkennt, selbst in schneegrauer Dämmerung, selbst wenn dieser Mann jetzt eine Uniform trug und einen alten Karabiner quer über dem Rücken: Heinrich Bielek, krank und mit weißem Stoppelhaar – wenn auch nicht so krank, daß sie in jener Zeit auf ihn hätten verzichten wollen. Sie konnten ihn zwar nicht beliebig verwenden oder – ihrem Lieblingswort gemäß – einsetzen, aber er trug ihre Uniform, vermehrte ihre Zahl und gab ihnen die Sicherheit einer Reserve.

Wir beobachteten, wie er sich am Schulhof vorbeiquälte, und glaubten ihn längst am Dorfausgang und unterwegs nach Schalussen oder wohin immer ihn die hartgefrorene Schlittenspur und sein Auftrag führen sollten, als ihn zwei Männer über den Korridor brachten, ihn ins Lehrerzimmer trugen und dort auf ein Sofa niederdrückten. Wie ich später erfuhr, legten sie seinen Karabiner quer über einen verkratzten Ledersessel, öffneten seinen Mantel und sahen eine Weile zu, wie er sich krümmte, nach mehreren Versuchen auf die Seite warf und beide Hände flach auf seinen Leib preßte, ohne einen einzigen Laut, und bevor sie ihm noch anboten, den Arzt aus Drugallen holen zu lassen, richtete er sich wieder auf und beschwichtigte die Männer durch einen Wink: es waren nur die überfälligen Magenkrämpfe, die er schon in der Nacht erwartet hatte und deren Verlauf er so gut kannte, daß er mit dem Schmerz allein fertig zu werden hoffte.

So war es wahrscheinlich auch weniger der Schmerz als der Gedanke an die bläuliche, hartgefrorene Schlittenspur, der ihn später auf dem Sofa im Lehrerzimmer festhielt, neben einer rissigen Wand, unter der Photographie eines uniformierten Mannes mit Kneifer, der sachlich auf ihn herabsah. Obwohl es ihm besser zu gehen schien, erhob er sich nicht, sondern verteilte liegend Zigaretten, ohne selbst zu rauchen, und erwiderte den sachlichen Blick jenes Mannes auf der Photographie, den er für einen Lehrer gehalten hätte, wenn er ihm unbekannt gewesen wäre; doch Heinrich Bielek kannte ihn so gut, daß er selbst die Furcht verstand, die dieser Mann hervorrief oder hervorrufen sollte.

Nachdem er endgültig beschlossen hatte, daß die Magenkrämpfe es ihm nicht mehr erlaubten, in der Schlittenspur weiterzufahren, zog er den schlechtsitzenden Uniformmantel aus, rollte ihn zusammen und schob ihn sich als Kopfkissen unter und musterte aus seinen eichelförmigen Augen die beiden Männer. Er erkundigte sich nicht nach seinem Fahrrad, ein zusätzliches Zeichen dafür, daß er vorerst nicht weiterzufahren gedachte, vielmehr weihte er die Männer in seinen Auftrag ein, wodurch er erreichte, daß beide sich dem unerwünschten Zwang ausgesetzt fühlten, ihm, der ausgestreckt vor ihnen lag, zu helfen.

Das Vertrauen, in das er sie zog, ließ den Männern – einer von ihnen war Feustel, der pensionierte Rektor, ein nach Tabak und Zwiebeln riechender Junggeselle – keine andere Wahl, weshalb sie, noch bevor er sie darum bat, einen Jungen in das Lehrerzimmer riefen und neben das Sofa führten, auf dem Heinrich Bielek lag. Obwohl sie seinen Auftrag kannten, überließen sie es dem Liegenden, ihn an den Jungen weiterzugeben, und als Bielek zu sprechen begann, lag auf ihren Gesichtern ein Ausdruck beflissenen und gespannten Interesses, so als hörten sie alles zum ersten Mal. Der Junge, Bernhard Gummer, mit wulstigem Nacken und schräg gelegtem Kopf – jeder bei uns kannte seinen sanften, freundlichen Schwachsinn – starrte auf den alten Karabiner, der quer auf dem Ledersessel lag, und verriet weder durch ein Nicken noch durch einen Blick, ob und wie er den Auftrag oder doch die Verlängerung des Auftrags verstanden hatte, was jetzt Feustel veranlaßte, dem Jungen eine Hand auf die Schulter zu legen und ihn aufzufordern, das, was er gehört hatte, langsam zu wiederholen.

Der Junge enttäuschte sie nicht; ohne das Gesicht zu heben, wiederholte er, daß er nach Schalussen zu gehen habe, zu Wilhelm Heilmann, dem Alteisenhändler, und er sollte ihn hierherbringen, in die Schule, ins Lehrerzimmer, zu dem Mann in der Uniform, zu Heinrich Bielek. Wenn er nicht komme, werde man ihn noch heute holen, es sei dringend. Der ehemalige Rektor richtete sich zufrieden auf, und Bernhard Gummer zog bedächtig seinen Mantel an, setzte die Ohrenschützer auf, lauschte einen Augenblick, als höre er, wie ein Funker, schwache Signale in den Hörmuscheln; dann streifte er die an einer Schnur befestigten Fausthandschuhe über und verließ mit schleppendem Gang die Schule.

Der Junge kannte den Weg, er selbst wohnte in Schalussen, und er kannte auch – wie wir alle – die Hütte von Wilhelm Heilmann und den Schuppen und den Lagerplatz hinter dem Schuppen, auf dem ein Hügel von rostigem Eisen lag: alte Fahrradrahmen, Bleche, braunrotes Drahtgewirr, leere Pumpgehäuse, abgestoßene Hufeisen und zerbeulte Kessel, durch deren Löcher im Sommer der Löwenzahn herauswuchs oder Taubnesseln. Dieser Hügel schien uns mehr ein Wahrzeichen der Heilmanns als ihr Kapital, von dem sie lebten; denn er wurde nie flacher und geringer, wurde nie in unserer Gegenwart auf Lastwagen geladen, wurde nicht einmal, wie Erbsen, nach guten und schlechten Teilen verlesen, sondern lag nur da durch Jahreszeiten und Generationen, ein Hügel der Nutzlosigkeiten. Und doch mußten sie davon leben und gelebt haben, geheimnisvoll und gewitzt; ganze Geschlechter von ihnen hatten altem Eisen vertraut, ernährten sich mit seiner Hilfe, wuchsen heran und ließen den rostroten Hügel wieder den nächsten Heilmanns als Erbe zufallen, die es anscheinend weder mehrten noch minderten, sondern nur darauf aus schienen, es zu erhalten. Unsere Großväter, unsere Väter und wir: Generationen unseres Dorfes stahlen hinten von dem Hügel, wenn sie Groschen brauchten, und gingen vorn zu den Heilmanns und verkauften ihnen, was diese schon dreimal besaßen, wonach unsere Leute nur noch Zeugen wurden, wie der Krempel wieder auf den Hügel flog, so daß dieser zwar nicht seine alte Form, aber doch sein altes Gewicht hatte, was ihm jene seltsame Dauer verlieh. Obwohl Wilhelm Heilmann allein lebte, zweifelten wir nicht daran, daß eines Tages irgendwoher ein neuer Heilmann auftauchen werde, um den Hügel aus altem Eisen in seinen Besitz zu nehmen – zu übernehmen und zu verwalten wie jenes Holzscheit, an dem das Leben hing.

Soviel ich weiß, fand der Junge an jenem Morgen Heilmann lesend im Bett. Er wunderte sich nicht, daß der alte Mann angezogen unter dem schweren Zudeck lag, ging zu ihm, setzte sich auf die Bettkante, schob die Ohrenschützer hoch und wiederholte seinen Auftrag, und nachdem er fertig war und sah, daß der Alte weder Überraschung noch Abwehr oder Furcht zeigte, riet er ihm, sich zu verstecken oder die Hütte zu verschließen, und wenn nicht dies, so doch ein Gewehr zu kaufen, da auch der andere ein Gewehr bei sich hatte, doch Wilhelm Heilmann, der Letzte mosaischen Glaubens in unserer hoffnungslosen Ecke Masurens, lächelte säuerlich, das Lächeln einer ertragbaren und unwiderruflichen Gewißheit, und er schlug das Zudeck zurück und stand auf. Er hatte mit Stiefeln im Bett gelegen. Der Junge ging in die Küche, setzte sich auf eine Fußbank und brach sich ein Stück von einem grauen Hefefladen ab und begann zu essen; er brauchte nicht zu warten, denn der Alte wechselte nur seine Brille, die Lesebrille gegen die Arbeitsbrille, stand schon in der dunklen Küche und forderte den Jungen auf, ihn zu führen. Der alte Mann blickte weder auf die gekalkte Hütte, die er unverschlossen zurückließ, noch auf den schneebedeckten Hügel, unter dem das rostige Erbe der Heilmanns lag, sondern ging dem Jungen voraus neben der Schlittenspur, und unter ihren Schritten krachte der gefrorene Schnee. Vor den Weiden, die mit einer Eisglasur überzogen waren, holte der Junge ihn ein einziges Mal ein und zeigte auf die dunkle, undurchdringbar erscheinende Flanke des Waldes, deutete nur stumm hinüber, wobei seine Geste und seine Haltung nichts als eine heftige Aufforderung ausdrückten; Wilhelm Heilmann lächelte säuerlich und schüttelte den Kopf. Vielleicht wußte er, daß er in unserer Ecke der letzte war, den sie lediglich vergessen oder geschont, wahrscheinlich aber vergessen hatten, was ihn dazu bringen mußte, unversöhnt zu warten bis zu dem Augenblick, da die Reihe an ihn käme. Jetzt, da der Junge ihn holte, war er versöhnt, etwas war erloschen in ihm: seine Wißbegier, die Zweifel, denen er sich ausgeliefert fand, als sie nacheinander die andern holten – wobei sie oft genug durch Schalussen und an seiner Hütte und seinem Eisenhügel vorbeikamen –, ohne ihm selbst zu drohen oder ihm auch nur anzukündigen, was er insgeheim immer mehr erwartete.

Zwei Jahre dauerte es, bis ihre genaue Grausamkeit sich seiner weniger entsann, als ihn vielmehr hervorholte wie etwas, das man nur zurückgestellt, sich aufgespart hatte für eine andere Zeit. Wilhelm Heilmann hatte damit gerechnet und sich nicht ein einziges Mal die Schwäche der Hoffnung geleistet.

In seiner knielangen erdbraunen Joppe ging er dem Jungen voran, durch das Spalier der rauchfarbenen Hütten zur Schule, die er einst selbst besucht hatte; ging den mit Asche und winzigen Schlackenbrocken gestreuten Weg hinauf, entdeckte das Fahrrad, blieb neben ihm stehen, nickte lächelnd und schob die Hände tief in die Taschen. Bernhard Gummer stellte sich neben ihn, sein Gesicht veränderte und näherte sich dem alten Mann, die aufgeworfenen Lippen bewegten sich, flüsterten etwas dringend und unverständlich, dann wandte er sich um und verschwand in der Schule, ohne zurückzublicken.

Der Alte wartete, bis er das Geräusch der genagelten Stiefel auf dem Korridor hörte, stieß sich mit dem Rücken von der Wand ab und trat dem uniformierten Mann entgegen, der in einer Hand den Karabiner trug, sich mit der andern den Mantel zuknöpfte. »Fertig, Wilhelm?« »Fertig, Heinrich.« Es kam Wilhelm Heilmann nicht zu, mehr zu sagen, und es gab nichts für ihn, das ihm wichtig genug erschienen wäre, als daß er es hätte erfahren wollen; das Wissen, das er in sich trug wie eine Konterbande, übertraf alles, was er von Heinrich Bielek je hätte erfahren können, und so folgte er ihm einfach auf die Landstraße, wandte sich mit ihm um und winkte leicht zur Schule zurück, ging neben ihm durch unser Dorf mit der überzeugenden Selbstverständlichkeit eines Mannes, der den Weg und den Plan des andern kennt und teilt. Sie gingen an der Domäne vorbei, über die alte Holzbrücke, an deren Geländer noch die Schrammen der Erntewagen vom letzten Herbst zu erkennen waren. Auf freiem Feld traf sie ein eisiger Wind, schnitt in ihre Gesichter. Wilhelm Heilmann spürte, wie sein Augenlid zu zucken begann. Ein verschneiter Wegweiser zeigte Korczymmen an, vierzehn Kilometer, Grenzgebiet. Flach über den Schnee lief ihnen der Wind entgegen, trieb eine schmerzhafte Kühle in ihre Lungen, und sie senkten ihre Gesichter und legten den Oberkörper nach vorn. »Es ist nicht der freundlichste Tag«, sagte Heinrich Bielek. »Drüben in den Wäldern wird es angenehmer«, sagte Wilhelm Heilmann. Ein Schlitten mit vermummten Leuten kam ihnen entgegen, sie traten zur Seite, Hände winkten ihnen zu, sie grüßten zurück, ohne zu erkennen, wem ihr Gruß galt. Das Gebimmel der Schlittenglocken verklang in einem Tal.

Als sie die Stelle erreichten, wo der Wald die Straße belagerte, hatte Heinrich Bielek ein Gefühl, als ob ein heißes Geschoß in seinen Magen eindrang; es traf ihn so überraschend, mit einer so vollkommenen Gewalt, daß er beide Hände erschrocken auf seinen Leib preßte, das Fahrrad fallen ließ und auf den Knien in den Schnee sank. Seine

Mütze fiel vom Kopf. Das Schweißband rutschte aus dem Kragen heraus. Der Riemen des Karabiners schnürte in seine Brust. Wilhelm Heilmann sah ausdruckslos auf ihn herab, und als ihn ein schneller, argwöhnischer Blick traf, hob er das Fahrrad auf und hielt es mit beiden Händen fest – wie eine Last, die er um keinen Preis loslassen wollte oder dürfte, nur um damit schweigend zu bekunden, daß es ihm weder jetzt noch später darauf ankam, eine Gelegenheit auszunutzen. Es war weder Niedergeschlagenheit noch Schwäche, was er in diesem Augenblick bekundete, sondern das Eingeständnis, auf jede Handlung zu verzichten, die das, was er in seinem Lauschen und in seinen Träumen so oft erwartet, erlebt und durchstanden hatte, ändern könnte. Er hielt das Fahrrad fest und wagte nicht, über sein zuckendes Augenlid zu streichen, stand nur und blickte auf den uniformierten Mann im Schnee, der sich jetzt angestrengt auf alle viere erhob, lange zögerte, als ob er nach der entscheidenden Kraft suchte, die ihn auf die Beine bringen sollte, dann die Hände nah zusammenführte, sich hochstemmte mit einem Ruck, und eine Sekunde bang und ungläubig dastand, ehe er sich mit einer knappen Aufforderung an Wilhelm Heilmann wandte. »Also weiter, Wilhelm«, sagte er.

Sie gingen in der Mitte einer frischen Schlittenspur durch unseren alten Wald, geschützt vor dem eisigen Wind, der hoch durch die Kiefern strich und überall Schneelasten von den Ästen riß, die stäubend zwischen den Stämmen niedergingen. In weitem Abstand neben dem Weg lagen Haufen geschnittener Stämme; die Schnittflächen leuchteten gelblich, zeigten ihnen an, wo die Spur verlief. Wilhelm Heilmann schob das Fahrrad, und der andere nahm den Karabiner ab und trug ihn in der Hand. Sie gingen nebeneinander, bemüht, auf gleicher Höhe zu bleiben, auch wenn der Weg es erschwerte, auch wenn er sie dazu zwang, schräg aus den

Augenwinkeln auf den andern zu achten, nicht so sehr aus Furcht oder aus Mißtrauen, sondern aus dem Verlangen, gemeinsam vorwärtszukommen, sich ziehen zu lassen vom Schritt des andern. Ein fernes Donnern wie von einem Wintergewitter rollte über sie hin; Heinrich Bielek hob den Kopf, lauschte, ohne stehenzubleiben, und sagte leise: »Schwere Artillerie«, worauf Wilhelm Heilmann ausdruckslos hochblickte – mit der gleichen Ausdruckslosigkeit, mit der er den alten Eisenkrempel auf seinen Hügel geschleudert hatte.

Der Wald wurde freier, sie gingen an den gefrorenen Sümpfen vorbei und den Berg hinauf und wieder in den Wald, der sie mit derselben Bereitwilligkeit aufnahm, wie er sich hinter ihnen schloß, und als sie den verrotteten hölzernen Aussichtsturm erreichten, fiel Schnee. Die Straße teilte sich, ein zweiter Wegweiser zeigte Korczymmen an, elf Kilometer. Sie folgten dem Wegweiser wortlos, als hätten sie sich längst auf ein Ziel geeinigt.

Wilhelm Heilmann dachte an den Mann, der ihn führte oder vielmehr überführte, entsann sich dessen einäugigen Vaters, der Kate, in der die Bieleks wohnten, fleißige und geschickte Besenbinder, deren sichtbarster Reichtum drekkige Kinder waren, die im Frühjahr durch die Birkenwälder schwärmten, um elastische Reiser zu schneiden. Er dachte an den Knaben Heinrich Bielek, der auf den Bäumen gesessen hatte, um Lindenblüten für den Tee zu pflücken, der bis spät in den Oktober barfuß gegangen und bei einer Hochzeit unter die Kutsche gekommen war, in der die Braut gesessen hatte. Er entsann sich sogar jener Begabung Heinrichs, die sie damals immer wieder verblüfft hatte, die Begabung nämlich, ein Schnitzmesser mit der Spitze auf seinen Schenkel fallen zu lassen, und zwar so, daß er sich nicht die geringste Wunde beibrachte. Wilhelm Heilmann wurde auf einmal gewahr, daß er zu schnell ging oder daß der

Mann neben ihm langsamer wurde. Er blieb nicht stehen, versuchte nur, sich auf den Schritt des andern einzustellen, was ihm jedoch nicht gelang, so daß er schließlich, als er wieder einen Vorsprung hatte, doch stehenblieb, sich umwandte und Heinrich Bielek nicht mehr hinter sich in der Schlittenspur fand, sondern ihn durch den hohen Schnee seitwärts in den Wald stapfen sah, den Kolben des Karabiners als Stütze benutzend. Sofort hob er das Fahrrad an, kehrte zurück, noch bevor ihn der Befehl erreichte, zurückzukehren, und folgte den Fußstapfen, die zu einer Hütte aus Fichtenstämmen führten, wie sie sich unsere Waldarbeiter für den Sommer bauen. Die Tür war nur mit Draht gesichert, sie bogen ihn auseinander und traten in die Hütte, in der auf dem nackten Fußboden vier Strohsäcke lagen. Kein Fenster, kein Ofen, nur ein Bord, auf dem angelaufene Aluminiumbecher standen; in den Pfosten neben der Tür waren Kerben geschnitten, in einer Ecke lag Schnee. Heinrich Bielek ließ sich auf den ersten Strohsack hinab, streckte sich stöhnend aus und deutete stumm auf den Strohsack neben ihm, auf den sich, nachdem er das Fahrrad in die Hütte gestellt hatte, Wilhelm Heilmann setzte, dann seine Brille abnahm und sie sorgfältig am Ärmel der Joppe putzte. Danach stand er auf und ging zur Tür, um sie zu schließen: ein schwacher Befehl rief ihn zurück, und er sah, wie Heinrich Bielek vom Strohsack aus den Lauf des Karabiners auf ihn gerichtet hielt, den Lauf mühsam schwenkte und mitdrehte, während er langsam durch den Raum zu seinem Strohsack zurückkehrte. Die Tür blieb offen. Plötzliche kleine Böen schleuderten Schnee herein. Kalte Zugluft strömte über sie hin.

Der Schmerz hielt Heinrich Bielek fest wie in einem Griff, preßte ihn an den Strohsack, und er schlug mit den Beinen und warf den Kopf hin und her, ohne jedoch den Mann zu vergessen, der neben ihm saß und ruhig auf ihn herabblickte. Er vergaß ihn so wenig, daß er sich jetzt herumwarf und ihn fortwährend aus aufgerissenen Augen anstarrte, erschrocken, abwehrend, denn er erschien ihm durch den Schmerz hindurch riesenhaft vergrößert und in all seiner körperlichen Überlegenheit so sehr auf Flucht aus zu sein, daß er ihn bereits fliehen sah: die erdbraune Joppe hierhin und dorthin zwischen den Stämmen, hinter den Tannen, unerreichbar selbst für die Kugel, und Heinrich Bielek dachte: ›Nicht, Wilhelm, tu das nicht.‹

Dann spürte er, wie sein Koppelschloß ausgehakt, sein Mantel geöffnet wurde, das heißt, er spürte weit mehr die jähe Erleichterung als die einzelnen Vorgänge, die dazu führten. Er ließ den Karabiner los, legte die Hände flach auf seinen Leib und fühlte nach einer Weile, wie der Krampf ihn freigab und der Griff sich lockerte, so fühlbar nachgab, daß er sich hinsetzte, den Rücken gegen die behauenen Stämme der Wand gelehnt. In einem Augenblick, da Wilhelm Heilmann die Hände vor das Gesicht zog, nahm er den Karabiner wieder an sich, legte ihn quer über seine Schenkel.

Sie saßen sich schweigend gegenüber, und beide hatten, nicht länger als einen Atemzug, den Eindruck einer Sinnestäuschung: keiner suchte den Blick des andern, keiner sagte ein Wort; vielmehr schienen sie einander wahrzunehmen durch ihre lauschenden, reglosen Körper, schienen auch im Einverständnis dieser Körper zu handeln, und als sich der eine erhob, erhob sich der andere fast gleichzeitig, stand in der gleichen Unschlüssigkeit da, setzte sich mit dem gleichen Zögern in Bewegung. Gemeinsam traten sie aus der Hütte, später, als es aufgehört hatte zu schneien, traten hinaus ohne Angst und ohne Hoffnung. Wilhelm Heilmann führte das Fahrrad, er dachte nicht an die verlorene Chance, zwang seine Erinnerung nicht zurück zu jenen Minuten, in denen er unbemerkt und risikolos die Hütte hätte verlassen oder tun können, was die absolute

Wehrlosigkeit des andern nahelegte. Er ließ Heinrich Bielek vorangehen. Sie gingen weiter durch die Wälder, den Weg nach Korczymmen.

Vor dem Grenzdorf, das Wilhelm Heilmann kannte, aber seit Jahren nicht betreten hatte, bogen sie vom Hauptweg ab und folgten einer ausgetretenen Spur im Schnee, bis sie die klumpigen, gefrorenen Wälle des Grabens erreichten, der mitten durch den Wald lief. Sie hörten das Geräusch von Spitzhacken und Schaufeln und das Krachen von Erdklumpen, die gegen die Stämme geschleudert wurden.

Sie sahen Frauen in Kopftüchern und alte Männer auf dem Grund des Grabens arbeiten und sahen Kinder, die Steine, Wurzeln und harte Brocken von Erde an den Wänden hochstemmten. Wilhelm Heilmann nickte ihnen im Vorübergehen zu. Weit vor ihnen schoß ein Maschinengewehr, und danach hörten sie einzelne Revolverschüsse. Hinter den Wällen standen Posten. Auf einen Wink lehnte Wilhelm Heilmann das Fahrrad gegen einen Baum und ging sofort weiter in die Richtung, aus der sie die Schüsse gehört hatten. Ein junger, breitgesichtiger Mann kam ihnen entgegen, sein Gewehr schräg vor der Brust. Er trat zwischen sie. Er befahl Heinrich Bielek zurückzugehen. Als er sich umdrehte, bemerkte er, daß der Mann in der erdbraunen Joppe, den er weiterzuführen hatte, ihm bereits mehrere Schritte stillschweigend vorausgegangen war.

1960

Ein Männerspaß

Warum verabschieden sie sich so hastig, warum schweigen sie jedesmal ungeduldig und befremdet, wenn ich es ihnen erzähle: verstehen sie es nicht? Nehmen sie es uns übel, weil wir mitgingen an jenem Abend und aus vorbereitetem Versteck erlebten, was Flesch uns versprochen hatte? Kennen sie wirklich keine andere Antwort darauf als ein gequältes, ratloses Lächeln, mit dem sie sich alle so abrupt verabschieden?

Dabei ist doch alles nur so geschehen, hat sich so ereignet: kurz vor Feierabend rief der Chef an, bat mich, in unsere Kantine hinabzukommen, die nie völlig leer wird, und ich ging hinab. Wir arbeiten in einem riesigen ehemaligen Flakbunker, den das Fernsehen gemietet hat; dort, zwischen nackten Betonmauern, die mit erschreckender Sorgfalt errichtet wurden, liegen unsere Probestudios, die Requisitenkammer, Räume für den Friseur und die Kantine. Ein sanfter Pilzgeruch hält sich hartnäckig in den lautlosen Gängen – die letzte Erinnerung an den Champignon-Züchter, der den Bunker vor uns benutzt hatte, bis er pleite ging. Die Munitionsaufzüge sind zu Fahrstühlen umgebaut, Beförderungslast sechzehn Personen, und wo sich einst der Feuerleitstand befand, liegt heute die Kantine, ein kahler, sargähnlicher Raum, der die Essensdünste unerbittlich bewahrt und in dem das Licht einen grünlichen Schimmer hat, die Besucher grünliche Gesichter und Hände erhalten.

Ich zog die splittersichere Tür auf, trat ein, entdeckte den Chef und ging an seinen Tisch, auf dem eine Bierlache grünlich stand wie Erbrochenes. Neben dem Chef saß Flesch mit schweißglänzendem Gesicht und Ziegenaugen, ein stämmiger Mann, der unaufhörlich leise mit der Zunge schnalzt und sich von Zeit zu Zeit schreckhaft umsieht, als erwarte er, jemanden hinter seinem Stuhl zu entdecken, der ihn bedroht. Der Chef drückte mich auf einen Stuhl, bestellte mir ein Bier und einen Schnaps, begann achtsam seinen Schenkel zu massieren, nachdem er Flesch durch ein kurzes Vorstrecken seines Kinns aufgefordert hatte, mich einzuweihen; und Flesch schob sein Gesicht heran, zwinkerte, seufzte dringlich, nahm einen scharfen Schluck aus seinem Glas, sprach wieder unter Zwinkern auf mich ein: leise, schwerzüngig, flüsternd, ein kleines, kaltes Auge auf den Chef gerichtet, der Begeisterung nickte, heftige Zustimmung nickte, das Ende der Einweihung nicht erwarten konnte und mich fortwährend stumm befragte: Na, ist das nichts?

Während Flesch mich einweihte, blickte ich zur Ecke, in der Nina saß, aufrecht und gründlich, Nina vom Empfangstisch, die jetzt in kühler Zurückgezogenheit ein doppeltes Bon-Essen verschlang, den kleinen Finger weggespreizt vom Metallöffel. Es gab Kohl mit Einlage.

Als Nina sich schließlich das zitternde Puddingquadrat auf beschrifteter Untertasse heranzog, hob sich Fleschs Gesicht seufzend zurück, er zog den Hals ein, rieb sich die Hände in vielversprechender Weise, und der Chef sagte nur: »Das wird 'n Ding« und winkte mir eine neue Lage heran.

Warum sollte ich nicht mitgehen, warum mich unter einem brüchigen Vorwand ausschließen, da Flesch uns etwas versprochen hatte, was in keiner Tagesschau erscheint; und warum dieses jähe Befremden über einen Männerspaß, der nichts voraussetzt als gesunde Organe. Jedenfalls blieben wir sitzen, einig, bereit, ließen uns ein Kartenspiel kommen, neuen Schnaps, saßen und spielten gegen die Zeit mit verständigem Blinzeln. Es war noch zu früh.

Nina riß einen Bon ab, schob ihn unter den Teller, schritt

harten tackenden Schritts achtlos an den Tischen vorbei: fernes Gesicht, abweisendes, unerreichbares Gesicht, scheppernd fiel die splittersichere Tür hinter ihr zu. Auch andere, die vom Feierabend in der Kantine überrascht wurden, brachen auf, schlossen ihre Aktentaschen, trugen grüne Gesichter zum Ausgang, auf denen keine Genugtuung lag, kein helles Selbstbewußtsein: die Arbeitszeit wird bei uns kampflos geregelt. An einem Tisch neben der Theke stritt ein Regisseur mit zwei betagten Schauspielern, die beide strenge Zigarren rauchten, über die Auffassung einer Rolle; sie hatten schon mittags dagesessen, und mittags hatte ich schon den Satz gehört, den der Regisseur auch jetzt immer wieder ausrief: »Aber das Fernsehen hat andere Gesetze!« – worauf die betagten Schauspieler jedesmal einen melancholischen Saurierblick wechselten.

Plötzlich warf Flesch die Karten hin, erhob sich ohne Ankündigung, verglich seine Uhr mit der Kantinenuhr, nickte uns auffordernd zu. Wir gingen hinaus. Der Munitionsaufzug war leer, hing verlassen in dem zugigen Schacht, breit und verschrammt; gleichzeitig sprangen wir auf die Plattform, der Chef drückte den Knopf, und ruckend, schlingernd, wie ein Schüttelrost setzte sich der Aufzug in Bewegung, trug uns empor zur höchsten Etage, auf der die Requisitenkammer liegt. Flesch hatte den Schlüssel, doch bevor er aufschloß und uns eintreten ließ, lauschte er an der eisernen Tür, grinsend, mundoffen, dann schüttelte er leicht den Kopf und öffnete, ließ uns mit einer knappen Handbewegung den Vortritt, und ich hörte, wie er hinter uns wieder abschloß. Seine warme, fleischige Hand an meinem Gelenk: er zog uns durch die schmale, nur von einem Rotlicht erleuchtete Kammer, vorbei an Ständern und Kleiderpuppen, an kalten Truhen, zog uns behutsam zu dem vorbereiteten Versteck, einer hüfthohen Deckung aus Kisten und Kartons, drückte uns dort nieder auf den Betonboden und blinzelte eine heitere Warnung aus seinen Ziegenaugen.

Der unbemerkte Einzug war gelungen, der Chef kicherte verhalten, fummelte an der Deckung, um für ein unbehindertes Blickfeld zu sorgen. Flesch rieb sich die Hände erwartungsfroh. Ich rollte Wallensteins Mantel fest zusammen und fand Bequemlichkeit auf ihm: so warteten wir in verläßlichem Hinterhalt.

Rot brannte über der Tür die unverkleidete elektrische Birne, warf ein sanftes Licht auf Kostüme und Uniformen, die an langen Ständern hingen und wie eine Galerie von Erhängten anmuteten: die Körper waren verschwunden, doch im Stoff schien sich die erlittene Qual für alle Zeiten zu bewahren: in den resigniert herabhängenden Ärmeln, den gekrümmten Schultern, den gewaltsamen Falten. Wir warteten geduldig, rauchten nicht, sprachen nicht, spürten keine Müdigkeit, stießen uns manchmal an und lachten auf Vorschuß. Der Schnaps, den wir getrunken hatten, verhinderte, daß wir die Kühle des Betons empfanden.

Keiner von uns war überrascht, als auf einmal das Schloß knackte, die Tür geräuschlos geöffnet wurde, nicht ganz geöffnet, nur einen handtuchbreiten Spalt – als verdächtig, zeugend von Heimlichkeit, Verbotenem, von versteckter Absicht zumindest. Der Chef knuffte mich leicht, Flesch legte seine Hand auf meinen Arm: Ruhe, Ruhe, jetzt keine Bewegung, jeder Laut wäre Verrat, könnte den Spaß verderben. Etwas hatte sich angekündigt, war schon da, ohne sichtbar zu sein, zögerte nur, vergewisserte sich vielleicht, oder hatte sogar schon unsere Anwesenheit geheimnisvoll entdeckt – nein, keine Besorgnis, da kam es bereits, schob sich durch den Spalt mit Hohlkreuz, war flach und lang, gut und gern zwei Meter lang, und niemand von uns brauchte zu raten, wer es war. Wir erkannten Trude sofort, eine hochgewachsene Sekretärin, sahen ihr knochiges Gesicht, die starken Zähne mit der Gebißklammer, das stumpfe Haar. Sie hatte keine Ähnlichkeit mit Soraya, hatte überhaupt mit niemandem eine Ähnlichkeit, es sei denn, mit dem gehobelten Pfosten einer Klopfstange; ihre Bewegungen waren linkisch, weit hergeholt, ihr Schritt steif und staksend. Mit ihrem flachen Gesäß drückte sie die Tür zu, lehnte sich einen Augenblick hochaufgerichtet an, die dünnen Arme seitwärts weggestreckt, das Gesicht unmittelbar unter dem Rotlicht, so daß wir die fliehende Reihe der oberen Schneidezähne sehr gut sehen konnten. Sie schloß die Augen, eine bange Zufriedenheit erschien auf ihrem Gesicht, dann ein Ausdruck panischer Freude; sie schluckte, kaute und schluckte, stieß sich unvermutet mit dem ganzen Körper von der Tür ab, strählte mit den Fingern ihr Haar, stakste hastig in eine Ecke, in der das Licht sie nicht erreichte, und begann dort, tätig zu werden.

Trude, die lange Sekretärin aus der Materialausgabe, machte sich an einem Stapel Kartons zu schaffen, wir hörten es, hörten sie seufzen dort im Dunkeln, glücklich stöhnen, und dann war es still. Es wurde still, als sich die Eingangstür zum zweitenmal öffnete, nicht zaghaft, sondern selbstsicher, forsch beinahe, und wieder knuffte mich der Chef, und Flesch tippte mir mit dem Zeigefinger auf die Schulter: Achtung, da kommt noch etwas, jetzt ist doppelte Vorsicht geboten. Flesch, der alles schon einmal erlebt hatte, suchte unsern Blick, erwartete Anerkennung, dankbare Bestätigung, daß er uns nicht zuviel versprochen hatte – er suchte Bestätigung im falschen Augenblick, denn wir beobachteten die Tür vergnügt und atemlos.

Erna erschien, eine verwachsene, mißmutige Frau, energisches Bürogesicht, rechthaberisch geworden in einem Leben zwischen Diktat und Ablage, unheimlich für jeden Mann. Sie war unsere älteste Sekretärin. Selbstsicher sah sie sich um, lauschte, verschwand hinter einem Ständer und zog sich aus mit einigen geschickten Griffen, öffnete einen Karton, den sie zu kennen schien. Sie bückte sich, zog ein Kleidungsstück heraus, ein Wams, ein Jägerwams mit handlichem Hirschfänger, und legte es an auf selbstverständliche Art. Sorgfältig zupfte sie das Wams unterm Gürtel zurecht, verbesserte den Sitz und stand reglos da: Erna, der Freischütz.

Dann trat sie hinaus auf den Gang, unter das sanfte, rötliche Licht, lächelnd, spielerisch, ein werbender Jäger; das mißmutige Bürogesicht war nicht mehr zu entdecken, ebensowenig der rechthaberische Zug: träumerisch wartete Erna, bis von dorther, wo die Lange sich stumm verhielt, ein Rascheln erklang, ein kleiner Ausruf der Überraschung, und jetzt krallten sich die Finger des Chefs in meinen Oberarm, und ich preßte den Handrücken gegen die Lippen. Trude schlüpfte auf den Gang, nein, wehte auf den Gang hinaus in fallendem Brautkleid, unhörbar, schwebend, sagen wir: mit schwermütiger Grazie; Trude, die doch zwei Meter lang war und nicht wußte, wohin sie mit ihren Gliedmaßen sollte, war plötzlich gewichtslos, gelenkig, trug den Schleier anmutig, mit ängstlichem Hoffen. Das Brautkleid war zwar zu klein, reichte hier und da nicht, aber es genügte, um die Lange zu verwandeln. Sie blieb stehen, entdeckte Erna, den halslosen Jäger, schwebte zurück in gemachtem Erschrecken, als ob sie sich verbergen wollte, doch Erna hatte etwas gemerkt, war bei ihr mit einem Satz und hielt sie fest. Trude wehrte sich nicht. Ein Arm legte sich um ihre hochsitzende Taille, Ernas sehniger Arm, der sie wieder zurückholte auf den Gang, wo beide sich mit Blicken maßen unter dem rötlichen Licht.

Der Chef stupste mich vor Vergnügen, Flesch änderte vorsichtig seine Haltung, als Erna den Kopf der Langen sacht zu sich herabzog, sich auf die Zehenspitzen erhob und etwas zu flüstern begann, das wir nicht verstehen konnten; es mußte jedoch etwas Angenehmes gewesen sein, denn Trude lächelte selbstvergessen, nickte, drohte ohne Überzeugung. Und dann faßten sie sich bei den Händen, sahen einander an und begannen nach einer unhörbaren Musik – oder doch nach einer nur für sie hörbaren Musik – zu tanzen. Sie tanzten fast auf der Stelle, tanzten mit seltsam erschöpften Bewegungen, den Oberkörper zurückgelegt, die Augen geschlossen.

Flesch und ich spürten, daß der Chef mit einem Lachausbruch kämpfte, und wir machten ihm Zeichen, wegzusehen, um nicht zu zerstören, was da vor sich ging. Der Tanz ging zu Ende, beide standen sich gegenüber, gingen aufeinander zu und umarmten sich locker, worauf Erna die Lange zu einer der kalten Truhen zog. Sie setzten sich eng zusammen, nahmen sich bei der Hand und blickten in ihre Gesichter, und auf ihren Gesichtern lag jetzt ein Ausdruck von schmerzlichem Glück. Wer weiß, was sie dachten; jedenfalls schienen sie sich etwas dabei zu denken: ihre Gesichter näherten, ihre Wangen berührten sich, Ernas straffe, Trudes knochige Wange. Unvermutet hob die Zweimeterbraut den Kopf: hatte sie das stoßweise Kichern des Chefs gehört? Sie zog nur den Schleier fest, änderte ihren Sitz und ließ sich hintenüber sinken und lag nun rücklings auf der blanken Truhe, still und flach. Erna hatte sich erhoben, die Hand am Hirschfänger – wollte der Freischütz sein Wild annehmen? Nein, Erna setzte sich wieder, nahm Trudes Kopf in den Schoß und strich ihr über das stumpfe Haar, streichelte tröstend ihre Wangen. Sie schienen einander zu trösten, denn Trude flüsterte ihrem Freischütz zärtlich etwas zu, vielleicht bewegten sich auch nur ihre Lippen, breite, trockene Lippen, offen gehalten durch die fliehende Zahnreihe. Flesch grinste mich an und machte eine eindeutige Bewegung: wart nur ab, wart nur ab, aber es geschah noch nichts, wir erlebten einstweilen nur ihre gegenseitige

Tröstung. Der Hirschfänger baumelte an Ernas grünbestrumpftem Schenkel, die Waffe war lästig, immer wieder warf Erna sie zurück, zerrte sie hinter sich.

Dann summte Erna. Ihre Stimme, in der am Tage etwas Drohendes lag, klang jetzt weich und traurig; sie summte wahrscheinlich ein Lied von etwas Verlorenem, Unwiederbringlichem, wiegte dabei den Kopf und blickte über die flache Lange hinweg, die regungslos lag und bedeckt vom Schleier. Sie blickte über sie hinweg, erinnerte sich an etwas, unterbrach ihr Summen und hob Trudes Kopf ruckartig hoch. Erna, der Jäger, sprang auf, ging mit kleinen, energischen Schritten hin und her, die Hände auf dem Rücken; dabei stieß sie Warnungen aus, sagte »Wehe« und »Wenn du« und »Nimm dich in acht«.

Die Riesenbraut lauschte gehorsam. Sie sammelte eine Ecke des Schleiers in ihrer Hand, preßte das Gewebe zusammen, und auf einmal rutschte sie weich von der Truhe und kniete sich hin. Erna war zur Stelle. Sie nahm Trudes Gesicht in ihre Hände, betrachtete es mahnend, bog es zum Licht. Und jetzt kniete auch Erna sich hin, unmittelbar vor der Braut, schloß die Augen und deutete langsam, beinahe feierlich, auf eine ihrer straffen Wangen und wartete, und Trude schob ihr knochiges, großes Gesicht heran, zitternd, die Lippen gespitzt, da lachte der Chef. Es war ein luftarmes, explosives Lachen, das Flesch nicht weniger erschrecken ließ als mich, ein Lachen, das zu lange gestaut worden war und nun durchbrach, kräftig und unaufhaltsam, so daß ich den Chef unwillkürlich mit dem Ellenbogen anstieß. Ich erreichte nichts. Ich stand auf und blickte zu den beiden Sekretärinnen, ebenfalls lachend, und ich sah, wie die Lange in ihrer feierlichen Kußbewegung innehielt, nicht einmal sehr erschrak, sondern nur innehielt, sich leicht erhob und fortwehte vom Gang, während Erna sich hinter Kartons versteckte. Die große Braut schwebte unter gewelltem Schleier zur Wand, dorthin, wo sie eine Fensteröffnung gebrochen hatten, vierzehn Meter über der Erde. Sie stieß das Fenster auf, schwang sich auf die Betonbank – keineswegs überstürzt, eher besonnen, verhalten in ihrem Schweben – wandte sich nicht ein einziges Mal um und sprang. Wir glaubten, das Geräusch des stürzenden Körpers zu hören, das Flattern des Brautkleides – etwas anderes hörten wir nicht.

Noch am selben Abend erfuhren wir, daß die Lange Fleschs Schwester war.

1961

Der sechste Geburtstag

Alfred hatte den Vorschuß bekommen. Er hatte ihn mir nicht gleich gegeben, als er von der Arbeit kam; er hatte das Geld bei sich behalten bis zum nächsten Morgen, und da erst, als ich ihn zur Tür brachte und er mich zum Abschied küßte wie früher, gab er mir den offenen Umschlag. Ich spreizte den Umschlag mit zwei Fingern auseinander, sah rasch, daß es lauter kleine Scheine waren, wollte ihm einen Schein davon geben, doch er schüttelte lächelnd den Kopf, klopfte mit den Fingerkuppen auf seine Brusttasche, als ob er auf ein Geheimnis anspielte, auf eine geheime Barschaft. Ich wußte, daß er log, und ich wollte ihm einen Schein in die Jackentasche stecken. Er fing meine Hand ab, schob sie zurück und sagte ruhig: »Kauf ihm ein Geschenk, Maria, das schönste, das du findest. Frag ihn noch einmal, was er sich wünscht, und dann kauf es ihm. Ich lass' mir die letzten Stunden freigeben.«

Ich versprach es ihm, und ich versprach, nichts zu trinken an diesem achtzehnten April, den wir uns auserwählt hatten, um Richards sechsten Geburtstag zu feiern. Zuerst hatten wir den Geburtstag Anfang Mai feiern wollen, wenn Alfred sein Gehalt bekommen hätte, doch der Arzt meinte, je früher, desto besser, und so hatten wir Richard an einem Mittwoch damit überrascht, daß wir am Freitag seinen Geburtstag feiern wollten, und natürlich geriet der Junge außer sich, redete nur noch in Wünschen, die er wachsen und wachsen ließ, ohne einen einzigen zu verwerfen. Ich staunte manchmal darüber, woher er wußte, was alles man sich wünschen konnte, mir wären so viele Wünsche nicht eingefallen, ich komme immer in Verlegenheit, wenn ich Wünsche äußern soll.

Nachdem Alfred gegangen war, räumte ich die Wohnung auf, duschte, zog das blaue Kostüm an und ging ins Kinderzimmer, wo Jutta am Fußende von Richards Bett stand und schweigend die Bewegung von Tieren nachmachte, die sie ihn raten ließ; natürlich versuchte Jutta, ihn seine Unterlegenheit spüren zu lassen, indem sie darauf achtete, daß ihre Bewegungen nicht eindeutig, unmittelbar bezeichnend waren, weswegen es ihm auch nicht gelang, das gemeinte Tier zu nennen. Ich unterbrach ihr Spiel. Ich zog Jutta an mich, spürte ihren drängenden unwillkürlichen Widerstand, doch ich ließ sie nicht los, zog sie zum Kopfende des Bettes. Alles an ihr verriet eine unerhörte Aufmerksamkeit, eine fast feindliche Wachsamkeit, und wenn ich manchmal ihr elfjähriges Gesicht sah, erkannte ich das Alter in ihm. Ich hielt sie sehr fest und hörte Richard fragen: »Wann geht der Geburtstag los?«, und ich hörte mich antworten: »Am Nachmittag, wenn wir alle zusammen sind.« »Gut«, sagte er, »dann paß bloß auf, daß 'n rotes Tischtelephon dabei ist: das wünsch' ich mir nämlich auch noch. Wenn das nicht dabei ist, will ich auch nichts anderes.« Ich nickte und ließ alles offen, glaubte sicher zu sein, daß er die früher geäußerten Wünsche längst vergessen hatte, und ich bat Jutta, bei ihm zu bleiben, und ging, um für die Geburtstagsfeier einzukaufen.

Die Straßenbahn war überfüllt, aber ich mußte sie nehmen, denn der Bus war fort, und ein kleiner Alter mit Igelgesicht und Knopfaugen drängte mich durch den Gang nach vorn. Er sabberte und saugte an einer Zigarre, die er nie aus dem Mund nahm, paffte stoßweise kleine Wolken in meinen Nacken, drückte seine Aktentasche gegen mein Gesäß. Die Luft war warm und verbraucht. Beim Anfahren ruckte die Bahn so stark, daß die Stehenden gegeneinandergeschubst wurden, und dabei stemmte der Alte seinen Ellenbogen gegen meine Hüfte. Ich hatte Mühe, mein Gesicht vor einer Berührung mit einem feuchten, stark riechenden Federgewirr zu bewahren, das eine Frau vor mir auf ihrem Hut trug. Meine Knöchel schwollen, meine Lippen brannten. Auf einem Plakat empfahl ein genußerfahrener Kahlkopf die Vorzüge einer Matratze. Ich sah auf meine Hand hinab, sah, daß sie zitterte, und wußte, warum ich dieser Fahrt sowenig gewachsen war; mit einem einzigen Schluck hätte ich sie leichter ertragen.

Ich stieg nicht vorzeitig aus, fuhr durch bis zum Hauptbahnhof und verließ dort die Straßenbahn und prüfte mein Gesicht im Spiegel eines Pfefferminzautomaten, flüchtig, nicht unzufrieden, da flogen Sandspritzer gegen meine Beine, gelber, ganz und gar künstlich anmutender Sand, den ein junger Arbeiter geworfen hatte. Der Junge lag auf den Knien in seiner schwarzen Manchesterhose, er verlegte dort Platten, zementfarbene Rhomboide, die er behutsam festklopfte. Er lächelte mir zu, schnell und gemein, und fuhr augenblicklich in seiner Arbeit fort.

Ich ging zu den großen Kaufhäusern hinüber, sah mich auf mich selbst zukommen in der Schaufensterscheibe und mußte die Augen schließen in dem Strom von warmer Luft, der aus dem Eingang der WUKA herausdrang. Ein festlich gekleideter, scharf gekämmter Mann trat auf mich zu, ich verstand kaum ein Wort, blickte nur auf seine belegte Zunge: er wies mir den Weg zur Spielwarenabteilung. Er hielt mir die Tür zum Lift auf, der mich in den dritten Stock brachte, in dem die Stimmen, die Schritte und Bewegungen mich weniger verwirrten, erträglicher waren. Das Licht bildete glänzende Lachen auf dem Fußboden des sehr großen Raumes. Eine Verkäuferin schritt langsam auf mich zu, musterte mich herablassend.

»Bitte?« fragte sie in einem Ton, als sei mein Besuch ihr lästig, und ich sagte: »Ich weiß noch nicht. Darf ich mich mal umsehn?« – Mit einem hochmütigen Nicken teilte sie mir ihr Einverständnis mit und schritt würdevoll zu ihrer Kollegin zurück. Sie schenkte mir keinen Blick, als ich an den Ständern mit Bällen vorbeiging, weiter zur Puppenabteilung und zu den Regalen mit Stofftieren. Achtzig Mark lagen in dem weißen Umschlag, ich war entschlossen, sie auszugeben, und ich wußte, daß dies in Alfreds Sinne war.

Die erste Schwäche trat in dem Augenblick auf, als ich die Sheriff-Uniform sah, den Pistolengurt, die ärmellose Jacke und den goldenen Stern; es war die Uniform, die er sich gewünscht hatte, doch ich sah ihn darin keine Viehdiebe zuhauf treiben oder schulpflichtige Bankräuber durch das Treppenhaus verfolgen, vielmehr sah ich Richard in der Uniform im Bett liegen, ein sehr leichter, regloser und sehr apathischer Sheriff, so geschwächt durch die Leukämie, daß er nicht einmal die Pistole halten konnte. Ich kaufte die Uniform nicht. Ich hielt mich an der Tonbank fest und kaufte sie nicht.

Die Verkäuferin beobachtete mich jetzt. Ich bat sie herüber, ließ mir ein Xylophon zeigen mit goldenen und silbernen Scheiben, fragte, nur um etwas zu fragen, ob man das Instrument einem sechsjährigen Jungen schenken könnte, der seinem Alter voraus sei, worauf die Verkäuferin mir wortlos die Klöpfel gab und mich aufforderte, den Klang auszuprobieren. Ich ließ die Klöpfel auf die Scheiben fallen, lauschte der schwebenden Heiterkeit der Töne, und konnte mich nicht zum Kauf entschließen. Die Verkäuferin zeigte mir lustlos einen Modellbaukasten, der Richard angeleitet hätte, ein Schiff, den ersten atomgetriebenen Frachter der Welt, auszuschneiden, maßstabgerecht zu leimen, und wieder wagte ich nicht den Kauf: ich sah das zusammengeleimte Pappmodell in seinem Zimmer stehen, sinnlos und ohne Eigentümer, nur eine zusätzliche Erinnerung, und so winkte ich ab.

Ich wußte, unter welchen Umständen mir ein Kauf leichter gefallen wäre. Die Schwäche kehrte wieder, eine kleine unbestimmte Übelkeit. Meine Haut sträubte sich gegen etwas oder verlangte etwas. Ich spürte ein wohlvertrautes Schwindelgefühl. Ungeduldig wandte die Verkäuferin sich ab, und ich blickte zur Galerie der Stofftiere, und auf einmal hatte ich tatsächlich den Eindruck, als duckten sie sich, kauerten sich zusammen aus Furcht, von mir gekauft zu werden.

Plötzlich fragte die Verkäuferin: »Wie wär's mit einer Eisenbahn? Davon wurde noch kein Junge enttäuscht.« »Er hat sie sich sogar gewünscht«, sagte ich, und das zurechtweisende Lächeln der Verkäuferin besagte: Warum-denn-nicht-gleich-so? Sie führte mich zu einer Tischplatte, auf der eine Eisenbahn montiert war, drückte gleichgültig auf einen Knopf, und darauf setzten sich Züge in Bewegung, Signale schnellten hoch, kleine Birnen flammten auf, doch da hatte ich schon das Interesse verloren: die Bahn kostete über zweihundert Mark. Und ich dachte daran, daß in einem halben oder einem dreiviertel Jahr, wenn geschehen wäre, was der Arzt vorausgesagt hatte, die ganze Apparatur in eine Kiste und auf den Boden wandern würde, in eine endgültige Dämmerung, in ein ungestörtes Vergessen. Ein billigeres Modell, das nur zweiundsiebzig Mark kosten sollte, wollte ich nicht kaufen, ich weiß nicht mehr, warum.

Ich dachte an Richard, an die Arglosigkeit, mit der er darauf eingegangen war, seinen Geburtstag, der auf den zweiten September fiel, am achtzehnten April zu feiern; kein Zögern, kein Bedenken, kein Mißtrauen waren auf seiner Seite gewesen, im Gegenteil; als wir sagten, Freitag hast du Geburtstag, da rechnete er so mit planlosem Eifer an seinen Fingern, blickte auf und nickte, als müsse er das Datum bestätigen. Nur Jutta war eingeweiht; wir hatten ihr nicht gesagt, warum wir den Geburtstag um Monate vorverlegt hatten, wir hatten ihr nur zu erkennen gegeben, daß es sehr notwendig sei, und sie war bereit, zu schweigen und mitzuspielen.

Auf einmal erschien es mir zweifelhaft, ob ich mich überhaupt für einen Kauf würde entscheiden können, und ich erwog, Alfred in seinem Übersetzerbüro anzurufen und ihn zu bitten, herüberzukommen. Die Uniformen, Musikinstrumente, Modellbaukästen und Eisenbahnen – sie kamen mir als Geschenk ungeeignet vor, sinnlos, nicht dem Zustand des Jungen angemessen. Etwas hinderte mich daran, zu kaufen, was Richard sich selbst gewünscht hatte, ein Gefühl, ein jäher Argwohn, wir könnten uns bloßstellen mit einem ungeeigneten Geschenk. Da Alfred sich den Nachmittag freinehmen wollte, gab ich den Plan wieder auf, ihn jetzt herüberzubitten, und ich ging an den Ständern und Regalen entlang, prüfte, verwarf, erwog und verwarf abermals, bis ich in einem Holzkasten das rote Tischtelephon entdeckte. Ich kaufte es, ohne nach dem Preis zu fragen, zum Telephon gehörte eine fünf Meter lange, rotweiß geflochtene Schnur, es lief über Batterien, und man konnte wirklich mit ihm von Zimmer zu Zimmer telephonieren. Es kostete zweiundvierzig Mark.

Ich spürte eine unerwartete Erleichterung, nun, nachdem ich das erste Geschenk, das wichtigste Geschenk, besorgt hatte. Die schmerzhafte Spannung ließ nach, die Empfindlichkeit meiner Haut, und es gelang mir mühelos, ein Zeichenbuch, einen Farbkasten und ein Spiel – ›Der kleine Bergsteiger‹ – auszuwählen. Während die Geschenke eingepackt wurden, bezahlte ich und behielt zwölf Mark zurück und beschloß, einen Kaffee zu trinken, bevor ich nach Hause fuhr.

Im achten Stock hat die WUKA ein Restaurant, ich fuhr mit dem Lift hinauf, wunderte mich, wie gut das Restaurant schon am Vormittag besucht war, wie viele Leute schon am Vormittag warme Mahlzeiten aßen. Ich fand nur noch einen leeren Tisch in der Mitte, setzte mich und wartete auf den Kellner, indem ich die Getränkekarte las, las bis zu dem Augenblick, in dem ich mich dringend beobachtet fühlte. Was war denn geschehen, was wollten sie alle von mir? Wodurch erregte ich ihr Interesse? Alle an den Nebentischen, kleine untersetzte Frauen, alte Männer, selbst Kinder musterten mich, nicht lächelnd oder beiläufig, sondern befremdet fast, mit interessiertem Befremden. Ich konnte ihr Interesse weder erklären noch zurückweisen, ich mußte schlucken, mein Gesicht brannte. Da kam der Kellner, und ich hörte mich sagen: »Kaffee-Kognak«, hörte ihn diese Worte gleichgültig wiederholen, und ich hob die Tasche mit den Geschenken auf meinen Schoß, machte mich sinnlos, für die andern unerkennbar, an den Päckchen zu schaffen.

Die Blicke wurden noch strenger, das Interesse noch fordernder, als der Kellner mir auf einem Kunststoff-Tablett Kaffee, Kognak servierte: was wollten sie nur von mir? Meine Hand bewegte sich zur Tasse, sie zitterte, doch ich konnte die Bewegung nicht widerrufen. In kurzen Schlucken trank ich von dem heißen Kaffee, setzte die Tasse ab, sah auf das Kognakglas, auf dessen Rand die leicht schwappende Flüssigkeit eine Spur hinterlassen hatte wie von langsamen, öligen Tropfen. Ich berührte das Glas nicht.

Ich zahlte und ging; fuhr mit dem Lift hinab, prüfte in einem beschrifteten Spiegel mein Gesicht und fand keinen Grund für die Aufmerksamkeit, die ich hervorgerufen hatte. Im Bus, der mich nach Hause brachte, nahm niemand Notiz von mir, und auch Jutta, die mich bei meiner Rückkehr mit ihrer stumm befragenden Skepsis empfing, fiel nichts an mir auf. Sie nahm mir die Tasche ab, verschwand damit in der Küche, wo gleich darauf Papier knisterte, woher ein unterdrückter Ausruf zu hören war und besagte, daß sie dabei war, die Geschenke für Richard auszupacken. Sie war mit den Geschenken einverstanden. Sie gefielen ihr so sehr, daß sie mich bat, ihr zum Geburtstag die gleichen Dinge zu schenken, einschließlich des Würfelspiels ›Der kleine Bergsteiger‹.

Ich versprach es ihr, und dann bereiteten wir gemeinsam das Essen vor.

Alfred kam pünktlich. Er hatte etwas von sich aus gekauft, eine Taschenlampe mit Gummikanten, die Jutta sogleich zu den andern Geschenken legte. Er küßte mich an der Tür, so wie früher. Er schien mir anzusehen, daß ich mein Versprechen gehalten hatte, jedenfalls unterließ er es, sich zu vergewissern. Vieles an seiner Art und an seiner Haltung erinnerte mich an früher, half mir in vieler Hinsicht, um diesem Tag, diesem sechsten Geburtstag gewachsen zu sein.

Nach dem Essen zog Richard sich an und wurde aus dem Kinderzimmer verbannt. Alfred war bei ihm, während ich mit Jutta die Vorbereitungen zur Feier traf: wir machten aus der Lampe einen Lampion, zogen Konfettischlangen durch das Zimmer, deckten den Tisch und legten einen Halbbogen aus Blumenköpfen dort, wo Richard sitzen würde. Jutta stand viel herum und beobachtete mich bei den Vorbereitungen, und auf einmal sagte sie: »Vielleicht freut er sich gar nicht.« »Warum«, sagte ich, »warum soll er sich nicht freuen?« »Wenn er merkt, daß heute gar kein Geburtstag ist.« »Er hat selbst nachgerechnet«, sagte ich, »und deshalb wird er nichts dagegen haben.« »Aber der Tag stimmt nicht«, sagte sie, »eigentlich muß er noch warten bis zum September.« »Er kann nicht warten«, sagte ich. »Und wir?« fragte sie. »Wir tun, was er sich gewünscht hat«, sagte ich, »wir feiern seinen Geburtstag.«

Ich merkte, daß Jutta mit unserer Entscheidung nicht einverstanden war, daß sie einen Vorbehalt machte und sich am liebsten geweigert hätte mitzufeiern, nicht weil es ihr schwerfiel, Richard diesen Tag zuzugestehen, als vielmehr deshalb, weil wir diesen Tag nicht an seinem ordentlichen Datum feiern wollten. Ich mußte sie bitten, mußte sie sogar verwarnen, in unserem Sinne mitzuspielen. Danach spürte ich solch ein Schwindelgefühl, daß ich ins Badezimmer ging, Wasser über meine Handgelenke laufen ließ. Ich versicherte mich, daß mein heimlicher Vorrat noch in seinem Versteck war, rührte jedoch nichts an.

Bevor die Feier begann, steckte Jutta die Kerzen an, und wir holten Richard und Alfred herüber, und Alfred mußte vor unseren Augen, unter dem Gelächter des Jungen, zunächst eine Blume essen, weil er eine Wette verloren hatte. Er aß sie unter fröhlichen Krümmungen und Verrenkungen. Richard klatschte dazu. Dann gab es die Geschenke, das heißt, wir führten Richard zu einem Stuhl, und er fetzte das Papier nur so herunter, sagte kein Wort, sah sich nicht um, arbeitete hastig und verbissen, hielt sich mit keinem Geschenk, das er ausgewickelt hatte, auf, sondern nahm gleich das nächste Päckchen zur Hand. Mit zufriedenem Nicken legte er die Geschenke auf den Fußboden, schnell, aber nicht achtlos, und zuletzt packte er das rote Tischtelephon aus: jetzt sah er sich zum ersten Mal um. Er setzte sich auf den Boden, hob den Hörer ans Ohr, lauschte, winkte uns, ganz still zu sein, verzog sein Gesicht, lächelte und sagte: »Ich höre ihn. Ich höre ihn genau.« »Was sagt er denn?« fragte Alfred. »Es geht ihm gut«, sagte Richard.

Alfred bückte sich, nahm den Hörer, lauschte und sagte: »Er meint, wir sollten jetzt den Geburtstagskuchen probieren; er will sich erst wieder melden, wenn wir gegessen haben«, worauf Richard nur einmal kurz lauschte und die Auskunft bestätigte. »Ich möchte ihn auch einmal hören«, sagte Jutta. »Jetzt nicht«, sagte Richard, »er ist fort. Jetzt sagt er nichts.« Mit einer unduldsamen Bewegung verbot er ihr, den Hörer aufzunehmen, und wir setzten uns an den Tisch, aßen Apfelkuchen und tranken Kaffee, und Alfred zwinkerte mir zu wie einst. »Ich werde die Schnur verlegen«, sagte er, »ich ziehe sie von hier bis zur Küche, und dann werden wir sprechen.« »Nicht nötig«, sagte Richard, »ich höre ihn auch so. Ich hör ganz genau, was er sagt.« »Du kannst gar nichts hören«, sagte Jutta, »denn zuerst muß das Telephon angeschlossen werden. Und es muß jemand mit dir sprechen.« »Mit mir hat jemand gesprochen«, sagte Richard, »er hat gesagt, es geht ihm gut.« Eine heimliche Erregung ergriff ihn, er weigerte sich zu essen, wartete widerwillig, bis wir fertig waren und er zu seinem Telephon zurückkehren konnte.

Alfred und er verlegten sodann die rotweiße Schnur, sie reichte über den Korridor in die Küche, und wir hatten keine Möglichkeit, das Geschirr hinauszutragen: wir durften uns nicht bewegen, durften nicht sprechen, als die Verbindung erprobt wurde. Beide Türen wurden geschlossen, die Telephonierenden lagen auf dem Fußboden in der Küche und im Kinderzimmer, und die Lautstärke, in der sie sich verständigten, hätte ausgereicht, vier Türen zu überwinden. Lächelnd gab Alfred mir den Hörer, blieb neben mir hocken, und während ich mich bei Richard brüllend erkundigte, wie das Wetter bei ihm sei, stützte Alfred mich und hielt mich fest. Da war wieder der Druck auf dem Magen, ich ließ ihn weitersprechen, erhob mich, ging hinaus auf den Korridor und öffnete behutsam die Tür zum Kinderzimmer, öffnete sie nur, ging aber nicht hinein, sondern lehnte mich aufgerichtet gegen die Wand. »Ich auch einmal«, sagte Jutta, »bitte, laß mich auch einmal.« Richard antwortete nicht, und ich hörte Jutta drängen: »Bitte, Richard, jetzt bin ich dran. Du darfst auch mit meinen Sachen ...« »Weg«, sagte Richard, »laß mich.« »Gut«, sagte Jutta, »dann sag' ich dir, was du nicht weißt: du hast heute gar nicht Geburtstag! Es stimmt nicht, es stimmt nicht: dein Geburtstag ist im September.« Ich ging nicht zu ihnen hinein, wartete auch nicht auf Richards Antwort, die Übelkeit wurde so groß, daß ich ins Badezimmer ging, nicht einmal abschloß, sondern einfach nur einen Schluck nahm und die Flasche sofort wieder wegstellte und auf den Korridor trat, wo ich Richard brüllen hörte, begeistert, dem Spiel hingegeben. Ich wischte mir die Lippen ab, zündete eine Zigarette an, als Alfred lächelnd aus der Küche kam, auf Zehenspitzen zu mir, dann etwas flüstern wollte und es nicht tat, sondern einfach an mir vorbeiging, als hätte er mich gar nicht dort stehen sehen.

1964

Die Augenbinde

Der Korrektor unterbrach das Spiel. Er schob die Karten zusammen, warf sie auf den Fenstertisch und wischte sich langsam über die Augen, hob dann sein Gesicht und blickte durch das Abteilfenster in die Dunkelheit draußen. Das war erst Wandsbek, sagte einer der beiden anderen, worauf der Korrektor die Karten wieder aufnahm, sie mit dem Daumen zum Fächer auseinanderdrückte und schweigend ausspielte. Nach zwei Stichen, die er abgeben mußte, schob er abermals die Karten zusammen, ließ sie leicht klatschend gegen das Fenster fallen und sagte: Es steht in keinem Buch, ich hab' überall nachgeschlagen. Du bist am Ausspielen, sagte einer der beiden anderen, ein alter Mann mit Stahlbrille. Es war einfach nicht zu finden, sagte der Korrektor. Fang nicht wieder an, sagte der Mann mit der Stahlbrille, ich hab's grad vergessen. Also spielen wir oder spielen wir nicht, sagte der Rothaarige.

Sie spielten weiter. Sie spielten schweigend wie an jedem Abend, wenn sie im letzten Vorortzug saßen, der Hamburg verließ, jeder erfüllt von seiner Müdigkeit und dem Wunsch, auf der Heimfahrt nicht sich selbst überlassen zu sein. Zwanzig oder sogar dreißig Jahre hatten sie sich so nach Hause gespielt, nicht gleichgültig, aber auch nicht erregt, drei Männer aus der geduldigen Gemeinschaft der Pendler, die sich beinahe zwangsläufig gefunden hatten und die sich nun in einer Art instinktivem Einverständnis immer wieder fanden, immer im vorletzten Abteil, das sie mit knappem Gruß betraten und auch wieder verließen.

Sie spielten lautlos, keinem schien daran gelegen, auch nur ein einziges Wort über Gewinn oder Verlust zu verlieren, und dann war es wieder der Korrektor, der das Spiel unterbrach. Man muß es doch herausbekommen, sagte er, man muß doch wohl erfahren können, wie sich Tekhila schreibt.

Ich gebe, sagte der Rothaarige.

Warum mußt du das wissen, sagte der Mann mit der Stahlbrille. Manches möchte man herausbekommen, sagte der Korrektor. Wozu?

Man sollte nicht alles lassen, wie es ist.

Heb ab, sagte der Rothaarige und verteilte.

Morgen erscheint die Sache, sagte der Korrektor. Tekhila wird viermal genannt in der Geschichte, und jedesmal wird es anders geschrieben.

Ich höre, sagte der Rothaarige.

Ist das ein Dorf, fragte der Mann mit der Stahlbrille und steckte seine Karten zusammen. Tekhila heißt ein Dorf in einer Geschichte, sagte der Korrektor.

Wer hat mehr als zwanzig? fragte der Rothaarige.

Sie sahen in ihre Karten, keiner konnte mehr als zwanzig entdecken, und dem Rothaarigen gehörte das Spiel. Der Regen sprühte gegen das Abteilfenster. Der Zug fuhr langsamer jetzt, bremste neben einem leeren, schlecht beleuchteten Bahnsteig; sie hörten Türen zufallen und dann hastige Schritte auf Steinfliesen. Als der Zug wieder anfuhr, war der Korrektor an der Reihe zu geben, und der Mann mit der Stahlbrille fragte: Warum ausgerechnet Tekhila?

Ich weiß nicht, sagte der Korrektor und hob das graue, unrasierte Gesicht.

Kennst du Tekhila?

Nein.

Zieht's dich dorthin?

Nein.

Was also?

Sie sind blind, sagte der Korrektor, in Tekhila sind alle blind: sie werden blind geboren und wachsen heran und heiraten und sterben blind. Es ist eine alte arabische Augenkrankheit.

Spielt die Geschichte in Marokko, fragte der Mann mit der Stahlbrille. Nein, sagte der Korrektor, ich weiß nicht. Er ließ seine Karten achtlos auf dem Fenstertisch liegen und wischte sich über die Augen, während die anderen ihr Blatt betrachteten und es gleichzeitig zusammenschoben, resigniert, abwinkend.

Der dicke Hund ist bei dir, sagte der Rothaarige.

Sie heißt »Die Augenbinde«, sagte der Korrektor.

Wer?

Die Geschichte, die Geschichte da in Tekhila. Es ist eine alte lederne Augenbinde, die der Bürgermeister aufbewahrt.

Für wen, fragte der Mann mit der Stahlbrille und legte seine Karten ebenfalls auf den Fenstertisch. Ich weiß nicht, sagte der Korrektor, vielleicht für jeden in Tekhila. Es ist ein kleines Dorf auf einer Ebene, wenig Schatten, ein Fluß mit lehmtrübem Wasser geht da vorbei, und die Leute, die blinden Einwohner von Tekhila, arbeiten auf ihren Feldern.

Beginnt so die Geschichte, fragte der Mann mit der Stahlbrille.

Nein, sagte der Korrektor, die Geschichte beginnt anders. Sie beginnt im Haus des Bürgermeisters. Der Bürgermeister nimmt eine lederne Augenbinde vom Haken. Es ist dunkles, fleckiges Leder und staubig, und der Bürgermeister wischt die Binde an seiner Hose sauber. Er poliert sie mit seinen Fingerspitzen, und dann verläßt er das Haus. Vor seinem Haus sitzt ein Korbflechter bei der Arbeit. Der Bürgermeister hält ihm die Augenbinde hin, läßt ihn das kühle Leder betasten; der Korbflechter springt erschrocken auf und folgt dem Bürgermeister, sie gehen gemeinsam über den Platz und die krustige Straße hinab zu den Feldern, und überall, wo sie einem Mann begegnen, bleiben sie stehen, der Bürgermeister hält ihm stumm die lederne Augenbinde hin, läßt ihn erschrecken.

Und jeder folgt ihm, sagte der Rothaarige.

Ja, jeder, der die Augenbinde betastet, erschrickt und folgt dem Bürgermeister, sagte der Korrektor. Sie unterbrechen ihre Arbeit oder ihr Nichtstun. Sie fragen nicht. Sie folgen ihm einfach, und der Bürgermeister selbst sagt kein einziges Wort, während er die Männer von Tekhila sammelt oder auf sich verpflichtet, indem er ihnen die Augenbinde hinhält, und zuletzt hat er alle Männer des Dorfes hinter sich.

Und so beginnt die Geschichte, fragte der Mann mit der Stahlbrille. So ähnlich, sagte der Korrektor, morgen steht sie in unserem Blatt. Morgen kannst du sie nachlesen. Tekhila wird viermal genannt und jedesmal anders geschrieben.

Und der Kerl mit der Augenbinde, fragte der Rothaarige. Wer?

Der Bürgermeister und alle, die er hinter sich hat – wo ziehen die hin?

Zur Schule, sagte der Korrektor. Es ist Mittag, ich glaube, Mittag, und sie ziehen schweigend zur Schule und umstellen das Gebäude. Sie fassen sich bei den Händen und bilden einen Ring. Sie stehen lauschend da, sie erproben hier und da die Festigkeit des Ringes. Ihre Bereitschaft, ihre stumme Verständigung, die Schnelligkeit, mit der sie das Schulgebäude umstellen – alles scheint darauf hinzudeuten, daß dies nicht zum ersten Mal geschieht. Ruhig stehen sie in der Sonne, und dann löst sich der Bürgermeister aus dem Ring und geht auf das Gebäude zu. Er klopft. Der blinde Lehrer von Tekhila öffnet, und der Bürgermeister läßt ihn die lederne Augenbinde betasten. Der Lehrer bittet ihn ins Haus. Er weiß, daß das Haus umstellt ist. Er fragt: »Wer?«, und der Bürgermeister sagt: »Dein Sohn«. Der Lehrer sagt: »Das glaubt ihr doch selbst nicht«, und der Bürgermeister darauf: »Wir haben Beweise.« Sie reden leise auf dem Flur, einer versucht den anderen zu überzeugen oder zu überlisten. Der Bürgermeister verlangt den Sohn des Lehrers zu sprechen. Der Lehrer bietet unaufhörlich Garantien für seinen Sohn an.

Was hat er angestellt, der Sohn, fragte der Mann mit der Stahlbrille.

Mir kannst du dieses Nest schenken, sagte der Rothaarige.

Während die beiden reden, sagte der Korrektor, erscheint der Sohn plötzlich, nein, er ist schon da, er steht oben und hört den Männern zu, und auf einmal sagt er zu seinem Vater: »Es stimmt. Du weißt es nicht, aber es ist geschehen. Seit dem Unglück damals, als unser Boot kenterte und wir gegen die Felsen trieben – seit diesem Tag kann ich sehen.«

Steht das so in der Geschichte, fragte der Mann mit der Stahlbrille.

Nein, sagte der Korrektor, aber so ähnlich oder vielleicht doch so. Beide Männer befehlen dem Sohn herabzukommen; er weigert sich, er bleibt oben auf der Treppe stehen, und da er zu wissen scheint, was ihn erwartet, sagt er zum Bürgermeister: »Ja, ich kann seit acht Wochen sehen, damit ihr das nur wißt, und seit acht Wochen kenne ich Tekhila.« Er fordert sie auf, zu ihm heraufzukommen. Er lädt sie höhnisch ein, ihn zu fangen. Der Lehrer bespricht sich leise mit dem Bürgermeister, und dann steigen beide zum Jungen hinauf, der mühelos vor ihnen flieht und der, während er flieht, ihnen ein Angebot macht.

Was für ein Angebot, fragte der Rothaarige.

Morgen könnt ihr's nachlesen, sagte der Korrektor. Der Junge will ihnen die Möglichkeiten von Tekhila zeigen, er will ihnen helfen, noch mehr herauszuholen für sich. Vor ihnen zurückweichend, erzählt er, was er in acht Wochen entdeckt hat.

Und das interessiert sie nicht, sagte der Rothaarige.
Sie verstehen ihn nicht, sagte der Korrektor.
Das ist einzusehen, sagte der Rothaarige und ließ seine Karten schnurrend über den Daumen laufen.

Jedenfalls treiben sie den Jungen nach oben, sagte der Korrektor, er flieht gemächlich vor ihnen her, und sie folgen ihm schweigend und dicht nebeneinander; sie treiben oder drücken ihn vor sich her, der Junge öffnet das Bodenfenster – nein, das ist unwahrscheinlich: er öffnet ein Fenster, klettert hinaus, hängt mit gestrecktem Körper da und läßt sich dann fallen. Der Fall, der Aufschlag wird von den anderen gehört, sie scheinen darauf gewartet zu haben. Sie nehmen sich sehr fest bei den Händen. Sie rücken zusammen. Wie sie da stehen! Mit lauschenden Gesichtern, gekrümmt, einen Fuß vorgestemmt, als müßten sie einen Ansturm auffangen. So stehen sie da, während der Junge sich mit schmerzendem Knöchel erhebt. Er entdeckt den Ring, der ihn und das Haus umgibt. Er blickt den Kreis der lauschenden Gesichter entlang, sucht sich zu erinnern: wie heißt der, wer ist dieser, wo ist die schwächste Stelle. Dann duckt er sich, läuft an, sie hören ihn kommen und verstärken unwillkürlich den Griff. Der Junge wirft sich gegen den Ring. Der Ring gibt nach und fängt ihn auf und umschließt ihn, er steckt drin wie ein Fisch in der Reuse. Sie nehmen ihn in ihre Mitte, halten ihn fest, bis der Bürgermeister dazukommt.

Mit der ledernen Augenbinde, sagte der Mann mit der Stahlbrille.

Mit der Augenbinde, sagte der Korrektor. Aber sie legen ihm die Augenbinde noch nicht an; sie führen oder schleppen ihn durchs Dorf, durch Tekhila. Sie zögern nicht. Sie wissen, was geschieht. Alles kommt dir vor wie eine Wiederholung. Jedenfalls bringen sie ihn raus zu dem alten Schöpfwerk draußen vor den Feldern.

Da beraten sie, sagte der Rothaarige.

Nein, sagte der Korrektor, sie beraten nicht. In der Geschichte beraten sie überhaupt nicht. Der Bürgermeister ruft nur einen Mann auf. Es ist ein Mann, von dem du sofort weißt, der hat einschlägige Erfahrungen. Dieser Mann hat eine gedrehte Schnur in der Tasche. Er bindet den Jungen am Balken des Schöpfrades fest; dann legt er ihm die lederne Augenbinde an, und während er das tut, merkst du, daß sie das gleiche mit ihm selbst gemacht haben, vor langer Zeit.

Steht der Junge allein am Balken, fragte der Mann mit der Stahlbrille.

Ein Maultier, sagte der Korrektor, am anderen Ende des Balkens ist ein Maultier festgebunden. Die Männer von Tekhila warten, bis alles getan ist. Das Maultier zieht an, der Junge geht mit, Runde für Runde.

Wie lange, fragte der Rothaarige, wie lange wird er die Augenbinde tragen?

Solange es nötig ist, sagte der Korrektor.

Vielleicht müssen sie es so machen in Tekhila, sagte der Mann mit der Stahlbrille.

Ja, sagte der Korrektor, vielleicht müssen sie es.

Ich werd' es nachlesen.

Viermal wird Tekhila genannt, und jedesmal schreibt es sich anders.

Das sieht dem Nest ähnlich.

Ja, das sieht ihm ähnlich; ich hab' überall nachgeschlagen, ich konnte nichts finden.

Überhaupt nichts, fragte der Mann mit der Stahlbrille.

Doch, sagte der Korrektor, ein paar Namen, die sich so ähnlich anhören wie Tekhila.

Der Rothaarige steckte die Karten ein, blickte durchs Abteilfenster und nahm seine Aktentasche aus dem Gepäcknetz. Es lohnt sich wohl nicht mehr, zu geben, sagte er.

Nein, sagte der Korrektor, es lohnt nicht mehr.

1966

Die Mannschaft

Für Heinz Perleberg

Wie wir davonzogen im Rückspiel: zwei zu null, dann fünf zu zwei, und schließlich sieben zu drei bei Halbzeit; da schien alles schon gelaufen, alles entschieden und erreicht zu sein, und wir gingen mit dem Gefühl in die Kabinen, daß das Hinspiel in Bodelsbach, das wir mit einem Tor Unterschied verloren hatten, keine Erinnerung mehr wert war, jedenfalls keinen zu belasten brauchte; und welch einen Anteil ich daran hatte, ließen sie mich in der Halbzeit spüren, als sie mir zunickten, über den Hinterkopf wischten oder im Vorbeigehen anerkennend auf den Rücken klatschten; sogar Plessen, unser wortkarger Trainer, nickte mir zu. Offenbar beglückwünschte er sich selbst dazu, daß er mich nach langer Zeit – und vielleicht nur, weil es um die Teilnahme am Europa-Pokal ging – wieder aufgestellt hatte.

Keiner von uns bedauerte, daß für das Rückspiel gegen Bodelsbach Klaus Körner aufgestellt wurde, jedenfalls bis zur Halbzeit nicht, denn daß wir mit sieben zu drei führten, hatten wir nicht zuletzt seinem Spiel und den vier Toren zu verdanken, die er mit seinen Fallwürfen erzielte; und als wir in die Kabinen gingen, dachte niemand mehr an die Behutsamkeit, mit der Plessen uns darauf vorbereitet hatte, daß er für dies entscheidende Spiel Klaus Körner aufstellen wollte, ihn, der achtzehnmal in der Ländermannschaft gespielt hatte, der unser bester Mann war und den Plessen dennoch monatelang pausieren ließ, einfach weil Klaus unberechenbar war und für sich mehr beanspruchte als jeder andere Spieler in der Mannschaft.

Wir hätten das Hinspiel nicht zu verlieren brauchen, wenn sie mich schon damals aufgestellt hätten in Bodelsbach, in diesem entlegenen Nest mit sechs-, allenfalls siebenhundert Einwohnern, die nur für ihre berühmte Vierfruchtmarmelade und ihre zumindest hierzulande nicht weniger berühmte Handballmannschaft zu leben scheinen – wenn die ein Heimspiel bestreiten, lassen sich vor Begeisterung sogar die Kranken an den Spielfeldrand tragen, und ihre zahlreichen Kinderwagen segeln ausnahmslos unter den grünweißen Vereinswimpeln von Bodelsbach – doch diese Mannschaft, die so viele Favoriten auflaufen ließ, hat ihre erkennbaren Schwächen, und Günther Plessen gab mir zu, daß wir es nicht verstanden, diese Schwächen auszunutzen, und daß wir schon das Hinspiel gewonnen hätten, wenn ich dabeigewesen wäre.

Auch wenn keiner von uns zunächst bedauert hatte, daß Klaus Körner für das Rückspiel aufgestellt wurde – bei einigen von uns löste diese Entscheidung zwangsläufige Erinnerungen an alte Spiele aus – München, Lyon, vor allem Zagreb –, Erinnerungen an einen eigensinnigen und unaufhaltsamen Mitspieler, dessen Begeisterung ansteckend wirkte, solange die Chancen gleich verteilt waren, der aber dann, wenn wir im Rückstand oder sogar im hoffnungslosen Rückstand lagen, alle Abmachungen verletzte, sich zu unbeherrschten Aktionen verleiten ließ und so schroff gegen die Regeln verstieß, daß sie ihn mehrmals hinausstellten.

Wir hätten zur Halbzeit noch höher führen können als sieben zu drei, aber ich hatte Plessen versprochen, nicht das ganze Spiel über mich laufen zu lassen, ich sollte vor allem Hartwig einsetzen, ihn, der den Senkwurf aus spitzem Winkel beherrscht wie kein anderer, doch aus Bescheidenheit oder Solidarität zu lange zögert; und es gelang mir auch, ihn so anzuspielen, daß er zwei musterhafte Tore warf: schräg stieg der Ball über den herausgelaufenen Torwart, schien in der Luft zu stoppen und senkte sich so sanft und berechnet ins Netz, daß sogar der Bodelsbacher Torwart klatschte, während Hartwig auf mich zulief und danke, Klaus, sagte, danke, und gleich verlegen unter dem Beifall der Zuschauer zurücklief.

Als Plessen uns in der Pause um sich versammelte, war keiner so erschöpft wie Klaus Körner, der sich gleich auf die Bank unter den Kleiderhaken fallen ließ und das Sprudelwasser nicht dazu benutzte, seinen Mund auszuspülen, sondern die ganze Flasche austrank, ohne abzusetzen, und kaum zuhörte, was Plessen uns an taktischen Ermahnungen mitzugeben hatte. Obwohl er vier Tore geworfen hatte, schien es ihm an Training, in jedem Fall an Kondition zu fehlen, er pumpte und pumpte, wandte sein schweißglänzendes Gesicht dem geöffneten Fenster zu, wobei er die Beine wegspreizte und die Schultern zurückbog, und wer ihn so sah, fragte sich unwillkürlich, ob Klaus die zweite Halbzeit würde durchhalten können. Wirst du durchhalten, fragte ihn Plessen, bevor wir auf das Spielfeld zurückkehrten, und er darauf, lässig aufwachsend aus seiner Bankecke, ein Athlet, den sie für alles hätten werben lassen können: Klar, Günther, was denn sonst.

Wie deutlich ihre Sorge aufstieg, wie ihre Aufmerksamkeit für mich wuchs, das bekam ich schon zu spüren, als ich mich bei der Lagebesprechung auf die Bank setzte und mein Trikot, das schwarz war vor Schweiß – aber wann wäre es anders gewesen –, nicht gegen das frische tauschen wollte, das Hartwig mir hinhielt. Ihre skeptischen, abfragenden Blicke streiften mich, als ich dort saß – auf nichts weiter aus, als mich zu entspannen, zu lockern; doch da ich so lange weder mit der Mannschaft trainiert noch gespielt hatte, glaubten sie wohl, mir ihre Anteilnahme zeigen zu müssen oder doch ihre Besorgnis. Und als wir dann zurückkehrten auf das Spielfeld, stupsten, beklopften, ermunterten sie mich durch schnelle Berührungen, und auf ihren Gesichtern erkannte ich nicht nur das Einverständnis mit meinem bisherigen Spiel, sondern auch die Bereitschaft, über alles hinwegzusehn, was in einigen vergangenen Spielen geschehen sein mochte; ja, und ich spürte auch ihre Freude, daß ich wieder dabei war, und den Wunsch, mich bei den Begegnungen um den Europa-Pokal wieder dabeizuhaben.

Beifall empfing uns, als wir zur zweiten Halbzeit erschienen; den stärksten Beifall erhielt Klaus Körner, als er die ausverkaufte Halle betrat; es war eine neue Halle, die mit dem Spiel gegen Bodelsbach eingeweiht wurde, und unter den mehr als zweitausend Zuschauern waren einige hundert, die hinter unserm Tor Sprechchöre bildeten und Bodelsbach anfeuerten. Es hatte fast den Anschein, als hätten sie die Hälfte ihrer Einwohner zum Spiel ihrer Mannschaft beordert, und einer von ihnen, vielleicht der Bürgermeister oder der Direktor der Marmeladenfabrik, trat als Einpeitscher auf und gab die Zeichen zu lautstarkem Einsatz. Und die Halle dröhnte, sie bebte und dröhnte, sobald Bodelsbach zu stürmen begann.

Den hatten sie sicher in der Pause verabredet, diesen Überraschungsangriff gleich nach dem Anwurf: Ole Zesch, ihr bester Spieler, war durch, flog auf den Kreis zu und setzte zum Wurf an; da konnte Hartwig nur die Notbremse ziehn und durchstecken, woraufhin der bullige, kurzhalsige Verteidiger von Bodelsbach in den Kreis fiel und sich überschlug; doch den Siebenmeter schoß er selbst – nicht einmal listig oder angetäuscht, sondern mit so unbarmherziger Wucht, daß Werner bei uns im Tor zwar den Ball mit den Fingerspitzen berührte, aber ihn nicht halten konnte. Die Wucht des Schusses schien ihn selbst in sein Tor hineinzuschleudern. Enttäuscht angelte er sich den Ball und drosch ihn zur Mitte, mir in die Arme, und ich wartete, bis die andern Spieler zurückgelaufen waren, und in dieser Zeit hörte ich den triumphierenden Bodelsbacher Sprechchor, der zum nächsten Tor aufforderte, hörte aber auch zum ersten Mal den Sprechchor unserer Leute, die nichts anderes taten, als meinen Namen zu skandieren: Kör-ner, Kör-ner; das stieg auf wie ein Brausen und begleitete und trug mich, solange ich den Ball hielt.

Anscheinend rechnete sich Bodelsbach eine Chance aus, nun, wo wir nur noch sieben zu vier führten; auch die Zuschauer ergriff gleich nach dem Überraschungsangriff eine unerwartete Spannung: in Sprechchören gaben sie zu erkennen, wer ihre Hoffnungen trug und was sie eingelöst sehen wollten. Bodelsbach forderte Tore; unsere Leute antworteten mit dem Namen von Klaus Körner, und so, wie sie diesen Namen artikulierten, lagen darin grollende Warnung und Selbstzuspruch. Und Klaus, der zur Halbzeit so erschöpft gewirkt hatte, zog den Ball an in jeder Haltung, in jeder Stellung. Der Ball suchte ihn. Der Ball klebte an seinen Fingerspitzen. Der Ball tanzte auf seinem Unterarm. Kreiseln konnte der Ball, wenn er kreiseln sollte. Der Ball sprang und stieg und versteckte sich, er bot sich an und foppte den Gegner, so, wie Klaus es wollte. Es gab Beifall im offenen Spiel, wenn wir vor dem Schutzkreis der Bodelsbacher zu wirbeln anfingen, wenn wir sie stehen und zusehen ließen, wie der Ball von einem Spieler zum andern wandern konnte, kurz, lang, kurz, doch der Beifall steigerte sich noch, wenn Klaus zum Schuß ansetzte: hoch stieg er auf, schnellte empor über die erhobenen Arme der gegnerischen Abwehr, die Hand mit dem Ball zuckte zurück, aber anstatt zu werfen, täuschte er nur an, klemmte sich mit energischer Drehung durch die Verteidigung und ließ sich in den Kreis fallen. Und im Fallen schoß er.

Wenn sie nicht bei Halbzeit den Torwart ausgewechselt hätten, wäre unser Vorsprung vielleicht auf sechs Tore angewachsen, aber dieser schmächtige, ernste Junge, der weder Genugtuung noch Freude verriet, der jedem Schuß entgegenflog und so den Winkel verkürzte, hielt einfach alles, und nach meinem zweiten Fallwurf, den er im Flug zur Ecke ablenkte, ging ein Raunen der Bewunderung durch die Halle, ehe der Beifall begann. Er maß mich nicht nur mit seinen Blicken, er schien unweigerlich vorauszusehen, was ich vorhatte, und er war da und verhinderte eine höhere Führung. Auch Hartwig mit seinen Senkwürfen konnte ihn nicht überlisten: Hebbi Prengel, den Reservetorwart von Bodelsbach, der als Einwieger in ihrer verdammten, berühmten Marmeladenfabrik arbeitete.

Zuerst sah es so aus, als könnte Hebbi Prengel, den sie nach der Pause ins Tor stellten, obwohl er noch nie an einem entscheidenden Spiel teilgenommen hatte, Klaus matt setzen oder blockieren, einfach nur durch die vollkommene Art, mit der er sich auf ihn einstellte. Ein geheimer Mechanismus schien sie zu verbinden, eine Beziehung, die bewirkte, daß der Torwart eine äußerst gespannte Ruhe gewann und sich duckte, sobald Klaus den Ball führte, und er drehte sich mit in winzigen Schritten, mit einer Bereitschaft, die viel zu früh begonnen zu haben schien, unwillkürlich alarmiert, unwillkürlich herausgefordert durch die Gefahr, die von Klaus ausging. Wie sie sich erkundeten! Wie sie einander studierten! Niemand hätte voraussagen können, wohin der Ball fliegen würde, den Klaus mit schmalem Pokergesicht abfeuerte: Hebbi Prengel wußte es, ahnte es, hatte die Flugbahn schon berechnet, stand in Erwartung da. Es war jedenfalls sein Verdienst, daß Bodelsbach in diesen Minuten bis auf sieben zu sechs herankam – den Siebenmeterball, der gegen uns verhängt wurde, halte ich allerdings immer noch für umstritten.

Sie trampelten, sie klatschten, ihre Sprechchöre trugen untereinander ein besonderes Spiel aus. Die Halle zitterte. Ich riskierte einen Alleingang, nachdem Hartwig mich durch schnellen Positionswechsel freigespielt hatte, stieg so hoch ich konnte, sah in das Gesicht des Torwarts, der mich in leichter Grätschstellung, mit nicht ganz ausgestreckten Armen erwartete, und diesmal wußte ich, daß ich ihn bezwingen würde, noch bevor ich geschossen hatte. Mitten im Sprung schoß ich einen Aufsetzer, der zwischen Hebbi Prengels Beinen hindurch ins Tor sprang: es stand nicht nur acht zu sechs, dieses Tor schien einen Stau oder eine schon erfolgte Resignation aufzuheben, es war ein Zeichen, ein Appell, und wie sehr wir es nötig gehabt hatten, bewiesen sie mir, als sie alle auf mich zuliefen – und sogar Werner aus seinem Tor herauskam –, um mir die Hand zu drücken, mich zu tätscheln oder in die Seite zu knuffen. Ich ließ diese Gratulation nicht nur über mich ergehen; jetzt forderte ich sie zu einem Zwischenspurt auf: Ran, Jungens, nun aber ran.

Nachdem Klaus uns durch einen Alleingang wieder mit zwei Toren in Führung gebracht hatte, geriet Bodelsbach unter zunehmenden Druck; wir schnürten sie vor ihrem Tor ein, wehrten ihre planlosen Angriffe ab und zwangen sie, mit Haken und Ösen zu verteidigen; jedenfalls waren wir einem Tor näher als sie einem Anschlußtreffer. Unser

Spiel lief, und Klaus war das Zentrum: er zog an, er lenkte und verteilte, er rochierte blitzschnell am Kreis und zeigte mit Hartwig ein Paßspiel, das rhythmischen Beifall herausforderte. Und dann – es soll der Augenblick gewesen sein, der alles Weitere begründete – war Klaus durch, war fast allein vor dem Tor, nur Ole Zesch hatte er noch zu überwinden, den kurzhalsigen Verteidiger von Bodelsbach, der ihn geduckt annahm. Obwohl wir alle Klaus beobachteten, bemerkte niemand mehr als dies: er war durch, wollte Ole Zesch durch einen Trick täuschen, das mißlang, und dann hob er sich nach zwei energischen Sprungschritten, stieg hoch auf, in vollkommener Streckung und weit über dem gegnerischen Spieler, der den zum Wurf ausholenden Arm nicht mehr behindern, am unvermeidlichen Torschuß nichts ändern konnte – zumindest hatte es den Anschein –, doch noch vor dem Wurf flog sein Kopf zurück, sein Mund sprang auf, sein Körper krümmte sich, und gekrümmt landete er und blieb in der Hocke am Boden. Er stöhnte. Er preßte eine Hand auf seine Magengrube. Ole Zesch hielt ihn leicht fest. Der Schiedsrichter gab keinen Strafwurf. Als Plessen auf das Spielfeld lief, sein flatterndes Jackett mit den klimpernden Schlüsseln in den Taschen ruckhaft nach vorn zerrend, dachte er wie mancher von uns an die alte Sehnenverletzung von Klaus.

Wenn schon nicht Hartwig – der Schiedsrichter muß es doch gesehen haben: er stand daneben, als ich vor Zesch hochstieg, wurfbereit, er muß doch bemerkt haben, was geschah. Hebbi Prengel hatte sich zu weit vorgewagt, ich brauchte ihn nur zu überwerfen, und es wäre ein sicheres Tor geworden, aber dann geschah, was keiner sah und keiner mir bis heute abkaufen will: knapp vor dem bulligen Verteidiger sprang ich aus vollem Lauf hoch, setzte, sozusagen über ihm hängend, zum Wurf an, da stieß er mir den

Ellbogen aus scharfer Drehung so heftig in den Unterleib, daß ich zu Boden ging. Es war kein unbeweisbarer Schlag. Ich mußte zu Boden, und Plessen und die andern, die zu mir gelaufen kamen, tippten natürlich sofort auf meine alte Sehnenverletzung; das Foul hatte keiner von ihnen wahrgenommen. Deshalb verstand auch keiner von ihnen, daß ich die Hand ausschlug oder übersah, die Ole Zesch mir hinhielt. Wir beide wußten, was geschehen war, und er war weniger über meine Weigerung verblüfft, seine Hand anzunehmen, als der lärmende Bodelsbacher Anhang, der mich auszupfeifen versuchte, während ich die Arme hochriß, um Luft zu bekommen.

Klaus Körner war angeschlagen, in jedem Fall verletzt, nachdem er kurz vor dem Schuß zu Boden mußte; dennoch hätte er die Hand nehmen müssen, die Ole Zesch ihm hinhielt. Wie unsicher sie wurden, wie offensichtlich sie ihm ihre Sympathien entzogen, als er darauf verzichtete, die Entschuldigung eines gegnerischen Spielers anzunehmen! Sogar ihre Bewunderung für ihn schien abzukühlen. Vielleicht hätte Plessen ihn zu dieser Zeit aus dem Spiel winken und auswechseln sollen, denn daß Klaus etwas abbekommen hatte, war nicht mehr zu übersehen: ungenauer wurde sein Zuspiel, seine Schnelligkeit ließ nach, und vor dem Kreis verlor er sein Selbstvertrauen. Nicht mehr äußerstes Risiko, sondern Sicherheit bezeichnete sein Spiel, und dies nicht allein: gelegentlich machte er den Eindruck eines Spielers, der lustlos sein pflichtschuldiges Pensum leistet.

Der Schmerz hörte nicht auf, so ein ziehender Schmerz im Unterleib, ein Krampf, der einsetzte, sobald ich einen Sprungschritt machte, und ich überlegte, ob ich das Spielfeld nicht verlassen sollte. Doch Plessen gab mir kein Zeichen. Und schließlich spielte ich mich auch wieder ein, wenngleich ich mehr zurückhing und das Spiel von hinten aufbaute. Ich mußte erst den Schmerz loswerden, um zum Endspurt aufzufordern. Es lag an mir, daß wir eine Schwächeperiode hatten – trotzdem spielten wir für Hartwig zwei Chancen aus dem Lehrbuch heraus; er scheiterte an Hebbi Prengel, der mit Hohlkreuz und ausgebreiteten Armen dem Ball entgegenflog und ihn über das Tor lenkte. Bodelsbach kam in dieser Zeit nur einmal zum Schuß, wieder durch Ole Zesch, der den Ball so erbarmungslos schleuderte, daß sich das Leder im Tor zwischen Latte und Netz festklemmte.

Das Spiel wurde härter, auf beiden Seiten gab es einen Siebenmeter, doch die Torhüter sorgten für ein unverändertes Resultat. Wir nahmen Klaus manches ab in der Verteidigung, und nach einer Weile sah es so aus, als hätte er sich von seiner Verletzung erholt: er stürmte wieder, er riskierte einen Torwurf, und im Zurücklaufen entwarf er mit Hartwig und Walter Purschell einen neuen Spielzug. Wieviel von ihm ausging, wieviel sich von seinem Spiel und von seinem Einsatz sogleich auf die Mannschaft übertrug! Nun, da ihm nichts mehr zu schaffen machte, zog er sie wieder mit, servierte und dirigierte, und wir ließen das Spiel fast ausschließlich über ihn laufen, weil von Klaus die größte Gefahr ausging. Er hätte es nicht nötig gehabt, jeden einzelnen zum Endspurt aufzufordern; sein Spiel enthielt Aufforderung genug.

Dann, als der Schmerz sich legte, fast vergessen war, gab ich jedem einzelnen von uns das Signal zum Endspurt, nachdem Plessen mir seinerseits das verabredete Zeichen gegeben hatte. Obwohl wir nur mit einem Tor Vorsprung führten, waren wir unserer Sache sicher. Wir verwiesen sie auf ihre Hälfte. Wir belagerten sie. Wir durchschauten jeden

Entlastungsangriff und verhinderten ihn bereits in der Entstehung. Ja, wir machten sie zu Statisten, zeigten ihnen sozusagen, daß Vierfruchtmarmelade zuwenig ist; und wie sehr sie in der Klemme waren, konnte man an Hebbi Prengel, dem Einwieger, erkennen: er tänzelte, er steppte vor und zurück, er warnte seine Leute, wies sie auf Lücken hin. Und wir in diesem Augenblick: ich weiß noch die schnell gezeigten Genugtuungen, die hingeklatschten Ermunterungen, die Zuversicht weiß ich noch und die lässigen Berührungen, mit denen mir die Mannschaft zu verstehen gab, daß sie einverstanden war mit meinem Spiel. Endlich flankte Hartwig von der Ecke herein, ich riskierte einen Drehschuß, der gegen den Pfosten sprang und zu Hartwig zurück, so daß wir im Ballbesitz blieben.

Wir spielten so überlegen, daß das nächste Tor, das unsern Vorsprung vergrößert hätte, in der Luft lag, und als Klaus seinen Drehschuß probierte, sahen wir schon den Ball im Netz. Der Ball prallte jedoch vom Pfosten ab, Hartwig konnte sich ihn angeln, und wir liefen etwas zurück, um einen neuen Angriff aufzubauen. Wir wirbelten vor dem Kreis, ließen die Bodelsbacher immer wieder leerlaufen, und auf einmal setzte Klaus energisch zum Wurf an. Woher nahm er nur die Kraft, um so aufzusteigen? Er schnellte empor, reckte sich weit über alle hinauf – die Momentaufnahmen, die ihn so in der Luft, in dieser Streckung zeigen, lassen einfach nicht annehmen, daß allein seine Sprungkraft ihn so hinaufgetragen hat – und holte aus wie beim ersten Mal. Und wie beim ersten Mal hatte er nur einen Verteidiger vor sich, der, so schien es zumindest, die unaufhaltsame Aktion nicht mehr würde vereiteln können. Ole Zesch, der Klaus allenfalls bis zur Schulter reichte, hatte nichts mehr zu bestellen. Weder der Schiedsrichter noch einer von uns erkannte mehr als dies: Klaus setzte zum Wurf an, schrie auf, seine Hand ließ den Ball fallen, und aus dem Sprung stürzte er auf Ole Zesch, der ihn auffing, hielt, dann auf den Boden gleiten ließ, wo Klaus sich krümmte und stöhnend die Knie anzog. Nur dies Bild kann zugegeben werden: der Verteidiger in geduckter Bereitschaft, zwar nicht mit ausgebreiteten Armen, aber doch mit gespreizten, Stand suchenden Beinen; und der Angriffsspieler, nah, und zugleich hoch über ihm, den Arm zum Wurf ausgestreckt. Etwas anderes hat keiner von uns in Erinnerung.

Wie konnte auch das unbemerkt bleiben, wie konnte vor allem der Schiedsrichter übersehen, was geschah, als ich, wie beim ersten Mal, vor Ole Zesch hochstieg, um über ihn hinwegzuwerfen? Hebbi Prengel im Tor stand zu weit vorn, in der kurzen Ecke, ich sah das, ich hätte ihn gewiß geschlagen. Als ich mich mit einem Sprung über die Verteidigung erhob, dachte ich nicht daran, daß es wieder Ole Zesch war, der das letzte Hindernis bildete, ich nahm nichts mehr wahr als die lange Ecke im Tor und den doppelten Brustring des gegnerischen Spielers, und ich sah den Ball schon im oberen rechten Eck, mit diesem unfehlbaren Instinkt, der uns in einer Sekunde erlaubt, ein Resultat vorwegzunehmen. Berührte ich ihn im Sprung? Ole Zesch stand unmittelbar vor mir, er konnte also auf kurzem Raum handeln, jedenfalls ohne weit hergeholte und erkennbare Gesten. Eine Drehung genügte, eine gewaltsame Drehung, aus der er mir den Ellenbogen wieder in den Körper stieß. Er traf mein Geschlecht, und der Schmerz überwältigte mich mitten im Sprung, so daß ich auf ihn stürzte. Der Schmerz riß mich von den Beinen. Nachdem Plessen und der Schiedsrichter mir geholfen hatten, hochzukommen, konnte ich immer noch nicht aufrecht gehen; gegen diesen Schmerz konnte ich den Körper nicht strecken.

Der Schiedsrichter unterbrach das Spiel, bis Klaus wieder auf den Beinen war, und danach gab es – was der Bodelsbacher Anhang mit Beifall quittierte – keinen Strafwurf, sondern nur einen Schiedsrichterball. Wenn es einen Siebenmeter gegeben hätte, wir hätten ihn ausgeführt, selbstverständlich, jedoch ohne den Grund erkannt zu haben; denn ebenso wie der Schiedsrichter hatte keiner von uns eine Regelwidrigkeit entdecken können. Niemand protestierte gegen diese Entscheidung, niemand außer Klaus: gekrümmt, mit verzerrtem Gesicht, verfolgte er den Schiedsrichter, stellte ihn an unserem Schutzkreis, beschwerte sich und forderte ihn auf, seine Entscheidung zu korrigieren. Ob er nichts gesehen habe? Ob er unparteiisch sei? Ob er nicht besser einem Hebammen-Wettkampf pfeifen wolle? Der Schiedsrichter ermahnte ihn.

Sie nahmen wohl alle an, daß es meine alte Sehnenverletzung war, die sich bemerkbar machte; deshalb mißbilligten sie meine Forderungen an den Schiedsrichter. Aber ich mußte ihm sein Versäumnis beibringen; nun, da es zum zweiten Mal geschehen war, mußte ich ihn darauf hinweisen, was geschehen war – selbst auf die Gefahr hin, daß er mich ermahnte. Und er ermahnte mich prompt – im gleichen Augenblick, in dem Bodelsbach den Ausgleich erzielte. Acht zu acht stand es; Plessen gab mir ein Zeichen, das Spielfeld zu verlassen, jetzt wollte er mich austauschen, doch ich übersah die Aufforderung. Obwohl ich nicht mithalten konnte: für ein Angriffsspiel wollte ich noch dabeisein, zurückhängend, weit zurückhängend, um Hartwig zu bedienen; einen Angriff wollte ich nur noch mitmachen, um dann freiwillig vom Feld zu gehn.

Warum ging Klaus nicht auf die Reservebank, obwohl Plessen ihn mehrmals dazu aufforderte? Humpelnd, eine Hand auf seinen Unterleib gepreßt, bewegte er sich auf Rechtsaußen, stolperte mit, fing jedoch sicher und hart, als er angespielt wurde, und paßte, was wohl keiner ihm zugetraut hatte, sehr genau, vor allem unvermutet zu Hartwig hinüber, der kurz vor dem Kreis bereitstand. Hartwig fing, doch Ole Zesch schlug ihm den Ball aus der Hand, und es gab Freiwurf. Wir waren noch unschlüssig, wer den Freiwurf ausführen sollte, da hatte Klaus schon den Ball in der Hand.

Ich angelte mir den Ball und wartete auf den Pfiff des Schiedsrichters, geduckt – denn der Schmerz erlaubte es mir immer noch nicht, mich aufzurichten – und aus den Augenwinkeln die Positionen unserer Spieler erkundend. In diesem Augenblick hatte ich mich noch nicht entschieden, wem ich den Ball zuspielen würde. Wenige Schritte vor mir, ruhig, spreizbeinig, den Kopf in die Schultern eingezogen, erwartete Ole Zesch den Pfiff, seine Finger machten vorsorgliche Greifbewegungen, als wolle er sie für eine besondere Aktion lockern. Dann kam der Pfiff, und ich legte alle meine Kraft in den Wurf. Der Ball traf Ole Zesch im Gesicht, mit hellem Dröhnen. Ich sah, wie sein Kopf zurückgeschleudert wurde, wie er die Hände vor das Gesicht riß und gebückt auf seinen Tormann zulief, wobei er sich um sich selbst drehte.

Wen würde Klaus anspielen, so fragten wir uns, als er darauf bestand, den Freiwurf auszuführen; keiner empfing ein Signal, also mußte jeder von uns damit rechnen. Es war vier Minuten vor dem Ende des Spiels, und bei Gleichstand. Wer weiß, vielleicht beweist gerade dies, daß er keinem von uns signalisierte, auf sein Abspiel gefaßt zu sein, daß er etwas vorhatte von Anbeginn, eine unangemessene Vergeltung, oder daß er sich eine Genugtuung verschaffen wollte, die keinem nützte, am wenigsten ihm selbst. Wie er sich sammelte zum Wurf! Wie Verbitterung ihm half, zusätzliche Kraft zu finden! Er stand nur wenige Schritte vor Ole Zesch, und aus dieser Nähe traf er ihn mitten ins Gesicht. Es war nicht der Anhang von Bodelsbach allein, der, nach einer Pause der Fassungslosigkeit, Klaus mit Pfiffen und Zischen bedachte und dann mit wildem Beifall, als der Schiedsrichter auf ihn zulief und zu einer Geste erstarrte, die seine Entscheidung ausdrückte: Feldverweis. Vier Minuten vor Schluß wurde Klaus des Feldes verwiesen, wir sahen ihm nicht nach.

Diesmal, ja, bei meinem Freiwurf glaubte der Schiedsrichter ein Foul entdeckt zu haben, er schoß auf mich zu, erstarrte, sein ausgestreckter Arm, sein überlanger Zeigefinger wiesen zur Reservebank, vielleicht auch gleich zum Ausgang. Ich blickte zu unseren Leuten: warum umringten, bedrängten sie ihn nicht? Warum nahmen sie ihn nicht in die Zange und setzten ihn unter Druck, seine Entscheidung zu widerrufen? Warum standen sie so mutlos und kopfhängerisch da, bei einem Feldverweis, vier Minuten vor Schluß? Wie konnten sie einverstanden sein mit dieser Entscheidung? Ich sah auf den Schiedsrichter, der immer noch Wegweiser spielte, starr und unnachgiebig. Ich ging vom Platz, ging durch ein Spalier der Mutlosigkeit und später der Empörung, als ich den Gang zwischen den Bodelsbacher Anhängern passierte.

Als Klaus vom Platz ging, in Richtung zur Reservebank, forderte Plessen ihn nicht auf, sich zu setzen. Unser Trainer schien ihn nicht wahrzunehmen, und nach kurzem Zögern ging Klaus, eine Hand auf seinen Unterleib gepreßt, ohne Eile oder Betroffenheit – eher mit einem Ausdruck zager Geringschätzung – den Tribünengang hinauf zu den Kabinen. Er wandte sich nicht ein einziges Mal um, zu uns, zum Spielfeld, wo der Schiedsrichter aus seiner Starre erwachte und mit einem Pfiff das Spiel weitergehen ließ. Im Davongehen sah er nicht so aus, als hätte er Lust, sich vor uns zu rechtfertigen.

Ich ging in die Kabine und zog mich an, und ich war noch nicht fertig, als dunkler Beifall und ein Trampeln und Hämmern in der Halle ein neues Resultat verkündeten: Bodelsbach, mit einem Mann mehr auf dem Feld, war in Führung gegangen. Ich wußte, daß es zwischen uns nichts zu sagen gab, später, nach dem Spiel: Plessen hätte geschwiegen, und alle aus der Mannschaft hätten geschwiegen; vielleicht hätten sie es fertigbekommen, in meiner Gegenwart über das Spiel zu sprechen, ohne mich zu erwähnen, jedenfalls hätten sie mir auf ihre Art zu verstehen gegeben, wieviel der Mannschaft an mir lag. Warum sollte ich da bis zum Ende des Spiels warten?

1969

Herr und Frau S. in Erwartung ihrer Gäste

ANNE Die Schnittchen, Henry ... Schau dir nur an, wie die Schnittchen aussehen ... nach zwei Stunden.
HENRY Grau?
ANNE Papsig ... papsig und aufgeweicht.
HENRY Der Salat war zu feucht, Anne, du hast ihn zu lange gewaschen.
ANNE Vielleicht habe ich die Schnittchen zu früh gemacht.
HENRY Alle Schnittchen werden zu früh gemacht ... Aber sie werden nicht anders schmecken als die Schnittchen, die man uns überall vorsetzt.
ANNE Du meinst, unsere Gäste werden sich heimisch fühlen?
HENRY In jedem Fall können sie deine Salatblätter mitessen.
ANNE Eben. Und eine Schildkröte wird hoffentlich dabeisein.
HENRY Eine Schildkröte wird sich ein Salatblatt auf ein Schnittchen legen ... und andere werden es ihr nachtun ... Du wirst schon nicht darauf sitzenbleiben.
ANNE Von mir aus könnten sie jetzt kommen.
HENRY Es ist erst zwanzig nach sieben ... und wir hatten ausgemacht: um acht.
ANNE Soll ich sie gleich hinstellen? Die Schnittchen, meine ich.
HENRY Ich werde uns was zu trinken machen, Anne.
ANNE Du versprichst mir, gleich mitzuessen?
HENRY Ich verspreche es ... Wieviel Eisstückchen heute?
ANNE Zwei bitte ... Henry? Verstehst du das?
HENRY Was?
ANNE Wir erfinden soviel ... Warum muß es ausgerechnet

Schnittchen geben, wenn Menschen zusammenkommen? Könnten wir uns nicht auf etwas anderes einigen?

HENRY Das wäre eine lohnende Aufgabe. Ein Lebenswerk.

ANNE Ich meine es im Ernst.

HENRY Hier, Anne, trinken wir auf deine Idee.

ANNE Wieso meine Idee?

HENRY Dieser Abend war deine Idee, oder? Du hattest doch vorgeschlagen, Unbekannte einzuladen.

ANNE Du beginnst sehr früh, mir die Verantwortung zuzuschieben.

HENRY Du hast den Vorschlag gemacht ... Erinnere dich ... Jeder sollte Leute einladen, die der andere nicht kennt ... Stimmt's?

ANNE Nein, Henry, es war *unsere* Idee ... am Hochzeitstag.

HENRY An unserm achten Hochzeitstag, ich weiß ...

ANNE Du sagtest: jeder ist ein Eisberg.

HENRY Ich sagte, was zu sehen ist, ist nicht alles ... Jeder reicht in eine private Dunkelheit.

ANNE Du hattest gerade Colins übersetzt – diesen modernen Schotten ... Sind wir nicht überhaupt von ihm ausgegangen? Es war eine schwierige Übersetzung – »Die privaten Friedhöfe«.

HENRY Ich weiß, Anne ... Zuerst war es ein Übersetzungsproblem ... aber dann hast du den Vorschlag gemacht.

ANNE Gefragt, Henry ... Ich habe zuerst nur gefragt, ob das zutrifft ... Ob jeder seine – seine sechs unsichtbaren Siebtel hat wie der Eisberg ... Ist es nicht so?

HENRY Du wolltest es darauf ankommen lassen.

ANNE Auch bei uns, an unserm achten Hochzeitstag.

HENRY Und dann, Anne, dann hattest du die Idee, Unbekannte einzuladen.

ANNE Das stimmt nicht ... Es stimmt nicht ganz ... Wir haben ein Abkommen geschlossen.

HENRY Später ... Das Abkommen haben wir erst später geschlossen ... Zuerst war die Idee, jemanden einzuladen, den der andere nicht kennt, Leute, die man nie voreinander erwähnt hat, die aber dennoch eine Bedeutung hatten ... entscheidende Bedeutung.
ANNE Oh, Henry, wollen wir nicht erst trinken?
HENRY Diese Idee ist von mir.
ANNE Machst du dir Sorgen?
HENRY Warum? Wir haben ein Abkommen geschlossen: wenn die Gäste fort sind, wird sich nichts geändert haben ... Das genügt mir.
ANNE Bist du sicher, daß sich nichts ändern wird?
HENRY Nein, ich bin nicht sicher.
ANNE Wie viele hast du eingeladen? Zwei?
HENRY Es soll doch eine Überraschung sein, oder?
ANNE Ein Ehepaar?
HENRY Gewissermaßen.
ANNE Was verstehst du unter: gewissermaßen?
HENRY Sie leben zusammen. Wie ein Ehepaar.
ANNE Und sind keins?
HENRY Wenn du so weitermachst, Anne ... du wirst dich noch selbst um die Überraschung bringen.
ANNE Aber ... Bist du denn nicht gespannt, wen ich eingeladen habe?
HENRY Nein – das heißt natürlich, doch ... Sogar sehr gespannt. Ich muß an mich halten, um keine Vermutungen anzustellen.
ANNE Henry? Weißt du, was deine Gäste trinken?
HENRY Nein. Und du?
ANNE Nein. Ich habe für alle Fälle Fruchtsaft hingestellt. Gin, Bier, Fruchtsaft: ob das genügt?
HENRY Ich habe schon trockener gesessen.
ANNE Hoffentlich hat keiner eine Ei-Allergie ... Die Eischnittchen hätte ich dann umsonst gemacht.

HENRY Ich werde aufpassen und für einen Ausgleich sorgen.
ANNE Henry? Ich – auf einmal ...
HENRY Hast du Bedenken? Jetzt sind sie unterwegs ... Wir können sie nicht mehr ausladen.
ANNE Keine Bedenken, nein ... Aber ein Gefühl ... In einem Ferienlager, als Mädchen ... Wir mußten eine Mutprobe machen – in eine Grube springen, weißt du, die mit einer Zeltplane abgedeckt war. Du konntest den Grund nicht erkennen.
HENRY Kann sein, daß wir Verstauchungen haben – wenn der Besuch gegangen ist.
ANNE Dir macht es wohl gar nichts aus?
HENRY Noch ein Glas?
ANNE Und du befürchtest nichts? Nein, danke.
HENRY In unserer Abmachung ist vorgesehen, daß wir uns nichts ersparen wollten. Ich bin auf einiges gefaßt.
ANNE Darf ich auch – auf einiges gefaßt sein?
HENRY Mhm.
ANNE Werde ich dich, sagen wir mal, in neuem Licht sehen?
HENRY Mhm.
ANNE Frei nach den »Privaten Friedhöfen«? ... *Dich hat die Nähe unkenntlich gemacht.*
HENRY So ungefähr.
ANNE Eins ist sicher, Henry – ein vergnügter Abend wird es nicht.
HENRY Vielleicht, wenn unsere Gäste gut aufgelegt sind? Wenn sie Gefallen aneinander finden? Denk nur an Oskar.
ANNE Wenn ihr aufeinandertrefft, wird's heiter.
HENRY Wenn sie sich gegenseitig stimulieren ...
ANNE ... ist der Abend gerettet. Wolltest du das sagen?
HENRY Nein, aber die Zeit wird schneller vergehn.

ANNE Wird sie uns nicht vergehn?

HENRY Ich weiß nicht, Anne ... Es ist möglich, daß wir eine eigene Zeit haben werden ... Sie – ihre ... Wir – unsere Zeit.

ANNE Und ich kenne sie wirklich nicht, deine Gäste?

HENRY Wir hatten doch ausgemacht: Unbekannte ... Leute, über die wir nie miteinander gesprochen haben.

ANNE Ja, ja, Henry ... aber trotzdem ... du hättest ja mal ein Wort verloren haben können ... nicht?

HENRY Bereust du es schon? Die Einladung, meine ich.

ANNE Es ist merkwürdig, ich weiß ... aber ich bilde mir ein, daß sich schon jetzt etwas verändert hat. Geht es dir auch so? ... Doch, Henry, gib mir noch ein Glas ... Aber nicht aus der Karaffe. Die soll voll bleiben ... einfach aus der Dose.

HENRY Wenn sie gegangen sind, wissen wir mehr über uns.

ANNE Werden deine Gäste lange bleiben? Ich meine ... sind das Leute mit Sitzfleisch?

HENRY Du fragst zuviel, Anne. Wart doch ab.

ANNE Meine jedenfalls ... Ich kann mir vorstellen, daß sie früh aufbrechen ... Ältere Leute – wesentlich älter als wir. Um elf sind sie müde, schätze ich ... Und dein sogenanntes Ehepaar – sind die älter als wir?

HENRY Jetzt wissen wir immerhin schon etwas.

ANNE Etwas Gin, bitte ... Tu noch etwas Gin in den Saft ... Danke ... Mit Eis müssen wir sparen – vor drei Stunden gibt der Kühlschrank nichts her ... Also deine Gäste sind nicht älter als wir.

HENRY Du wirst sie sehen. Noch eine halbe Stunde, wenn sie pünktlich sind.

ANNE Und was gewinnen wir dadurch?

HENRY Wodurch?

ANNE Daß wir uns gegenseitig überraschen? Es genügt doch, wenn der Tausch stattfindet ... Jeder gibt dem anderen ein dunkles Kapitel: fertig. Warum müssen wir uns dabei noch überraschen?

HENRY Wir hatten es so ausgemacht.

ANNE Das können wir ändern ... Vermutlich, Henry ... wenn sie hier herumsitzen, Nüsse knabbern ... wenn wir ihnen zuprosten: glaubst du, daß das eine Gelegenheit ist, Karten aufzudecken?

HENRY Nüsse knabbern? Warum nicht? Warum soll man bei einem Geständnis keine Nüsse knabbern? Ich finde es sogar sehr angebracht ... erstens beruhigt es, zweitens nimmt es dem Augenblick jegliches Pathos.

ANNE Werden wir ihnen sagen, warum wir sie eingeladen haben?

HENRY Das wird sich wohl ergeben – früher oder später.

ANNE Und wenn sie es in den falschen Hals bekommen? Was dann?

HENRY Dann ... Ich vermute, dann wird sich der Abend nicht sehr lange hinziehen.

ANNE Hör zu, Henry ... Meine Gäste sind Mitte Sechzig ... verheiratet ... sie heißen Jacobson.

HENRY Warum sagst du das?

ANNE Weil ich es will ... Weil ich nichts dem Zufall überlassen möchte – und weil wir auch an sie denken müssen.

HENRY Du bist ungeduldig, Anne.

ANNE Ich bin nicht ungeduldig.

HENRY Dann hast du ein schlechtes Gewissen ... auf einmal ...

ANNE Nein. Ich habe auch kein schlechtes Gewissen ... Die Leute, die ich eingeladen habe ... Du weißt ja nicht, was geschehen ist ... fair ... nach allem muß ich einfach fair sein.

HENRY Späte Entdeckung, oder? Als du die Schnittchen gemacht hast, dachtest du noch nicht an das Risiko.

ANNE Der Mann, Henry, der gleich zu uns kommen wird ...

HENRY ... in einer halben Stunde erst ...

ANNE ... den ich mit seiner Frau eingeladen habe ... du weißt es nicht, woher auch?

HENRY Du verstößt gegen die Spielregeln.

ANNE Nein. Das Spiel hat aufgehört ... Jetzt brauchen wir Regeln für den Ernstfall.

HENRY Ernstfall? Du sagtest: Ernstfall?

ANNE Dieser Mann kann es dir bestätigen, Henry ... ich bin zu ihm gegangen ... an einem Abend ... um ihn zu töten.

HENRY Was du nicht sagst ... Darf man fragen, welche Todesart du für ihn ausgesucht hattest?

ANNE Der einzige Mensch, den ich töten wollte.

HENRY Aber doch nur vorübergehend, nur so ein bißchen, hoffe ich.

ANNE Du kommst dir wohl sehr überlegen vor ... aber du wirst dich wundern ... Du wirst dich noch wundern, Henry ... Er wird dir alles bestätigen.

HENRY Zumindest verstehe ich, warum du nie darüber gesprochen hast.

ANNE Vater ... Mein Vater, Henry, ist nicht gestorben.

HENRY Nicht?

ANNE Er hat Selbstmord verübt ...

HENRY Ich war damals auf einem Übersetzer-Kongreß in Belgrad.

ANNE Du warst gerade auf einem Übersetzer-Kongreß, ja. Wir haben dir nicht telegraphiert ... Vater ist nicht einfach gestorben ... Er hat sich erhängt ... Er sah keinen Ausweg mehr, da hat er das getan ... Gib mir noch ein Stück Eis ... Ja ... Es sind jetzt sieben Jahre her ... Du sagst nichts?

HENRY Draußen klappte eine Autotür. Ich wollte nur mal nachsehn.

ANNE Erinnerst du dich noch an die Zeile? Du hast sie mir vorgelesen: *Der sicherste Besitz, den uns niemand bestreitet, sind unsere privaten Friedhöfe.*

HENRY Warum, Anne, warum hat dein Vater Selbstmord verübt?

ANNE Wir hatten ausgemacht, uns nichts zu ersparen ... mit unseren Einladungen, meine ich.

HENRY Also?

ANNE Er wird's dir bestätigen ... nachher ... Jacobson ... So wie er's mir bestätigt hat ... Vater war nicht der Mann, für den wir ihn hielten – nicht der kleine Einzelgänger, auf den die Großen es abgesehen hatten ... Er war es nicht.

HENRY Aber es war sein Geschäft ...?

ANNE Geschäft? Wenn du das ein Geschäft nennen willst ... Eine Bude ... eine Höhle ... eine Annahmestelle für Wetten war es, wo die Kerle mit dem Hut auf dem Kopf herumstanden und in den Zähnen stocherten... Geschäft ... Bei diesen Leuten war Vater beliebt ... Ihnen gab er Tips – und sie gaben ihm Tips ...

HENRY Und dein Gast Jacobson war einer von ihnen ...

ANNE Nein. Der Mann, den ich eingeladen habe, gehört nicht zu ihnen ... Ich weiß nicht, wie es heute ist ... Damals jedenfalls gehörten ihm alle Wettannahmestellen hier in der Stadt ... alle.

HENRY Bis auf eine.

ANNE Sie haben meinem Vater Verkaufsangebote gemacht ... Er konnte sich nicht davon trennen.

HENRY Er hat doch selbst gewettet... Wenn ich nicht irre, war er einer seiner besten Kunden. Oder?

ANNE Vater hatte die sichersten Tips ... er kannte die Stammbäume aller Pferdefamilien ... der berühmtesten wenigstens ... wie oft hat er mich angepumpt ... Oh, Henry ... wie zärtlich er sein konnte, wie vergnügt, wenn er sich bei uns Geld pumpte.

HENRY Unter uns: er hat auch mich angepumpt, Anne. Wir waren noch nicht einmal verheiratet.

ANNE Und du hast ihm was geliehen?

HENRY Geschenkt ... vorsorglich habe ich's ihm gleich geschenkt.

ANNE Er konnte alles vergessen.

HENRY Immerhin ... Er hat mich umarmt ... Ziemlich heftig sogar ... Und er nannte mich einen noblen Schwiegersohn.

ANNE Wir kannten ihn ... und wußten viel zuwenig ... Er sprach über alles nur in Andeutungen ...

HENRY ... wenn es nicht um Summen ging.

ANNE Deshalb erfuhren wir nichts von seinen Schwierigkeiten ... Nur manchmal, wenn er glaubte, uns eine Pleite erklären zu müssen ... Sie wollen mich fertigmachen, sagte er dann – der große Jacobson will mich mit allen Mitteln fertigmachen.

HENRY Eine Zigarette, Anne?

ANNE Mit keinem Wort erwähnte er, daß er seine Höhle längst verkauft hatte ... nein, danke ... Daß ihm nichts mehr gehörte außer seiner Leidenschaft.

HENRY Also hatte Jacobson es geschafft.

ANNE Jacobson hatte den Laden gekauft, ja ... Vater durfte als Geschäftsführer bleiben ... so eine Art Geschäftsführer ... na, du weißt schon...

HENRY Und ihr? Ihr wußtet das alles nicht?

ANNE Wir wußten nichts ... Wir erfuhren nur, daß da etwas Großes, Übles im Gange sei ... eine Treibjagd, die Jacobson veranstalten ließ ... auf Vater ... Jacobson – du hättest hören sollen, wie er diesen Namen aussprach ... mit welcher Erbitterung.

HENRY Das Telephon ...

ANNE Du brauchst nicht ranzugehn ... Leitungsreparaturen. Sie haben sich im voraus entschuldigt.

HENRY Ich dachte schon, einer würde absagen.
ANNE So spät? ... Siehst du, es ist still ... So spät kann man doch wohl nicht mehr absagen ... Jacobson ... wenn sein Name fiel, sah ich ihn hinter Vaters Stuhl stehen, riesig, eine Schlinge in der Hand ... er war einfach da.
HENRY Vermutlich ist er klein und zart ... dein Gast.
ANNE Und als es passierte ...
HENRY ... mit Jacobson ...
ANNE ... mit Vater ... du warst auf diesem Übersetzer-Kongreß in Belgrad ... am Schrank ... Er hatte sich am Schrank erhängt ... Als sie mir die Nachricht brachten ... als ich ihn dann sah ... Oh, Henry ... er sah so gehetzt aus, auch im Tod, so gehetzt und schäbig ... Vielleicht hättest du es auch getan.
HENRY Was, Anne?
ANNE Ich versprach mir etwas ... als ich ihn so sah, schwor ich mir etwas ...
HENRY Sühne.
ANNE Mit diesem Tod wollte ich mich nicht abfinden. Von mir aus nenn es Vergeltung. Du warst weg ... Es gab nur einen einzigen Gedanken ... Dann, am Abend, nahm ich deine Pistole.
HENRY Sie war geladen. Und mit dem Ding in der Handtasche fuhrst du zu ihm nach Hause.
ANNE Zuerst nach Hause ... dann ins Büro ... Er war noch im Büro und arbeitete ... Er war allein.
HENRY Kanntest du ihn? Ich meine: wart ihr euch begegnet – vorher?
ANNE Wir machten uns bekannt ... Er war schnell im Bilde ... er begriff ... du wirst ihn ja kennenlernen ... du wirst erleben, daß er selten nachfragt ... Ich sagte ihm, warum ich gekommen sei ...
HENRY Und die Folgen ... hattest du nicht an die Folgen gedacht?

ANNE Ja, Henry. Ich hatte – seltsamerweise – an die Folgen gedacht ... Notwehr ... ich wollte so vorgehen, daß alles wie Notwehr ausgesehen hätte ... Es gab keine Zeugen ... es war Abend ... wir waren allein in seinem Büro ... ich hätte in Notwehr gehandelt ... obwohl ...

HENRY Obwohl?

ANNE Er wirkt noch älter, als er ist ... ein zarter Mann, müdes Gesicht ... müde Beine.

HENRY Unterschätz diesen Typ nicht. Und weiter?

ANNE Er ist nur die Hälfte von mir ... ein sehr zarter Mann. Vielleicht hätte man mir die Notwehr auch nicht geglaubt. Doch ich wollte dabei bleiben ... Ich hab' es ihm auch gesagt.

HENRY Du hast es ihm gesagt, Anne?

ANNE Er sollte alles wissen ... warum ich gekommen war ... wie es ausgehen würde ... und er ließ mich aussprechen ... er nickte und hörte mir zu.

HENRY Was sollte er anderes tun? Fand er es nicht – freundlich von dir?

ANNE Freundlich? Was?

HENRY Daß du ihn nicht im unklaren darüber ließest ... warum du ihn töten wolltest? Ich meine, man kann auch ohne Erklärungen schießen.

ANNE Deine Ironie, Henry ... ich glaube, sie ist unangebracht ... Vaters Tod ... er hatte Schuld an Vaters Tod ... er hat ihn fertiggemacht ... ich hab' es ihm gesagt ... und ich sagte ihm auch, daß ich ihn töten würde.

HENRY Da du ihn eingeladen hast: offensichtlich hat er es überlebt.

ANNE Traust du es mir nicht zu? Du glaubst wohl nicht, daß ich geschossen hätte ...

HENRY Doch, Anne – jetzt ... ich trau' es dir zu ... ich muß es dir zutrauen.

ANNE Ich hätte es auch getan ... doch dann ... du hättest

ihn erleben sollen ... diese Unsicherheit ... diese Unentschiedenheit ... er sah mich nur an und schüttelte den Kopf ...

HENRY Immerhin – es war eine Überraschung.

ANNE Nicht aus Überraschung ... Er war einfach unsicher, ob er das Bild zerstören sollte – das Bild, das ich von Vater hatte ... Ich weiß nicht genau, Henry ... aber ich glaube es ... Jacobson schwankte, ob er mir reinen Wein einschenken sollte.

HENRY Weil er dich schonen wollte?

ANNE Weil er mir etwas ersparen wollte, ja ... So weit ist er gegangen ... Er wußte, wer Vater war ... er kannte ihn besser als wir ... Weißt du noch? In den »Privaten Friedhöfen« ... *Schick keinen fort, der dir anbietet, das Wissen der Nacht zu teilen.*

HENRY Also, Jacobson hat dir die Augen geöffnet?

ANNE Vater hat sein Geschäft freiwillig verkauft ... Ach, Henry ... als ihm das Wasser am Hals stand ... als auch Bestechungen nicht mehr weiterhalfen – da hat er verkauft ... an Jacobson. Jacobson gab ihm eine Chance ... sogar eine zweite Chance gab er ihm, nachdem die Unterschlagungen aufgedeckt waren ... Vater – er hatte Unterschlagungen gemacht ...

HENRY Wenn es nicht so gewesen wäre ... Stell dir vor, du hättest Jacobson getötet ... stell dir vor, Anne ...

ANNE Du siehst auf einmal so erschrocken aus.

HENRY Nahm er dir die Pistole fort?

ANNE Ich blieb lange bei ihm ... Er erzählte von Vater – all das, was keiner von uns wußte ... Ich konnte ihm anmerken, wie schwer es ihm fiel ... Er zeigte mir Beweise ... Nein, er nahm mir die Pistole nicht fort. Und als ich gehen wollte ...

HENRY Was da?

ANNE Er gab mir etwas zu trinken.

HENRY Eine gute Idee ... Bevor unsere Gäste kommen: ich werde mir auch etwas zu trinken machen.
ANNE Mutter weigerte sich ... Sie wollte sich nicht von ihm helfen lassen.
HENRY Er hat euch geholfen?
ANNE Später, ja ... doch Mutter weigerte sich, von ihm etwas anzunehmen ... Da haben wir uns verbündet, Jacobson und ich ... Mutter weiß heute noch nicht, daß es sein Geld war, das ich ihr brachte.
HENRY Ihr habt euch also oft gesehen, Jacobson und du?
ANNE Manchmal ... in der ersten Zeit ... Seit Jahren nicht mehr.
HENRY Und ich, Anne, ich hab' nichts gemerkt davon ... nichts gewußt.
ANNE Einmal, Henry, es ist lange her ... du hattest gerade den Sellers übersetzt, »Die Verstecke« ... diese Frau, die nichts für sich behalten konnte, erinnerst du dich? Barbara Piggot hieß sie. Du sagtest, sie hätte etwas von mir ... sie mußte einfach reden... alles weitergeben ... Ich sagte dir, daß man auch zur Tarnung reden kann ... Du nanntest sie einen Sender ohne Richtstrahler.
HENRY Wann hast du ihn zum letzten Mal gesehn ... Jacobson?
ANNE Vor fünf Jahren ... Es müssen fünf Jahre hersein ... Ich glaube, du wirst dich mit ihm verstehn.
HENRY Und seine Frau?
ANNE Ein großer nickender Hut ... Mehr weiß ich nicht von ihr.
HENRY Weiß sie, was du mit ihm vorhattest?
ANNE Nein ... ich weiß nicht... Wird's dir ungemütlich? Ich meine, bekommst du kalte Füße?
HENRY Vor unserm Abend? Wir wollten es darauf ankommen lassen ... Wir hatten ausgemacht, uns nichts zu ersparen.

ANNE Die unbekannten Siebtel des Eisberges.
HENRY Eben.
ANNE Jedenfalls kennst du nun meine Gäste.
HENRY Sie sind noch unbekannt genug.
ANNE Ich mußte es dir sagen, ihretwegen.
HENRY Und für Überraschungen ist auch noch Platz ... Vielleicht, Anne ... Glaubst du immer noch, daß es eine gute Idee war, Leute einzuladen, die man nie voreinander erwähnt hat?
ANNE Du meinst, wir gewinnen nichts damit?
HENRY Still ... Die ersten kommen.
ANNE Es hat bei Lauterbach geklingelt, nicht bei uns. Es ist ja erst Viertel vor ... Du sagst sowenig ...
HENRY Was soll ich tun? Punkte verteilen? Die ganze Geschichte nachmessen und erklären, daß ich dich nun erst richtig kenne?
ANNE Wir hatten ausgemacht, Henry, daß sich nichts ändert.
HENRY Ja, nur haben wir etwas dabei übersehen.
ANNE Die andern?
HENRY Uns ... Wir haben nicht berücksichtigt, daß uns jedes neue Wissen verändert.
ANNE Wenn erst alles hinter uns liegt ... dieser Abend.
HENRY Ja.
ANNE Ist es auch dein Wunsch?
HENRY Ja ... Übrigens, ich habe nur einen Gast gebeten ...
ANNE Einen? Ich denke, deine Gäste sind verheiratet ... Du sagtest doch, sie sind gewissermaßen verheiratet.
HENRY Nur einer kann kommen.
ANNE Sie?
HENRY Er. – Nur er wird kommen.
ANNE Wir haben viel zuviel Schnittchen. Hoffentlich ist er ein guter Esser.

HENRY Er wird länger dableiben, Anne. Ich meine – mein Gast wird vorerst mit uns leben.
ANNE Bis die Schnittchen aufgegessen sind?
HENRY Vielleicht wirst du ihn nie mehr los ... Wart ab.
ANNE Schöne Aussichten ... Und du hast wirklich nie von ihm gesprochen? In Andeutungen?
HENRY Kann sein, er wird dir bekannt vorkommen – nach einer Weile ... Wir sind etwa gleichaltrig.
ANNE Doch nicht dieser Bibliothekar, Henry?
HENRY Er heißt Julius Gassmann. Du kennst ihn nicht ... Er ist kein Bibliothekar.
ANNE Ist er ein Langweiler?
HENRY Biologe ... Das heißt, er war es, eine Zeitlang ... genauer: er wollte es werden.
ANNE Ich schätze, Henry, ihr habt euch lange nicht gesehn.
HENRY Sehr lange, ja ... zuletzt ... es war kurz vor Ende des Krieges.
ANNE Hoffentlich erkennt ihr euch überhaupt wieder ... Bist du ihm wiederbegegnet? Jetzt?
HENRY Ich hab ihn nie vergessen ... nie aus den Augen verloren ... Julius Gassmann war immer da.
ANNE Und du hast mir nie von ihm erzählt?
HENRY Heute, Anne ... Wir hatten doch abgemacht, heute Gäste einzuladen, die wir nie voreinander erwähnt haben ... Unbekannte ... auf jede Gefahr hin.
ANNE Gib mir etwas zu trinken, bitte ... Ob wir lüften sollten? Schnell noch mal?
HENRY Ich habe lange darüber nachgedacht, wer es sein könnte, mit dem ich dich bekannt machen sollte ... Jetzt ist es an der Zeit, daß du ihn kennenlernst.
ANNE Julius Gassmann?
HENRY Keiner hat soviel Bedeutung für mich gehabt wie er ... in gewisser Weise wäre ich nichts ohne ihn. Wie nennt man das beim Veredeln?

ANNE Beim Veredeln? Was meinst du, Henry?

HENRY Ist das Geißfuß-Pfropfen? Wenn man einen Ast einkerbt ... wenn man ihn an einem anderen eingekerbten Ast befestigt – nennt man es nicht Pfropfen?

ANNE Ich begreif' dich nicht.

HENRY Jedenfalls besteht eine Verbindung zwischen uns ... eine feste, schon verwachsene Verbindung ...

ANNE Wie in den »Privaten Friedhöfen«: *Hör zu und zeig dich nie, mein heimlicher Begleiter.*

HENRY Julius Gassmann ... am Schluß erwischten sie ihn doch noch.

ANNE Sie erwischten ihn?

HENRY Gefangenschaft ... kurz vor Schluß kam er noch in Gefangenschaft ... den fünfundzwanzigsten Geburtstag hat er an Bord erlebt ... auf dem Atlantik ...

ANNE Du hast ihn auf einem Schiff getroffen?

HENRY Es war ein Frachter ... voll mit Gefangenen ... Sie brachten sie nach drüben ... ein großer Konvoi, fast dreißig Schiffe ... draußen operierten immer noch einige U-Boote ...

ANNE Dann ist er dein Jahrgang, Henry.

HENRY Sie hatten ihn registriert und mit einem Sammeltransport auf das Schiff gebracht – es sollte nach Boston gehen... Einige sprachen auch von Philadelphia ...

ANNE Kein Eis, danke ... Ihr wart also auf dem gleichen Schiff.

HENRY Als es passierte, waren viele im Waschraum ... auch Julius Gassmann. Es passierte im Morgengrauen. Wir wurden torpediert.

ANNE Du hast es schon einmal erzählt: ein eigener Torpedo.

HENRY Sie konnten es nicht wissen ... Viele waren im Waschraum, so einem Behelfswaschraum ... es gab gleich

Wassereinbruch ... in einem trüben Gang vor dem Waschraum hingen die Jacken, die Uniformjacken ... Das heißt, sie lagen auf einer schmalen Holzbank ... An der Tür keilte sich alles fest, doch Gassmann kam noch raus ... Julius Gassmann schaffte es.

ANNE In so einem Augenblick, Henry, denkt man da noch an seine Jacke?

HENRY Einige denken sogar an die Zahnbürste ... Das Schiff sank schnell, und es sanken noch zwei andere Schiffe ... Julius Gassmann, er wurde aufgefischt ... Ein Zerstörer nahm ihn an Bord, und auf ihm blieb er, bis sie nach Baltimore kamen.

ANNE Warst du auf demselben Schiff?

HENRY Du wirst sehn ... Es wurden nicht sehr viele gerettet ... Außerdem ... vor der amerikanischen Küste löste sich der Konvoi auf ... Julius Gassmann kam nach Baltimore; aber seinen Beschluß, den hatte er schon früher gefaßt ... schon an Bord des Zerstörers.

ANNE Welchen Beschluß, Henry? Was meinst du?

HENRY Seine Einheit ... sie wurden gegen Widerstandskämpfer eingesetzt ... Er hatte furchtbare Vergeltungsaktionen mitgemacht ... Sogar der Untergrundsender hat darüber berichtet ... immer wieder ...

ANNE Du wolltest sagen, was Julius Gassmann beschlossen hatte.

HENRY Ja ... an Bord des Zerstörers ... nachdem er gerettet war ... Es war nicht seine Jacke, die er anhatte. Die Papiere, ich meine: die Listen waren untergegangen ... er mußte neu registriert werden.

ANNE Unter anderem Namen?

HENRY Er fand Briefe in der Jacke ... eine Blechschachtel mit Nähzeug, Briefe und einen Ausweis.

ANNE Mit Bild?

HENRY Eigentlich war es nur eine Bescheinigung – ohne

Bild ... eine Bestätigung, daß der Inhaber offiziell als Übersetzer anerkannt war ... Die Briefe waren schwer leserlich.

ANNE Und das ging glatt? Natürlich, es mußte ja glattgehen ... sie hatten ihn aufgefischt.

HENRY Als sie ihn aufforderten, seinen Namen zu buchstabieren, legte er die Bescheinigung vor ... Die Situation ließ keinen Argwohn zu ... Er wurde neu registriert ... Und dadurch ist er ihr entkommen.

ANNE Wem?

HENRY Seiner Vergangenheit ... oder doch dem Teil seiner Vergangenheit, der ihn einiges befürchten ließ ... das halbe Jahr, das er zu dieser Einheit gehört hatte.

ANNE Wieviel Selbstkontrolle gehört dazu ...

HENRY Er richtete sich einfach ein in diesem angenommenen Namen ... möblierte die neue Biographie ... natürlich mußte er aufmerksam leben, seinen Willen anstrengen ... aber dann, im Lager, passierte es, daß er zum ersten Mal – wie soll ich sagen – den angenommenen Namen träumte ... im Traum erschien er sich selbst nicht mehr als Julius Gassmann ... das war die erste Vereinigung, ja ... so wurde die Vereinigung hergestellt.

ANNE Für die Zeit drüben ... für die Gefangenschaft?

HENRY Stell dir vor, Anne, wir hatten eine Art Lager-Universität ... dort in Virginia ... man konnte eine Menge Fächer belegen ... Sogar ein gefangener Gerichtsmediziner hielt Vorlesungen in seinem Fach ...

ANNE Gassmann vermutlich Sprachen ...

HENRY Gassmann belegte Sprachen, so ist es ... außer Englisch und Französisch auch Italienisch.

ANNE Sag bloß, Henry, daß er drüben auch sein Diplom erhielt.

HENRY Er erhielt es vom Prüfungsausschuß einer amerikanischen Universität ...

ANNE Und das hielt er aus? Das kann doch keiner aushalten.
HENRY Was?
ANNE Wann hat er sich wieder zurückverwandelt? In Julius Gassmann?
HENRY War es notwendig? Es ging sehr gut ohne ihn und ohne die Biologie ... Ein gewisses Risiko gab es selbstverständlich ... mit den Jahren aber wurde es geringer ... Ja, Anne: der andere gefiel ihm ... manchmal hatte er das Gefühl, eine lohnende Aufgabe übernommen zu haben ... lebenslänglich ... Es war, als hätte er der Zufälligkeit der Herkunft seine Wahl entgegengesetzt.
ANNE Aber seine Angehörigen? Er hat doch Angehörige.
HENRY Vermißt ... für sie gilt er als vermißt bei einem Schiffsuntergang.
ANNE Und seine neuen Angehörigen? Die, die er sich eingetauscht hat?
HENRY Einmal erhielt er eine Suchkarte vom Roten Kreuz ... Er tat es als Mißverständnis ab.
ANNE Das sieht ihm ähnlich ... Und bis heute, Henry, bis heute ist er dabei geblieben?
HENRY Ich sagte ja, er hatte das Gefühl, eine lebenslängliche Aufgabe übernommen zu haben.
ANNE Henry?
HENRY Ja?
ANNE Ich – wie soll ich ihn denn anreden? Herr Gassmann? Ich schätze, er hätte etwas dagegen.
HENRY Er heißt auch Henry.
ANNE So wie du?
HENRY Er heißt Henry Schaffer. – Julius Gassmann heißt jetzt Henry Schaffer.
ANNE Das ist nicht wahr!
HENRY Es ist wahr ... Ja, Anne, es ist wahr.
ANNE Das hast du erfunden!

Henry Julius Gassmann wird nicht kommen, weil er schon hier ist ... Du wirst sehn: er wird nicht kommen ... Glaubst du's nicht?

Anne Nein, Henry, ich glaub' dir nicht.

Henry Ich kann dir die Briefe zeigen ... und die Bescheinigung des Übersetzerverbandes ...

Anne Du kannst mir vieles zeigen: ich glaub' dir nicht ... Acht Jahre – du kannst doch nicht acht Jahre mit mir zusammenleben – unter anderem Namen.

Henry Was wäre der Unterschied gewesen – für dich? Du hättest Julius zu mir gesagt ... das wäre alles gewesen.

Anne Du willst mich doch nur reinlegen – nicht, Henry? Nur reinlegen willst du mich?

Henry Nein, Anne. Es war deine Idee ... der Eisberg – die unbekannten Siebtel ... Ich hab' gesucht und gesucht ... es gibt keinen Unbekannten, den ich hätte einladen können – außer Julius Gassmann ... Und das bin ich selbst ... Ich war es.

Anne Mein Gott, wenn das stimmt ... Weißt du, was es für mich bedeutet? Für mich, für uns, für diese Ehe?

Henry Ich sagte ja, mein Gast ist gewissermaßen verheiratet ...

Anne Bist du dir klar darüber, welche Folgen das haben kann?

Henry Wenn du mich statt Henry Julius nennst? ... Wir hatten doch ein Abkommen geschlossen: wenn die Gäste fort sind, wird sich nichts geändert haben.

Anne Alles ist ungültig ... Wenn es stimmt, Henry, dann ist alles ungültig.

Henry Nichts ist ungültig. Und ich sage dir noch einmal, Anne: es ist wahr ... Der Mann, mit dem ich dich bekannt machen wollte, heißt Julius Gassmann ... Er ist anwesend.

Anne Ich halt' es nicht aus, Henry.

HENRY Es hat geklingelt.
ANNE Was sagst du?
HENRY Deine Gäste haben geklingelt.
ANNE Ich kann jetzt nicht ... geh hin und ...
HENRY Herr und Frau Jacobson. Du hast sie eingeladen.
ANNE Erfinde etwas ... Ich kann nicht.
HENRY Dann werde ich öffnen ... Schließlich – du hast sie ja auch in meinem Namen eingeladen.
ANNE Sag, daß es nicht stimmt. Bitte.
HENRY Stell unsere Gläser weg.
ANNE Mach nicht auf.
HENRY Und den Aschenbecher.
ANNE Henry?
HENRY Nimm dich zusammen ... Unsere Gäste.

1969

Der Mann unseres Vertrauens

Auch beim Abschied in der Redaktion, vor allen Kollegen, die mit dem Schnapsglas in der Hand um mich herumstanden, glaubte der Chefredakteur noch einmal meine Qualitäten aufzählen zu müssen, die mich als geeignet erscheinen ließen für den Posten des Auslandskorrespondenten in Stockholm. Stockend, wie immer, erwähnte er meine Umgänglichkeit und die Ausbildung im Staatlichen Institut für Journalistik, er erinnerte an die beiden Preise, die ich erhalten hatte, lobte lächelnd, fast nachsichtig, meine Fähigkeit, auf die Zeile genau und nach Maß zu schreiben, wies gleich darauf mit grüblerischem Ausdruck auf meine gesellschaftliche Loyalität hin und auf die Sicherheit der Perspektive, unter der sich das trübe Gemisch der Ereignisse bei mir wie von selbst schied, und schließlich hielt er mir zugute, daß ich gegenüber jedem Zweifel gefeit sei und damit in der Lage, meine Verläßlichkeit an jeden Ort zu exportieren. Daß mein Vorgänger sich abgesetzt und entschieden hatte, in Schweden zu bleiben, erwähnte er nicht.

Während er mir die Abschiedsrede hielt, brauchte ich die Blicke meiner Kollegen nicht auszuhalten, sie sahen zu Boden; und nachdem er gesprochen hatte, musterte ich sie nur kurz über den Rand des Glases, aus dem wir Maisschnaps kippten, unser Nationalgetränk, das – eiskalt genossen – gegen mehrere Krankheiten hilft, nicht nur gegen Depressionen. Stumme Händedrücke, unterschiedliches Zwinkern. Einige angedeutete, einige vollzogene Umarmungen. Der offizielle Abschied war überstanden, und der Chefredakteur legte mir versonnen einen Arm um die Schulter und führte mich in sein Arbeitszimmer, wo er mir den Paß überreichte und, mit verzögerten Gesten, einen Umschlag mit Devisen – Währungen der Länder, die ich auf meinem Weg nach Stockholm durchqueren mußte. Gerade wollte er zwei gedrungene Gläser auf den Tisch setzen, da klopfte Barato, Freund und Kollege, mit dem zusammen ich das Institut für Journalistik absolviert hatte; er wollte mir beim Packen helfen.

Bevor ich Sobry beim Packen half, holten wir sein Auto aus der Werkstatt ab, einen betagten Citroën, Modell 34 – zumindest verdiente die Karosserie diesen Namen; zu allem, was unter der Kühlerhaube lag, hatten ausgeweidete Modelle aus vier Jahrzehnten beigetragen. Die Hupe zum Beispiel stammte von einem der ersten Jaguars; zum Erschrecken aller Verkehrsteilnehmer produzierte sie ein Hornsignal, mit dem bei der Fuchsjagd der Tod der Brandjacken weithin bekanntgegeben wird. Sobry bestand darauf, mit dem Auto nach Stockholm zu fahren.
Auf der Fahrt zu seiner Wohnung – sie lag in einem neuen, ockerfarbenen Miethaus – waren ihm weder Genugtuung noch Erregung anzumerken; wenn mir überhaupt etwas an ihm auffiel, war es eine Art herausfordernder Gelassenheit. Wir packten unter den Augen seiner geschiedenen Frau, das heißt unter einer Photographie seiner geschiedenen Frau, die in einem Muschelrahmen auf dem Bücherregal stand: glattes, breites Gesicht, strenger Mittelscheitel. Allzuleicht, schien mir, trennte er sich von den historischen Romanen; er stellte mir frei, zu nehmen, was mich interessierte; nur die Nachschlagewerke wollte er auf die Reise mitnehmen. Am längsten hielt uns das Verpacken seiner Eulensammlung auf, Eulen aus Glas, Walfischbein, Holz und Keramik; wir mußten jedes Stück einwickeln, sorgsam in Holzwolle betten. Zuletzt verstaute er die Photographie seiner geschiedenen Frau in einem Strohkoffer, von Strümpfen beiderseits gepolstert. Sein Gepäck trugen wir schweigend zum Auto. Bevor wir uns umarmten, er-

wähnte ich, daß ich immerhin täglich seine Stimme hören würde, während seiner alltäglichen Anrufe zur Zeit der großen Redaktionskonferenz. So ist es, sagte er.

Im Rückspiegel behielt ich Barato im Auge, erkannte, daß er bereits zu winken aufhörte, als ich die Steigung nahm. Eine Weile fuhr ich in einer Militärkolonne, die Soldaten sahen von der Ladefläche gleichgültig, manchmal feindselig auf mich herab, ich spürte, daß sie mich beneideten, daß ihnen spontan Ziele einfielen, zu denen sie selbst gern in einem Auto aufgebrochen wären; darum beschloß ich, auszuscheren und zu dem schattigen Dorf hinabzufahren, in dem mein alter Lehrer wohnte.

Obwohl wir uns nur sehr selten begegneten, sah ich es angesichts meiner Reise nach Stockholm als gerechtfertigt an, ihm einen Besuch zu machen, einen Abschiedsbesuch. Seltsamerweise überraschte ihn weder mein Erscheinen noch die Nachricht über meine neue Aufgabe; gleichmütig legte er die Schere aus der Hand, mit der er Pfirsichbäume gestutzt hatte, band die Schürze ab, sorgte für Milch und Gebäck und setzte sich zu meiner Verfügung. Meine Hoffnung, daß er etwas von meiner Berufung indirekt auf sich beziehen würde – und wenn auch nur ironisch –, erfüllte sich nicht. Er sagte mir Landschaftserlebnisse von »feierlichster« Art voraus; um eine Ansichtskarte bat er nicht, doch als ich ihm von mir aus eine versprach, erhob er sich wortlos und trug ein Stück Gebäck zu dem Maultier, das durch das offene Gartenfenster hereinsah. Ich konnte mir nicht erklären, warum er bei meinem Abschied erleichtert schien.

Hinter Sobrys Schreibtisch in der Zentralredaktion, den ich nach seiner Abreise übernahm, hing eine Europa-Karte, auf der, fein gestrichelt und nur bei schrägem Lichteinfall erkennbar, die Route eingezeichnet war, die er zu nehmen gedachte auf seinem Weg nach Stockholm. Jeden Morgen blickte ich auf die Karte, versetzte mich auf seine Spur, ich sah ihn Hotelrechnungen bezahlen, an Tankstellen vorfahren, immer wieder Grenzen passieren, und unwillkürlich war ich dabei, ihm Etappen für seine Reise zu setzen. Es war ausgemacht, daß er zum ersten Mal während der großen Freitagskonferenz anrufen sollte; seinen Weg täglich nachrechnend, traute ich ihm zu, daß er sich bereits am Donnerstag melden würde, um seine Ankunft zu bestätigen.

Beim Ausräumen seines Schreibtisches fand ich nichts, was aufzubewahren sich gelohnt hätte, ausgenommen einen Schnellhefter, in dem Sobry Artikel über Schweden gesammelt hatte – aufschlußreich insofern, als sie sich allesamt mit dem »schwedischen Charakter« befaßten. Hervorgehoben waren Behauptungssätze über zeremonielle Korrektheit und unerbittliche Regelhaftigkeit im schwedischen Leben. Von allen Kollegen fragte nur der außenpolitische Redakteur nach Sobry; mehrmals erkundigte er sich, ob ich schon ein Zeichen von unterwegs bekommen hätte, allerdings nicht drängend oder besorgt, sondern eher in mechanischer Höflichkeit. Einmal sagte er: Sein Schweigen sollte uns beruhigen; unangenehme Nachrichten erfährt man sofort. Ihr Freund ist ein verläßlicher Mann.

Wenn ich nicht die letzte Abendfähre verpaßt hätte, wäre ich schon am Donnerstag in Stockholm gewesen. Ich mietete mich in einem Hotel am Hafen ein und schrieb nach einem ungewohnten, sehr fetten Abendbrot zwei Postkarten an Barato und an meine geschiedene Frau; daß sie nie ihre Empfänger erreichten, lag wohl daran, daß ich die Postkarten in den Schlitz einer sogenannten Beschwerdebox warf, die ich, betäubt von Bier und honigfarbenem

Aquavit, für einen Briefkasten gehalten hatte. Besetzt von lärmendem Kopfschmerz, nahm ich am nächsten Morgen die erste Fähre und blieb während der ganzen Überfahrt auf dem Oberdeck, massiert und gezaust vom Seewind, appetitlos beim Anblick der lastenden kalten Buffets.

Angeschoben von einigen Matrosen des Autodecks, startete endlich der Motor meines Autos; ich fuhr an einem zeitunglesenden Zöllner vorbei, durch eine weinrote Stadt unter Birken, und fühlte mich schmerzfrei und zuversichtlich, als ich die Waldregion erreichte. Was schwedisches Einzelgängertum sich mitunter einfallen ließ, gab mir lange zu denken: weit lagen die Gehöfte voneinander entfernt, einige warnten auf uneinnehmbaren Bergkuppen vor jedem Besuch; sie schimmerten von felsigen Inseln in flaschengrünen Seen herüber oder bestanden auf ihrer Zurückgezogenheit in sich selbst überlassenen Wäldern. Bei uns drängen sich die Häuser so dicht aneinander, daß alles öffentlich wird, die Trauer nicht weniger als die Selbsttäuschungen.

Auf einem hartgefahrenen, abschüssigen Sandweg merkte ich auf einmal, daß die Bremsen nicht mehr faßten; ich schaltete zurück, erwog einen Augenblick, die zerrissene Böschung zu rammen, aus der dünnes Wurzelwerk heraushing, doch da mir seit langem kein Auto entgegengekommen war, glaubte ich, noch die schmale Holzbrücke »nehmen« zu können, hinter der das Auto auf wieder ansteigender Straße sanft ausrollen würde. Ich hatte die Brücke noch nicht erreicht, als von der Waldböschung zwei Ziegen auf die Straße sprangen, braune, langhaarige Bergziegen, die sich streitend mit ihrem Gestänge so ineinander verhakt hatten, daß nicht einmal mein seltenes Hupsignal sie erschrecken und fliehen ließ. Das Geländer der Holzbrücke brach, ich stürzte und sah mich stürzen, überschlug mich und sah vorwegnehmend, wie mein Auto sich überschlug, von verrotteten Stämmen abgefedert in den Farnen aufschlug und in einem Wirrwarr von gestorbenen Bäumen hängenblieb. Das nahm ich, wie gesagt, vorweg, als der Wagen ausbrach und über die Brücke hinausschoß; gespürt, wirklich gespürt habe ich nur einen einzigen Schlag.

Zuerst meldete sich während der großen Redaktionskonferenz am Freitag, die wir auch »Olivenkonferenz« nannten, da die aktuellen Themen der nächsten Woche bei Wein und Oliven besprochen wurden – als erster meldete sich unser Korrespondent in Zürich; danach hörten wir die Vorschläge aus unseren Pariser und Londoner Büros. Die Stimmen der Auslandskorrespondenten wurden über einen Lautsprecher übertragen, so daß jeder von uns den vollständigen Dialog zwischen Chefredakteur und Korrespondent mithören konnte. Keiner unserer Korrespondenten hatte den Geburtstag des Chefredakteurs vergessen, es war aufschlußreich, ihre unterschiedlichen Glückwünsche auszuwerten, die sie nach ihren Berichten pflichtschuldigst anbrachten.

Stockholm wollte und wollte sich nicht melden, obwohl wir länger als gewöhnlich zusammensaßen und den Chef hochleben ließen mit einem besonderen Wein. Die Stimmung, wie man so sagt, stieg; bald hatte ich den Eindruck, daß ich der einzige war, der Sobrys Anruf ungeduldig herbeiwünschte, und vielleicht hätte ihn auch niemand mehr vermißt, wenn der Chefredakteur nicht plötzlich ins Innenministerium bestellt worden wäre. Bevor er aufbrach, bat er mich, von meinem Apparat aus unser Stockholmer Büro anzurufen.

Sobry war noch nicht erschienen, war noch nicht einmal in seiner Wohnung angelangt; auch von unterwegs hatte er sich, wie die Sekretärin ratlos erklärte, nicht ein einziges Mal gemeldet. Unüberhörbar war ihre Besorgnis, eine begründete Besorgnis: sie hatte immer noch nicht die Konflikte überwunden, in die sie gestürzt wurde, als Sobrys Vorgänger glaubte, sich absetzen zu müssen. Bedrückt vertraute sie mir an, daß sie bereits bei der schwedischen Polizei nachgefragt habe, ohne indes etwas anderes zu erfahren, als daß zusammenfassende Unfallmeldungen erst gegen Abend zu erwarten seien. Mir entging nicht, daß der Chefredakteur unwillkürlich seinen Blick verengte, als ich ihm das Ergebnis meines Anrufs mitteilte. Schon abgewandt, bat er mich, ihn zu Hause anzurufen, falls Sobry sich doch noch melden sollte.

Den Jungen sah ich zuerst, den unbeweglich auf einem Hocker sitzenden Jungen; er hatte noch nicht mitbekommen, daß ich erwacht war, er starrte durch die offene Tür auf einen bewaldeten Hang, in dem sich graues Gestein aufbuckelte. Als ich mich regte, drehte er sich blitzschnell um, sprang auf und flitzte hinaus, gerade als ob er, der kleine barfüßige Wächter, mein Erwachen sofort zu melden hätte; und es dauerte auch nicht lange, da betrat ein alter, hagerer Mann den Raum und beugte sich über mein Lager; er beobachtete mich mit ruhigem Mißtrauen, ohne mein Lächeln zu erwidern oder auch nur wahrzunehmen. Er überprüfte die Verbände, Kopf- und Brustverband, deutete knapp auf einen Becher mit Tee, den ich zu trinken hätte; meinen Dank nahm er gleichgültig zur Kenntnis, ich war nicht einmal sicher, daß er mich verstand. Auf meine Frage nach einem Telephon antwortete er mit einer verneinenden Geste und beschrieb einen flüchtigen Bogen gegen die nackten Holzwände, womit er gewiß sagen wollte, daß hier im weiten Umkreis kein Telephon zu finden sei, in dieser Einsamkeit.

Schmerzen hatte ich nur, sobald ich mich rührte, und wenn ich mich aufzustützen versuchte, zog mich ein klopfendes Schwindelgefühl nieder. Noch wagte ich es nicht, den Mann, der offenbar der Großvater des Jungen war, nach einem Arzt schicken zu lassen. Der selbstgemachte Hocker blieb während des ganzen Tages besetzt; nicht nur, daß der alte Mann den Jungen ablöste, wachend saß auch eine schweigsame, sommersprossige Frau vor meinem Lager und in der Dämmerung ein barfüßiges Mädchen, das, den klickenden Geräuschen nach zu schließen, mit massiven Glasfiguren spielte. Als die Kleine sich erhob, erkannte ich, daß sie mit zwei gläsernen Eulen spielte, die aus meiner Sammlung stammten.

Nach der Montagskonferenz – wieder hatten wir vergeblich auf den Anruf unseres Stockholmer Korrespondenten gewartet – bat der Chefredakteur mich in sein Zimmer, wo er nicht nur seine Enttäuschung zugab, sondern auch seine Verletztheit. Er erinnerte mich daran, daß ich es war, der die entscheidende Garantie für Sobry abgegeben hatte, und in der Voraussetzung, daß wir uns über unsere Befürchtungen nicht weitläufig zu verständigen brauchten, fragte er mich: Trauen Sie es ihm zu? Obwohl ich es ihm nicht zutraute, sagte ich: Wir müssen ihm noch etwas Zeit lassen – worauf der Chefredakteur leise feststellte: Ich höre es ticken, Barato, ich höre es schon wieder ticken; offenbar gibt es keinen unbedingten Verlaß.

Auf dem Heimweg sah ich in der ebenerdigen Wohnung von Sobrys geschiedener Frau Licht; bevor mir einfiel, wie ich meinen Besuch erklären könnte, hatte ich schon geklingelt. Sie war erfreut über mein Erscheinen, sie bot mir das Sofa an und verschwand im Badezimmer, wo sie Strumpfhosen und Nylonblusen spülte und tropfnaß auf einen Bügelständer hängte, der in der Badewanne stand. Zweimal forderte sie mich auf, uns beiden einen Maisschnaps einzugießen, und nachdem wir getrunken hatten, blickte sie mich forschend an: Ist was mit Sobry? Jetzt erst wußte ich, worauf ich aus war, warum ich geklingelt hatte. Nachdenklich nahm sie die Befürchtungen der Redaktion zur Kenntnis, wollte Einzelheiten hören, die ich ihr nicht liefern konnte, verlor sich deutlich an Erinnerungen, fand auch dann keine Erklärung, als ich sie zum Abendessen einlud – zumindest glaubte sie keine Erklärung finden zu können für Sobrys Verstoß gegen selbstverständliche Pflichten.

Mir allerdings besagte es etwas, als sie noch einmal, von sich aus, die Gründe ihrer Scheidung erwähnte, einer Scheidung in beiderseitigem Einvernehmen. Wenn ich sie richtig verstand, fühlten sie sich beide nicht der unablässigen Nötigung gewachsen, sich voreinander rechtfertigen zu müssen – immerhin hatten sie eine nennenswerte Zeit der Selbständigkeit hinter sich, als sie heirateten, der Redakteur und die Dolmetscherin. Alle Übereinkünfte halfen ihnen nicht; der Zwang, sich zu rechtfertigen, bestimmte ihre Abende so sehr, daß sie sich nach fünfjähriger Ehe zu trennen beschlossen. Nie hatte Sobry mir gegenüber diesen Grund genannt, nie zuvor war mir diese Neigung oder Abneigung an ihm aufgefallen: in einer Zeit, in der alles gerechtfertigt werden mußte – die Rede und das Schweigen, das Ja und das Nein –, während alle dieser Forderung entsprachen, lehnte er sie für sich selbst ab. Noch wußte ich nicht, wie ich diese Entdeckung bewerten sollte.

Auf meine Bitte, ein Telegramm nach Stockholm zu schikken, gab mir der alte Mann in vereinfachtem Schwedisch zu verstehen, daß die nächste Poststation zu weit entfernt sei und daß sie es sich im Haus vorerst nicht leisten konnten, einen der Ihren für längere Zeit zu entbehren. Einen Arzt, der ebensoweit entfernt lebte, glaubte er nicht mehr holen zu müssen, weil es mir, wie er nach eigenhändiger Untersuchung feststellte, bereits besserging. Mit mäßigem Bedauern teilte er mir mit, daß mein Auto, nachdem zunächst Baumstämme seinen Sturz abgefangen hatten, auf dem Grund einer Schlucht gelandet sei, zerstört und für immer verloren; mein Eigentum, soweit sie es zwischen Farn und dichtem Unterholz hatten finden können, lag in einem Heuschober für mich bereit.

Mehrmals versuchte ich, mit den Kindern ins Gespräch zu kommen, besonders wenn sie mir das einfache Essen hinsetzten; es gelang mir nicht, da sie sich sogleich scheu wieder zurückzogen beziehungsweise als verschlossene Wächter auf den Hocker setzten. Für einen Augenblick der Beschämung sorgte ich selbst, als ich den Jungen bat, mir Bleistift und Papier zu besorgen; er hatte nichts Eiligeres zu tun, als meinen Wunsch dem alten Mann zu hinterbringen, der keineswegs aufgebracht oder erregt war, sondern nur monoton vom Eingang her fragte, wieviel sich eigentlich bei uns zu Hause mit den Gesetzen der Gastfreundschaft vereinbaren lasse. Lange versuchte ich, den Geruch zu bestimmen, der sich vor allem am Abend streng und deckend bemerkbar machte; schließlich wußte ich es: was durch Ritzen zu mir hereindrang, war ein Geruch nach Kümmel. Ihm nachzuspüren war mir immer noch nicht möglich, da ich mich allenfalls unter Mühen aufrichten konnte; beim ersten nächtlichen Versuch, das Lager zu verlassen, wäre ich fast gestürzt. Ich zweifelte nicht, daß methodisch nach mir gesucht wurde.

Woher der innenpolitische Redakteur wußte, daß Sobry kurz vor seiner Abreise nach Stockholm das Haus verkaufte, das er von seinen Eltern geerbt hatte, blieb während der Konferenz unerwähnt. Uns gab es zu denken, daß er weit unter Preis verkauft hatte, überstürzt, wie es hieß, einverstanden mit dem ersten Angebot. Wir hatten dieses Wissen kaum angewendet, da setzte uns der innenpolitische Redakteur mit der Zusatznachricht in Erstaunen, daß Sobry sich auch nach dem Barverkauf des Hauses kein Konto bei der Nationalbank eingerichtet hatte. In dem Schweigen, das darauf wie von selbst entstand, wurde unser neuer Auslandskorrespondent unerträglich gegenwärtig. Ich sah zum Chefredakteur hinüber, der, die Zigarette schräg vor dem Kinn, kratzend über die Brandmulden auf der Schreibtischplatte fuhr. Er hob nicht einmal das Gesicht, als sich der Leiter unserer Dokumentationsabteilung, der uns täglich Nachhilfeunterricht in korrektem Zitieren gab, gezwungen sah, die Schatten über Sobry zu vermehren; mit leiser Stimme teilte er uns mit, daß der Mann, der mit unserem Vertrauen nach Stockholm aufgebrochen war, sich an dem Tag, an dem der Verlust der konfiszierten Manuskripte festgestellt wurde, im Archiv aufgehalten hatte; es sei deshalb nicht auszuschließen, sagte er, daß diese Manuskripte demnächst einen schwedischen Verleger finden würden.

Der Chefredakteur stand auf, bereit, die Zentralredaktion zu verlassen, als das Telephon klingelte und ein Anruf von Stockholm angekündigt wurde. Die Sekretärin meldete sich; verstört fragte sie, ob sie eine Vermißtenanzeige aufgeben solle, die Polizei habe es ihr nahegelegt. Ohne sich zu bedenken, entschied der Chefredakteur, in diesem Fall keine Vermißtenanzeige aufzugeben; er stellte der Sekretärin eine Erklärung in Aussicht, die sie in einem noch zu bestimmenden Augenblick der Presse zu übergeben hätte. Dann winkte er mir, ihm zu folgen, doch bevor ich an der Tür war, gab er mir durch einen erneuten Wink zu verstehen, daß er mich nicht mehr brauchte: dieser Widerruf war für mich ein Ausdruck der Resignation.

Es gelang mir, sie über meinen Zustand zu täuschen, indem ich in ihrer Gegenwart das Aufstehen probierte; ich führte ihnen meine Kraftlosigkeit so überzeugend vor, daß sie die

Tür zur Nacht zwar schlossen, aber nicht verschlossen. Obwohl ich keine letzten Beweise dafür hatte – die ständige Anwesenheit eines »Wächters« konnte ja auch als Fürsorge ausgelegt werden –, entstand das Gefühl, in eine Art von Gefangenschaft geraten zu sein. Als ich zu fliehen beschloß, nahm ich mir vor, ihnen aus der Ferne angemessen zu danken und ihnen durch einen Boten, der auf der Rückfahrt meine Sachen mitnehmen würde, einige Geschenke zu schicken.

Im Morgengrauen, Nebel kroch über den bewaldeten Hang, drückte ich die Tür auf, lauschte, machte einige Schritte an der rostrot getünchten Scheune, lauschte wiederum; vom Saum des Waldes, der zur Straße abfiel, beobachtete mich eine Herde von Bergziegen. Ich mußte am Wohnhaus vorbei, lief geduckt hinüber, tastete mich an gebeiztem Bretterzeug entlang, bis ich vor dem verschmutzten Kellerfenster stand, hinter dem eine alte Petroleumfunzel brannte. Im Ausschnitt erkannte ich das Gesicht und eine Schulter des alten Mannes, der, wie bezwungen von Erschöpfung, auf einer Holzpritsche lag. Fein ausgerichtet standen Flaschenspaliere an der Wand. In der Mitte des Raums erhob sich auf Böcken eine Destillieranlage, Kolben, Blasen, Retorten und Kühlschlangen; aus einem geneigten Rohr tropfte es in einen Kessel: ich hatte den Grund ihrer Wachsamkeit gefunden.

Schwierig war der Abstieg durch das Unterholz zur Straße. Die Ziegen folgten mir, sprangen heran, wenn ich strauchelte, griffen mich spielerisch an, sobald ich einen Augenblick liegenblieb; erst auf der Straße hielten sie einen Sicherheitsabstand ein und blieben vor einer Brücke so selbstverständlich zurück, als hätten sie die anerkannte Grenze ihres Auslaufs erreicht. Dem Postautobus brauchte ich nicht zu winken, er hielt wenige Schritte vor mir, und zwischen müden, abweisenden Gesichtern fuhr ich zur Provinzhauptstadt, und von dort mit einem Schnellzug nach Stockholm. Getragen von Euphorie, suchte ich nicht meine Wohnung auf, sondern ließ mich von einer Taxe zu unserem Büro bringen. Die Entgeisterung meiner zukünftigen Sekretärin konnte ich nicht verstehen; als sie mir aber den Kaffee hinsetzte, ahnte ich, daß ihre Erregung mit meinem Erscheinen zusammenhing. Ich bat sie, ein Gespräch nach Hause anzumelden.

Auf einmal wußte jeder etwas; jeder aus dem Kreis der »Olivenkonferenz« konnte sich an etwas erinnern, hatte etwas erfahren, war zufällig auf etwas gestoßen, das Sobrys Schweigen erklärte und die schlimmste Annahme rechtfertigte. Mich hatte es kaum noch überrascht, als sein alter Lehrer, den ich bei einem öffentlichen Vorlesewettbewerb traf, sich vor allem an den »nagenden Zweifel« erinnerte, der Sobry mehr als jeden anderen Schüler erfüllte, ein Zweifel selbst gegenüber einfachsten Wahrheiten. Als ich dies der Konferenz mitteilte, erntete ich nicht einmal Erstaunen.

Mir tat unser Chefredakteur leid, der, falls Sobry wie sein Vorgänger abspringen sollte – und mittlerweile warteten wir stündlich auf diese Nachricht –, allein die Konsequenzen würde tragen müssen. Schon seine Art des Dasitzens verriet, was er empfand. Er hatte den Vorsitz an den außenpolitischen Redakteur abgegeben und schien uninteressiert an der Erklärung, die wir gemeinsam vorbereiteten und die zu formulieren die Konferenz mich beauftragte. Ich war entschlossen, Sobry des Devisenvergehens ebenso zu bezichtigen wie der Entwendung verschlossener Manuskripte. Während ich Stichworte notierte, die die Kollegen mir zuriefen, kündigte die Zentrale ein dringendes Gespräch aus Stockholm an.

Diesmal überließ es der Chef dem außenpolitischen Redakteur, den Hörer abzunehmen. Jeder von uns erwartete die Stimme der Sekretärin, die lange befürchtete Nachricht zu hören. Und dann meldete sich Sobry. Wie heiter er von seinem Unfall erzählte! Wie belustigt er die Tage der Krankheit auf einem einsamen Hof schilderte, deren Besitzer Schwarzbrenner waren! Er zögerte tatsächlich nicht, dem Redakteur für die »vermischte Seite« einen Erlebnisbericht in Aussicht zu stellen: »Der Spalt im Auge der Ziege«. Da er unsere Runde nicht sah – wir saßen versteift da, in eisiger Ablehnung –, bat er nach flüchtiger Entschuldigung für seinen verspäteten Anruf um die Direktiven der Redaktionskonferenz.

Plötzlich verlangte der Chefredakteur den Hörer; mit geschlossenen Augen und pausenreich forderte er Sobry auf, sofort unter Ausnutzung der schnellsten Verbindungen zurückzukehren; und in das betroffene Schweigen hinein sagte er: Telegraphieren Sie uns Ihre Ankunftszeit. Danach legte er auf und verließ grußlos die Zentralredaktion; wir aber blieben sitzen wie versteinert.

In zehn Minuten werde ich es wissen, denn da ich ihnen die Ankunftszeit telegraphieren sollte, wird mich wohl einer erwarten, hoffentlich Barato, hoffentlich er, denn diesmal möchte ich alles erfahren, und nur zwischen uns wird alles gesagt.

Verspätung ist nicht gemeldet, also noch knapp zehn Minuten, und ich zweifle nicht, daß er erstaunt sein wird, daß er empört und außer sich sein wird, darauf vorbereitet, alles zurückzuweisen, was ans Licht gekommen ist in der Zeit seiner Verschollenheit. Auch wenn er, bei seiner Beredsamkeit, einzelne Punkte widerlegen sollte: das allgemeine Urteil wird er nicht aufheben können, das nicht; schließlich sind wir uns alle über ihn einig.

1979

Die Prüfung

In jeder Wegbeschreibung kommt heute zumindest eine Tankstelle vor, dachte Hartmut und bog, nachdem er die Verladerampe eines Versandhauses passiert und einen beschrankten Bahnübergang hinter sich gelassen hatte, vor einer neu errichteten, noch unbedachten Tankstelle ab und mußte gleich Doktor Crespien recht geben: der Weg war in der Tat noch nicht fertig. An tiefen, verkrusteten Radspuren, die von schweren Baufahrzeugen stammten, an lehmtrüben Pfützen, Steinhaufen und ausgekipptem Sand vorbei ruckelte und holperte er im ersten Gang den Weg hinab und pries still für sich die Federung seiner »Ente«. Doktor Crespien hatte sich am Telephon dafür entschuldigt, daß er im letzten Haus des Ibsenwegs wohnte, hatte wie zum Trost darauf hingewiesen, daß sämtliche Wege im sogenannten Dichterquartier noch nicht angelegt seien, und mehr oder weniger absichtsvoll war ihm eine Anspielung auf die Mühen rausgerutscht, die wohl jeder aufbringen muß, der sich Zugang zu etwas Neuem verschaffen will.

Vor dem Haus Nummer vierzehn hielt Hartmut; die spielzeughafte Gartenpforte war geschlossen; ein Kleinlaster, auf dessen Ladefläche Schubkarren gestapelt waren, versperrte die Auffahrt zur Garage. Wie bei allen anderen Häusern, die gerade bezogen worden waren, lag der Eingang an der Seite; man erreichte ihn über ausgelegte verdreckte Bretter. Obwohl es ein paar Minuten vor der verabredeten Zeit war, nahm Hartmut seine Kollegmappe vom Rücksitz und stieg aus und mußte unwillkürlich an Ulrike denken, die sich oft darüber amüsierte, wie er seine langen Gliedmaßen aus dem Auto herausbrachte. Er musterte die frisch verputzte Fassade, streifte mit einem Blick das große Fenster und glaubte zu erkennen, daß sich die Gardine sanft bewegte. Einen Augenblick war er unsicher, ob er nicht doch Blumen hätte mitbringen sollen, zumal da er wußte, daß die Crespiens gerade in ihr Haus eingezogen waren, doch dann gab er Ulrike recht, die in ihrer ruhigen besorgten Art festgestellt hatte: Deinem Prüfer kannst du keine Blumen bringen.

Doktor Crespien hatte ihn zu sich nach Hause eingeladen, um mit ihm über seine schriftliche Examensarbeit zu sprechen; wie sein Urteil ausgefallen war, hatte der Prüfungsbeauftragte am Telephon nicht gesagt. Freundlich und kollegial war seine Stimme gewesen, Hartmut war nahe daran, ein Gefühl der Ebenbürtigkeit zu empfinden, und weniger aus Bescheidenheit als aus Dankbarkeit hatte er sich mit jedem Terminvorschlag einverstanden erklärt. Auf Ulrikes Wunsch hatte er seine olivfarbene Cordhose angezogen und die weißen Turnschuhe mit einem feuchten Lappen abgerieben, und weil sie es wollte, trug er unter der Windjacke ein lindblaues Hemd und das Halstuch, das sie von einem Patienten geschenkt bekommen hatte.

Gewiß hätte es ihn weniger Anstrengung gekostet, über die Spielzeugpforte einfach hinwegzusteigen, doch da er damit rechnete, daß er beobachtet wurde, beugte er sich hinab, öffnete mit demonstrativer, belustigt wirkender Sorgfalt das Pförtchen und schloß es ebenso wieder hinter sich. Vorsichtig balancierte er über leicht wippende Laufbretter. Die frisch gepflanzten Rhododendren, die jungen Blutbuchen und Edeltannen trugen noch die gelben Gütemarken der Baumschule. Über dem Klingelknopf war ein provisorisches Namensschild in Schreibmaschinenschrift angepinnt: Dr. Marius Crespien. Auf seinen Druck hörte Hartmut ein melodiöses Läutwerk im Innern des Hauses.

Wenn er gewußt hätte, wer ihm die Tür öffnen würde, wäre er wohl nicht im Ibsenweg erschienen; doch plötzlich stand sie vor ihm und lächelte ihn überraschungslos an. Ihr dunkles Haar war wie damals in der Mitte gescheitelt, ihr schönes, knochiges Gesicht hatte noch den alten Ausdruck von Offenheit und einer ahnbaren Härte. Sie trug eine enge dunkelblaue Hose und einen gleichfarbigen geräumigen Pullover, und wie in vergangener Zeit hatte sie die beiden winzigen Perlen als Ohrklipps angelegt. Hartmut erkannte, daß sie auf sein Kommen vorbereitet war. Während er ihre Hand nahm, hörte er sie sagen: Nun komm schon rein, mein Mann ist noch im Garten; sie legen einen Teich an. Aufgeräumt ging sie ihm voraus, schloß im Gehen die offenstehende Tür zur Gästetoilette, schubste mit dem Fuß ein Paar verschmierte Kinderstiefel in die Garderobe und gab ihm ein Zeichen, auf dem gefliesten, feucht glänzenden Fußboden behutsam zu gehen. Als ob ein schwerer Magnet ihn am Boden festzuhalten versuchte und er sich bei jedem Schritt mühsam lösen mußte: so angestrengt folgte er der Frau, ungläubig und herzklopfend und von der Einsicht bedrückt, daß es zu spät sei, sich jetzt noch unter einem Vorwand zu verabschieden. Gegen das einfallende Licht sah er die Silhouette ihrer Figur, die sich leicht und gelenkig bewegte, mit der Selbstsicherheit, die er in Erinnerung hatte; immer noch hatte sie die Angewohnheit, ab und zu mit den Fingern zu schnippen. Sie führte ihn in einen unerwartet großen, kaum möblierten Raum, von dem aus man auf die Terrasse und in den Garten hinaustreten konnte. Draußen knieten und standen einige Männer und ein kleiner Junge vor einer bescheidenen, nierenförmigen Wasserfläche; offenbar setzten sie Teichrosen.

Hartmut spürte, daß sie ihn aus den Augenwinkeln musterte, spürte auch, daß sie ein Wort von ihm hören wollte, und er sagte: Schön habt ihr's hier, viel Platz. Ja, sagte sie, aber wie du siehst: es ist noch viel zu tun. Er sah dem Jungen zu, der einen Plastikeimer mit Schilfschößlingen schleppte, und ohne es zu wollen, fragte er: Euer Junge?

Nein, sagte sie, wir sind erst zwei Jahre verheiratet; es ist der Junge meiner Schwägerin, sie hatte einen Autounfall. Ihre Stimme war sachlich, freundlich, sie verriet nicht, ob etwas zurückgeblieben war aus der Zeit ihrer Gemeinsamkeit, Groll etwa oder Enttäuschung. Er war sicher, daß ihr nicht daran gelegen war, das unverhoffte Wiedersehen zu benutzen, um Schuld zu erörtern, Rechtfertigung anzubringen. Sie entschuldigte sich und ging hinaus in den Garten, um seine Ankunft zu melden, und während sie sich entfernte, sah er sie und sich in dem Sessellift sitzen, der sie den langen, blendenden Hang emportrug, höher und höher, über verschneite Kiefern hinweg, vorbei an kantigen grauen Felsen, bis zu dem Plateau, von dem aus ihnen das Dorf und der Gasthof, in dem sie wohnten, winzig und rührend vorkamen.

Es hatte einige Tage gedauert, ehe er ihrem Drängen nachgab und sich ein Paar Skier gegen Bezahlung lieh, nicht um einsame Wanderungen zu machen, sondern um am Fuß des Hangs gemütlich hin und her zu gleiten und darauf zu warten, wie sie, eiförmig zusammengeduckt, Bodenwellen kraftvoll ausgleichend, in Schußfahrt zu ihm herabgesaust kam. Sie war eine sehr gute Läuferin. Wenn sie zwei, drei Abfahrten genossen hatte, begleitete sie ihn auf den Anfängerhügel und brachte ihm Schneepflug und Telemark bei, und da er als Schüler in den Winterferien ein paarmal auf den Brettern gestanden hatte, machte er rasche Fortschritte und ließ sich lächelnd belobigen. Etwas aber gelang ihnen nicht: ihre Vorlesungsnotizen über den europäischen Schelmenroman zu vergleichen, sie zu ergänzen und sich gegenseitig abzufragen. Sie fühlten sich so müde, daß sie es zehn Stunden aushielten unter dem monströsen Zudeck im Gasthof »Zur Sonnenuhr«.

Hartmut sah, wie Doktor Crespien sich im Teich die Hände wusch und sie an seinen Hosen trockenrieb, danach besprach er sich mit den Arbeitern, wischte dem Jungen übers Haar und kam zur Terrasse herauf, ein schlaksiger Mann, grauhaarig, von schwer bestimmbarem Alter. Sibylle könnte bei ihm gehört haben, dachte Hartmut, vielleicht hat sie sogar Examen bei ihm gemacht. Sie müssen entschuldigen, sagte Doktor Crespien zur Begrüßung, aber bei uns geht es noch zu wie bei Familie Maulwurf, und er gab seinem Besucher die Hand und zog ihn gleich mit sich in sein Arbeitszimmer, in dem Bücherkartons auf dem Boden standen und Stapel von Zeitschriften das Fensterbrett besetzt hielten. An den Wänden waren Kinoplakate angepinnt: Humphrey Bogart, Ingrid Bergman und James Dean musterten mit verpflichtendem Blick den Besucher; auf einem eingebauten Schränkchen im Bücherregal stand ein Plattenspieler. Doktor Crespien, der einen Jeansanzug und Stiefeletten mit erhöhtem Absatz trug, nahm lässig Platz und drehte sich aus schwarzem, krausem Tabak eine Zigarette. Auch eine? fragte er. Danke, sagte Hartmut, ich hab's mir abgewöhnt. Während sein Prüfer sich die Zigarette ansteckte, bemerkte er, daß die Haut über seinen Handrücken knittrig und schlaff war und daß die Wangen beim kräftigen Inhalieren feine Furchen zeigten. Die geröteten Druckstellen auf dem Nasenrücken stammten gewiß von der Nickelbrille, die auf dem braunen Schnellhefter lag – Hartmuts Schnellhefter.

Tja, lieber Hartmut Goll, sagte Doktor Crespien und unterbrach sich sogleich, als seine Frau den Tee brachte und ihnen riet, noch zwei Minuten mit dem Einschenken zu warten. Hartmut war sicher, daß sie ihm nicht nur höflich, sondern auch heiter-verschwörerisch zunickte, nachdem sie eine Tasse und ein Schälchen mit Schokoladenkeksen vor ihn hingestellt hatte. Einen Augenblick blieb sie unschlüssig an der Tür stehen. Soll ich Mutter auf morgen vertrösten? fragte sie. Tu das, mein Frettchen, sagte Doktor

Crespien und wollte sich wieder Hartmut zuwenden, als ihm offenbar noch etwas einfiel, das von Wichtigkeit war; er ging hinaus auf den Gang.

Frettchen nennt er sie, dachte Hartmut, mein Gott! Er hörte, wie Doktor Crespien mehrmals »super« sagte und ein Schnalzgeräusch produzierte, mit dem er höchste Zufriedenheit bekundete, und die war ihm noch anzusehen, als er, Eddie Cochrans »Summertime Blues« summend, zurückkehrte. Gutgelaunt schlug er den Schnellhefter auf, las, zunächst indem er das Manuskript von sich abhielt, entschied sich jedoch bald, die Brille aufzusetzen, und überflog so, als müßte er sich rasch den Inhalt in Erinnerung bringen, die ersten Seiten. Ein Schatten am Fenster ließ Hartmut aufblicken: draußen balancierte Sibylle in einem Anorak mit rotweißem Zackenmuster über die ausgelegten Bretter, auch sie stieg nicht einfach über die niedrige Gartenpforte, sondern öffnete und schloß sie mit ironisch anmutender Sorgfalt.

Es war derselbe Anorak, den sie auch damals trug, als sie gemeinsam durch den Pulverschnee zogen, hinauf durch eine schattige Waldregion zu der gemächlichen Piste, die um den Berg herumführte und wie für Anfänger angelegt war. Der blendende, spurlose Hang – tief unten war ein zugefrorener See zu erkennen – wirkte auch auf ihn wie eine Versuchung, und er konnte es verstehen, daß Sibylle, nachdem sie ihn flüchtig geküßt hatte, plötzlich herumschwang und, sich immer mehr duckend, hinabsauste. Glitzernde Wolken stiegen auf, wenn sie wedelte. Den Bergski nur schleifen lassend, flitzte sie in eleganten Bogen auf eine Kieferngruppe zu, verschwand für einige Sekunden – nicht hinter den Bäumen, sondern weil sie einen unerkennbaren Steilhang hinabstürzte – und tauchte als schnell beweglicher Punkt oberhalb des Sees auf. Da trat er aus der Spur und fühlte sich sogleich gewaltsam fortgezogen, das immer schnellere Gleiten löste eine spontane Freude in ihm aus, der Fahrtwind, den er als wohliges Sengen auf den Wangen spürte, ließ ihn die Geschwindigkeit genießen. Den Sicherheitsbindungen vertrauend, nicht so geduckt wie Sibylle und die Skier weniger dicht beieinander als sie, schoß er hinab, bestrebt, sich in der Nähe ihrer Spur zu halten. Seine Augen begannen zu tränen. Unruhig, als ob sie schlingerte, wuchs die Kieferngruppe vor ihm auf. Plötzlich erkannte er vor sich eine Anzahl brauner buckliger Inseln auf der weißen Fläche. Ausweichen konnte er ihnen nicht mehr. Und dann trug es ihn hoch, die Skier kreuzten sich, und bevor er stürzte, sah er sich auch schon stürzen in einer Wolke von Schnee, sah in einer einzigen Sekunde, alles vorwegnehmend, wie die Stöcke davonflogen und er sich überschlug und vor einer Kiefer hängenblieb. Als er zu sich kam, lag er festgeschnürt auf einem niedrigen Metallschlitten.

Okay, sagte Doktor Crespien und legte das Manuskript auf den Tisch, ich mußte mich nur noch mal vergewissern. Er zündete die Zigarette, die ausgegangen war, ein zweites Mal an, schenkte Tee ein, schob Hartmut die Schokoladenkekse hin, setzte sich bequem zurück und ließ ein Bein über die Stuhllehne hängen. Tja, mein Lieber, das ist ja nun für Sie der zweite Anlauf, und Sie dürfen mir glauben, daß ich weiß, was es für Sie bedeutet, sagte Doktor Crespien und fragte schnell und beiläufig: Sie sind verheiratet, nicht wahr? Ja, sagte Hartmut. Und Kinder? Eine Tochter. Lieber Hartmut Goll, sagte Doktor Crespien, Ihre Arbeit, Ihre Interpretation ist im großen und ganzen zufriedenstellend, das möchte ich zunächst einmal festhalten. Sie haben den Sinngehalt von Quednaus Novelle ausreichend herausgearbeitet, wenngleich ich Ihnen sagen muß, daß wir in der Bewertung gewisser Verhaltensweisen nicht unbedingt übereinstimmen. Das Kapitel »Historische Parallelen« ist vorzüglich. In Ihrer Zusammenfassung, scheint mir, haben

Sie etwas zu wenig berücksichtigt; ich meine, bei der Figur des Bildhauers Hugo Purwin. Die stilistische Überarbeitung, auch das möchte ich erwähnen, ist dem Ganzen sehr bekommen. Hartmut sah seinen Prüfer verblüfft an, denn er konnte sich nicht daran erinnern, seine Interpretation stilistisch überarbeitet zu haben, jedenfalls nicht auf so erkennbare Weise, daß es eigens erwähnt zu werden verdiente.

Sehen Sie, sagte Doktor Crespien, dieser Bildhauer Purwin, die Hauptfigur der Novelle, führt uns zwei Haltungen vor, die durchaus verbindlichen Wert haben: die kompromißlose Haltung des Künstlers auf der einen Seite, und auf der andern die Haltung eines Menschen, der versteht und verzeiht. Sind wir uns darin einig?

Sicher, sagte Hartmut, doch das ist ja in dem Kapitel angedeutet, in dem die Handlung referiert wird; der Besuch des Staatslenkers im Atelier seines Schulfreundes Hugo Purwin. Der Machthaber kommt da zum Bildhauer, beide erinnern sich, reden von ihren Lehrern, trinken gemeinsam; es ist ein fröhliches Wiedersehen. Nach dem Abschied entdeckt der Bildhauer einen Umschlag voller Bargeld: den Vorschuß für das Standbild, das er von seinem ehemaligen Schulfreund anfertigen soll.

Eben, lieber Hartmut Goll, aber hier vermisse ich Ihre Feststellung, daß es für den Bildhauer von der ersten Stunde an keine andere Antwort gab als ein Nein. Er bleibt selbst dann bei seiner Weigerung, als er erfährt, daß einige seiner Arbeiten auf höhere Weisung vom Nationalmuseum angekauft wurden. Der wirkliche Künstler kennt keine Dankbarkeit; um keinen Preis läßt er sich auf Kompromisse ein.

Gut, sagte Hartmut, aber eines Tages entdeckt Hugo Purwin, daß seine Frau nicht, wie er es erwartet hat, den ganzen Vorschuß zurückgab, sondern etwas abzweigte für den Lebensunterhalt. Die Schulden sind beträchtlich. Als der Bildhauer dies entdeckt, wird er nachgiebig, wird er kompromißbereit.

Ja, sagte Doktor Crespien und lächelte, ja, aber der Kompromiß, zu dem er sich bereit findet, ist die Antwort des Künstlers an einen Machthaber, der davon überzeugt ist, daß alle in der Welt käuflich sind. Purwin verfertigt das Standbild, ja, aber das erste Mal stellt er den Staatslenker mit einer Augenklappe dar und das zweite Mal ohne Ohren, was bei der Enthüllung Entsetzen und Gelächter hervorruft.

Was der Bildhauer von seinem Schulfreund hält, sagte Hartmut, das kann man ja auch daran sehen, daß er mehrere Gefängnisstrafen bereitwillig auf sich nimmt. Richtig, sagte Doktor Crespien, die Strafen scheinen die Bestätigung dafür, daß die beabsichtigte Verunglimpfung gelungen ist. Das, finde ich, haben Sie klasse dargestellt, und Ihre »Historischen Parallelen«, ich erwähnte es schon – also der Teil, in dem Sie das Verhältnis von Kunst und Macht am Beispiel abhandeln –, überzeugen in jeder Hinsicht, überzeugen, ja. Die Rolle der Frau hingegen, ich meine Purwins Frau, scheint mir nicht angemessen dargestellt zu sein. Von ihr heißt es ja an einer Stelle, ihre Lieblingsblume sei die Bauernrose, und damit wird doch nichts weniger angedeutet, als daß diese schlichte, üppige, genügsam in sich selbst ruhende Meta ein Geschöpf von schöner Durchschnittlichkeit ist. Obwohl sie Purwin Modell gestanden hat, äußert sie sich niemals über seine Arbeit – und er selbst ließe sie auch kaum zu Wort kommen. Sie ist die schweigsame, besorgte, keineswegs aber nur ergebene Gefährtin.

Es klopfte, und ohne abzuwarten, öffnete der Junge, den Hartmut am Teich gesehen hatte, die Tür, ging zu Doktor Crespien und versuchte ihn vom Stuhl zu ziehen. Schnell, sagte er, du mußt jetzt kommen, sie setzen die

Fische ein. Wartet noch ein bißchen, dann komme ich, sagte Doktor Crespien, und der Junge darauf: Ein Fisch ist schon fast tot, du mußt gleich kommen. Seufzend gab Doktor Crespien nach, er stand auf und stellte Hartmut frei, ebenfalls hinauszukommen, um das Einsetzen der Fische zu beobachten, doch sogleich zeigte er auch Verständnis für Hartmuts Wunsch, im Arbeitszimmer zu warten. Schenken Sie sich noch Tee ein, mein Lieber, es dauert nicht lange.

Hartmut blickte auf den braunen Schnellhefter, auf dem sein Manuskript lag; er war allein, mit einem Griff hätte er seine Arbeit heranholen und sich Klarheit darüber verschaffen können, welche stilistischen Verbesserungen Doktor Crespien gelobt hatte. Er wagte es nicht – vielleicht, weil ihn aus gestepptem Lederrahmen Sibylles Photo anlächelte. Sie trug den Anorak mit rotweißem Zackenmuster, holte zum Wurf mit einem Schneeball aus und lächelte und zeigte dabei einen schiefen Vorderzahn.

Mit diesem Lächeln war sie zu ihm hereingekommen, als er im Streckverband lag, in dem kleinen, sonnendurchfluteten Spital, mit Aussicht auf den zugefrorenen See. Er wußte zunächst gar nicht, was alles er sich zugezogen hatte bei seinem Sturz und dem Aufprall auf den Kiefernstamm, man hatte nur einen komplizierten Bruch und einen Nierenriß zugegeben. Das Sprechen machte ihm Mühe. Sibylle hielt sich an die Besuchszeiten, sie brachte ihm Blumen und Obst, saß lesend auf dem Besucherstuhl, und manchmal, wenn er eingeschlafen war, ging sie ohne Abschied. Sie machte ihm keine Vorwürfe dafür, daß er ihr auf dem schnellen Hang gefolgt war. Sie bedauerte ihn, sprach ihm gut zu, doch bei allem zeigte sie eine eigentümliche Scheu, ihn zu berühren. Ihre Abreise verschob sie zweimal; bei ihrem letzten Besuch versprach sie, ihn »heimzuholen«, wenn es soweit sei. Er dankte ihr und lag dann da und grübelte und konnte sich nicht erklären, warum er nach ihrer Abreise erleichtert war.

Es lag nicht an Ulrike, damals nicht; denn von ihr, die pünktlich nach ihm sah, ihm das Essen brachte und das Bett aufschüttelte, wußte er kaum etwas – oder allenfalls soviel, daß sie die Nachtwachen freiwillig übernahm und dabei nicht las, sondern klöppelte. Erst nach und nach erfuhr er, daß ihr Vater Lebensmittelchemiker war und daß sie ihr Studium der Kirchenslawistik abgebrochen hatte, um Krankenschwester zu werden. Einmal sagte er zu ihr: Ob Sie's glauben oder nicht, Ulrike, ich beneide jeden, der Ihr Patient ist.

Ein Telephon läutete. Es stand auf dem Fußboden, zwischen Bücherkartons, und Hartmut überlegte, ob er Doktor Crespien rufen oder einfach selbst den Hörer abnehmen sollte, als Sibylle hereingelaufen kam. Sie winkte ihm einen Gruß zu, hob ab und drehte sich zur Wand, ihre Stimme nahm einen werbenden Ton an, mitunter hörte sie sich an wie eine Kinderstimme, die um Verständnis bat, etwas gelobte und in Aussicht stellte. Tickend schlug sie dabei mit der Schuhspitze gegen die Fußbodenleiste. Offenbar hatte sie mit der angenommenen Stimme keinen Erfolg, denn auf einmal sprach sie entschieden und gefaßt, und Hartmut mußte plötzlich daran denken, wie sie am Tag seiner Abreise vor dem kleinen See standen, auf dem bläulich schimmernde Eisschollen trieben. Wie sie es versprochen hatte, war Sibylle gekommen, um ihn »heimzuholen«, doch beide merkten, daß sich etwas verändert hatte, schon bei ihrem letzten Gang um den See. Liebst du mich nicht mehr? Doch; aber vielleicht nicht genug. Und du? Es ist nicht mehr so wie früher; ich weiß auch nicht, wie es kommt; vielleicht haben wir angefangen, zu überlegt zu handeln.

Sibylle war ein bißchen verärgert, als sie den Hörer

wieder auflegte, sie schüttelte den Kopf, lächelte aber gleich wieder und fragte ihn, ob sie ihm Tee nachschenken dürfe. Hartmut zeigte ihr an, daß er sich bereits selbst bedient hatte; er lobte den Tee, er nannte ihn stimulierend. Aus ihrem suchenden, unsicheren Blick schloß er, daß sie sich gern zu ihm gesetzt hätte, sie erfaßte auch die Lehne des Schreibtischstuhls, doch beim Anblick seines braunen Schnellhefters zögerte sie und fragte leise: Seid ihr euch einig? Teils, teils, sagte Hartmut und hob die Schultern. Ich habe deine Arbeit gelesen, sagte sie, ich finde sie gut; genauer kann man Quednaus Novelle nicht interpretieren. Du hast doch nichts dagegen, daß ich mal reinschaute? Er schüttelte den Kopf. Die »Historischen Parallelen« haben mir besonders gefallen, sagte Sibylle, und er darauf: Ich glaube, daß wir den Begriff »Kompromiß« verschieden auslegen, dein Mann und ich. Sibylle schien nicht überrascht; eher erheitert und bereit, ihm zuzustimmen, sagte sie: Vielleicht liegt es daran, daß er nicht unserer Generation angehört. Erstaunt, wie frei und sachlich sie sich äußerte, sah er sie verwundert an, und ermutigt durch das Gefühl, daß sie sich über ihre Wiederbegegnung freute, fragte er: Hast du bei ihm Examen gemacht, bei deinem Mann? Ja, sagte sie, allerdings, damals war er noch nicht mein Mann; und damit du es weißt: ich bin nur so mit Ach und Krach durchgekommen. Und – eine Anstellung, fragte Hartmut. Anstellung? fragte sie belustigt und bitter zugleich; wir machen unsere Examen für einen Platz im Wartesaal, in einem Wartesaal, in dem nie ein Zug aufgerufen wird. Sechzigtausend sind noch vor uns.

Sie hörten eine Tür zufallen und gleich darauf die Schritte von Doktor Crespien und die gepfiffene Melodie von »Words«. Ich drück' dir die Daumen, sagte Sibylle schnell, aber ich weiß, du schaffst es. Bei ihm brauchst du nur in Gegensätzen zu denken, alles fängt sich für ihn in Satz und

Gegensatz: wer die aufspürt, hat die Gleichung des Lebens gefunden. Hartmut wollte noch etwas sagen, er wollte sich vergewissern, ob sie seinen Text stilistisch geglättet hatte, doch da trat schon Doktor Crespien ein, aufgeräumt, zwinkernd, und mit gespieltem Ernst zitierte er: Pisces natare oportet ... die Fische wollen schwimmen, und nun schwimmen sie, alle fünf. Ich werde sie gleich mal füttern, sagte Sibylle und fügte beiläufig hinzu: Deine Mutter hat eben angerufen; sie maulte ein wenig, aber ich habe sie auf morgen vertröstet.

Während Doktor Crespien sich eine Zigarette drehte, empfand Hartmut auf einmal ein vages Mitleid mit seinem Prüfer, einen Grund hätte er kaum nennen können, er fühlte nur, daß dieser Mann ihm leid tat. Und in diese Empfindung hinein sagte Doktor Crespien: Wir waren bei der Frau des Bildhauers, bei Meta Purwin, einer üppigen, ländlichen Erscheinung, die sich nie über die Arbeit ihres Mannes äußert, die bei Einladungen nur ißt und zuhört. Eine Bauernrose. Aber das ist nicht immer so, sagte Hartmut, es gibt Augenblicke, in denen der Bildhauer ihr nicht nur das Wort läßt, sondern sie beinahe liebevoll ums Wort bittet. Gut, sagte Doktor Crespien, aber bei welchen Gelegenheiten geschieht das? Immer dann, sagte Hartmut, wenn der Bildhauer von seinen Verhaftungen erzählt; er kann sich an kein Datum, kann sich nicht an die Umstände der Verhaftungen erinnern; dies aufzubewahren und zu erzählen, überläßt er ausschließlich seiner Frau. Na also, sagte Doktor Crespien, in Ihrer schriftlichen Arbeit haben Sie es nicht so präzis dargestellt. Es ist doch klar, sagte Hartmut: Hugo Purwin weiß, daß seine Frau jedesmal, wenn er abgeholt wurde, mehr zu ertragen, zu leiden hatte als er selbst, und deshalb sieht er es als ihr Vorrecht an, die schlimmen Daten aufzubewahren. Und nach einer Pause fügte er hinzu: Es ist ein Ausdruck von Liebe und Dankbarkeit. Ja, sagte Doktor Crespien gedehnt, ja, und was ergibt sich daraus im ganzen? Wenn man es auf Satz und Gegensatz bringen will, sagte Hartmut mit gesenkter Stimme, dann könnte man feststellen: der Künstler kennt keine Dankbarkeit – der Mensch ist sie sich schuldig.

Doktor Crespien sah ihn überrascht an, dann huschte ein müdes, ironisches Lächeln über sein Gesicht; wieder ließ er ein Bein lässig über die Stuhllehne baumeln und vertiefte sich noch einmal in Hartmuts Manuskript. Lesend fragte er: Hat Professor Collwein sich schon bei Ihnen gemeldet? Nein, sagte Hartmut. Aber Sie wissen, daß er Ihr anderer Prüfer ist? Ja, ich weiß. Wir haben uns auch noch nicht abgestimmt, sagte Doktor Crespien, deshalb ist mir nicht bekannt, wie er Ihre Arbeit benotet. Gleichwohl, lieber Hartmut Goll, wir sind ja erwachsene Leute: ich glaube, es läßt sich vertreten, wenn ich meine Note heraufsetze; Sie können mit einem »gut« rechnen. Hartmut hatte den spontanen Wunsch, sich zu bedanken, hielt es jedoch für unangebracht und stand auf und merkte auf einmal, wie schwer es Doktor Crespien fiel, sich zu erheben. Er machte eine resignierte Geste und gab vor, daß sein Bein eingeschlafen sei. Dann rief er seine Frau. Sei so lieb, mein Frettchen, und bring unsern Gast an die Tür; das sagte er, und Hartmut erkannte, wie Sibylle die Lippen zusammenpreßte bei diesem Kosewort, gerade als müßte sie sich gegen einen Schmerz wehren. Sie gaben sich die Hand. Lange hätte Hartmut den Blick Doktor Crespiens nicht ausgehalten, diesen sprechenden, diesen bekümmerten Blick; obwohl es seiner Art widersprach, verließ er das Arbeitszimmer mit einer angedeuteten Verbeugung.

Schweigend gingen sie nebeneinander den Gang hinab, auf dem Drücker der Tür berührten sich ihre Hände. Danke, sagte Hartmut, danke für alles; ich werd's nicht vergessen. Wieso, sagte sie, so muß es doch sein, wenn man unter einer Decke steckt, oder? Für mich jedenfalls muß es so sein. Du hast mir, sagte er und konnte den Satz nicht vollenden, denn mit komplizenhaftem Zwinkern flüsterte sie: Wenn es dir Erleichterung verschafft: du bist nicht der einzige. Sie zog die Tür auf und winkte ihm aus gebeugter Haltung nach, während er über die verdreckten Bretter balancierte und sich darüber wunderte, daß sie noch nicht gemerkt hatte, wieviel Doktor Crespien wußte und ihr zugestand.

1981

Ein Kriegsende

Unser Minensucher glitt mit kleiner Fahrt durch den Sund, und sie hoben nur einmal den Blick und drehten sich weg. Von ihren Fischkuttern, von ihren Prähmen und verworfenen Holzstegen linsten sie zu uns herüber, schnell und gleichmütig, anscheinend gleichmütig, und kaum daß sie uns aufgefaßt hatten, wandten sie sich ab und stapelten weiter ihre Kisten mit Dorsch und Makrele, schrubbten die Decks, schlugen die Netze aus oder setzten mit weggetauchtem Gesicht die letzten Tabakkrümel in Brand. So wie sie durch uns hindurchsehen konnten, wenn wir ihnen in den krummen Straßen der kleinen Hafenstadt begegneten, so registrierten sie interesselos jedes Auslaufen von MX 12, tauschten keine Signale, taxierten nicht, sahen sich nicht fest; mitunter kehrten sie uns sogar den Rücken zu, wenn wir mit entkleidetem Buggeschütz vorbeiglitten, und arbeiteten nur heftiger, fast erbittert. Sie schienen sich an MX 12 gewöhnt zu haben, an den grauen Minensucher, sie ertrugen seine beherrschende Silhouette vor dem getünchten, kastenförmigen Gebäude des Hafenkommandanten, ertrugen sie, indem sie achtlos über sie hinwegblickten – nicht alle, aber doch die meisten in diesem stillen dänischen Hafen, in dem wir in den letzten Monaten des Krieges stationiert waren.

Die Ufer traten zurück, der Sund öffnete sich, bei schwachem Wind hängten sich Möwen übers Achterdeck, wie für alle Fälle. Wir passierten die Mole, der weißgelackte Leuchtturm glänzte in der Sonne, wir passierten die bröckelnde Festung, in der einst ein umnachteter König seine letzten Jahre verbracht hatte. Unsere schwach auslaufenden Bugwellen leckten die Steine, hoben die kleinen vertäuten Boote an und ließen sie dümpeln. Keines unserer Geschütze war besetzt.

Fern, im Schutz der Inseln, in ihrem vermeintlichen Schutz, ankerte eine heimatlose Armada: alte Frachter, Werkstattschiffe, Schlepper und Lastkähne. Sie waren aus den Häfen des Ostens geflohen, die nun verloren waren, sie hatten sich mit ihrem letzten Öl, mit letzter Kohle westwärts retten können, einzeln und in trägen Konvois, über eine unsichere Ostsee, die gesprenkelt war von Treibgut. Seit Wochen lagen sie auf Warteposition, doch sie erhielten keine Erlaubnis, die wenigen verbliebenen Häfen anzulaufen, deren Piers von Kriegsschiffen besetzt waren.

Es frischte nicht auf, feiner Dunst lag über der See, als wir das mächtige Wrack passierten, einen ehemaligen Truppentransporter, der mit nur geringer Krängung auf Grund lag, am Rande des Fahrwassers. Die sanfte Dünung spülte über die rostigen Plattformen der Flak, warf sich klatschend an den Aufbauten hoch, fiel zurück und floß in schäumenden Zungen ab. Auf den Spieren, signalhaft aufgereiht, saßen Mantelmöwen, die hin und wieder einzeln abschwangen und nach knappem Rundflug wiederkehrten. Immer noch liefen wir kleine Fahrt. Der Kommandant rief einige von uns zur Brücke, er sah wie abwesend über die See, als er unseren Auftrag bekanntgab, er sprach in wechselnder Lautstärke, mitunter fiel er ins Platt. Kurland also; wir hatten den Auftrag bekommen, nach Kurland zu laufen, wo eine eingeschlossene Armee immer noch kämpfte, sich eingrub und widerstand mit dem Rücken zur Ostsee, obwohl alles verloren war. Wir gehen nach Libau, sagte der Kommandant, wir werden im Hafen Verwundete an Bord nehmen und sie nach Kiel bringen. Befehl vom Flottillenkommando. Er knöpfte die Uniformjacke über dem Rollkragenpullover zu, suchte den Blick des Steuermanns und stand eine Weile da, als erwartete er etwas, eine Frage, einen Einspruch, doch weder der Steuermann noch ein anderer sagte ein Wort zu unserem Auftrag, sie harrten nur schweigend aus, als verlangten sie zu dieser Nachricht eine Erläuterung. Der Kommandant ließ das Zwillingsgeschütz besetzen.

Am Ruder stehend, hörte ich, wie sie den Kurs erwogen. Seit die Häfen in Pommern und Ostpreußen verlorengegangen waren, lief kein Geleit mehr ostwärts, dem wir uns hätten anschließen können; wir mußten versuchen, allein durchzukommen, fern von der Küste, um nicht von ihren Flugzeugen entdeckt zu werden. Der Kommandant sprach sich für einen nordöstlichen Kurs aus, am schwedischen Gotland vorbei; er schlug vor, an schwedischen Hoheitsgewässern weiterzulaufen, um dann, auf südöstlichem Kurs, die Ostsee nachts zu überqueren. Der Steuermann sagte: Wir kommen nicht durch, Tim, und der Kommandant darauf, zögernd und wie immer ein wenig abweisend: Ich war noch nie in Libau, vielleicht ist das die letzte Gelegenheit. Sie stammten aus demselben Nest in Friesland, vor dem Krieg hatten beide Fischdampfer gefahren, beide als Kapitän.

Wir liefen mit Marschgeschwindigkeit auf einem Kurs, den allein der Kommandant bestimmt und abgesteckt hatte; die See krauste sich, ein Torpedoboot passierte uns in sehr schneller Fahrt. Durch das Glas waren überall in den Gängen Soldaten mit Verbänden zu erkennen. Zum Schluß, sagte der Kommandant, fahren alle als Lazarettschiff. Der Himmel war klar, hoch über uns zerliefen Kondensstreifen. Zwei leere Schlauchboote trieben auf dem Wasser, unsere Hecksee ließ sie torkeln. Der Funkmaat brachte einen Notruf auf die Brücke, den ein sinkendes Schiff abgesetzt hatte, ein großes Wohnschiff, die »Cap Beliza«; sie meldete Minenexplosion. Über die Karte gebeugt, ermittelte der Kommandant die Unglücksstelle; wir konnten ihnen nicht zu Hilfe kommen, wir standen zu weit ab. Es ist Wahnsinn,

Tim, sagte der Steuermann, wir kommen nie durch bis Libau. Sie tauschten wortlos ihren Tabak, stopften gleichzeitig die Pfeifen und steckten sie an. Ihre Flugzeuge, sagte der Steuermann, ihre Flugzeuge und U-Boote: östlich von Bornholm räumen die alles ab. Wir haben einen Auftrag, sagte der Kommandant, in Kurland warten sie auf uns.

Nachdem wir gestoppt hatten, driftete das Rettungsfloß an unserer Bordwand entlang, eine Leine flog hinunter, die einer der beiden barfüßigen Soldaten auffing und an einem Querholz festmachte. Sie waren waffenlos, ihr Besitz lag in einer zusammengebundenen Zeltbahn, die sie an Bord gehievt haben wollten, bevor sie selbst das Floß verließen. Sie brauchten Hilfe bei ihrem Versuch, das ausgebrachte Fallreep hinaufzuklimmen, und bei ihrem Gang zur Kajüte mußten sie gestützt werden. Gerade hatten wir Fahrt aufgenommen, als von Westen her, knapp überm Wasser, mehrere Maschinen auf uns zuflogen; wie aus dem Horizont geschleudert, schossen sie heran, ihre Propeller blitzten und schienen sich sirrend vor und zurück zu bewegen, wie in Filmen. Noch röhrte und quakte unser Alarmhorn, da schlugen schon, scharfe Fontänen aufwerfend, die Geschosse ins Wasser, sägten übers Deck, über Brücke und Vorschiff, einer von uns wurde in die Nock geschleudert; unser Zwillingsgeschütz schwang herum und feuerte mit Leuchtspurmunition, die Geschoßbahnen gingen über die Maschinen hinweg. Es war der einzige Anflug. Der tote Signalgast wurde in Segeltuch geschnürt – nicht eingenäht, sondern nur geschnürt – und, mit zwei Gewichten beschwert, übers Heck dem Wasser übergeben.

Der Steuermann sprach mit den barfüßigen Soldaten; sie hatten zu einem Stab gehört, der in einem pommerschen Hafen aufgebrochen war, auf einem bewaffneten Schlepper. Ein Tanker hatte sie nachts gerammt. Sie wollten nicht glauben, daß wir nach Kurland unterwegs waren, Angst lag auf ihren Gesichtern; der, der für beide sprach, bat darum, irgendwo an Land abgesetzt zu werden. Sie hielten sich aneinander fest. Es wurde ihnen gesagt, daß sie, da wir unterwegs keinen Hafen anlaufen würden, während der ganzen Fahrt an Bord bleiben müßten. Der, der für beide sprach, sagte darauf leise und wie zu sich selbst: Aber es geht doch zu Ende, vielleicht ist alles schon zu Ende.

Auch der verschärfte Ausguck meldete nichts. Wir liefen auf nordöstlichem Kurs, mitunter gerieten wir in sehr leichte Nebelbänke, die die Sonne schwach durchdrang; die See blieb ruhig. Kaum Wind. Wandernde Kolonien von Quallen, die sich unter ebenmäßigen Kontraktionen fortbewegten, gaben dem Wasser einen milchigen Schimmer; wenn wir hindurchpflügten, glänzte es tausendfach neben der Bordwand auf. Einmal sichteten wir eine flache Rauchfahne, die wie herkunftslos am Horizont lag. Die Stille, der Raum, die Leere: sie gaben uns das Gefühl, durch ungefährdetes Gebiet zu fahren, durch verschonte Weite – für Augenblicke zumindest. Wir fuhren unter Kriegswache. Überall auf ihren Gefechtsstationen saßen und standen sie zusammen, ihre Diskussionen hörten nicht auf.

Der Funkmaat selbst brachte das Gerücht zur Brücke; er rückte nicht gleich damit heraus, er erzählte zunächst von den Rettungsmaßnahmen für die »Cap Beliza« – vier Schiffe, darunter zwei Zerstörer, waren bei ihr –, studierte die ausliegenden Karten und überschlug unseren Kurs, stand danach eine Weile rauchend in der Brückennock, und erst kurz bevor er uns verließ, im Wegdrehen, sagte er: Da läuft etwas, da liegt was in der Luft. Was meinst du, fragte der Steuermann. Kapitulation, sagte der Funkmaat. Wenn mich nicht alles täuscht, stehen wir kurz vor der Kapitulation.

Recht voraus hob sich ein mächtiges weißes Schiff über die Kimm, ein schwedischer Passagierdampfer, Blau und Gelb an der Bordwand und an den beiden Schornsteinen, er lief mit voller Fahrt, selbstbewußt, im Schutz der Neutralität; auf dem Sonnendeck Passagiere in Liegestühlen, vermutlich in Kamelhaardecken gehüllt, Paare flanierten oder standen entspannt an der Reling, während Stewards mit Tabletts nach ihren Auftraggebern spähten.

Es war nicht leicht, geradeaus zu blicken, über das Ruder hinweg, als sie hinterm Rücken wieder anfingen, als der Steuermann fragte: Was dann, Tim, was dann, wenn es eintrifft; und der Kommandant nach einer Pause sagte: Zerbrich dir nicht den Kopf, bei der Flottille werden sie uns nicht vergessen.

»Und wenn sie auf einmal schweigt?«
»Wir haben einen Auftrag.«
»Nicht nur einen.«
»Wie meinst du das?«
»Das Boot. Die Besatzung. Es ist zu Ende, Tim. Sie sind in Berlin ... Wir kommen nie durch nach Kurland. Warum willst du alles aufs Spiel setzen?«
»Was schlägst du vor?«
»Wir laufen nach Kiel. Oder nach Flensburg. Heil zurückkommen: das ist auch ein Auftrag. Der letzte.«
»Ich denk' an die armen Hunde ... Die ganze Nehrung soll voll sein, die Nehrung vor Libau. Verwundet in Gefangenschaft ... Stell dir vor: du kommst verwundet in Gefangenschaft. Beim Iwan.«
»Wenn's nur eine Chance gäbe ... Du kennst mich, Tim. Aber ich sag' dir: wir werden keinen rausholen. Wir liegen alle im Bach, noch bevor die Küste in Sicht ist. Und so denken viele ...«

»Wen meinst du?«
»Die Besatzung. Es hat sich rumgesprochen, daß bald Schluß ist.«
»Wir müssen es riskieren.«
»Die Leute sind anderer Meinung.«
»Und du, Bertram?«
»Bring sie nach Haus. Ich kann dir nur sagen: Bring sie nach Haus.«

Die Backen waren von der Freiwache besetzt; hier droschen sie Doppelkopf, dort lag einer mit dem Oberkörper auf der Tischplatte und schlief; unter den Bulleyes erregten sie sich in vorsichtigem Gespräch, vor der Spindwand kauten sie ihre unförmigen Schmalzfleischstullen und tranken dazu Kaffee aus Aluminiumbechern. Es roch nach Öl und Farbe. Der Neue, ein sehr junger Bursche in ledernem Overall, saß für sich und las, las und schloß die Augen und lehnte sich zurück, beide Handflächen auf dem fleckigen Buch.

Die Vibrationen des Bootes: jetzt, in einem Augenblick der Ruhe, waren sie überall spürbar. Plötzlich öffnete der Funkmaat das Schott, trat langsam ein, versteifte, sein Blick ging über uns hinweg, er stand da, als lauschte er, nicht uns, nicht den verhaltenen Stimmen unterm Bulleye, sondern fernen Signalen, einem Knistern im Äther, das ihn ratlos machte, nicht unglücklich oder verzweifelt, sondern nur ratlos, und da er seine Haltung nicht veränderte, zog er wie von selbst alle Aufmerksamkeit auf sich. Was issen los? rief einer. Bei Lüneburg, sagte er leise, Friedeburg hat unterzeichnet, Generaladmiral von Friedeburg: die Kapitulation. Und in die Stille hinein sagte er mit fester Stimme: An der ganzen britischen Front haben wir kapituliert, auch in Holland, auch hier in Dänemark. Er ließ sich eine Zigarette geben und sagte: In Montgomerys Hauptquartier bei Lüneburg. Dann blickte er von einem zum andern, dringlich, auffordernd, auf eine einzige Gewißheit aus, doch keiner von uns wagte sich mit einem Wort hervor. Keiner von uns rührte sich, starr nur saßen wir da, wie angeschweißt, eine ganze Weile. Der erste, der sichtbar reagierte, war Jellinek, unser ältester Feuerwerker – auf MX 12 wurde gemunkelt, daß er in langer Fahrenszeit zweimal degradiert worden war. Ruhig stemmte er sich von der Back ab, trat an sein Spind, zog unterm Wollzeug eine Rumflasche hervor und setzte sie mit einladender Geste ab. Er fand keine Zustimmung, niemand griff nach seiner Flasche, alle Blicke richteten sich wieder auf den Funkmaat, gerade so, als habe der noch nicht alles gesagt, als halte er etwas in petto, das uns direkt betraf, unser Boot. Kaum einer sah, daß dem Neuen Tränen in den Augen standen.

Unterm Abendrot lag die Ostsee wie gedämmt da, die zerlaufenden Farben fanden sich zu mutwilligen Gebilden, hier und da schäumte das Wasser, brauste und kochte – dort, wo Makrelen in gestellte Heringsschwärme hineinschossen. Der Kommandant ließ sich Tee auf die Brücke bringen; beim Rauchen umschloß seine Hand aus Gewohnheit den Pfeifenkopf, um den schwachen Schein der Glut zu verbergen. Dem Ausguck schien es an der Zeit, die Gläser zu wechseln, das Tagglas gegen das schwere Nachtglas; wie mechanisch er sich in den Hüften drehte, während er den Horizont absuchte. Es gab nichts zu melden; MX 12 lief mit Marschfahrt durch die zögernde Dunkelheit – ein, wie es schien, unauffindbares Ziel in der Weite der See.

Keiner schlief, wollte schlafen; das Boot war abgeblendet; sie saßen um die Backen herum in trüber Notbeleuchtung und hörten dem alten Feuerwerker zu, der zu wissen schien, was die Kapitulation für MX 12 bedeutete. Das ist klar, sagte er, das ist doch immer so: Festliegen bis zur

Übergabe; keine Beschädigungen, keine Selbstversenkung, und schon gar keine Unternehmung. Er hob den Kopf, deutete in Richtung zur Brücke und zuckte die Achseln, resigniert, verständnislos, als wollte er sagen: Sie haben wohl nicht begriffen da oben, wissen wohl nicht, daß sie auf Gegenkurs gehen müssen, zurück zu unserm Liegeplatz. Einer sagte: Das wär 'n Ding, wenn wir jetzt noch eins verpaßt bekämen, nach der Kapitulation – worauf der Neue, der lange brütend dagesessen hatte, mit gepreßter Stimme bemerkte: Geht doch in die Boote, steigt doch aus, wenn ihr Schiß habt. Ihr müßtet euch mal hören können – zum Kotzen.

Ein tiefliegendes Schiff kam auf, ein Tanker, der in der lichten Dunkelheit westwärts lief, und noch bevor er achteraus war, gaben sie U-Boot-Alarm für MX 12. Der Tanker änderte sogleich seinen Kurs und drehte mit äußerster Kraft ab, während wir auf die Stelle zuliefen, an der der Ausguck das Periskop entdeckt hatte, seine glimmende Bahn – wobei keinem auf der Brücke klar war, was der Kommandant mit diesem Manöver bezweckte, denn wir hatten keine Wasserbomben an Bord. Vielleicht glaubte er das U-Boot rammen zu können, vielleicht wollte er auch nur durch unsere Angriffsfahrt dem Tanker eine Chance verschaffen, zu entkommen; jedenfalls überliefen wir das Gebiet mehrmals, die Geschütze waren besetzt, erst nach längerer Suche nahmen wir den alten Kurs wieder auf. Rausholen, sagte der Kommandant, jetzt können wir nur noch das tun: so viele wie möglich rausholen.

»Wir haben kapituliert, Tim«, sagte der Steuermann.
»Es ist eine Teilkapitulation.«
»Du weißt, woran die uns bindet.«
»Ob wir morgen übergeben oder übermorgen ... und wenn wir bloß eine Handvoll in den Westen bringen ... Die See-

kriegsleitung hat nur noch dieses Ziel: unsere Leute in den Westen zu bringen ... aus dem Osten zu holen ... Wo willst du das Boot übergeben?«

»Wo? Vielleicht in Kiel. Oder in Flensburg.«

»Du bist also entschlossen?«

»Ja. Wir gehen nach Kurland und nehmen die Leute auf und dann: heimwärts.«

»Du weißt, daß alle Unternehmungen abgebrochen werden müssen.«

»Dies ist unser letztes Unternehmen.«

»Sie können uns belangen. Dich. Die Besatzung.«

»Was ist los mit dir, Bertram?«

»Hör zu, Tim. Die Leute warten unten. Sie machen das nicht mit. Das Risiko – es lohnt sich nicht. Nach der Kapitulation.«

»Und was wollt ihr?«

»Daß du auf Gegenkurs gehst.«

»Redest du für sie?«

»Für sie. Und für die Vernunft. Aber rede selbst mit ihnen. Nach allem ... Sie haben nur einen Wunsch nach allem: daß du sie nach Hause bringst.«

»Ist dir klar, was das bedeutet?«

»Sie sind entschlossen.«

»Ich frage nur: wißt ihr, was das bedeutet?«

»Sie haben ein Recht darauf. Jetzt, wo alles vorbei ist.«

»Was ihr vorhabt – es kann ins Auge gehen ... Bertram, ich hab' die Verantwortung für das Boot. Ich gebe hier die Befehle.«

Noch bevor die Mittelwache aufzog, besetzten sie die Brücke; sie stapften unduldsam und entschieden herauf, sechs oder acht Männer, die offensichtlich auf Widerstand gefaßt waren, zumindest aber auf Weigerung, und die nun, da ausblieb, womit sie gerechnet hatten, die Karabiner über die Achsel hängten, Lauf nach unten. Sie umringten den Kommandanten, der ihr Schweigen aushielt und ruhig weiterrauchte; zwei von ihnen drängten den Ersten Wachoffizier in den Kartenraum. Einen Augenblick sah es so aus, als habe sie der Mut verlassen oder als sei ihnen allen gleichzeitig das Risiko des ersten Satzes aufgegangen. Ich stand am Ruder und spürte ihre Betretenheit, ihr Zaudern, spürte aber auch, je länger das Schweigen dauerte, eine seltsame Verlegenheit, die wohl deshalb auftrat, weil der begründete Respekt, mit dem sie dem Kommandanten bisher begegnet waren, immer noch vorhanden und wirksam war. Aber dann stiegen der Feuerwerker und der Steuermann herauf, sie schienen sich abgesprochen, die Rollen verteilt zu haben. Sie zwängten sich durch die dichtgedrängt stehenden Männer, und der alte Feuerwerker suchte den Blick des Kommandanten und sprach ohne besondere Härte die Forderung der Besatzung aus. Seine ersten Sätze schienen noch von der Hoffnung erfüllt, daß der Kommandant die Forderung der Leute anerkennen und ihr, wenn auch nur widerstrebend, nachkommen würde. Er sagte: Sie wissen, Herr Kaleu, daß wir zu Ihnen stehen. Die meisten von uns sind alle Unternehmen mitgefahren. Manch einer weiß, was er Ihnen zu verdanken hat, auch persönlich. Nun ist das Ende da. Und wir haben nur eine Bitte: Geben Sie den Befehl, zurückzulaufen. Der Kommandant sah von einem zum andern, sah den Halbkreis der dunklen Gesichter ab. Er schien sich nicht bedroht zu fühlen. Er sagte: Geht auf eure Station, los; und, da sich niemand rührte: Auf Station, hab' ich gesagt! Unerregt klang seine Stimme, beherrscht wie immer, und sie blieb sich gleich, als er nach einigem Warten feststellte: Das ist Befehlsverweigerung.

Der Feuerwerker sagte: Wir wollen nur heil nach Hause, gehen Sie mit uns zurück, Herr Kaleu.

Nach einer Warnung, die einigen fast familiär vorkam –

macht euch nicht unglücklich, Leute –, erinnerte der Kommandant die Männer daran, daß MX 12 einen begrenzten Auftrag habe, und erklärte, daß er diesen Auftrag auszuführen gedenke, es sei denn, das Flottillenkommando ändere seine Befehle.

Jeder merkte, daß dies die letzte Chance war, die er den Besetzern der Brücke geben konnte, und als ob er erproben wollte, wieviel er mit seinem Appell erreicht hatte, bewegte er sich rückwärts zum Kartenhaus, augenscheinlich, um den I. W. O. herauszuholen. Auf einen Wink des Feuerwerkers traten zwei Männer hinter ihn und vereitelten seine Absicht. Gut, sagte der Kommandant tonlos, also gut; gemeinschaftliche Befehlsverweigerung auf See, das ist Meuterei. Gehen Sie in Ihre Kammer, sagte der Feuerwerker, Sie und der I. W. O. Für die Dauer der Heimfahrt stehen Sie unter Arrest. Hört zu, sagte der Kommandant, hört gut zu, noch habe ich das Kommando an Bord; was ihr tut, das ist Meuterei. In die Spannung hinein, in die Ungewißheit hörten wir plötzlich den Steuermann sagen: Ich enthebe Sie des Kommandos. Um die Sicherheit des Bootes und seiner Besatzung zu gewährleisten, übernehme ich, mit allen Konsequenzen, das Kommando an Bord. Ich werde mich dafür verantworten. Das war so belegt und formelhaft gesprochen, daß ich mich erst umwenden mußte, um mich zu vergewissern, daß es wirklich der Steuermann war, der diese Sätze gesagt hatte. Der Kommandant und er, sie standen sehr dicht voreinander, ihre Körper berührten sich nahezu. Sie achteten nicht auf die Läufe der Karabiner, die sich ihnen mechanisch entgegenhoben.

Unentdeckt, unter schleirigem Mond, drehte MX 12 bei glatter See auf Gegenkurs, der schäumende Bogen des Heckwassers starb schnell weg. Ein ferner Beobachter hätte von unserem plötzlichen Manöver den Eindruck haben können, an Bord sei man einem überraschendem Befehl oder einfach einer Laune gefolgt oder, da wir bald mit äußerster Kraft auf Gegenkurs abliefen, einer panischen Eingebung. Wer konnte, hielt sich an Deck auf, an Deck oder auf der Brücke, wo es so eng war wie nie zuvor; das bedrängte sich, schob sich aneinander vorbei, befragte und vergewisserte sich, immer wieder wollte einer von mir erfahren, welcher Kurs anliegt. Nach Kiel also? Ja, nach Kiel. Freude war es nicht, die sie so erregt machte, die sie veranlaßte, den Steuermann zu umlagern, der verschlossen auf einem Segeltuchstuhl hockte mit hängenden Schultern, Freude nicht.

Der Steuermann prüfte den Inhalt seines Tabakpäckchens, kniff einen langen, faserigen Batzen für sich heraus, schloß das Päckchen wieder und übergab es dem Feuerwerker. Bringen Sie das dem Kommandanten, sagte er. Der Feuerwerker lächelte. Er fragte belustigt: Erkennst du mich nicht wieder, Bertram? Der Steuermann schwieg, die Frage schien ihn nicht erreicht zu haben; ohne hinzusehen, stopfte er sich die Stummelpfeife und hielt sie kalt zwischen den Zähnen.

»Du hast dir nichts vorzuwerfen«, sagte der Feuerwerker. »Du mußtest das tun.«

»Die Besatzung soll auf Station gehen«, sagte der Steuermann. »Alle. Wir gehen Kriegswache bis Kiel. In ein paar Stunden wird es aufhellen.«

»Gut, Bertram. Du kannst dich auf uns verlassen.«

»Die beiden Landser bleiben unter Deck.«

»Sie wissen, daß es nach Hause geht. Sie wollen hier rauf – dir danken.«

»Ihren Dank können sie für sich behalten.«

»Soll ich dir was bringen lassen? Tee? Brot?«

»Nichts. Ich brauch' nichts.«

»Ich möchte dir noch was sagen, Bertram. Du kennst meine Papiere. Du weißt, daß sie mich degradiert haben ... Beide Male wegen Befehlsverweigerung. Und ich würd's wieder machen ... wieder, ja ...«

»Ist gut.«

»Du verstehst, was ich sagen will. Ich kann einen Befehl nur ausführen, wenn ich ihn einsehe. Wenn er sich verantworten läßt. Man muß ein Recht haben zu fragen ...«

»Noch was?«

»Du denkst an den Alten, nicht? Mancher kann eben nicht über seinen Schatten springen. Vielleicht aber denkt er so wie wir ... Für sich, meine ich, insgeheim ...«

»Bring ihm den Tabak.«

Zuerst meldete der Ausguck nur ein Fahrzeug steuerbord voraus; langsam hoben sich die Aufbauten herauf, die Silhouette wurde bestimmbar, und nach einer Weile wußten wir, daß es MX 18 war, unser Schwesterschiff. Es lief westnordwestlichen Kurs, vermutlich zu den Inseln; bei seinem Anblick konnte man das Gefühl haben, sich selbst zu begegnen. Alle bei uns sahen hinüber, alle warteten wir, beklommen oder gespannt, und dann zuckte ein Licht auf, ihr Signalscheinwerfer rief uns an, K an K, Kommandant an Kommandant. Unser zweiter Signalgast hob die Klappbuchse auf das Gestänge der Brückennock, bereit, zu antworten, er sprach die Anfrage mit, die sie drüben wiederholten, K an K, immer nur dies, ausdauernd, fordernd, doch wir gaben keine Antwort.

Mehrmals blickte sich der Signalgast zum Steuermann um, besorgt, er könnte eine Anweisung überhört haben; der Steuermann stand nur aufmerksam da und spähte hinüber, ohne sein Glas zu Hilfe zu nehmen.

Er ließ die Anfragen unseres Schwesterschiffes unbeantwortet, und da auf seinen Befehl auch unser Funkschapp vorübergehend schwieg, entgingen wir jeder Rechenschaft – von den andern vermutlich als Penner verdammt und weniger argwöhnisch als kopfschüttelnd beobachtet.

Im Morgengrauen brachten sie Brot und heißen Kaffee auf die Brücke, und wir aßen und tranken wortlos und sahen über die graue, stille See, auf der sich bald das erste Licht brechen würde. Es war keine vollkommene Stille, einem geduldigen Blick entging nicht, wie aus der Tiefe Bewegung entstand, sanfte Wellen, die für kurze Zeit einer Richtung folgten und sich dann verliefen. Die Wolkentürme über der Kimm änderten ihre Form, zogen sich zusammen und teilten sich. Der Feuerwerker brachte dem Steuermann den Tabak, den der Kommandant zurückgewiesen hatte.

Bei der Flottille hatten sie uns nicht vergessen. Sie schickten einen Funkspruch, der den Steuermann unsicher machte für eine Weile; obwohl ich selbst den Text nicht gelesen habe, hörte ich aus den schleppenden Beratungen heraus, daß die Flottille das Unternehmen, auf dem sie uns glaubte, bestätigte, und nicht nur dies: sie wies uns an, den Kurs leicht zu ändern und querab von Gotland ein Schwesterschiff zu treffen, MX 21; mit ihm gemeinsam sollten wir die Fahrt nach Kurland fortsetzen. Sie verlangten genaue Positionsangabe. Noch während sie beratschlagten, Antworten erwogen und verwarfen, wurde ein zweiter Funkspruch empfangen, der die Fortsetzung des Unternehmens auf eigene Faust empfahl; MX 21 trieb nach einem Fliegerangriff manövrierunfähig mit Maschinenschaden. Regungslos bedachte der Steuermann die Vorschläge, die ihm der Funkmaat und der Feuerwerker machten, vielleicht nahm er sie auch gar nicht zur Kenntnis und nickte nur von Zeit zu Zeit verloren, um Aufmerksamkeit vorzutäuschen; jedenfalls war es zum Schluß sein eigener Text, den er an die Flottille durchgeben ließ. Um Boot und Besatzung nicht zu gefährden, meldete er, mußte das Kommando gewechselt werden; MX 12 werde nach Kiel laufen und dort weitere Befehle abwarten.

Wir hätten die Fahrt herabsetzen sollen. Die Fischkutter hatten ihre Netze ausgebracht, kleine, nebelgraue Kutter, die allesamt schleppten im frühen Licht und von den schweren Stahltrossen auf der Stelle gehalten zu werden schienen. Rasch kamen wir auf, niemand dachte daran, die plumpe Armada zu umgehen, auf der sich kaum ein Mann zeigte. Alle Kutter führten den Danebrog-Wimpel. Wir liefen in voller Fahrt zwischen ihnen hindurch, immer noch fern genug, als daß wir eines ihrer Netze hätten wegschneiden können, aber doch so nah, daß ihre Boote in unserer Bugsee schwankten und die flaschengrünen Glaskugeln der Netze torkelten. Da trat einer der Fischer aus seinem engen selbstgebauten Steuerhaus, trat sichtbar heraus und drohte uns. Jetzt können sie sich's wieder leisten, sagte der Feuerwerker, jetzt können sie sich's leisten, uns zu drohen.

Die Inseln kamen in Sicht, wir wollten sie an Steuerbord passieren, um dann auf südlichen Kurs zu gehen, als sich aus dem verwaschenen Blau ein Fahrzeug löste, ein flaches Boot, das mit hoher Geschwindigkeit an den ankernden Schiffen vorbeilief, eines der neuen Schnellboote. Der Bug hatte sich aus dem Wasser gehoben, Gischt und weißer Qualm verbargen das Heck. Es hielt auf uns zu, die breite, blasige Bahn, die es über die ruhige See zog, bog sich zu uns hin, als wir den Kurs leicht veränderten – fast sah es so aus, als suchte das Boot die Kollision. Sie meinen uns, sagte der Steuermann und gab dem Signalgast ein Zeichen, sich bereit zu halten. Wir gingen mit der Fahrt herunter, das Schnellboot umrundete uns einmal, und dann sahen wir mit bloßem Auge, wie sich die Klappen der beiden Torpedorohre öffneten. Ihr Schnellfeuergeschütz blieb unbesetzt, nur die beiden Torpedorohre waren auf uns gerichtet, gegen unsere zerschrammte, verbeulte Breitseite, das heißt, mit dem nötigen Vorhaltewinkel – kein Manöver hätte uns da helfen können. Wie sie uns beobachteten! Sie ließen sich Zeit mit dem Befehl, warteten mit gedrosselten Motoren, ihrer Überlegenheit gewiß – vielleicht kam es uns auch nur so vor. Endlich gaben sie den Befehl: Zurücklaufen in den Sund, zu unserem alten Liegeplatz, und MX 12 nahm wieder Fahrt auf, eskortiert von dem Schnellboot, das sich achteraus an der Backbordseite hielt und das, bei aller Verhaltenheit, die Kraft ahnen ließ, über die es verfügte. Von weitem gesehen, riefen wir wohl den Eindruck hervor, unter Bedeckung zu fahren, mit irgendeiner kostbaren Fracht an Bord. Der Feuerwerker setzte das Glas ab und trat neben den Steuermann.

»Wir hätten die Fahrt fortsetzen sollen, Bertram. Ich glaube nicht mal, daß die Torpedos an Bord haben.«
»Das glaubst du.«
»Und wenn ... Die hätten MX 12 doch nicht versenkt. Schau mal rüber.«
»Du kennst die Befehle nicht, die sie haben. Ich will nichts riskieren.«
»Außerdem ... sie haben kein Recht. Die Kapitulation ist doch unterschrieben. Die Gesetze gelten auch für sie. Von Rechts wegen müßten die an der Pier liegen und auf die Übergabe warten ... wie wir ... wie alle.«
»Sag ihnen das mal.«
»Glaubst du wirklich, die würden uns fertigmachen?«
»Ja. Es sind Landsleute. Vergiß das nicht.«
»Du meinst, wir haben noch einiges zu erwarten?«
»Es wird einen Empfang geben; auf unsere Art.«
»Die Besatzung ist auf deiner Seite.«

»Wir wollen sehen.«
»Soll ich mal anfragen lassen?«
»Was?«
»Die da drüben auf dem Schnellboot ... vielleicht haben die noch nicht mitbekommen, daß alles vorbei ist. Kann doch sein.«
»Die tun ihre Pflicht. Oder das, was sie dafür halten.«

Ein schlaffer Danebrog hing über der bröckelnden Festung, auch das Krankenhaus war beflaggt und die Auktionshalle der Fischer und sogar der ramponierte Bagger, der nach einer mysteriösen Explosion seine Eimerkette verloren hatte. Staunend sahen sie von den Ufern zu uns herüber, als wir durch den Sund in den Hafen einliefen; offenbar hatte niemand angenommen, daß MX 12 noch einmal zurückkehren, wie immer in der Mitte des Hafenbeckens wenden und vor dem Gebäude des Hafenkommandanten festmachen würde. Jetzt, im Hafen, ließ der Kommandant unserer Eskorte das Schnellfeuergeschütz besetzen; sie warteten, bis wir angelegt hatten, dann wendete auch das flache, schlanke Boot und ging hinter uns an die Pier.

Sie hatten uns erwartet. Kaum waren die Leinen rübergegeben, als ein bewaffneter Zug – Seestiefel, Koppelzeug, Karabiner umgehängt – aus dem Schatten der Kommandantur heranmarschierte, von einem Offizier befehligt, der seinen Auftrag so sicher erfüllte, als hätte er alle Einzelheiten vorher geübt. Er ließ den Zug vor dem Laufsteg halten, kam mit raschen Schritten an Bord und ging blicklos und ohne Zögern an unseren Männern vorbei zur Kammer des Kommandanten, wo er bei offener Tür weniger verhandelte als Meldung überbrachte und danach den Kommandanten und den Ersten Wachoffizier an den Laufsteg geleitete.

Der Kommandant sprach mit keinem von uns. Er sah nicht zur Brücke hinauf, wandte sich nicht ein einziges Mal um; achtlos und in sich gekehrt ging er auf das getünchte Gebäude zu, ohne dem I. W. O. zu danken, der ihm die Tür aufhielt. Nachdem er verschwunden war, gab der Offizier zwei Marinesoldaten einen Wink, und zu dritt erschienen sie auf der Brücke; ernste, verschattete Gesichter.

Sie sind festgenommen, sagte der Offizier, und das war schon alles, kein erläuterndes Wort, keine bedauernde oder auffordernde Geste, nur diesen einzigen Satz, der für uns alle auf der Brücke galt. Beim Abstieg spürte ich die Erschöpfung; wir alle mußten uns am Geländer festhalten, auch der Steuermann. An Deck, vor dem Laufsteg, sammelte sich die Besatzung, widerwillig öffneten die Männer eine Gasse für uns, manche nickten uns aufmunternd zu, stupsten uns zuversichtlich. Bis bald, sagten sie, oder: Nur ruhig Blut, oder: Das kriegen wir schon hin. Ein Befehl des Offiziers forderte sie auf, sich bereit zu halten.

Bevor wir die Kommandantur betraten, drehte ich mich noch einmal um und sah zu unserem Boot zurück und hinüber zum anderen Ufer, zu den Kuttern und Prähmen, wo sie in diesem Augenblick nicht ihrer Arbeit nachgingen, sondern starr zu uns herüberlinsten, gebannt von einem Ereignis, für das sie keine Erklärung fanden.

Es muß ein Archivraum gewesen sein, in den sie uns führten. Auf dunkelgebeizten Regalen standen Ordner, Handbücher, lagen eingerollte Plakate und verschnürte Packen von Formularen und Berichten – ein Teil der offiziellen Geschichte des kleinen Hafens. Türen und Fenster hatten Milchglasscheiben, die Doppelposten waren nur als verschwommene Silhouetten erkennbar. Einer von uns ging zu einem gesprungenen Handstein und trank aus dem Strahl, und vier andere taten es ihm nach.

Nach einer Weile setzten wir uns auf den Tisch, auf den Fußboden; ich spürte einen ziehenden Schmerz hinter den Schläfen, ich lehnte mich gegen die Heizung und schloß die Augen. Trotz der Müdigkeit konnte ich nicht schlafen, da der Feuerwerker unaufhörlich redete; für jeden hatte er ein Wort übrig, jedem glaubte er versichern zu müssen, daß sich alles sogleich als Irrtum herausstellen werde; den Geistern habe die Stunde geschlagen. Er sagte: Ich lach' mir einen Ast, wenn die Tür aufgeht, und der englische Commander lädt uns zum Tee ein. Er blickte verständnislos, als der Signalgast ihn zunächst gequält darum bat, zu schweigen, und ihn, da er weitersprach, kurz darauf anschrie: Halt die Schnauze, oder es passiert was. Der Feuerwerker ging zur Tür und lauschte, er bewegte den Drücker behutsam, er war überrascht, als die Tür sich öffnete, fing sich aber gleich wieder beim Anblick der beiden Posten und fragte sie, was denn hier »steigen« solle. Einer der Posten sagte: Mach keinen Quatsch, Kamerad, und verzieh dich, los. Ob die Engländer schon da seien, wollte der Feuerwerker wissen, ob man die Übergabe der Boote schon terminiert habe, worauf dem Posten nicht mehr einfiel als: Halt die Klappe und mach die Tür zu.

Zu ungewohnter Zeit schleppten sie einen Aluminiumkessel und Kochgeschirre zu uns herein, ein blasser Hüne in Drillichzeug schöpfte jedem eine Portion ab, glasige Nudeln, in Speck gebraten – wie verbissen er die Portionen verteilte, wie hastig, seine Stirn glänzte vor Schweiß. Nicht ein einziges Mal reichte er die gefüllten Geschirre weiter, er kleckste sie nur voll und ließ sie auf dem Tisch stehen, und es war ihm Erleichterung anzumerken, als er uns verließ. Während wir aßen, wurden die Posten abgelöst, wir hörten ihre formelhaften Verständigungen hinter dem Fenster, hinter der Tür. Der Steuermann aß nur sehr wenig, mit müder Geste stellte er uns frei, den Rest seiner Portion aufzuteilen. Sein einziges Interesse schien der Tageszeit zu gelten: mehrmals stand er auf und betrachtete den Himmel.

In der Dämmerung belebte sich das Gespräch, jeder wußte etwas, ahnte etwas, aus jeder Ecke boten sie ihre Bekenntnisse an, ihre Mutmaßungen, das ging kreuz und quer, hielt sich an keine ruhige Folge. Einer sagte: Von der Besatzung ist nichts zu sehen und zu hören, und der andere: Kapituliert ist kapituliert; da hört jede Befehlsgewalt auf. Unerregt lösten sich die Stimmen ab.

»Möchte nur wissen, was sie mit uns vorhaben.«
»Sie können doch nicht die ganze Besatzung ...«
»Bei kleinem sollten sie uns mal Bescheid stoßen.«
»Der Alte diktiert wohl sein Protokoll.«
»Meuterei können die uns nicht anhängen.«
»Vielleicht haben sie sich schon abgesetzt, die da oben.«
»Ich hau' mich hin, weckt mich, wenn was Wichtiges passiert.«

Auf einmal war es still; sie reckten sich, sie horchten, lauschten dem Geräusch schwerer Wagen, die unter den Fenstern hielten, eiligen Schritten und einer formellen Begrüßung beim Eingang.

Alle sahen dem Steuermann zu, der im letzten Licht aufstand, an die Regale trat und hastig Ordner und Formulare durchstöberte, bis er ein kaum beschriebenes Blatt gefunden hatte. Er riß es heraus, trug es zum Fensterbrett und begann stehend zu schreiben – er schrieb, ohne abzusetzen; alles schien vorbedacht; wir wußten nicht, was er schrieb, doch jeder von uns hatte das Gefühl, daß es auch ihn anging und mit betraf, und vielleicht war dies der Grund, warum keiner zu sprechen wagte. Große Umschläge lagen bei den Handtüchern; der Steuermann entleerte einen, kreuzte die Anschrift durch und schrieb einen Namen in Blockbuchstaben drauf, Dienstgrad und Namen des Kommandanten. Dann faltete er den Umschlag, kam zu mir und ließ sich erschöpft neben mir nieder. Hier, sagte er, geben Sie das dem Kommandanten, irgendwann.

Einer von uns rief »Achtung!«, und wir standen auf und nahmen Haltung an vor einem noch jungen, grauhaarigen Offizier, der, ohne anzuklopfen, hereingekommen war. Er winkte ab. Eine Weile stand er grüblerisch da, dann schlenderte er von einem zum andern, nickte jedem zu, bot aus einer Blechschachtel Zigaretten an, wobei ich sah, daß ihm drei Finger an der rechten Hand fehlten. Er hob sich aufs Fensterbrett hinauf und sagte, auf den Fußboden hinabsprechend: Ich bin Ihr Verteidiger, es sieht schlecht aus, Männer; und mit schleppender Stimme fügte er hinzu: Die Anklage lautet auf Bedrohung eines Vorgesetzten, Befehlsverweigerung und Meuterei.

Die Stille, diese vollkommene Stille auf einmal, keiner von uns hob die Zigarette an den Mund. Der erste, der sich faßte, war der Feuerwerker. Er fragte: Wir haben doch kapituliert? Ja, sagte der Offizier, eine Teilkapitulation ist unterzeichnet. Dann können wir doch nicht angeklagt werden, sagte der Feuerwerker, jedenfalls nicht vor einem deutschen Kriegsgericht. Für die Angehörigen der deutschen Kriegsmarine, sagte der Offizier, besteht die deutsche Militärgerichtsbarkeit weiter; sie ist ausdrücklich nicht aufgehoben. Aber wir sind doch, sagte der Feuerwerker, wir sind doch jetzt in britischem Gewahrsam? Ja, sagte der Offizier, aber das ändert nichts an der Justizhoheit. Er forderte uns auf, näher heranzukommen, und während er fast unbeweglich vor uns saß, ließ er sich erzählen, was an Bord von MX 12 geschehen war.

Der Trigeminusschmerz hielt an, er pochte und brannte, und ein Auge begann zu wässern. Während wir einen trüben, von Posten gesicherten Gang hinabgingen, drückte ich ein Taschentuch leicht gegen Auge und Schläfe; ein Posten verstellte mir den Weg, ich mußte das zusammengelegte Taschentuch entfalten und hin und her schwenken. Danach gab er mir einen gefühlvollen Stoß, und ich schloß zu den andern auf, die wortlos in einer Reihe gingen, unter gerahmten Abbildungen von alten Schiffen. Der Gemeinschaftsraum, in den sie uns führten – es mag ein Speise- oder Vortragssaal gewesen sein –, war schlecht beleuchtet; an den Wänden standen Posten unter Stahlhelm, Maschinenpistole vor der Brust; zu beiden Seiten eines mächtigen, groben Tisches, von dem die Reichskriegsflagge herabhing, waren Bänke und Hocker aufgestellt, zu viele Bänke und Hocker. Wir waren acht. Wir marschierten – jetzt marschierten wir – über den Holzfußboden, von einem säbelbeinigen Bootsmann befehligt, traten vor den Bänken auf der Stelle, hielten auf sein Zeichen; setzen durften wir uns nicht. Dann erschien der Kommandant, ein Offizier geleitete ihn und den I.W.O. in den Raum, sie kamen durch dieselbe Tür, durch die auch wir eingetreten waren, sie gingen zu den Hockern uns gegenüber und stellten sich dort auf in Erwartung. Kein Blick, keine Erwiderung des Blicks; obwohl wir alle unentwegt zu ihm hinübersahen, wandte er uns nicht das Gesicht zu, er sah einfach an uns vorbei, geduldig, wie abwesend. Auch den I.W.O., der neben ihm stand, schien er nicht zu bemerken.

Der Marinerichter und die anderen traten durch eine Seitentür ein, sie gingen schweigend auf den Tisch zu, sechs Männer, alle uniformiert, am Schluß der Verteidiger, und nachdem sie auf ein Nicken des Richters Platz genommen hatten, durften auch wir uns setzen. Geschäftsmäßig eröffnete der Richter die Verhandlung, ein älterer Mann mit eingefallenen Wangen und Tränensäcken unter den Augen, er sprach stoßweise, verhalten, ab und zu hob er das Gesicht und blinzelte in die Deckenbeleuchtung. Zuerst, als er die Anklagepunkte nannte, schien er nur mäßig beteiligt, doch als er unsere Namen nannte, Dienstgrad und Stammrolle, war es, als überwände er allmählich eine alte Müdigkeit; seine Stimme wurde deutlicher, mitunter akzentuierte er seine Worte, indem er mit einem Silberstift rhythmisch auf die Tischplatte klopfte. Mit einer gemessenen Handbewegung gab er das Wort an einen Offizier ab, der mir eigentümlich bekannt vorkam – vielleicht hatte ich sein Bild in einer Zeitschrift gesehen, das Bild eines helläugigen Mannes, der nur eine einzige hohe Tapferkeitsauszeichnung trug und dessen stumpfblondes Haar sehr kurz geschnitten war. Sorgsam hatte er seine Mütze vor sich auf den Tisch gelegt, sie hatte keine Delle, keinen Kniff, der blaue Stoff war drahtsteif gespannt. Notizen halfen ihm, die letzte Fahrt von MX 12 zu rekonstruieren: Zeit des Auslaufens, Bekanntgabe des Auftrags auf See, Beginn einer Verschwörung und bewaffnete Bedrohung des Kommandanten, die mit seiner Enthebung vom Kommando endete; schließlich Abbruch des Unternehmens und eigenmächtiger Entschluß, auf Gegenkurs zu gehen. Als er feststellte, daß diese Vorfälle sich zu einem Zeitpunkt ereigneten, da das deutsche Volk sich in einem »Schicksalskampf auf Leben und Tod« befand, blickte unser Verteidiger ihn forschend an und schrieb dann eilig etwas auf einen Merkzettel.

Der Kommandant tat nicht, was sie von ihm erwarteten; anstatt die Ereignisse an Bord zusammenhängend zu schildern, beschränkte er sich darauf, die Fragen zu beantworten, die ihm gestellt wurden – zögernd, und weniger an den hochdekorierten Offizier gewandt als an den Protokollführer, auf dessen Gesicht ein Ausdruck fortwährenden Staunens lag.

»Sagen Sie uns, wie Ihr Befehl lautete.«
»Kurland. Wir sollten nach Libau in Kurland laufen.«
»Mit welchem Auftrag?«
»Wir sollten Verwundete übernehmen.«
»Übernehmen?«
»Und rausbringen. Nach Kiel.«
»Kannte die Besatzung den Befehl?«
»Sobald wir auf See waren, habe ich ihn bekanntgegeben.«
»Die Besatzung kannte also den Befehl?«
»Jawohl.«
»Welchen Kurs wollten Sie laufen?«
»Nordöstlich, an den schwedischen Hoheitsgewässern entlang. Später wollten wir auf Südost gehen.«
»Wußten Ihre Leute, daß in Kurland noch gekämpft wird? Daß eine ganze Armee – obwohl eingeschlossen – heldenhaft Widerstand leistet?«
»Die meisten wußten es wohl.«
»Sie wußten also, daß ihre kämpfenden Kameraden Hilfe brauchten?«
»MX 12 hatte den Auftrag, Verwundete zu übernehmen.«
»Verwundete, ja, verwundete Kameraden, die seit Tagen auf der Nehrung vor Libau liegen. Und warten. Auf ihren Transport in die Heimat warten.«
»Das war uns bekannt.«
»So, bekannt. Und dennoch verweigerte die Besatzung den Befehl. Sie wußte, was auf dem Spiel stand, und verweigerte den Befehl. Aus Feigheit.«
»Es war nicht Feigheit.«
»Nicht? Was denn sonst?«
»Seit zwei Jahren bin ich Kommandant von MX 12. Ich kenne die Männer. Es war nicht Feigheit.«
»Dann sagen Sie uns, warum die Besatzung den Kom-

mandanten bedrohte. Warum er seines Kommandos enthoben wurde ...«
»Das Risiko. Sie schätzten wohl das Risiko zu hoch ein.«
»War das auch Ihre Ansicht?«
»Nein.«
»Das Risiko eines Unternehmens zu kalkulieren ist Sache des Vorgesetzten. Er trägt die Verantwortung. Darin stimmen Sie mir doch zu?«
»Jawohl.«

Auf einmal, als der Verteidiger ihn bat, die Ereignisse auf der Brücke zu schildern, sah der Kommandant zu uns herüber. Sein Blick lief über uns hin und blieb auf dem Steuermann ruhen, lange; es war, als ob sie sich blickweise austauschten, nicht hart und vorwurfsvoll, sondern eher fassungslos. Und nach einer Aufforderung des Verteidigers, die Vorfälle aus seiner Sicht darzustellen, erwähnte der Kommandant zuerst die umlaufenden Gerüchte über ein bevorstehendes Ende des Krieges, er sprach von der Stimmung, die diese Gerüchte auslösten – schon während der Liegezeit im Hafen, nicht erst auf See –, stellte aber auch fest, daß es an Bord keinen Verstoß gegen die Disziplin gegeben habe. Wir liefen befehlsgemäß aus, sagte er, die Besatzung bewährte sich bei einer Rettungsaktion und bei einem Fliegerangriff. Kurz vor dem Aufzug der Mittelwache wurde die Brücke besetzt, die Männer waren bewaffnet. Sie forderten, das Unternehmen abzubrechen und nach Kiel zu laufen. Das wurde ihnen verweigert. Steuermann Heimsohn enthob den Kommandanten des Kommandos. Er übernahm die Befehlsgewalt an Bord. Der Kommandant und der I. W. O. wurden unter Arrest gestellt.

»Herr Kapitänleutnant«, fragte der Verteidiger, »wußte die Besatzung, daß eine Teilkapitulation unterzeichnet war?«
»Jawohl«, sagte der Kommandant.
»Wann erfuhr sie es?«
»Wir waren etwa zehn Stunden auf See.«
»Haben Sie die Kapitulation bekanntgegeben?«
»Nein.«
»Aber Sie haben mit einzelnen Besatzungsmitgliedern darüber gesprochen?«
»Jawohl.«
»Mit wem?«
»Mit Steuermann Heimsohn.«
»In welchem Sinne? Können Sie sich erinnern?«
»Wir sprachen über die Bedingungen der Kapitulation.«
»Über die Bedingungen ... Ihnen ist bekannt, daß eine Bedingung der Kapitulation Waffenruhe ist?«
»Jawohl.«
»Hätten Sie sich daran gehalten?«
»Ich glaube doch.«
»Auch wenn man Sie angegriffen hätte? Wenn sowjetische Flugzeuge MX 12 angegriffen hätten?«
»Ich weiß nicht.«
»Um den Kapitulationsbedingungen zu genügen, hätten Sie aber auf jede Gegenwehr verzichten müssen. MX 12 fällt unter britisches Gewahrsamsrecht. Eine weitere Bedingung besagt übrigens, daß alle Unternehmungen abzubrechen sind.«
»Ich bekam Befehle vom Flottillenkommando.«
»Das heißt: Sie hätten Ihren Auftrag in jedem Fall ausgeführt? Auch wenn Sie dabei die Bedingungen der Kapitulation verletzt hätten?«
»An etwas muß man sich halten.«
»Herr Kapitänleutnant, wie gut kennen Sie Ihre Besatzung?«

»Die meisten waren schon an Bord, als MX 12 in Norwegen stationiert war.«

»Heißt das, daß Sie bereit waren, sich auf Ihre Männer zu verlassen?«

»Jawohl.«

»In jeder Lage?«

»In jeder Lage.«

»Hätten Sie je daran gedacht, daß man Sie Ihres Kommandos entheben könnte?«

»Nein. – Nein.«

»Wie, glauben Sie, konnte es geschehen? Was kam da zusammen?«

»Ich sagte es schon: das Risiko. Es erschien den meisten zu hoch. Sie gaben MX 12 keine Chance, bis Kurland durchzukommen.«

»Könnte es sein, daß das Verhalten der Besatzung beeinflußt wurde durch die Nachricht von der Kapitulation?«

»Ganz bestimmt.«

»Es gibt da keinen Zweifel für Sie?«

»Keinen.«

»Mit anderen Worten: halten Sie es für denkbar, daß die Besatzung Ihrem Befehl gefolgt wäre, wenn die Nachricht von der Kapitulation sie nicht erreicht hätte?«

»Wir sind viele Unternehmungen zusammen gefahren, auch schwierige.«

»Antworten Sie auf meine Frage.«

»Ich denke, wenn die Kapitulation nicht gekommen wäre, liefe MX 12 jetzt mit Kurs auf Libau.«

Einmal machten sie eine Verhandlungspause, die am Tisch zogen sich zurück, dem Kommandanten und dem I.W.O. wurde freigestellt, den Raum zu verlassen, doch beide blieben. Sie neigten sich einander zu und flüsterten, so wie auch wir begannen, uns flüsternd abzustimmen – nach einem

Augenblick höchster Erwartung, in dem wir, vom Gericht allein gelassen, gespannt zur Gegenseite hinübersahen, gerade so, als müßte nun etwas gesagt werden, was die andern nichts anging. Kein Wort, kein Zuruf, keine Beschuldigung; wir verharrten in schweigendem Gegenüber und wandten uns schließlich dem Nebenmann zu, der seine Ratschläge zu verteilen hatte, oder gaben selbst leise weiter, was wir für nützlich hielten. Nur der Feuerwerker flüsterte nicht, er nahm keine Rücksicht auf die anwesenden Posten vor den Türen; so, daß jeder es mitbekommen konnte, erklärte er, daß er dieses Kriegsgericht – er nannte es auch Verlegenheitsgericht – nicht anerkenne, da der Krieg vorbei sei, und daß Recht, wenn überhaupt, nur noch im Namen des englischen Königs gesprochen werden könne. Vielleicht weil ihm niemand von uns widersprach, meldete er sich gleich nach der Rückkehr des Gerichts zu Wort, man erlaubte ihm, seine Erklärung abzugeben, man hörte ihm unwillig, erstaunt zu, und für einen Moment sah es so aus, als wollte der Marinerichter ihm das Wort entziehen; doch er ließ den Feuerwerker aussprechen, und dann sagte er sarkastisch: Es hätte mich gewundert, wenn ein Mann mit Ihrer Vergangenheit nicht die Zuständigkeit des Gerichts bezweifelte.

Das Licht flackerte, mehrmals fiel es in kurzen Abständen aus. In der Dunkelheit massierte ich die Schläfe und preßte das Taschentuch auf das Auge; die geringe Feuchtigkeit, die der Stoff bewahrte, brachte Erleichterung. Jedesmal, wenn das Licht ausfiel, spürte ich eine tastende Hand an meiner Schulter, die Hand des Steuermanns, der neben mir stand und stehend die Fragen des hochdekorierten Offiziers beantwortete, monoton und pausenreich, mitunter schuldbewußt. Jawohl, sagte er oft, ich gebe es zu, jawohl.

»Das ist Meuterei«, sagte der Offizier. »Gemeinschaftliche Befehlsverweigerung auf hoher See ist Meuterei. Wissen Sie, was darauf steht?«

»Jawohl.«

»Sie haben sich angemaßt, den Kommandanten seines Kommandos zu entheben. Auf Kriegsmarsch. Ich wiederhole: auf Kriegsmarsch. Während deutsche Soldaten überall gehorsam ihre letzte Pflicht erfüllen, haben Sie die Besatzung zum Ungehorsam aufgewiegelt. Sie haben sich zum Rädelsführer der Meuterei gemacht.«

»Zu diesem Zeitpunkt hatten wir nur ein Ziel: Boot und Besatzung zu retten.«

»Was Sie nicht sagen! Boot und Besatzung wollten Sie retten? Davonstehlen wollten Sie sich, stiftengehen! Laßt doch andere nach Kurland laufen, wir wollen heim, wir machen Feierabend.«

»Die Besatzung war entschlossen, das Unternehmen abzubrechen.«

»Die ganze Besatzung?«

»Fast alle. Der Kommandant wußte es.«

»So, der Kommandant wußte es. Und dennoch hielt er sich an seinen Befehl. Und dennoch war er bereit, seinen Auftrag auszuführen. Er gab allen ein Beispiel für Pflichterfüllung. – Glauben Sie, daß er MX 12 opfern wollte? Glauben Sie das?«

»Nein.«

»Sehen Sie! Männern wie Ihrem Kommandanten ist es zu verdanken, daß Hunderttausende in Sicherheit gebracht wurden – Männern wie ihm, die bereit waren, etwas zu riskieren, sich notfalls zu opfern.«

»Wir wollten Opfer vermeiden, sinnlose Opfer.«

»Maßen Sie sich etwa an, zu beurteilen, was ein sinnloses Opfer ist?«

»Jawohl.«

»So, und weil Sie sich das zutrauen, enterten Sie mit Ihrem Haufen die Brücke. Und setzten den Kommandanten ab. Und stellten ihn unter Arrest.«

»Wenn ich es nicht getan hätte ... Die Besatzung war entschlossen, Gewalt anzuwenden. Sie hatten sich selbst bewaffnet, ohne meinen Befehl.«

»Ach so ... Es ist also Ihr Verdienst, daß es zu keiner Auseinandersetzung an Bord kam? Daß nicht geschossen wurde ...? Verstehe ich Sie richtig? Dadurch, daß Sie den Kommandanten seines Postens enthoben, haben Sie Blutvergießen verhindert?«

»Ich habe es versucht. Die Konsequenzen waren mir bekannt.«

»Dann war Ihnen auch bekannt, daß der Kommandant eines Schiffes auf Kriegsmarsch die Disziplinargewalt besitzt?«

»Jawohl.«

»Er hätte das Recht gehabt, Sie zu erschießen. Er hat es aber nicht getan. Um zu vermeiden, daß Blut vergossen wird, befolgte er Ihre Anweisungen.«

Der Offizier, der die Verteidigung übernommen hatte, wußte augenscheinlich, daß der Steuermann während des Krieges zweimal sein Schiff verloren hatte. Er fragte, wo das geschehen sei, und der Steuermann sagte: Das erste Mal in Narvik, dann beim Minenräumen in der Deutschen Bucht.

»Was geschah nach Ihrer Rettung?« fragte der Verteidiger.

»Nachdem sie mich aufgefischt hatten«, sagte der Steuermann, »habe ich mich gleich wieder gemeldet, Bordkommando.«

»Wie lange gehören Sie zur Besatzung von MX 12?«

»Zwei Jahre.«

»Wie war Ihr Verhältnis zum Kommandanten?«
»Darüber möchte ich nicht sprechen.«
»Möchten Sie etwas über seine seemännischen Fähigkeiten sagen?«
»Das steht mir nicht zu.«
»Aber Sie haben sie anerkannt?«
»Jawohl. Immer.«
»Und dennoch haben Sie ihm nicht zugetraut, MX 12 nach Kurland zu bringen? Und zurück?«
»Keiner hätte es geschafft, nicht der beste Seemann.«
»Woher wissen Sie das?«
»Ich habe die Schiffsfriedhöfe gesehen – vor Riga, vor Memel, vor Swinemünde ... Wir haben Hilfe geleistet bei mehreren Untergängen ... Und die Notrufe. Aus dem Funkraum erfuhren wir, wie viele Notrufe abgesetzt wurden. Östlich von Bornholm war kein Durchkommen.«
»Nachdem Sie MX 12 unter Ihr Kommando gebracht hatten, erhielten Sie von der Flottille einen Befehl.«
»Jawohl.«
»Wie lautete der Befehl?«
»Treffen mit MX 21.«
»Wo?«
»Bei Gotland.«
»Zu welchem Zweck?«
»Gemeinsamer Marsch nach Kurland.«
»Es ist nicht dazu gekommen?«
»Nein. MX 21 wurde in Brand geschossen. Bei einem Fliegerangriff. Es trieb manövrierunfähig mit Maschinenschaden.«

Zuletzt rief der Marinerichter mich auf. Die anderen, die er vor mir vernahm, hatten angeblich kaum etwas gehört, kaum etwas gesehen; ihre ausweichenden Antworten ließen erkennen, wie sehr sie darauf aus waren, den Steuermann nicht zu belasten. Der Marinerichter sah jetzt erschöpft aus, er hatte die Haut eines Malariakranken. Mit müder Stimme fragte er mich, ob ich als Rudergänger ebensowenig mitbekommen hatte wie die andern, und ich sah zum Kommandanten hinüber und sagte: Nein. Da hob er den Kopf und nickte mir eine ironische Belobigung zu, so als wollte er sagen: Na, so was! Alle Achtung!

Ich war entschlossen, alles zu sagen, was ich wußte, und ich tat es, ja. Sie standen sehr gut zueinander, der Kommandant und der Steuermann; soviel ich verstand, sind sie alte Freunde ... Nein, eine Drohung habe ich nie gehört ... Nein, der Steuermann hat nie erklärt, daß die Besatzung sich bewaffnen würde ... Nur die Sorge um MX 12 und die Besatzung ... Auf keinen Fall gab der Steuermann den Befehl, die Brücke zu besetzen ... Ja, seine Stimme hörte ich erst, als etwas in der Luft lag. Gewalt ... Wer ihn unter Arrest stellte, weiß ich nicht mehr ... Jawohl, den Satz höre ich noch genau: Ich übernehme mit allen Konsequenzen das Kommando an Bord. Er sagte noch: Ich werde mich dafür verantworten. Der Marinerichter hörte mir nachdenklich zu, und plötzlich fragte er: Weinen Sie, Mann? Nein, sagte ich, es sind die Schmerzen.

Sie zogen sich zur Beratung zurück, und wieder saßen wir in stummem Gegenüber. Der Kommandant saß aufgerichtet da, seine Haltung hatte etwas Abweisendes; ich wagte es nicht, einfach aufzustehen und ihm den Brief zu bringen, den mir der Steuermann anvertraut hatte. Der Feuerwerker drehte unaufhörlich Zigaretten und gab sie verdeckt an uns weiter – für später. Mit geschlossenen Augen, so als meditierte er, hockte der Steuermann neben mir, während der Funkmaat – ich sah es genau – mit seiner Müdigkeit kämpfte, schwankte, hochschreckte. Ohne Befehl erhoben wir uns, als das Gericht zurückkehrte, und da die Männer hinter dem Tisch stehen blieben, blieben auch wir stehen. Der Schmerz unter dem Auge, in der Schläfe wummerte und lärmte, plötzlich hatte ich den Eindruck, daß die Zahl der Richter sich vermehrte, und nicht nur dies: obwohl der Marinerichter allein sprach, kam es mir vor, als hörte ich mehrere Stimmen; das verband und ergänzte, überlagerte und verstümmelte sich. Vom Kriegsrecht war die Rede, dem alles andere unterzuordnen sei, von Disziplin und Manneszucht und Pflichterfüllung in der letzten Stunde. Ein abschreckendes historisches Beispiel wurde erwähnt: meuternde Elemente an Bord von Großkampfschiffen. Kameradschaft auf See wurde beschworen, Kameradschaft im Kampf und im Chaos, und immer wieder Disziplin – eiserne Disziplin, die eine Voraussetzung fürs Überleben ist. Um befürchteten Auflösungserscheinungen wirksam zu begegnen, hatte der Großadmiral besondere Befehle erlassen; aus ihnen wurde abschließend zitiert. Wegen Befehlsverweigerung, tätlicher Bedrohung eines Vorgesetzten und bewaffneter Meuterei auf Kriegsmarsch: Todesstrafe für Steuermann Heimsohn, für Feuerwerker Jellinek. Etwas leiser sagte die Stimme: Das Urteil muß noch bestätigt werden.

Ich blickte zum Kommandanten hinüber, der entsetzt dastand, dann, wie zur Probe, die Lippen bewegte und schließlich für alle verständlich sagte: Wahnsinn, das ist Wahnsinn. Er ging auf den Richtertisch zu, zäh, mit mühsamen Schritten, er streckte eine Hand gegen den Richter aus und wiederholte: Wahnsinn; das kann doch kein Urteil sein. Der Marinerichter überging seine Bemerkung und zählte unsere Arreststrafen auf.

Auch wir redeten ihnen zu, nicht nur der Verteidiger, und es war gewiß Mitternacht, als sie endlich nachgaben und sich nebeneinandersetzten, um ein Gnadengesuch zu schreiben, auf Papier, das der Verteidiger mitgebracht hatte.

Sie drucksten, der Steuermann und der Feuerwerker, sie seufzten und sahen, um Wendungen verlegen, Beistand suchend zum Verteidiger auf, der rauchend auf der Fensterbank saß und nicht bereit schien, ihnen mit Worten auszuhelfen; nur die Anschrift diktierte er ihnen, und er selbst faltete auch die Gesuche und steckte sie in mitgebrachte Briefumschläge. Zum Urteil hatte er nichts zu sagen, vielleicht wollte er auch nichts sagen; wann immer der Signalgast oder der Funkmaat ihn baten, den Schuldspruch zu kommentieren, zuckte er die Achseln und gab sich zuversichtlich: Wartet nur, wartet nur ab. Bevor er uns verließ, verlangte mir der Steuermann den Brief ab, der an den Kommandanten adressiert war; an der Tür übergab er ihn dem Verteidiger, mahnend, besorgt, als ob für ihn viel davon abhinge. Zum Abschied legte der Verteidiger dem Steuermann die Hand auf die Schulter. Einer, der sich vor die Regale gelegt hatte, rief: Macht das Licht aus, und ich drehte den Schalter um und ließ mich auf den Fußboden nieder. Jeder spürte, wieviel gesagt werden müßte, keiner wagte, den Anfang zu machen, und je länger die Stille im Archivraum dauerte, desto bereitwilliger fanden wir uns mit ihr ab.

Vorsichtig öffnete ein Posten die Tür, er spähte eine Weile auf uns herab, ehe er die beiden Namen rief, nicht laut rief, nicht im Befehlston, sondern anfragend. Wir standen alle auf und bewegten uns zur Tür, und unser ruhiges, forderndes Dastehen veranlaßte den Posten, bis zur Schwelle zurückzugehen. Jellinek, sagte er, Jellinek und Steuermann Heimsohn, wir sollen Sie an Bord bringen. Wieso an Bord, fragte einer von uns, und der Posten darauf: Da tut sich was, hoher Besuch. Wir sahen uns an, verblüfft, ein Schimmer von Hoffnung zeigte sich auf den grauen Gesichtern: An Bord ... Das Gnadengesuch ... Ihr sollt an Bord ...

Und wir machten ihnen Platz und gingen herum und konnten nicht aufhören, die schnell entstandene Hoffnung zu begründen. Der blasse Hüne mit seinem Helfer brachte uns Brot und Marmelade, stellte einen dampfenden Aluminiumpott auf den Tisch und verzog sich grußlos. Keiner rührte sein Frühstück an. Als die Salven fielen – nein, keine Salven, es waren zwei Stöße aus einer Maschinenpistole –, stöhnte der Signalgast auf, und einer ging vor der Heizung auf die Knie und würgte, als müßte er sich übergeben. Wir lauschten. Manch einer mußte etwas anfassen. Dieser Irrsinn, sagte der Signalgast, diese Schweine – der Krieg ist doch vorbei! Der wird nie aufhören, der Krieg, sagte der Funkmaat, für uns, die wir dabei waren, wird er nie aufhören. Das ist doch kein Urteil, sagte der Signalgast, das ist Mord. Hört ihr, das ist Mord! Der Funkmaat beugte sich über den, der vor der Heizung kniete, und sah ihm ins Gesicht. Geh an den Ausguß, sagte er, los, geh an den Ausguß.

1983

Nachwort

In einer 1966 erschienenen autobiographischen Prosaskizze, die den Titel »Ich zum Beispiel« trägt, erzählt Siegfried Lenz, wie er im Frühjahr 1945 – damals, nach dem Untergang seines Schiffes, in Dänemark stationiert – den Krieg für sich beendete: Eines Nachts, nach der Hinrichtung eines Marinesoldaten, der sich aufgelehnt hatte, nahm er sein automatisches Gewehr und versteckte sich in den dänischen Wäldern. Er war neunzehn Jahre alt, zum ersten Mal ganz allein, auf sich gestellt, für sich selbst verantwortlich. Zwei Jahre zuvor war er willig – mit der »Ahnungslosigkeit, die Heldentum ermöglicht« – der Einberufung zur Kriegsmarine gefolgt. Jetzt, ernüchtert, aus seinen jugendlichen Illusionen gestürzt, entwarf er für sich eine Aufgabe: »Ich wollte am Leben bleiben.«

Aus britischer Kriegsgefangenschaft entlassen, studierte er in Hamburg Philosophie und Literatur – und las. Er las, was deutschen Lesern zwölf Jahre lang verwehrt gewesen war: Ernest Hemingway und William Faulkner, Thornton Wilder und John Steinbeck, Thomas Wolfe, Sinclair Lewis, Theodore Dreiser. »Ich las nicht kritisch, sondern – ich muss es zugeben – wie ein Süchtiger«, sagte er später. Die jüngere amerikanische Literatur kam ihm »wie eine Einladung zu neuer Weltentdeckung« vor. Er teilte diese Sucht, einen Lesehunger, wie man ihn sich heute kaum noch vorstellen kann, mit vielen der damals jungen deutschen Leser.

Es war die große Zeit der amerikanischen Short Story. Und Lenz bekannte später freimütig, was für viele junge deutsche Schriftsteller der ersten Nachkriegsjahrzehnte galt: wie stark er bei seinen ersten Schreibversuchen von den Amerikanern, vor allem von Hemingway, beeinflusst war. Tatsächlich sind unter den ersten Geschichten, die er schrieb, einige perfekte »amerikanische« Short Stories, Momentaufnahmen wie »Die Nacht im Hotel« (1949) oder »Begegnung zwischen den Stationen« (1950).

1948 brach Lenz sein Studium ab und arbeitete bis 1951, zuerst als Volontär, dann als Feuilletonredakteur, bei der Zeitung ›Die Welt‹. Die Kurzgeschichten, die er in jenen Jahren schrieb, erschienen in Zeitungen und Zeitschriften. Nach der Veröffentlichung seines ersten Romans, ›Es waren Habichte in der Luft‹ (1951), wurde er freier Schriftsteller.

An den frühen Erzählungen lässt sich beobachten, wie Lenz seine großen Themen und seine eigene Sprache fand, wie er sich von den Vorbildern löste, auch wie er immer wieder neue Erzählformen ausprobierte, was er noch heute tut. Anfang der fünfziger Jahre – Lenz ist inzwischen Mitte dreißig – entstehen erste Meistererzählungen, oftmals längere, kunstvoll angelegte, spannende Geschichten wie »Die Ferne ist nah genug« oder »Der Läufer«, an denen schon die für ihn nun charakteristische sprachliche Präzision und eine besondere Art der Menschlichkeit auffallen. An Stoffen war kein Mangel. Lenz hatte im Krieg viel erlebt und gesehen, er nahm in den Nachkriegsjahren die westdeutsche Gesellschaft mit wachem, kritischem Blick wahr, er war ein aufmerksamer Reisender. Seine Erzählungen haben oft einen authentischen Hintergrund, ohne je autobiographisch zu sein. Nach einem Aufenthalt in Kenia etwa entstand die aus der Perspektive eines weißen Farmers erzählte beklemmende Geschichte »Lukas, sanftmütiger Knecht« (1953).

Auf einer Amerika-Reise sah Lenz die Schauplätze der Werke William Faulkners. Er bewunderte und verehrte den »besessenen Chronisten des amerikanischen Südens« und besuchte dessen Heimatstadt Oxford, Mississippi. Beim Lesen von Faulkners Kurzgeschichten und Romanen war er, wie er später in dem Essay »Aus der Nähe. Über nord-

amerikanische Literatur« (1999) schrieb, nachhaltig davon beeindruckt, welche Rolle die Vergangenheit bei dem amerikanischen Schriftsteller spielt. »Tief in die Vergangenheit ... zurückblickend, kommt er zum Eingeständnis, dass nichts seinen Abschluss gefunden hat, keine vergangene Schuld, kein noch so entlegenes Unglück.«
Diese Erkenntnis war dem sehr nahe, was nach 1945 junge deutsche Schriftsteller wie Siegfried Lenz, Heinrich Böll, Günter Grass und andere empfinden mussten, die sich, aus Krieg und Gefangenschaft zurückgekehrt, mit der eigenen und zugleich mit der nach und nach ans Licht kommenden deutschen Vergangenheit konfrontiert sahen. Es bestimmte sie bei der Wahl ihrer Stoffe, wenn auch jeden auf andere Art und Weise, und es prägte fast zwangsläufig ihre Erzählhaltung. Nicht nur einige Romane von Siegfried Lenz, gerade auch viele der in diesem Band enthaltenen Erzählungen sind Beispiele dafür: Geschichten, die, ähnlich wie Faulkner es getan hat, an Einzelschicksalen zeigen, wie Vergangenheit, die sich nicht bewältigen, sich auch nicht verdrängen lässt, oft unerwartet und unabweisbar in die Gegenwart einbricht – so zum Beispiel in der heiter-makabren Kurzgeschichte »Risiko für Weihnachtsmänner« oder in der in die Form eines Dialogs gekleideten unheimlichen Erzählung »Herr und Frau S. in Erwartung ihrer Gäste«.

In den vom sogenannten Wirtschaftswunder bestimmten fünfziger und frühen sechziger Jahren brachte diese durchaus politische Haltung viele deutsche Schriftsteller, so auch Lenz, in Konflikt nicht nur mit rechtskonservativen Politikern der Bundesrepublik. Siegfried Lenz, der sich der Gruppe 47 angeschlossen hatte, ergriff dezidert Partei – für den Frieden. Er akzeptierte ohne Bitterkeit den Verlust seiner masurischen Heimat und setzte ihr in heiteren Erzählungen ein Denkmal. In den sechziger Jahren beteiligte sich Lenz aktiv am Wahlkampf für die SPD. Er unterstützte die neue Ostpolitik Willy Brandts und Egon Bahrs, und 1970 begleitete er Brandt, der nun Bundeskanzler war, zusammen mit Günter Grass zur Unterzeichnung des deutsch-polnischen Vertrags nach Warschau.

1988 wurde Siegfried Lenz der Friedenspreis des Deutschen Buchhandels verliehen. Die Rede, die er in der Frankfurter Paulskirche hielt, »Am Rande des Friedens«, ist ein politisches Manifest, ein persönliches Bekenntnis und ein Appell. »Der Friede ... bestimmt sich auch als einen Zustand, in dem es ebenso ein Recht auf Hoffnung für alle gibt wie die Pflicht zur Verantwortung für das, was ist, und für das, was war.« Es ist eine Rede, die nichts von ihrer Frische und Gültigkeit, ja Aktualität, nichts von ihrer besonderen Menschlichkeit eingebüßt hat. Sie gehört zu den großen deutschen Reden des zwanzigsten Jahrhunderts. In Frankfurt sprach Lenz vom Fortwirken der Vergangenheit: »Denn Geschichte ist nie abgeschlossen, sie wirkt in jede Gegenwart hinein, sie überprüft uns, gibt uns etwas auf, sie verstört, erinnert und verpflichtet uns und lässt uns erschauern vor den Möglichkeiten des Menschen.« Lenz schloss mit einem Aufruf zum Widerstand: »Widerstand gegen die, die den Frieden bedrohen mit ihrem Machtverlangen, mit ihrer Selbstsucht, mit ihren rücksichtslosen Interessen.«

In seinen berühmten Romanen, so zum Beispiel in ›Deutschstunde‹ oder ›Heimatmuseum‹, wie in vielen seiner besten Erzählungen schreibt Lenz direkt oder indirekt über deutsche Geschichte – immer am Beispiel von menschlichen Schicksalen. Das Besondere bei ihm ist sein Einfühlungsvermögen, seine Anteilnahme. Er hat immer den einzelnen Menschen im Blick. Vielleicht ist das einer der Gründe dafür, warum er immer wieder, auch noch in seinem Alterswerk, zur Form der Erzählung zurückkehrt, häufiger und konsequenter als andere deutsche Schriftsteller. »Denn immer steht die Sache des Menschen auf dem Spiel«, sagte er in Frankfurt in seiner Friedenspreis-Rede. Diese mitmenschliche Haltung, die beides, Härte und Verstehen im Urteil einschließt, bestimmt den Ernst wie auch die Heiterkeit, den oft durchbrechenden schwarzen Humor und die gelegentliche überraschende Komik seines Schreibens. Sie befähigte ihn, im Alter eine ergreifende, zeitlose Liebesgeschichte zu schreiben, die Novelle ›Schweigeminute‹, und sie erklärt wohl auch die ungebrochene Beliebtheit des Schriftstellers Siegfried Lenz bei deutschen Lesern.

Lenz ist ein Geschichtenerzähler. In seinen herausragenden, von der Form her oft kühnen Erzählungen ist er noch wagemutiger als in seinen Romanen. Einige seiner Geschichten, so die diese Auswahl beschließende Erzählung »Ein Kriegsende«, gehören zu den bleibenden deutschen Erzählungen unserer Zeit.

Helmut Frielinghaus

Quellennachweis und Daten der Erstveröffentlichungen

Die in dieser Taschenbuchausgabe enthaltenen Erzählungen sind dem Band
Siegfried Lenz, ›Die Erzählungen‹
Copyright © 2006 by Hoffmann und Campe Verlag, Hamburg, entnommen.

Jahr und Ort der Erstveröffentlichung:

Die Ferne ist nah genug (1954)
›Sonntagsblatt‹, Hamburg, 22. und 29. August 1954

Die tödliche Phantasie (1949)
›Die Welt‹, Hamburg, 7. November 1949

Die Nacht im Hotel (1949)
›Jäger des Spotts. Geschichten aus dieser Zeit‹.
Hamburg: Hoffmann und Campe, 1958

Begegnung zwischen den Stationen (1950)
›Die Welt‹, Hamburg, 17. November 1950

Der Läufer (1951)
›Jäger des Spotts. Geschichten aus dieser Zeit‹.
Hamburg: Hoffmann und Campe, 1958

Ein Haus aus lauter Liebe (1952)
›Frankfurter Allgemeine Zeitung‹, 16. November 1957

Einmal schafft es jeder (1953)
›Frankfurter Allgemeine Zeitung‹, 16. Mai 1953

Der zerbrochene Elefant (1953)
›Der Tagesspiegel‹, Berlin, 25. August 1953

Lukas, sanftmütiger Knecht (1953)
›Jäger des Spotts. Geschichten aus dieser Zeit‹.
Hamburg: Hoffmann und Campe, 1958

Die Festung (1954)
›Jäger des Spotts. Geschichten aus dieser Zeit‹.
Hamburg: Hoffmann und Campe, 1958

Der seelische Ratgeber (1956)
›Jäger des Spotts. Geschichten aus dieser Zeit‹.
Hamburg: Hoffmann und Campe, 1958

Stimmungen der See (1957)
›Das Feuerschiff. Erzählungen‹. Hamburg:
Hoffmann und Campe, 1960

Risiko für Weihnachtsmänner (1958)
›Das Feuerschiff. Erzählungen‹. Hamburg:
Hoffmann und Campe, 1960

Barackenfeier (1959)
›Die Welt‹, Hamburg, 24. Dezember 1959 (unter der
Überschrift »Kohle kam vom Güterzug, der Braten war
getauscht«)

Der Sohn des Diktators (1960)
›Das Feuerschiff. Erzählungen‹. Hamburg:
Hoffmann und Campe, 1960

Der Verzicht (1960)
›Almanach der Gruppe 47. 1947–1962‹. Hrsg. von Hans Werner Richter in Zusammenarbeit mit Walter Mannzen. Reinbek bei Hamburg: Rowohlt, 1962 (unter dem Titel »Gelegenheit zum Verzicht«)

Ein Männerspaß (1961)
›Die Zeit‹, Hamburg, 11. August 1961

Der sechste Geburtstag (1964)
›Der Spielverderber‹. Hamburg: Hoffmann und Campe, 1965

Die Augenbinde (1966)
›Die Zeit‹, Hamburg, 7. Januar 1966

Die Mannschaft (1969)
›Christ und Welt‹, Stuttgart, 21. November 1969

Herr und Frau S. in Erwartung ihrer Gäste (1969)
›Einstein überquert die Elbe bei Hamburg. Erzählungen‹. Hamburg: Hoffmann und Campe, 1975

Der Mann unseres Vertrauens (1979)
›Das serbische Mädchen. Erzählungen‹. Hamburg: Hoffmann und Campe, 1987

Die Prüfung (1981)
›Das serbische Mädchen. Erzählungen‹. Hamburg: Hoffmann und Campe, 1987

Ein Kriegsende (1983)
›Ein Kriegsende‹. Hamburg: Hoffmann und Campe, 1984